Yilin Classics

CHARLES DICKENS

经/典/译/林

A Tale of Two Cities

双城记

[英国] 查尔斯·狄更斯 著

宋兆霖 译

译林出版社

图书在版编目（CIP）数据

双城记 /（英）查尔斯·狄更斯（Charles Dickens）著；宋兆霖译．—南京：译林出版社，2020.6（2021.5重印）
（经典译林）
ISBN 978-7-5447-8187-9

Ⅰ.①双… Ⅱ.①查… ②宋… Ⅲ.①长篇小说－英国－近代 Ⅳ.①I561.44

中国版本图书馆 CIP 数据核字（2020）第 046742 号

双城记 ［英国］查尔斯·狄更斯 / 著 宋兆霖 / 译

责任编辑 鲍迎迎
装帧设计 陈天岷
插　　图 Frederick Barnard
校　　对 张　萍
责任印制 颜　亮

出版发行 译林出版社
地　　址 南京市湖南路 1 号 A 楼
邮　　箱 yilin@yilin.com
网　　址 www.yilin.com
市场热线 025-86633278
排　　版 南京展望文化发展有限公司
印　　刷 南京爱德印刷有限公司
开　　本 880 毫米 ×1240 毫米 1/32
印　　张 13.875
插　　页 4
版　　次 2020 年 6 月第 1 版
印　　次 2021 年 5 月第 4 次印刷
书　　号 ISBN 978-7-5447-8187-9
定　　价 45.00 元

CONTENTS · 目录

第三部　暴风雨的踪迹

初版序

当我和我的孩子们、朋友们一起演出威尔基·柯林斯[①]先生的剧本《冰海深处》时，我开始有了这个故事的主要构想。当时我就有一种强烈愿望，想要亲自把这种构想具体地表现出来；于是我刻意精心、兴趣盎然地在想象中勾画出了故事人物的经历和心境，而对于一个富于洞察力的读者来说，这一切都是必不可少的。

故事在我的脑子中慢慢成熟，逐渐形成了现在这个样子。在整个写作过程中，故事完全攫住了我的心；我深深体会到，本书中人物所做的事情和他们所受的苦难，全都好像我的亲身经历一般。

凡是书中涉及（哪怕是略微涉及）大革命前及大革命期间法国人民状况的地方，材料均来自最可靠的目击者，如实予以引述。我的一个希望是增添一点大家都乐于接受的形象的东西，来加深大家对那个恐怖时代的了解。当然，像卡莱尔[②]先生那部辉煌巨著中所包含的哲理，那是谁也不能奢望再增添什么的。

于伦敦塔维斯托克寓所

1859年11月

---

① 威尔基·柯林斯（1824—1889），英国小说家，主要作品有《白衣女人》和《月亮宝石》等，是狄更斯的好友。

② 托马斯·卡莱尔（1795—1881），英国文学家、历史学家，著有《法国大革命》等，此处指他的《法国大革命》。

第一部

复活

第一章

时代

那是最美好的时代，那是最糟糕的时代；那是睿智的年月，那是蒙昧的年月；那是信心百倍的时期，那是疑虑重重的时期；那是阳光普照的季节，那是黑暗笼罩的季节；那是充满希望的春天，那是让人绝望的冬天；我们面前无所不有，我们面前一无所有；我们大家都在直升天堂，我们大家都在直下地狱——简而言之，那个时代和当今这个时代是如此相似，因而一些吵嚷不休的权威们也坚持认为，不管它是好是坏，都只能用“最……”来评价它。

当时，英国的王位上坐的是一位大下巴的国王和一位容貌平常的王后[①]；法国的王位上坐的是一位大下巴的国王和一位容貌姣好的王后[②]。在这两个国家那些坐食俸禄的权贵们心中，有一点比水晶还要明澈，那就是大局已定，江山永固了。

那是我主耶稣降生后的一千七百七十五年。在那上天恩宠的幸福年代，英国正如当今一样，非常信奉神的启示。索思科特太太[③]，刚刚过了她的二十五岁大寿，禁卫军中一个未卜先知的士兵，早已预言她

① 指英王乔治三世及其王后夏洛特·索菲亚。

② 指法王路易十六及其王后玛丽·安托瓦内特。

③ 即乔安娜·索思科特（1750—1814），自称是《圣经·新约·启示录》第12章中那个“身披日头、脚踏月亮、头戴十二星冠冕”的“妇人”，能知未来祸福，自成一教派，直至20世纪初尚有影响。

这位圣灵将降临人间，宣称诸事已安排就绪，伦敦和威斯敏斯特[①]即将遭受灭顶之灾。公鸡巷的鬼魂用叩击声宣泄天机后被铲除[②]，也只过去十二个年头，而在刚过去的这一年中，又有精灵鬼怪用叩击声来宣泄天机了（惊人的毫无新颖之处）。不过也有一些世俗事件的消息，来自美洲大陆英国臣民的一次会议[③]，最近传到了英国朝野。说来也怪，这些消息对于人类来说，要比公鸡巷里孵出的任何一只小鸡宣泄的天机重要得多。

总的说来，法国不如她那位一手持盾、一手执三叉戟的姐妹[④]那么热衷于鬼神。可她滥发纸币，挥霍无度，畅通无阻地走着下坡路。此外，她还在那些基督教牧师的指导下，以施行种种“德政”为乐，诸如剁去一个青年人的双手，用钳子拔掉他的舌头，然后把他活活烧死，只因他看见五六十码外有一行满身龌龊的修道士走过，没有在雨中跪下向他们行礼致敬。很有可能，在那个受难者被处决之时，长在法国和挪威森林中的一些树木，已被伐木人——命运之神做上标记，准备砍倒锯成木板，做成一种装有口袋和刀斧，在历史上曾令人胆战心惊的活动装置[⑤]。很有可能，就在那一天，在巴黎近郊种着几亩薄田的庄稼汉的简陋外屋里，也正停着几辆制作粗糙的大车，在那儿躲风避雨。车子溅满污泥，猪在周围拱嗅，家禽在上面栖息，这就是那个庄稼汉——死神留着用作大革命时押送死囚的囚车。可是那伐木人和庄稼汉，虽然不停地在干活，却默默无声，连走起路来都蹑手蹑脚，

① 按当时英国行政区划分，威斯敏斯特为伦敦以西另一城市。

② 指发生在伦敦公鸡巷33号的一件轰动一时的诈骗案。一个名叫威廉·帕森斯的人，诡称该宅中每夜有鬼魂发出叩击之声，预告人间祸福。1762年骗局被拆穿，原来是他指使女儿所为，此人被处以枷刑。

③ 指1774年9月在费城召开的第一届大陆会议。

④ 此处指英国。

⑤ 指法国大革命时期发明的断头台。

谁也听不见他们的脚步声。如果有人胆敢怀疑他们，以为他们已经觉醒，那么就要被加上不信神明和有意谋叛的罪名。

在英国，几乎没有多少可供国人夸耀的秩序与安宁了。每天晚上，堂堂的首都都有明火执仗的盗窃和拦路抢劫的案件发生。各家各户都被公开告诫：离家出城，须将家具送家具行仓库保管。黑夜拦路抢劫的强盗乃是白天市区经商的买卖人，若是在当“大王”时被同行的生意人认出，受到指责，就豪爽地给他的脑袋送上一枪，然后逃之夭夭；七个强盗拦劫邮车，被押车的警卫打死三个，接着，“由于弹药用尽”，警卫又被余下那四个强盗打死，之后，邮车被太太平平地洗劫一空；堂堂的伦敦市市长大人，也在特恩海姆公园被一个强盗拦劫，当着全体扈从的面，这位显赫人物被抢了个精光；伦敦监狱里的犯人和看守发生殴斗，司法当局就用装有实弹的大口径短枪，朝他们一阵乱放；小偷在王宫的召见厅里剪走王公大臣脖子上的钻石十字架；武装士兵到圣贾尔斯区[①]搜查走私物品，乱民向士兵射击，士兵也向乱民开火，谁也不认为这类事有多越乎常轨。在处理这些事件时，屡屡动用刽子手，尽管徒劳而有害，但仍照用不误。一忽儿，绞杀几大串各式各样的罪犯；一忽儿，星期六吊死一个在星期二捕获的盗贼；一忽儿，在新门监狱[②]烧死成打刚抓到的人，一忽儿，又在威斯敏斯特大厅[③]门前焚烧小册子；今天处决一个罪大恶极的杀人犯，明天又处决一名偷了农家孩子六便士的可怜巴巴的小偷。

所有这些事情，以及许许多多类似的事情，都发生在那令人难忘的已成过去的一千七百七十五年，以及临近这一年的时候。就在那两个大下巴的男人和那两个容貌平常与容貌姣好的女子忙于这些事情，

① 伦敦一贫民区。

② 旧时伦敦一著名监狱，1902年关闭，1904年拆毁。

③ 伦敦古建筑，当时英国高等法院所在地。

热衷于用高压手段来维持他们的神圣权力时，那伐木人与庄稼汉也在神不知鬼不觉地操劳着。公元一千七百七十五年就这样引领着这些赫赫人主和芸芸小民——其中包括本书所要记述的人物——沿着展现在他们面前的条条道路，向前走去。

第二章

邮车

十一月下旬一个星期五[①]的晚上，我们这个故事里的第一个出场人物，正行进在多佛尔[②]大道上。当那辆多佛尔邮车费力地往射手山[③]上爬去时，对他来说，大道就在邮车前面，一直通向远方。他和别的乘客一样，跟在邮车旁边，在泥泞中徒步上山。这并不是他们在这种情况下还有徒步活动腿脚的兴致，只因山势陡峭，道路泥泞，挽具和邮车又那么沉重，马匹已经三次驻步不前了，有一次竟拉车横穿大道，打算抗命把车拉回布莱克希思[④]。幸而缰绳、皮鞭、车夫和警卫联合作战，用实际行动驳斥了那种认为牲畜也有理性的论点，使马儿降服，重新执行自己的任务。

它们低垂着头，抖动着尾巴，在深深的泥淖中跋涉，踉踉跄跄地向前挣扎，仿佛随时都会散了骨架似的。每当车夫小心地吆喝一声“嘀——吁！”勒住它们，让它们停下来喘口气时，那匹领头的马就使劲摇晃着头和头上的一切东西——像一匹特别善于表情达意的马那样——坚决不相信这辆马车上得了射手山。每当头马这么一闹腾，我

---

① 西方习俗，星期五为不吉利的日子，因耶稣在星期五被其门徒犹大出卖。

② 英国东南肯特郡一海港，去法国多由此处登船过海峡。

③ 伦敦东南约八英里处的一座山。

④ 离射手山约三英里的一个集镇。

们这位乘客就会像其他胆小的乘客那样心神不安。

所有的低谷洼地里都弥漫着腾腾雾气，雾气阴森森地往山上游荡，像一个负罪的幽灵，想要找一个安息之地而毫无所得。这黏湿的寒雾在空中缓缓蒸腾，层层起伏，铺盖翻卷，犹如浑浊的海面上的波涛。雾很浓，除了翻腾的雾气和几码内的路面，车灯什么也照不见。精疲力竭的马匹呼出的热气喷入雾中，仿佛那雾全是它们喷出来似的。

除了我们那位乘客之外，还有两位乘客也跟在邮车旁吃力地往山上爬着。三个人都裹得严严实实的，连颧骨和耳朵都没入衣帽之中，他们的脚上穿着过膝的长筒靴。三个人中，谁也没法根据眼前所见说出另外两人的相貌；人人都裹得这般严实，不仅躲开了同伴的肉眼，也躲开了他们的心眼。那年月，行路人萍水相逢，全都互存戒心，不轻易相信人，因为路上遇到的人，说不定就是一个强盗，或者是和强盗有勾结的人。说到勾结，既然每个驿站和每家酒店都可能有拿"大王"津贴的人——从店老板到最低微的在马厩里打杂的人——那这事也就最有可能发生了。因此，在公元一千七百七十五年十一月那个星期五的晚上，当多佛尔邮车费力地往射手山上爬时，邮车上的那个警卫心里就是这样想的。当时，他站在邮车后部为他专设的高座上，跺着双脚，警觉地用一只手按着前面的武器箱，里面最底层是一把弯刀，上面放着六七支实弹马枪，最上层则是一支大口径实弹短枪。

多佛尔邮车和往常一样"友好亲切"：警卫怀疑乘客，乘客既互相怀疑，也怀疑警卫，大家都怀疑别人。马车夫则除了那几匹马之外，什么也不相信。至于那几匹牲口，他可以把手按在《旧约全书》和《新约全书》上凭良心起誓：这样的跋涉它们是怎么也吃不消的。

"嘚——驾！"车夫吆喝着，"好，好！再使把劲就到山顶啦！该死的，把你们弄上来真够呛！——乔！"

"啊！"警卫回答了一声。

“你看现在几点了，乔？”

“足有十一点十分了吧。”

“天哪！”车夫烦躁地叫了起来，“到现在还没爬上射手山！驾！驾！走，走呀！”

那匹善于表情达意的头马正顶住不肯往上走，突然被狠狠抽了一鞭，惊得使劲往上一蹿，另外三匹也跟着向前。于是，多佛尔邮车又挣扎着往上爬去，跟在车旁那几个穿长筒靴的乘客，也咯吱咯吱地在泥淖中走着。邮车停下来的时候，他们也就收住脚步，而且紧紧挨着车子。要是这三人中，有谁胆敢邀另一个人朝浓雾和黑暗中往前稍走几步，那他准会被人当作强盗挨枪子儿。

最后的这阵冲刺终于把邮车拖上了山顶。马匹又停下来喘气，警卫也下车来扳好制轮闸，准备下山。他打开车门，让乘客上车。

“嘘！乔！”车夫以警告的语气叫了起来，从自己的车座上往下瞧。

“你说什么，汤姆？”

两人都侧耳倾听。

“我说，有匹马小跑着上来了，乔。”

“我说有匹马在飞跑，汤姆。”警卫回答了一声，松开握着车门的手，敏捷地登上自己的位子，“先生们！以国王的名义，全体注意！”

他匆匆下了这道命令，就扳起那支大口径短枪的击铁，做好射击准备。

本书所要叙述的乘客，此时正站在马车的踏板上，准备钻进车厢；那另外两位乘客也紧跟在他后面，等着上车。他还停留在踏板上，半在车内，半在车外，另两人则还立在他下面的大道上。他们都看看车夫再看看警卫，然后又看看警卫再看看车夫，在侧耳谛听着。车夫回头张望着，警卫也回头张望着，就连那匹善于表情达意的头马也不再闹腾，竖起耳朵回头张望着。

奋力前进的马车的辚辚声突然中断，加上深夜的寂静，真是万籁俱寂。马儿的喘息引起马车微微颤动，仿佛它也在激动不安。乘客们的心在怦怦狂跳，也许都可以听见心跳声了。不过，不管怎么说，在这一片寂静中，人们的喘气屏息和因期待而脉搏加快的情况，几乎是可以分辨出来的。

狂奔的马蹄声很快就传上山来。

“谁？”警卫扯开嗓门大声喝道，“喂，站住！我要开枪了！”

有节奏的马蹄声突然中断了，随着踩踏泥淖和泥浆溅泼的声响，浓雾中传来一个人的喊叫：“这是多佛尔邮车吗？”

“这关你什么事！”警卫反驳说，“你是什么人？”

“这是不是多佛尔邮车？”

“你打听这个干什么？”

“如果是多佛尔邮车，我要找一位乘客。”

“哪个乘客？”

“贾维斯·洛里先生。”

我们讲到的那位乘客立即表示，他就叫贾维斯·洛里。警卫、车夫，还有另外两位乘客，都满腹狐疑地看着他。

“站在原地别动，”警卫对着雾中的那个声音喊道，“因为我要是一失手，你这辈子就没救了。姓洛里的先生直接答话吧。”

“有什么事？”那乘客用有点发抖的声音问道，“谁找我？是杰里吗？”

（“要是这是杰里的话，我可不喜欢杰里的声音，”警卫自言自语地咕哝说，“他这副粗哑嗓门让我受不了，这个杰里。”）

“是的，洛里先生。”

“有什么事？”

“台尔森银行给您送来一份急件。”

“我认识这个送信的，警卫，”洛里先生说着，走下踏板跨到地上——那另外两位乘客出于礼貌，更多的还是自己着急，从后面帮了他一把，然后便赶紧钻进车厢，关上车门，拉上车窗，“让他过来吧，错不了。”

“但愿没事，不过我可他妈的拿不准，”警卫粗声粗气地自言自语说，“嘿，那边的！”

“哎！那边的！”杰里答应，嗓音比以前更粗哑。

“慢慢走过来！听见了吗？要是你马鞍上挂着手枪套，可别让我瞧见你的手往那儿伸。我他妈的下手快得很，我稍一出错，你就得吃枪子儿了。还是让我们看住你吧。”

一匹马和一个骑马人的身影，从打着旋的雾气中慢慢走过来，一直走到邮车旁那位乘客站着的地方。骑马人俯下身来，朝警卫瞥了一眼，把一小方折叠着的纸递给那位乘客。他的马喘着粗气，连人带马，从马的蹄子到骑马人的帽子，全都沾满了泥浆。

“警卫！”那乘客叫了一声，语气镇定泰然。

全神戒备的警卫右手握枪举着，左手按在枪筒上，眼睛盯着骑马人，简短地应了一声：“先生。”

“用不着担心，我是台尔森银行的。你必定知道伦敦的台尔森银行吧。我这是去巴黎办事。给你一克朗[①]酒钱，我可以看一下这个吗？”

“那你就快着点，先生。”

他借着一边的车灯灯光打开信，看了起来——开始是默读，随后就大声念了出来：“‘在多佛尔等着小姐。’你看，警卫，这信不长。杰里，你就说我的回复是‘复活’。”

---

① 英国旧币制的五先令硬币。

杰里在马上不由一惊[1]。“这还真是个怪得出奇的回复。”他用极其粗哑的声音说。

“把这个口信带回去，他们就知道我已经收到这封信了，跟我的亲笔回信一样。要尽快赶回去，再见。”

说着，乘客打开车门，上了车。这回，他一点也没得到那两位同路人的帮助，他俩刚才还飞快地把自己的怀表和钱袋偷偷藏进靴子里，这时都假装睡着了。因为他们怕稍一多事会惹出麻烦，倒并无其他目的。

马车又颠颠簸簸地继续上路，开始下山了，更浓的雾团紧紧地包围上来。警卫不久就把自己的短枪放回武器箱，把箱里的其他武器查看了一遍，又看了看插在腰带上的几把备用手枪，然后还查看了座位下面的一个小箱子，里面有几件铁匠用的工具，一对火炬，还有一只火绒盒。需用的东西他准备得一应俱全，万一车灯被风雨打灭（这是常有的事），他只消钻进车厢，小心不让火镰和火石打出的火星落在麦秸[2]上，就可以安安全全、毫不费力地（如果走运的话）在五分钟之内把灯点着。

“汤姆！”一声轻唤越过车篷传了过来。

“哎，乔。”

“你听见那句口信了吗？”

“听见了，乔。”

“你明白那是什么意思吗，汤姆？”

“一点也不明白，乔。”

“巧了，”警卫思忖着，“我也一点都不明白。”

独自被留在浓雾和黑暗中的杰里，这时已翻身下马，不仅为了让

---

① 因为杰里暗中搞盗尸勾当，而盗尸者诨称“复活人”。

② 当时邮车车厢里多铺麦秸，用以防潮保暖。

他那匹精疲力竭的马轻松一下，同时也为了擦掉自己脸上的污泥，抖掉帽檐里的积水，那里面的水恐怕已积了快半加仑了。他把缰绳挽在溅满泥浆的胳膊上，直到听不见邮车车轮的辚辚声，黑夜重归寂静，才牵马转身朝山下走去。

“从圣堂关[①]一路跑到这儿，老太太，我可信不过你那对前腿了，还是到了平地再上吧。”粗声粗气的送信人说着，朝他那匹母马瞥了一眼，“‘复活’，这真是个怪得出奇的口信。这对你可不利啊，杰里！我说，杰里！要是复活就这么时兴起来，你可就倒了八辈子的霉了，杰里！”

① 指当时伦敦城的西门，那时这个城门上常挂着叛逆者的头颅示众。

第三章

夜影

细想起来，这事实在奥妙，任何一个人，对别的人来说，都是深不可测的奥秘和难解之谜。每当我在夜间进入一座大城市时，就会有一种一本正经的想法，那些黑压压的鳞次栉比的房子里，都藏着各自的秘密；每幢房子的每间屋子里，也都藏着它自己的秘密；而各间屋子里无数胸膛中跳动着的每一颗心，就它自己的某些心绪来说，即使对最亲近的另一颗心，也是一桩秘密！有些可怖的事情，甚至于死亡，就起因于此。我再也不能翻阅我所钟情的这本可爱的书了，即使我希望能及时读完它也是枉然。我再也不能凝望那深不可测的水流深处了，在光线射入的瞬间，我曾瞥见深埋里面的珍宝，以及其他沉入其中的东西。这本书注定了在我仅仅读完一页后便会砰的一声合上，永不再开。当阳光在水面上嬉戏，而我茫然地站在岸边的时候，这水注定了要被永恒的坚冰封死其中。我的朋友去世了，我的邻人去世了，我的爱人、我的情之所钟也去世了；那藏在每个人心中的秘密，也就被永远牢牢地封存了，而我也将把我心中的秘密一直带进我的坟墓。在我走过的这个城市的任何墓地里，在我看来，有哪位长眠者内心深处的奥秘，比那些忙忙碌碌的居民更加神秘莫测？而在那些居民看来，又有哪位长眠者比我更神秘莫测呢？

说到这，我们那位骑在马背上的信差，也和国王、首相或者伦敦的富商巨贾一样，同样拥有这种与生俱来、不可转让的遗产。挤在那辆笨重缓慢的旧邮车狭窄车厢里的三位乘客，也是如此。他们互为不解之谜，就像各自坐在自己六匹马或六十匹马拉的马车里，彼此相距有一郡之遥，相互全不了解。

信差放松辔头，让马儿缓步往回走，还不时停下来在路边的小酒店里喝上一杯，可是一直做出讳莫如深的样子，还将帽子低压在眉间。那顶帽子和他的眼睛十分相称，眼睛的表面黑溜溜的，但颜色不深，形状也不清晰，而且也靠得太近了——仿佛生怕隔得太远，就会被人单个逮住，查出干了什么见不得人的勾当似的。眼睛上面低扣着一顶三角痰盂似的旧三角帽，下面是一条裹住下巴和脖子、几乎拖到膝盖的大围巾，使得藏在中间的眼睛显得格外凶恶阴险。他停下来喝酒时，就用左手撩起围巾，右手端起酒杯，一饮而尽，随后便立即将围巾重新裹紧。

“不成，杰里，不成！”信差骑在马上，一路唠叨着，“这对你不利，杰里。杰里，你是个本分的生意人，这对你的行当可不利啊！复活——！他要不是喝醉了，那才怪哩！”

他捎的那个口信使他百思不得其解，他三番五次摘下帽子来直搔头皮。除了顶上一块秃得高低不平外，他的头上长满又硬又黑的头发，向上竖着的参差不齐，向下挂着的几乎垂到又肥又大的鼻子。他的头发就像是铁匠做的活儿，根本不像一头头发，更像是牢牢钉在墙顶的铁蒺藜，就连跳背游戏[①]的能手，也会望而却步，把他看成世界上最危险的人，不敢从他身上跳过。

信差加鞭催马往回赶路，要把这口信捎给圣堂关旁台尔森银行门房里的值夜人，再由他传给里面更有权的管事人。由于这口信，他

① 一种游戏，一人弯腰站立，双手扶膝；另一人手按其背，分腿跳越过去。

只觉得黑夜里幻影幢幢，那母马，由于它自己的不自在，眼前也出现了种种幻影。一路上，幻影似乎还不少，每碰上一个，它就惊得向后一退。

这时候，邮车正载着那三个彼此莫测高深的同伴，摇摇晃晃、颠颠簸簸、嘎吱嘎吱、跌跌撞撞地行进在单调乏味的旅途上。三位旅客睡眼惺忪，神思恍惚，眼前也出现了种种夜间的幻影。

邮车里浮现出台尔森银行一片繁忙景象。那位在银行工作的旅客——他一只胳膊套在皮圈里，以免在马车颠簸得特别厉害时和旁边的乘客相撞，因而被挤到角落里去——正半闭着眼在座位上打盹。那些小小的车窗，从车窗照进来的昏暗的车灯灯光，还有对座乘客臃肿的身形，全都变成了银行，而且正在做一笔大生意。挽具的咔嗒声变成了钱币的叮当声，五分钟内承兑的票据，甚至比台尔森银行及其国内外全部分行在三倍时间内承兑的还要多。接着，他眼前又出现了台尔森银行的地下保险库。他知道，里面藏有那么多贵重的宝物和机密（对此他颇为了解）。他带着一串大钥匙，手持一支光焰微弱的蜡烛，一间间走过去，只见样样东西都像他上次看到的一样，安然无恙，稳稳妥妥，原封未动。

可是，虽说他眼前几乎一直浮现出那银行的情景，虽说他始终坐在邮车里（晕晕乎乎，像服了麻醉剂一样），却还有另外一种思绪整夜缠绕着他。他正要前去把一个人从坟墓中挖出来。

在他眼前浮现出来的众多面孔中，到底哪一张是那个被埋的人的真面目，他无法从那些夜间的幻影中认出。不过，他们全是一个年纪四十五岁左右男人的面孔，主要的区别在于他们的表情，以及憔悴枯槁的程度。骄傲、轻蔑、反抗、倔强、驯顺、悲伤，一种表情接着一种表情；还有各种各样下陷的面颊、死灰般的脸色、枯瘦的双手和手指。不过脸庞大体上还是同一个，个个的头发也都未老先衰地白了。

打着盹的旅客对这个幽灵问了上百次：

“埋了多久了？”

回答总是一样：“快十八年了。”

“你已经完全放弃被人挖出的希望了吗？”

“早就放弃了。”

“你知道要让你复活吗？”

“人家是这么对我说的。”

“我想你是想活的吧？”

“我说不上。”

“要我带她来见你吗？你愿意见她吗？”

对这个问题的回答多种多样，而且是自相矛盾的。有时灰心丧气地回答：“等一等！要是马上见到她，会要了我的命的。”有时又满怀柔情，泪如雨下地说：“带我去见她吧！”有时则瞪着眼，迷惑不解地说：“我不认识她。我不明白你说什么。”

在想象中做了这么一番交谈之后，这位旅客又在幻觉中使劲地挖呀，挖呀，挖呀——一会儿用一把铁锹，一会儿用一把大钥匙，一会儿用自己的双手——要把这个可怜的人挖出来。终于挖出来了，脸上、头发上都沾着泥土，他可能突然倒在地上，化为尘土。旅客顿时惊醒，放下车窗，让现实中的雨和雾打在自己的脸上。

可是，就在他睁眼出神地凝望着雨雾，凝望着车灯游移的光斑，以及那一颠一晃向后退去的路边树篱时，车外的幢幢夜影和车内的串串幻影，又渐渐混成一片了。圣堂关旁那家真的银行，往日里那些真的买卖，那些真的保险库房，那封专差给他送来的真的快信，那捎回去的真的口信，全都一一在眼前隐现。那张幽灵般的面孔，再次在其中显现，于是他又跟他攀谈起来：

“埋了多久了？”

"快十八年了。"

"我想你是想活的吧?"

"我说不上。"

挖——挖——挖，一直挖到两个旅客中有一个不耐烦地用动作示意，要他拉上车窗，他才把胳膊牢牢地套在皮圈里，面对着那两个昏睡的人形揣度起这两个人来。但不久，他又神思恍惚地抛开了他们，重又溜进那家银行和那座坟墓了。

"埋了多久了?"

"快十八年了。"

"你已经完全放弃被人挖出的希望了吗?"

"早就放弃了。"

疲惫不堪的旅客一觉醒来，只见天已大亮，深夜的幢幢幻影早已不知去向，可是，这些话就像刚说过一样，话音仍在他耳边萦绕——像他在现实生活中听到过的一样，清清楚楚地留在耳边。

他拉下车窗，望着窗外刚刚升起的朝阳。车外是一片刚犁过的土地，地头还留着从马身上卸下的犁铧。再远处，是一片幽静的矮树林，林中还有许多火红和金黄的叶子挂在枝头。大地虽然寒冷潮湿，天空却一片晴朗，太阳正冉冉升起，灿烂、宁静而又美丽。

"十八年!"旅客望着太阳说道，"慈悲的造物主啊！被整整活埋了十八年啊!"

第四章

准备

邮车终于在午前平安抵达多佛尔，皇家乔治旅馆的茶房头儿照例走上前来，打开车门。他做得毕恭毕敬，因为在这样的隆冬季节，坐邮车从伦敦来这儿，是件了不起的大事，应该向敢于冒险的旅客道贺致敬。

这时候，只有一位敢于冒险的旅客留下来接受道贺致敬了，另两位已经在中途各自的目的地下了车。车厢里，霉气冲天，铺的麦秸又湿又脏，气味难闻，而且光线昏暗，很像一个大狗窝。那位旅客洛里先生，抖着满身的麦秸，从里面钻了出来，身上胡乱地裹着什么毛茸茸的东西，帽檐耷拉着，两腿沾满泥浆，活像一只大公狗。

“茶房，明天有开往加来[①]的邮船吗？”

“有的，先生。要是天气不变，风还顺，就有船。下午两点来钟赶潮水开船最好，先生。要床位吗，先生？”

“我要到晚上才睡，不过我还是要个房间，再叫个理发匠来。”

“还要不要一份早餐，先生？是，先生。请这边走，先生。带‘协和号’房间[②]！送先生的旅行包和热水到‘协和’，到‘协和’把先生的靴子脱掉（你进去就会看到上好的煤烧的炉子，先生）。叫理发匠到

---

① 法国北部海港城市，与多佛尔隔海相望。

② 当时旅馆房间不用数字编号，而是各取雅号。

‘协和’去，喂，快给‘协和’张罗张罗！”

“协和号”房间总是给乘邮车来的旅客留着的，而乘邮车来的旅客总是从头到脚裹得严严实实的。皇家乔治旅馆的人对这个房间特别感兴趣，因为所有进去的人都是一个样，可是出来时就变成各式各样的了。因此，当一位六十岁的绅士，整整齐齐地穿着一身棕色衣服——衣服已经相当旧，但保管得非常好，袖口上有很大的方形翻边，口袋上也有大袋盖——去进早餐时，另一个茶房、两个脚夫、几个女用人，还有女店主，都不约而同地在“协和号”房间和餐室之间的过道上转悠。

那天上午，餐室里除了这位身穿棕色衣服的绅士外，没有别的人。他的餐桌给拉到壁炉跟前，他坐了下来，等人送上早餐，火光照在他身上。他静静地一动不动坐着，简直可以让人替他画像了。

他看上去整整齐齐，有条有理，双手分别放在两个膝盖上，背心前襟里有一只怀表发出响亮的嘀嗒声，像在布道，仿佛要用它的庄重和长寿，跟炉火的轻佻与短命一比高低。他的腿长得很漂亮，他颇有点儿以此自豪，脚上穿的是一双质地很好的棕色长袜，既光洁又服帖。他的鞋子和鞋扣尽管普通，但也很整洁。他戴了顶光滑、卷曲且有点古怪的亚麻色假发，假发紧紧贴在头上，大概是用真头发做的，但看上去很像用蚕丝或玻璃丝做成的。他的衬衣虽没有袜子那么精细，却白得像打在附近沙滩上的浪沫，或者像阳光照耀下远处海面上的点点白帆。他长着一张惯于不动声色、平静安详的脸，但古怪的假发下那双灵活明亮的眼睛，仍使他显得满脸生辉。在流逝的岁月里，这双眼睛的主人一定吃了苦头，付出了代价，才使他练就台尔森银行的人那种老成持重的态度。他脸上气色很好，虽然有了皱纹，却并没有焦虑忧患的痕迹。这也许是因为他们这些台尔森银行信得过的单身职员，主要操持的是别人的事；而别人的事，也许和买来的旧衣服一样，穿脱都很随便，用不着多动心思。

洛里先生很像端坐在那儿让人画像，他其实是睡着了，早餐送到时才把他惊醒。他一面往桌边挪一挪椅子，一面对茶房说：

"请你们给一位年轻小姐准备一个房间，她今天随时会来。她要是打听贾维斯·洛里先生，或者只是打听一位台尔森银行来的先生，请你通知我。"

"是，先生。是伦敦的台尔森银行吗，先生？"

"是的。"

"是，先生。我们经常有幸接待贵行的先生，他们常常经过这儿往来伦敦和巴黎之间，先生。台尔森银行来来往往的人很多的，先生。"

"是的，我们是家英国银行，也还真像一家法国银行哩。"

"是的，先生。我看先生自己不常这样旅行吧？"

"这些年来不大出门了。打从我们——打从我上一次从法国回来，已经有十五年了。"

"是吗，先生？那时候我还没上这儿来呢，先生。我们这些人那时候都不在这儿，先生。那时候乔治旅馆是另一个老板，先生。"

"我想是这样。"

"我敢说，先生，像台尔森这样一家大银行，别说十五年，早在五十年以前，就生意兴隆了吧？"

"该是这个年份的三倍，你说一百五十年也差不多。"

"真的，先生！"

茶房张大嘴巴，圆睁着双眼从桌边往后倒退了几步，把餐巾从右臂换到左臂，做出一副安闲自在的姿态，仔细打量着这位正在吃喝的客人，就像站在观测台或者瞭望塔上一样。这是古往今来任何一个年代的茶房都有的习惯。

洛里先生吃完早餐，就到海滩上去散步。狭长弯曲的多佛尔镇躲开海滩，像一只来自海上的鸵鸟，一头钻进白垩质的山崖中。海滩上一片荒凉，东一堆西一摊全是海上漂来的杂物，到处布满鹅卵石。大海恣意地为所欲为，而它的为所欲为就是破坏。它对着这个市镇咆哮，对着悬崖峭壁咆哮，疯狂地冲击着海岸。市镇的空气中弥漫着一股浓烈的鱼腥味，仿佛病鱼都像病人下海洗海水浴那样，到空中来洗空气浴了。海港里捕鱼的人不多，可是一到晚上，却有很多人四处闲逛，朝海上张望，特别是在涨潮和临近满潮的时候。一些小商人，什么买卖也不做，有时却莫名其妙地发了大财。值得注意的是，这一带没有一个人能容得了点燃街灯的人①。

这一天，有时候天气晴朗得可以看见法国海岸，可是到了下午，又变得雾气重重，洛里先生的头脑似乎也变得昏昏然了。天黑以后，他坐在餐室的壁炉前，像早上等早餐那样，等待着送晚餐来。他神志昏昏地忙着在那火红的煤块中挖呀，挖呀，挖个不停。

对一个在火红的煤块中挖掘的人来说，晚饭后喝上一瓶上等红葡萄酒，除了使他不想干活之外，并没有什么坏处。洛里先生闲坐了好半天，就在他像个气色很好的老先生喝完一瓶酒，露出心满意足的神情，倒出最后一杯酒时，狭窄的街道上传来了一阵车轮声，接着便辘辘地响进了旅馆的院子。

他放下这杯还没沾唇的酒，说："是小姐来了。"

顷刻间，茶房进来报告，伦敦来的马奈特小姐到了，很想见台尔森银行来的先生。

"这么快？"

马奈特小姐已在路上吃过点心，现在什么也不想吃。要是先生乐意而且方便的话，她很想马上就见台尔森银行来的先生。

台尔森银行来的这位先生二话没说，硬着头皮把杯中的酒一饮而

---

① 暗示这一带走私活动多。

尽，理了理双鬓上那古怪小巧的亚麻色假发，跟着茶房走进了马奈特小姐的房间。她的这个房间又大又暗，用黑色马毛呢布置得像办丧事的样子，还摆着几张漆黑笨重的桌子。这些桌子漆了一道又一道，使得每一块桌面上都隐约地映出房间正中桌子上那对高大蜡烛的影子，仿佛它们是给深埋在黑色桃花心木的坟墓里了，不把它们挖出来，就别指望它们会发出什么光亮。

房间里一片昏暗，什么也看不清，洛里先生踩着破旧的土耳其地毯摸索前进，原以为马奈特小姐这会儿在隔壁房间里，直到他走过那对高大的蜡烛，才看见一位不到十七岁的年轻小姐，站在烛台和壁炉之间的一张桌子旁等着他。她披着一件旅行斗篷，手里还拎着那顶旅行草帽的缎带。她个子不高，身材轻盈苗条，长着一头浓密的金发，一双和他的目光相遇时带着询问神情的蓝眼睛，还有一个功能独特的前额（记着，它是那么娇嫩光滑），它一会儿舒展，一会儿蹙皱，那表情，似困惑，似好奇，似惊讶，又似兴致勃勃地全神贯注——四种表情全都包含在里面了。洛里先生看到这一切，眼前突然清晰地闪过一幅画面：一个寒冷的冬日，海上狂风呼啸，白浪滔天，他怀抱一个婴儿，乘船渡过这个海峡。这画面，就像呵在姑娘背后那面陈旧的穿衣镜上的热气，转瞬就消失了。那镜框上有一长排残缺不全的黑人小爱神，全都缺臂少腿，有的还没有头，他们捧着盛满死海之果[①]的黑色篮子，奉献给黑色的女神。洛里先生毕恭毕敬地向马奈特小姐鞠了一个躬。

“请坐，先生。”声音十分清脆悦耳，略带一点儿——真的只有很少的一丁点儿外国腔调。

“吻你的手，小姐。”他照老式的礼节说，又郑重其事地鞠了一个

① 相传死海边长有苹果树，但结的果实里全是黑色的灰烬。

躬，然后坐了下来。

“先生，昨天我收到台尔森银行的一封信，告诉我一些消息——或者说是发现……”

“用词无关紧要，小姐，这两个词都可以用。”

“……是有关我那可怜的父亲留下的一点财产的事，我从没见过他——他去世已经很久了——”

洛里先生在椅子上挪动了一下，慌乱不安地看了看那排残缺不全的黑人小爱神，仿佛他们那荒唐可笑的篮子里有什么助人的锦囊妙计似的！

“……提出说我有必要去一趟巴黎，找银行的一位先生接洽，他是专为这件事去巴黎的。”

“就是我。”

“我也是这样想的，先生。”

她对他行了一个屈膝礼[①]，恳切地向他表示，她认为他不仅在年岁上比她大得多，在见识上也比她广得多。他再次向她鞠了一躬。

“先生，我答复银行说，既然知情的人好心建议我有必要去一趟巴黎，我理当前往，不过我是个孤女，没有能陪我前去的亲友，要是有幸得到应允，旅途中能得到那位可敬的先生庇护，我将感到十分荣幸。但是这位先生已经离开伦敦，不过我估计银行会派出信使追上他，求他赏脸在这儿等我的。”

“我很荣幸，”洛里先生说，“能够接受这一重托。我将更加乐意地完成这一重托。”

“我十分感激，先生，衷心感激。银行方面告诉我说，这位先生会对我解释这件事的详细情况，而且说我一定要在思想上做好准备，因

① 当时年轻妇女都行这种礼。

为情况是非常出人意料的。我现在已经做好了最充分的准备，当然，我也急于想知道那是怎么一回事。”

“当然，”洛里先生说，“是的，我——”

他沉默了一会儿，又理了理耳朵边卷曲的亚麻色假发，接着说道：

“真不知道该从哪儿说起。”

他并没有开始讲述，犹豫间，看见了她闪闪的目光。那娇嫩的前额舒展着，露出那种独特的表情——不仅独特，而且很美，富有个性——同时举起一只手，像是不由自主地想要抓住或者止住某个一闪而过的幻影。

“你一点都不认识我吗，先生？”

“难道不是吗？”洛里向前摊开双手，面带爱好争论的笑容。

她本来一直站在椅子旁边，这时若有所思地坐了下来，眉宇间，就在那小巧娇嫩的鼻子上方——这鼻子真是精致、漂亮极了——表情越来越深沉了。他看着她陷入沉思，待到她重又抬起眼睛时，他才继续说道：

“在你客居的这个国家里，我看我最好还是把你当作英国小姐，称呼你马奈特小姐，好吗？”

“你请便，先生。”

“马奈特小姐，我是一个生意人，我要完成的是一桩生意上的任务。在你听我叙述时，你只要把我当成是一架会说话的机器就行了——真的，我可不是别的什么。如蒙许可，小姐，我将给你讲一讲我们一位客户的故事。”

“故事！”

他似乎有意搞错了她所重复的这个字眼，匆匆回答说：“是的，客户，在银行业务上，我们把和我们有来往的人通称为客户。他是一位法国绅士，一位从事科学的绅士，一位很有成就的人——一位医生。”

“不是博韦[①]人吧？”

“呃，是的，是博韦人。像你父亲马奈特先生一样，这位先生是博韦人。也像你父亲马奈特先生一样，这位先生在巴黎很有名。我有幸在那儿认识了他。我们的关系纯属生意上的往来，不过关系很密切。当时我在我们的法国分行，我在那儿已经——哦！工作二十年了。”

“当时——我是不是可以问一句，那是什么时候，先生？”

“我说的是二十年前的事了，小姐。他娶了——一位英国小姐——我是他的财产受托管理人之一。他的财产事务，像许多别的法国绅士和法国家庭一样，完全交托给台尔森银行经办。同样，我现在是，或者说我一直是我们许多客户这样或那样的受托人。这些纯属生意上的往来，小姐，这当中谈不上什么友谊，没有特殊的利害关系，也没有感情之类的成分。在我的银行业务生涯中，我经办了一桩又一桩的业务，就像在我的工作日里打发了一个又一个客户一样。总之，我没有感情，我只是一架机器。让我们言归正传——”

“这是我父亲的故事，先生，我想起来了，”那个独特的皱起的前额，一直非常急切地对着他，“我父亲去世后仅两年，我母亲也去世了，我成了一个孤儿，是你把我带到英国来的。我几乎可以肯定，那就是你。”

洛里先生握住那信赖地朝他伸过来的略显羞怯的小手，郑重地把它举到自己唇边，然后又把这位年轻小姐径直领回她的座位，用左手扶着她的椅背，右手一会儿摸摸自己的下巴，一会儿扯扯双鬓的假发，或者强调一下他说的话，并站在那儿俯视着她的脸，她则坐在那儿仰望着他。

“马奈特小姐，那是我。我说到我这人没有感情，我和别人的关系

---

① 巴黎西北一小城。

纯属生意上的往来，你只要想一想，打那以后我一直就没有去看过你，你就会明白，我讲到自己时的话有多真实了。我没去看。打那以后，你一直受台尔森银行的监护，可我则一直忙于银行里其他方面的业务。感情！我没有时间、没有机会顾及感情。小姐，我把我的整个一生，都耗费在开动一部巨大的赚钱机器上了。”

洛里先生对自己从事的日常工作做了这么一番古怪的描述后，又用双手捋了捋头上那顶亚麻色假发（其实这毫无必要，它那光亮的表面本来就非常服帖），恢复了他原来的姿态。

“我刚才说的，小姐（正如你刚才说的），这都是你那令人惋惜的父亲的故事。下面要说的就不一样了。假如你父亲死的时候并没有真死——别害怕，你怎么吓了一大跳！”

她确实吓了一大跳，双手紧紧抓住了他的手腕。

“请求你，”洛里先生用安慰的口气说，从椅背上抽回左手，放到那抓住他求助的剧烈颤抖的手指上，“请求你别激动——这只是一桩生意上的事。像我刚才说的——”

她的神态使得他如此不安，他住了口，犹豫了一会儿，才又重新往下说：

“像我刚才说的，假如马奈特先生没有死；假如他是突然无声无息地失踪了；假如他是遭人绑架了；假如别人虽然没法找到他，却不难猜出他落到什么可怕的地方；假如在他本国有个可以行使极大特权的仇人，那种特权，就我当年所知，就连海峡那边最胆大的人，也不敢悄声议论，例如，填上一份空白的密札①，就可以把任何人无限期地关在监牢里；假如他的妻子乞求国王、王后、宫廷、教会告知一点他的消息，那全是徒劳——那么，你父亲的身世，就跟这位不幸的先生、

① 当时的法国国王赐给宠臣们的一种盖了印章的空白逮捕令。

这位博韦的医生一样了。”

“我求你再多告诉我一些，先生。”

“好的，我这就讲，你受得了吗？”

“我什么都受得了，只要你别像现在这样把我弄得疑惑不安。”

“你说话神态镇静，你——是很镇静的。这就好！”（尽管他的态度显得并不像他的话那么满意。）“这只是一桩生意上的事。把它看作一桩生意吧！——一桩非办不可的业务。假如这位医生的妻子虽说胆识过人，勇气可嘉，但在孩子出生前因此事遭受了极大的痛苦——”

“这小孩是个女儿吧，先生？”

“是个女儿。这……这……只是一桩生意上的事——不必难过。小姐，假如这位可怜的太太，在她的孩子出生前遭受了极大的折磨，使得她决心不让这可怜的孩子再经受她饱尝过的痛苦，便想方设法要她相信她的父亲已经死了——别，别跪下！老天爷，为什么你要对我下跪？”

“因为你讲了实情。啊，亲爱的好心善良的先生，因为你讲了实情！”

“这……这……只是一桩生意上的事。你把我弄得心乱如麻了，心乱了，我还怎么办事呢？还是让我们清醒清醒头脑吧。要是不见怪，你是不是现在就说说，比如九乘九便士是多少，或者二十个几尼[①]是多少先令，这很有好处。我也就可以对你的精神状况放心了。”

他把她轻轻扶了起来，她没有直接回应他的要求，只是静静地坐着，那双一直紧紧抓住他的手腕的小手，已经不再像原来那样颤抖了。这一来，就让贾维斯·洛里先生又定下心来。

“这就对了，这就对了。拿出勇气来！来办事情！你面前还有许多

① 旧英国金币，1几尼价值21先令。现值1.05英镑。

事等着你去办哩，都是意义重大的事。马奈特小姐，你的母亲是这样安排你的前程的。她一直到死——我认为她是因心碎而死的——始终都没有放弃寻找你父亲，却一无所获。她去世时，你才两岁，她盼望你长得健康美丽，生活得快乐幸福，不让你的生活蒙上乌云，不让你担惊受怕，悬着一颗心，不知道父亲究竟是入狱不久就耗尽心力而死，还是仍在那儿苦熬着漫长的岁月。”

他说这番话的时候，以爱怜的心情，俯视着那头飘垂的金发，仿佛在他的想象中，这头金发也许已经花白了。

“要知道，你的父母并没有多少财产，所有一切全都留给你母亲和你了。在金钱或其他财产方面，到现在为止，没有什么新的发现，不过——”

他感到手腕被抓得更紧了，就没有再说下去。那曾特别引起他注意的前额上的表情，现在已凝固成一种深沉的痛苦和恐怖。

“不过他已经——已经找到了。他还活着。只是大大变了样，这很有可能；可能都快不成人样了，尽管我们抱着乐观的希望。人总算还活着。你父亲已经被送到巴黎一个先前的仆人家里，所以我们现在就要去那儿。我呢，去认明他，只要我能做到；你呢，要去恢复他的生命、爱、责任心，使他重获休息和安乐。”

一阵战栗传遍她的全身，而且从她身上传到了他身上。她用一种低微、清晰而又敬畏的音调说道，就像在说梦话：“我是去看他的鬼魂啊！那是他的鬼魂吧——不是他！”

洛里先生默不作声地抚摩着那双抓住他胳膊的手。“好啦，好啦，好啦！你看，你看！现在事情都原原本本地告诉你了。你已经走了一段去这位可怜的蒙受不白之冤的先生那儿的路，再走一程海路，一程陆路，你很快就能到达他本人的身边了。”

她又用同样的声调悄声说：“我一向自由自在，一向无忧无虑，他的鬼魂还从来没有找过我呢！”

“只有一件事还得提醒你，”洛里先生加重了语气，想要引起她的注意，“找到他的时候，他已改用另一个名字，他自己原来的名字，早就被人遗忘或者早就隐瞒下了。现在去打听他的真名实姓，不仅无益，反而有害；要去追究这么些年他是无人过问还是被人有意长期囚禁，也是有害无益的。现在，任何的刨根问底，都不仅无益，反而有害，因为这是很危险的。最好是不管在什么地方，不论用什么方式，都不要提起这件事，而且无论如何得马上把他转移出法国。即使是我，作为一个英国人，安全有保障，即使是台尔森银行，对法国的信贷举足轻重，也都只好避而不谈这件事。我身边没有带明文谈到这件事的片纸只字。这完全是一项秘密服务。我所有的证件、账目、备忘录，全都包罗在‘复活’这个词里了；这可以表示任何意思。可是怎么啦？她一点也没留神听！马奈特小姐！”

她一动不动，悄无声息，依然坐在他的手的下方，甚至没有仰倒在椅子里，可完全失去了知觉。她两眼睁开，定神地看着他，刚才的那种表情，看上去仿佛已经雕刻或烙印在她的前额上。她把他的胳臂抓得紧紧的，使得他不敢骤然抽身，生怕会伤着她，因而只得一动不动地大声呼救。

一个模样粗野的女人，抢在仆役的前面跑进了房间。洛里先生虽然心急如焚，也看清了她浑身上下一片通红，连头发也是红的，穿一件式样古怪的紧身衣，戴一顶非常奇特的软帽，像近卫军戴的特大号高皮帽，或者像一大块斯蒂尔顿奶酪[①]。她当机立断，用她壮实有力的手，当胸一掌，把他推到最近的墙上，从而迅速地解决了他从那可怜的年轻小姐手中脱身的问题。

① 英国一种用青霉菌发酵而成的优质蓝纹奶酪。

（“我真以为这一定是个男子汉哩！”洛里先生撞到墙上时，上气不接下气地想道。）

“嗨，瞧你们这帮人！”这女人冲着仆役们咆哮起来，“还不赶快去拿东西来！站在那儿盯着我干吗？我有什么好看的？干吗还不去拿东西？你们要是还不快去把嗅盐、冷水和醋拿来，我要叫你们好看！快去！”

大家立即分头去拿这些苏醒剂了，她则轻轻地把病人放到一张沙发上，熟练而又温柔地照料着她，管她叫“我的宝贝！”“我的小鸟”，还很骄傲很小心地把她的金发理顺，让它们披散在肩上。

“喂，你这个穿棕色衣服的！”她愤愤地转向洛里先生说，“不把她吓死，你就没法和她说清你要说的话了吗？你瞧瞧她，漂亮的小脸煞白，两手冰凉，你就管这叫‘银行家’的做法？”

洛里先生让这个难以回答的问题弄得窘迫不堪，只好站得远远地看着，谦卑地勉强表示赞同。那个强健有力的女人，用“我要叫你们好看”这种没做进一步说明的神秘惩罚，把还站在那儿的仆役们撵走后，就有板有眼地用一套套方法，使受她照管的人苏醒了过来，然后哄着她，把她那低垂的头靠在她的肩上。

“但愿她就会好起来。”洛里先生说道。

“就是好起来，也不会谢你这个穿棕色衣服的。我宝贝的小美人哟！”

“我希望，”洛里先生又谦卑地勉强表示赞同，然后说，“你能陪马奈特小姐去法国吗？”

“那也是有可能的！”强健有力的女人回答说，“要是命里注定我要漂洋过海去，你想老天爷会让我投生在这个岛上吗？”

这又是一个难以回答的问题，贾维斯·洛里先生只好退出房间去考虑了。

第五章

酒店

一个大酒桶掉落在街心，摔破了，这事故发生在人们把它从大车上卸下来的时候。酒桶突然滚落下来，桶箍断裂，木桶像胡桃壳似的四分五裂，刚好散落在酒店门前的石头街道上。

附近一带的人，有的扔下活儿，有的不再闲逛，全都赶到出事地点喝酒来了。街道上铺的石头，高低不平，大小不一，棱角凸出，仿佛存心要把一切走上前来的人都弄残废似的。这些石头把酒圈成了一个个小酒洼，照着酒洼的大小，周围全都挤满了数目不一的抢酒喝的人。有的男人跪在地上，用双手把酒捧起来啜饮，或者趁酒还没有从指缝间流掉，捧给从他们肩上伸过头来的女人吮吸。还有一些人，有男有女，用破陶杯在酒洼里舀着，甚至有人用女人的头巾去蘸，然后挤进小孩的嘴里。为了不让酒流失，有的人用泥筑起了小小的堤坝；还有旁观者听从高处窗口里的指挥，奔东赶西，忙着拦截那些涌向新方向的涓涓细流；也有人在那些被酒浸透的酒桶板上下功夫，起劲地舐着，吮着，甚至津津有味地啃嚼那些被酒沤软的木桶碎片。这里没有排水沟，酒不会流走，可是不仅所有的酒都被吮干喝净，连不少烂泥也一并带走了，就像这条街上有了个清道夫似的——如果熟悉这条街道的人，真的相信会有奇迹出现的话[①]。

---

① 指这里的街道从来没有清道夫打扫。

在这场抢酒比赛中，男女老少的欢声笑语响彻街市，极少野蛮粗俗，更多的是嬉戏和欢乐，其中蕴含着一种特殊的友谊，一种显而易见的人人都想和别人交往的意愿，特别是那些运气较好或性格开朗的人，还引得他们嬉笑拥抱，彼此祝酒，互相握手，甚至有十几个人手拉着手跳起舞来。待到酒已喝尽，那些酒流得最多的地方被手指挖出一个个小泥坑时，这场突如其来的欢闹，也就突如其来地停止了。那个原来在锯木柴，把锯子往柴堆中一扔赶来喝酒的男人，这时又拉起了锯子；那个把一小盆热灰扔在门口台阶上的女人，又回去端起盆子，烘烤自己和孩子冻僵的手脚去了；那些赤着胳臂、头发缠结成团、脸色苍白的男人，刚才从地窖里钻出来，出现在冬日的阳光下，现在又钻回地窖去了。街道又被愁云惨雾笼罩，对这儿来说，这种凄惨的情景，比阳光灿烂更加自然和谐。

洒出的酒是红葡萄酒，它染红了巴黎近郊这个圣安托万区①狭窄街道的地面，也染红了许多双手，许多张脸，许多赤脚，许多木鞋。那锯木柴男人手上的红色，印到了木柴上；那哺育婴儿的女人把染上红色的头巾重又缠到头上时，红色印上了额头。那些贪婪地啃嚼过酒桶碎片的人，像老虎吃了活物一样满嘴通红；一个满嘴血红的爱开玩笑的高大汉子，头上搭一顶脏口袋似的睡帽，用手指蘸起和着泥的酒浆，在一堵墙上写了个“血”字。

这种酒洒满街心的石头，许多人被它染得血红的时日，快要到来了。

笼罩在圣安托万上空的乌云，被倏忽即逝的一缕微光驱散了一会儿，如今又黑沉沉地聚拢来了——寒冷、肮脏、疾病、愚昧和贫穷，是侍候在这位圣者座前的五位老爷，他们都是有权有势的王公贵族，

① 巴黎近郊最贫困的工人区，1789年7月，圣安托万区工人首先起义，和巴黎人民一起攻占了巴士底狱，开始了法国大革命。这个工人区有“革命圣地”之称。

特别是最后那一位。那些在磨盘下（当然不是神话中那种能把老人磨成青年的神磨[①]）被可怕地磨了又磨的标准小民，在角落里瑟瑟发抖，在门廊下踯躅徘徊，从窗口失神张望，在寒风中衣不蔽体地缩成一团。那折磨他们的磨盘，把青年人磨成了老头，把小孩磨得脸老声沉；无论在儿童还是成人的脸上，都深深地刻印着饥饿的旧痕新迹。饥饿到处横行，被推出高楼大厦，钻进挂在竹竿和绳子上的破衣烂衫；饥饿和麦秸、破布、木片、废纸一起成了衣服鞋帽；饥饿也附在那男人锯下的小柴片上；饥饿从不冒烟的烟囱上朝下俯视着，从满是垃圾堆的肮脏街道上冒出来，那儿的垃圾堆里找不出半点可供充饥的残渣余屑。饥饿刻在面包店老板的货架上，存货不多的每块劣质面包上都写着"饥饿"二字；在腊味铺里，每一根待售的死狗肉腊肠上，也有饥饿的印迹。在炒栗子的转筒里，饥饿的枯骨和栗子一起咯咯作响；饥饿被碾成了粉末，撒在那一小碟用几滴舍不得放的油煎出来的带皮土豆片上。

所有适合它逗留的地方，它都流连不去。它栖身在一条臭气冲天、狭窄弯曲、与别的狭窄弯曲街道相连的街道上，街上挤满衣衫褴褛、头戴睡帽[②]的人，人人身上都散发出一股破衣烂帽的臭味。一切看得见的东西，都带着凄楚的目光，看着这些脸带病容的人。可是在他们那走投无路的神色中，还是流露出一种困兽犹斗的情绪。虽然他们无精打采，骨瘦如柴，他们当中仍然不乏冒着怒火的眼睛，不乏因强忍紧闭得发白的嘴唇，也不乏自己被绞或用作绞人的绞索似的紧锁的双眉。店铺的招牌（数目几乎和店铺一样多）上全都是表示贫穷的凄惨画面。肉店画的是皮包骨头的肉，面包店画的是最粗劣的面包，酒店信手乱

① 欧洲有传说称，古代有一神磨，能磨出青春、财富，使人返老还童，由穷变富。
② 西欧习惯，出门必戴帽，贫民穷苦没有出门戴的帽，故戴睡帽。

画了几个酒客对着几杯分量不足的薄酒发牢骚，或者交头接耳凑在一起密谈。除了工具和武器，没有一样东西有兴隆的景象，只有刀具铺的刀斧锋利闪亮，铁匠铺的铁锤沉重有力，枪械铺的枪械杀气腾腾。让人摔断腿的石头路面，到处是泥坑水洼，路面直通到住户门口，没有人行道。作为补偿，排水沟奔到了街心——这是指有水可排时，但是真的大雨滂沱之后，它又会怪病发作似的，冲进各户人家。街上，隔一段很远的路才有一盏粗陋的街灯，用绳子和滑轮吊着；到了晚上，点灯人把灯放下点着，然后重又吊了起来，一束昏黄的灯光就在人们头上无力地摇曳，仿佛是在海上。它们确实是在海上，这艘船和全体船员，正面临着暴风雨的危险。

总有一天，这一地区衣衫褴褛、骨瘦如柴的人们，会因为整日无所事事、腹中饥饿难当，而对那点灯人的行当琢磨起来，久而久之，就会想到要将他的方法加以改进，用那些绳子和滑轮把人吊起来，来照亮他们处境的黑暗。不过，现在这种时候还没有到来，每一阵刮过法国的风，都只是徒劳地吹动了稻草人[①]的破衣烂衫，因为那些歌喉婉转、羽毛艳美的鸟儿，并没有引起警觉。

这家酒店就开在街角上，在外观和等级上都比别的店高出一筹。酒店老板穿着黄马甲、绿裤子站在门外，看着人们在争喝泼洒在地上的酒。“这跟我不相干，”最后他耸了耸肩膀说，“是市场送酒人干的好事，让他们另外再送一桶来。”

他一眼看见了那正在墙上涂字的、爱开玩笑的高个子，隔街朝他喊了起来：“喂，我说加斯帕尔，你在那儿干什么呀？”

那人像他们那帮人习惯的那样，意味深长地指了指他闹着玩写的字。可是他碰了壁，对方完全不理会——这在他们那帮人中也是常

① 英语中，“稻草人”和“衣衫褴褛、骨瘦如柴的人”为同一词。

有的。

“又在干什么？想进疯人院吗？”酒店老板说着，穿过街去，抓起一把烂泥，把那个闹着玩的字涂掉，“干吗写在大街上？难道——告诉我——难道你就没有别的地方好写这种字了吗？”

他一面劝，一面用一只干净的手朝那爱开玩笑的人的心口上点了点（也许有意，也许无心），那人打开了他的手，灵活敏捷地朝上一蹦，然后用一个夸张的舞蹈动作跳落在地上，一只脏鞋子便顺势从脚上甩到手中，他拿着举了起来。如此看来，他这人是个爱开恶作剧式（不能说恶劣凶狠）玩笑的人。

“穿上，穿上，”酒店老板说，“去喝酒，喝酒去！”说着，在对方的衣服上擦干净满是泥污的手，他这样做完全是故意的，因为这手是因对方弄脏的，然后他才重又穿过街道，回到酒店里。

酒店老板三十来岁，粗脖子，像个雄赳赳的武夫。他一定火气很旺，尽管天气寒冷入骨，他仍未穿外衣，只把衣服搭在肩上。衬衫袖子高高卷到肘部，露出棕色的胳臂。一头浓密卷曲的黑色短发，没戴帽子。他全身黝黑，眼睛很有神，而且两眼之间间隔开阔。总的说来，从外表看，他脾气不错，但也不见得能饶人；显然，这是个意志坚强、决心坚定的人。这种人，在两边是深渊的羊肠小道上，最好不要和他狭路相逢，因为他是死也不会回头的。

他走进店里时，他的妻子德法尔热太太正端坐在柜台后面。他太太年纪和他不相上下，身材粗壮，有一双似乎什么都不看却什么都不放过的眼睛，一只大手上戴着沉甸甸的戒指，脸色镇静，相貌坚毅，举止从容不迫。德法尔热太太身上有一种品质，让人可以由此断定，她所经管的任何账目都是不大会出错的。生性怕冷的德法尔热太太身上紧裹着毛皮衣服，头颈上还围着一块色彩鲜艳的披肩，不过一对大耳环倒没有被遮住。她面前摆着编织活，但她没有编织，而是捏着一根牙签在剔牙。她用左手托着右肘，专心致志地剔着，丈夫进来时她没有作声，只是轻轻咳了一声，这一声咳嗽，加上她微微向上抬了抬那浓黑的眉毛，暗示她丈夫好好注意店里酒客的情况，因为就在他走到街对面去时，来了新顾客。

酒店老板转眼朝四周打量，最后，目光停留在角落里坐着的一位老先生和一位年轻小姐身上。店堂里还有另外几个顾客：两个在玩纸牌，两个在玩多米诺骨牌，三个站在柜台旁，慢腾腾地呷着杯子里的那一点儿酒。当他走到柜台后面时，注意到那位老先生向那位小姐使了个眼色，意思是："这就是我们要找的人。"

"你们他妈的到这儿来捣什么鬼？"德法尔热先生自言自语地说，"我又不认识你们。"

他假装没看见这两个陌生顾客，自顾自跟站在柜台旁喝酒的三位顾客攀谈起来：

"怎么样，雅克[①]？"三人中的一个问德法尔热先生，"洒在地上的酒都喝光了吗？"

"喝得一滴不剩了，雅克。"德法尔热先生回答。

待他们这样互唤过这个名字后，正在用牙签剔牙的德法尔热太太又轻轻地咳了一声，微微抬了抬眉毛。

"这班穷哥们，"三人中的第二个对德法尔热先生说，"是不大能尝到酒味的，除了黑面包和死亡，尝不到别的味。是吧，雅克？"

"是的，雅克。"德法尔热先生回答。

在第二次这样互唤这个名字时，德法尔热太太依旧泰然自若地在用牙签剔牙，过后她又轻轻地咳了一声，微微抬了抬眉毛。

三个人中的最后一个放下喝干的酒杯，咂了咂嘴，开口说话了。

---

① 14世纪中叶法国农民暴动时，贵族对农民的蔑称，从此成为农民的诨名。此处为法国大革命时期革命者互称的暗号。

“唉，越来越糟糕了！这班穷哥儿们嘴里尝的尽是苦味，他们过的总是苦日子，雅克。我说得对不对，雅克？”

“说得对，雅克。”德法尔热先生这样回答。

第三次这样互唤过这个名字后，德法尔热太太把牙签放到一边，眉毛高高抬起，在座位上轻轻地挪动了一下身子。

“够了！真的！”她丈夫嘟囔着说，“先生们，这是我太太。”

三位顾客一齐向德法尔热太太脱帽致敬，把帽子拿在手中挥动了三下。她低了低头，朝他们很快看了一眼，受了他们的礼，然后就漫不经心地朝酒店看了一圈，不慌不忙地拿起编织活，聚精会神地织了起来。

“先生们，”她丈夫说，眼睛一直留神地注视着她，“日安。刚才我出去时，你们在打听，说是想要看看那个带家具的单人套间。它就在六楼，楼梯口在紧靠这里左首的那个小院子里，”说着他用手指了指，“就在我酒店的窗口旁边。我这会儿想起来了，你们当中有一位去过那里，他可以领路。先生们，再见。”

他们付了酒钱，走了。德法尔热先生的眼睛一直留神着他那正在编织的妻子。这时，那位老先生从角落里走了过来，要求和他说句话。

“遵命，先生。”德法尔热先生答应说，默默地跟他走到门边。

他们的交谈非常简短，但十分干脆，老先生几乎刚开口，德法尔热先生便大吃一惊，全神贯注地听了起来。不到一分钟，他就点点头，走出门去。那位老先生接着对年轻小姐做了个手势，也一齐跟了出去。德法尔热太太手指灵巧地飞快织着，眉毛一动也不动，好像什么也没看见。

贾维斯·洛里先生和马奈特小姐，就这样走出酒店，跟着德法尔热先生来到楼梯口，就是刚才他指点那另外三个人进去的地方。楼梯口外面是个黑乎乎、臭烘烘的小院，这是个公用的总出入口，里面有一大堆房子，住着许多人家。在通向阴森森的砖铺楼梯的阴森森的砖铺过道里，德法尔热先生朝老主人的孩子单腿跪下，吻了吻她的手。这本是个文雅的动作，可是他做得一点儿也不文雅。顷刻之间，他的神情发生了十分明显的变化，他脸上已没有温和善良的表情，也不再有坦白直率的神态，一下子变成了一个诡秘、愤怒的危险人物。

“楼很高，不大好上，最好慢点儿。”开始上楼梯时，德法尔热先生用严峻的声调对洛里先生说。

“他独自一个人吗？”洛里先生悄声问道。

“独自一个人！上帝保佑，谁能跟他住在一起呀？”对方同样低声回答。

“那他一直独自一个人？”

“是的。”

“是他自己希望这样？”

“是他自己要这样的。他仍和我第一次见到他时一样。在那之前他们找到我，问我是不是肯冒风险收留他，小心照顾他——现在他还和那时一模一样。”

“他大变样了吗？”

“变了！”

酒店老板收住脚步，用手捶了捶墙，狠狠地咒骂了一句。这比任何的正面回答都有力多了。洛里先生和他的两位同伴越爬越高，他的心情也越来越沉重了。

在今天来看，这样的楼梯，连同它的附属设施，在巴黎那些较老较拥挤的地区，该算是够差的了；而在那个时代，对于尚未习惯、未变麻木的感官而言，更是糟糕透了。住在这座又臭又脏的高楼里的每户人家——也就是说，开向这个公用楼梯的每一扇门内的房间——除了从各自的窗口扔出一部分破烂外，全都把垃圾倒在门口的过道里。

即使贫寒和穷困没有用它们那无形的污秽玷污了空气，这些垃圾不断产生的难以控制、无法消除的大量臭气，也足以把空气污染了；而这两股污染源合在一起，就更加令人难以忍受了。一路的空气都这样恶浊，楼梯又陡又暗又脏。贾维斯·洛里先生变得越来越心神不定，他的年轻同伴也越来越激动不安，因而他们不得不停下来歇息两次。每次都停在一扇凄惨的小格子窗前，仅存的一点没变味的好空气，似乎都经过这里逃之夭夭，而所有腐败变质、令人作呕的气味，似乎都经过这里缓缓爬了进来。透过锈迹斑斑的铁窗栅栏，不用眼看，光凭那气味，就可以感觉到附近一带的乌烟瘴气、杂乱无章，在视力所及的范围内，在比巴黎圣母院两座高塔的尖顶更近更低的地方，已经没有任何健康生活和高尚志趣的希望。

终于爬到了楼梯的尽头，他们第三次停了下来。可要到那间阁楼，还得往上爬另一道更陡更窄的楼梯。酒店老板一直走在前面一点，而且总是走在靠近洛里先生一边，好像生怕那位年轻小姐会向他提出什么问题。直到这会儿，他才转过身来，小心翼翼地摸着搭在肩上的外衣口袋，掏出一把钥匙。

“这么说门是锁着的，朋友？”洛里先生吃惊地问。

“嗯，是的。”德法尔热先生冷冷地回答。

“你认为有必要把这位不幸的先生这样禁闭起来吗？”

“我认为有必要锁上。”德法尔热先生紧皱起双眉，凑近他的耳朵悄声说。

“为什么？”

“为什么！因为他被锁着过了那么多年，要是现在让门开着不锁，他会给吓得——狂喊乱叫、发疯、死掉，还有我说不上的灾难。”

“这怎么可能？”洛里先生叫了起来。

“这怎么可能？”德法尔热先生悲愤地重复了一句，“是啊，我们生活的虽然是个美好的世界，可是这是可能的，还有许许多多这样的事情都是可能的，不但可能，而且已经有了——有了，瞧你说的！天底下，哪儿都有，每天都有。魔鬼万岁。我们还是继续上去吧！”

这席对话是悄声低语进行的，一个字也没有传到那位年轻小姐的耳中。但是这时，由于她过于激动，浑身颤抖不已，脸上显得如此焦虑不安，尤其是这般畏惧惊恐，使得洛里先生觉得自己有责任劝说几句，让她恢复勇气。

“鼓起勇气来，亲爱的小姐，勇敢些！这是办业务！最糟糕的时刻就要过去了。随后，你带给他的是一切好事、一切宽慰、一切幸福。请我们的好朋友过来，扶你一把吧。对了，朋友德法尔热，来吧，这是桩业务，办桩业务！”

他们慢慢地、轻轻地往上爬去。梯子很短，很快就到了顶上。由于这儿有个拐角，他们一眼就看见了三个人，他们都低着头，紧凑在门边，透过墙上的缝隙或窟窿，正聚精会神地在朝房里张望。听到脚步声到了跟前，他们连忙转过身来，直起腰，这才让人看出，原来就是刚才在酒店里喝酒的那三个同名的人。

“你们来得这么突然，我把他们三个给忘了，”德法尔热先生解释说，“好伙计们，先离开一下，我们要在这儿办点事。”

三个人擦肩而过，悄悄地下楼去了。

这层楼看来没有别的门了，等那三人一走，酒店老板就径直来到这扇门前。洛里先生略带怒意地低声问他：“你把马奈特先生当作展览品了？”

“你看见了，我只让经过选择的少数人看。”

“这样做合适吗？”

“我想是合适的。”

“这少数的是什么人？你是怎么选择的？”

“我选的是真正的人，和我同名的人——我叫雅克——让他们看看，对他们有好处。行了，你是英国人，那是另一码事。请你们在这儿稍等一会儿。”

他打了个手势，要他们靠后站，然后弯下腰，从墙缝朝里张望。他很快又抬起头来，在门上拍了两三下——显然，这只不过是为了弄出声音，没有别的用意。出于同样的目的，他又用钥匙在门上划了三四下，然后才笨手笨脚地把钥匙插进锁孔，尽量使劲地转动着钥匙。

门在他手下慢慢地朝里打开了，他朝房里看了看，说了句什么。一个微弱的声音回答了句什么，两人都只说了一两个词。

他回过头来，招呼他们进去。洛里先生用胳臂紧紧搂住姑娘的腰，支撑着她，因为他发觉姑娘的身子直往下沉。

“这——这——这是桩业务，办桩业务！”他极力鼓励着，脸颊上与业务无关的泪水在闪烁，“进来吧，进来！”

“我怕。”她哆哆嗦嗦地回答。

“怕？怕什么？”

“我说的是怕他，怕我父亲。”

领路人打手势叫他们快进去，而她却是这个模样，洛里先生没有办法，只好拉住搭在肩上的那只哆嗦的胳膊，让它搂住自己的脖子，稍稍把她架起，连背带扶，匆匆把她搀进房间。一进房间，他就把她放下，扶着她，让她靠在自己身上。

德法尔热先生拔出钥匙，关上门，从里面把门锁上，再拔出钥匙，拿在手中。所有这些他都做得有条不紊，还尽量把声音弄得又响又刺耳。末了，他以均匀的步伐走过房间，走到窗口旁边。他在窗前停下，转过脸来。

这间阁楼，原本是用来堆放木柴之类的东西，又阴又暗。那个老虎窗式的窗户，其实是开在屋顶的一个门，外面装着一个小吊车，用来从街上往里吊东西。窗口没安玻璃，而是像一般法国房子那样，有两扇中间关闭的门。为了御寒，一扇门紧紧关着，另一扇也只开着一条缝。因此，透进来的光线很少，刚进来的时候，简直什么也看不清，只有长年累月对这习惯了的人，才能具有在这种昏暗光线下干细活的本领。此时，在这间阁楼上，确实有一个人在干细活，酒店老板站在窗前看着他。这是个白发苍苍的老人，背朝着门，脸对着窗，坐在一张矮凳上，向前躬着腰，正在忙着做鞋。

第六章

鞋匠

“日安！”德法尔热先生俯视着那埋头做鞋的白发老人的头说。

那头抬了抬，仿佛从远处传来的一个非常微弱的声音做了回答：“日安！”

“你还在一个劲儿地干活？”

沉默了许多，那头又抬了抬，那微弱的声音又答道：“是的——我在干活。”这回，一双干瘪凹陷的眼睛朝问话人看了看，然后又低下头去。

那声音微弱得可怜而又可怕。这无疑和长期幽禁及饮食粗劣有关，但主要还不是由于肉体上的衰弱，它的特别可悲之处在于它是孤栖独处、言语久废的结果。这声音像是许久以前发出声音的最后微弱无力的回音。它已经完全丧失了人类声音的活力和生气，使人感到仿佛是一度娇艳的色彩消褪成了一点淡淡的渍痕。它是如此低沉抑郁，简直像发自地层深处。这声音强烈地表达了一个绝望无救的人的心灵——一个在旷野里孤独飘零、饥寒交迫的游子，倒下去等死之前就是以这样的声音来追念家乡和骨肉亲友的。

他又默默地干了几分钟活，那双干瘪凹陷的眼睛又朝上看了看，既无兴趣也无好奇，只有一种机械呆板的直觉，觉得那唯一天天见面的人站着的地方现在还没空出来。

“我想要，”德法尔热说，目光一直没有从鞋匠身上移开，“让光线多进来一点儿，稍微亮一点儿，你受得了吗？”

鞋匠停下手里的活计，漠然听着，眼睛朝身旁的地板看了看，又以同样的神情朝另一旁的地板看了看，然后抬头看着说话的人。

“你说什么？”

“稍微亮一点儿，你受得了吗？”

“你要是让亮光进来，我就只得受了。”（说到“只得”两字时，他微弱无力地加重了一点语气。）

原来开着的半扇窗门又开大了一点，然后就停在了那个角度上。一大束光线落进了阁楼，照见了这个做鞋的人和他膝头一只未做完的鞋子。他停下手中的活。在他脚旁和坐的凳子上，散乱地放着几件常用的工具和一些碎皮。他的胡子雪白，参差不齐，但不太长，脸颊凹陷，目光明亮。即使乌黑的眉毛和蓬乱的白发下那对眼睛长得不大，有了这瘦削凹陷的双颊衬托，也就显得大了，更何况它们生来就大，因而看上去就有点异乎寻常了。他那破旧不堪的黄色衬衣领子敞开着，露出瘦削干瘪的躯体。他整个人，他那破旧的帆布外套，松松垮垮的袜子，以及身上所有的破烂衣着，由于长年接触不到阳光和新鲜空气，全都已经褪色，一律变成了旧羊皮纸似的黄色，简直分辨不清哪样是哪样了。

他举起一只手来挡住眼前的光亮，那手上的骨头看来都像是透明似的。他放下手中的活，就这样两眼发愣呆坐着。他每次看面前的人，总要先低头朝自己的这边看看，朝那边瞧瞧，好像他已经丧失了把方向和声音联系起来的习惯。他每次都要这样左顾右盼一番后才肯说话，可在这以后，往往又忘了开口了。

“你想要今天做完这双鞋吗？”德法尔热先生问道，打手势要洛里先生走上前来。

“你说什么?”

“你打算今天做完这双鞋子吗?”

“我说不上是不是打算这样。我想是吧。我不知道。”

不过这一问，让他想起了他的活计，他又埋头干了起来。

洛里先生悄悄走上前来，把姑娘留在了门边。他在德法尔热身旁站了一两分钟。鞋匠抬头看了看，发现多了一个人，但并没有表示惊讶，可是在他看着这个新出现的人时，却不由自主地举起一只手那哆嗦的手指，伸到唇边（他的嘴唇和指甲全都是铅灰色的），随后那只手又回落到活计上，重新埋头做起鞋来，那表情和动作，都只是刹那间的事。

“瞧，有人看你来了。”德法尔热先生说。

“你说什么?”

“来客人了。”

鞋匠像先前那样仰头看了看，但是手没有离开活计。

“瞧!”德法尔热说，“这位先生是位行家，一眼就能看出这鞋子做得好坏。把你正在做的那只鞋给他看看。拿着，先生。”

洛里先生接过了鞋。

“告诉先生这是什么鞋，做鞋的人叫什么名字。”

这次停顿的时间比以往更长，半晌后鞋匠才回答:“我忘了你问我什么了，你说什么来着?”

“我说，你能不能说说这是什么鞋，好让先生知道。”

“这是只女鞋，是年轻小姐走路穿的鞋。这是时新的式样。我以前没见过这种式样。我手头有个鞋样。”他朝那只鞋看了一眼，露出了一点倏忽即逝的得意神色。

“那么做鞋人的名字呢?”德法尔热问。

现在他手中没有了活计，就把右手指节放进左手掌心，然后又把左手指节放进右手掌心，后来又用手摸摸长满胡子的下巴，就这样循环反复，一刻不停。他经常说完话就陷入茫然状态，要把他从茫然中唤醒，就像是要把一个奄奄一息的人从昏迷中唤醒，或者说像是千方百计要想留住一个弥留的人的灵魂，希望他能最后道出某些隐情一样。

"你是问我的名字吗？"

"是的，我问你的名字。"

"北楼一百零五号。"

"就这个吗？"

"北楼一百零五号。"

他发出一种疲惫的声音，既非叹息，也非呻吟，然后重又埋下头去干活，直到沉默被再次打破。

"你的职业不是鞋匠吧？"洛里先生目不转睛盯着他问。

他那对干瘪凹陷的眼睛转向德法尔热，仿佛想把这个问题转给他，但是由于得不到对方的帮助，他看了看地板，只好又转过去看那问话人。

"我的职业不是鞋匠？是的，我的职业不是鞋匠。我——我是在这儿学的。我自己学的。我请求准许我——"

他又出了神，竟达数分钟之久。在整个这段时间里，双手都反反复复地做着前面说的那一套动作。后来，他的目光终于又慢慢转回到刚才他茫然注视的那张脸上。当目光停留在那张脸上时，他吃了一惊，于是又接着说话，就像是个刚刚睡醒的人，重又回想起头天晚上的话题一样。

"我请求准许我自学做鞋，费了很长时间，经过许多周折，才得到准许，打那以后，我就一直做鞋。"

他伸手要回刚才从他手里拿走的鞋时，洛里先生仍目不转睛地看着他的脸问："马奈特先生，你一点儿也不记得我了吗？"

鞋掉落在地上，他坐在那儿定睛注视着问话人。

“马奈特先生，”洛里先生把一只手放在德法尔热的胳臂上，“你一点儿也不记得这个人了吗？看看他，看看我，马奈特先生，从前的银行职员，从前的业务关系，从前的仆人，从前的日子，你脑子里难道一点儿都想不起了吗？”

这个被禁锢了多年的老囚犯，坐在那儿，轮番地定睛打量着洛里先生和德法尔热。他眉宇间笼罩着的愁云，渐渐地消散了，那长期被湮没的热诚生动的灵秀之气显露了出来，但这股灵秀之气很快又被愁云笼罩，变得越来越淡，终于逝去了，不过它确实出现过。他的这种表情，竟如此真切地重现在姑娘那年轻美丽的脸上。这时，她已顺着墙根慢慢走到一个可以看清老人的地方，现在正站在那儿朝他打量着。起初，她抬起了双手，这也许是出于惊恐，也许是不忍心看他，但此时已朝他伸出迫不及待的颤抖的双手，渴望把那张幽灵似的脸拥入她年轻温暖的胸膛，用爱来使他重新获得生命和希望——他那种表情竟如此真切地重现在她年轻美丽的脸上（只不过更为强烈），仿佛是一道移动的光芒，从他脸上转到了她的脸上。

阴暗又落回了他的眉宇间。他看着这两个人，表情越来越淡漠。他的眼睛又像原来那样黯然失神地时而看看地上，时而看看周围。末了，他深深地长叹一声，拾起鞋子，重又埋头干起活来。

“你认出他来了吗，先生？”德法尔热悄声问道。

“是的，不过只有一刹那。开始，我以为一点儿没有希望，可是毫无疑问，有那么一会儿，我确实看见了我过去十分熟悉的那张脸。嘘！让我们再往后退退。别说话！”

姑娘已从阁楼的墙边走过来，走到他坐的凳子跟前。她只要一伸手，就可以抚摩到他，而他竟一无所知，埋头干活，此情此景实在有些令人不寒而栗。

没有说一句话，也没有出一点儿声音，她像个精灵，站在他的身旁；而他，则只顾埋头干活。

过了好半晌，他终于需要把手里的工具换成鞋匠刀了。刀就在他身边，但不是她站着的这边。他拿起刀，正要重新埋头干活，突然看见了她裙子的下摆。他抬起眼睛，看到了她的脸。两位站在一旁看着的人，急忙走上前去，可是她用手势止住了他们。她一点儿也不怕他用刀子伤害她，不过那两人实在有些担心。

他用吓人的眼神注视着她，过了一会，嘴唇嗫嚅着像要说什么，却没有发出声来。他呼吸急促艰难，过了半晌，才听见他说道："这是怎么回事？"

滚滚热泪流下了她的脸颊，她把自己的双手放在唇上亲了亲，向他送去一个飞吻，然后把双手抱在胸前，仿佛抱着他那受尽磨难的头。

"你不是看守的女儿吗？"

她叹息着说了声："不是。"

"你是谁？"

她生怕自己一时控制不住自己的声音，没有作答，而是傍着他在凳子上坐了下来。他往一旁退避，可是她伸出一只手，放在他的胳臂上。这一来，他突然异常激动地一惊，一阵震颤传遍他的全身。他轻轻放下刀子，坐在那儿凝视着她。

她把那长长的金色鬈发匆匆撩到旁边，让它顺着脖子披垂下来。他一点儿一点儿地伸过手去，托起她的头发看了又看。看着看着，又走了神，接着便深深叹了口气，重又埋头干起活来。

没过多久，姑娘放开了他的胳臂，把手放到了他的肩上。他疑惑地朝那手看了两三次，似乎想要确定一下它是否真的在那儿，然后放下活计，伸手从胸前摸出一个用发黑的线拴着的小破布包。他小心翼翼地在膝头打开小包，里面包着少许头发，不过是一两根长长的金色头发，那是他多年前在手指上绕好理顺了的。

他又把她的头发拿在手中，仔细查看：“是一样的。这怎么可能！那是什么时候？这是怎么回事呢？！”

那种专心致志的生动表情，重又回到了他的眉宇间，他似乎渐渐意识到她也长着这种头发了。他把她转过身来对着亮光，仔细地查看着。

“那天晚上，我被人叫出去时，她曾把头靠在我的肩上——她生怕我走，可我毫不在乎——当他们把我关进北楼时，我在袖子上发现了这几根头发。‘把这几根头发留给我吧！它们也许能使我的灵魂飞出，但绝不可能帮助我的肉体脱逃。’这就是当时我说的话，我记得清清楚楚。”

他的嘴唇反复动了许多遍，才把这番话说了出来。不过他一旦找到了要说的话，那话也就连贯而来，虽然说得很慢。

“这是怎么回事？——那是你吗？”

他突然令人吃惊地抱住了她，两位站在旁边看着的人又吓了一跳。可是她仍安安静静地坐在那儿，让他抱着，只是悄声说道：“我求你们了，两位好先生，请你们别过来，别说话，别动！”

“听！”他大叫起来，“这是谁的声音？”

他这样叫喊时，双手放开了她，举向自己的苍苍白发，发疯似的揪扯着。待这阵发作停息，除了做鞋外，一切又都在他心中逝去了。他收拾起小布包，尽量在胸前拴得更牢，但他还在打量她，凄然地摇着头。

“不，不，不，你太年轻，太漂亮了。不可能。看看我这个囚犯，已经成了什么样子。这双手已不是她当年熟悉的那双了，这张脸也不是她当年熟悉的那张了，这声音也不是她当年听熟的了。不，不。她——还有他——是在北楼的漫长岁月以前——那是多年以前了。你叫什么名字呀，我温柔的天使？”

见他的语气和态度温和起来，女儿高兴地在他面前跪了下来，双手祈求似的放在他的胸前。

“啊，先生，你以后自然会知道我的名字，会知道谁是我的母亲，谁是我的父亲，以及为什么我对他们那悲惨凄苦的命运竟会一无所知。可是现在我不能告诉你，也不能在这儿告诉你。此时此地，我能对你说的只有：求你抚摩我，祝福我。吻我，吻我呀！哦！亲爱的，亲爱的！”

他那头冰凉阴冷的白发和她的光辉灿烂的金发混在一起了，金发温暖，照亮了他的白发，仿佛是自由之光照遍了他的全身。

“要是你在我的说话声中听出——我不知道是不是这样，不过我希望是这样——听出一种声音，和你从前听来如同美妙音乐的一种声音有相似之处，那就为这哭泣、为这哭泣吧！要是你在抚摩我的头发时，产生了某种感觉，使你回忆起年轻自由时依偎在你胸前的一个可爱的人，那就为这哭泣、为这哭泣吧！要是我对你说我们会有一个家，我要尽我所能孝顺你，服侍你，从而在你那颗可怜的心痛苦得日渐枯萎时，使你回想起一个荒废已久的家，那就为这哭泣、为这哭泣吧！”

她把他的脖子搂得更紧了，像摇孩子似的把他抱在怀中摇着。

“要是我告诉你，最亲爱的亲人啊，你的苦难已到尽头，我特地到这儿来接你脱离苦海，到英国去过和平安宁的生活，从而使你不再想起你的有为之年已被糟蹋，想起对你这般毒辣的法兰西祖国，那就为这哭泣、为这哭泣吧！要是我告诉你我的名字，谁是我那还活着的父亲，谁是我那已死去的母亲，使你明白我为什么不得不跪在可敬的父亲面前求他宽恕，由于我那可怜的母亲为了爱我，向我隐瞒了他受难的真情，所以我从未为他奔走，不曾为他彻夜不眠、通宵哭泣，那就为这哭泣、为这哭泣吧！为她哭泣，也为我哭泣吧！两位好心的先生啊，感谢上帝吧！我觉得他那圣洁的眼泪濡湿了我的脸颊，他的抽泣呜咽叩击着我的心房。啊，看呀！为我们感谢上帝、感谢上帝吧！”

他倒在她怀里，脸埋在她胸前。此情此景，如此感人肺腑，他曾经经受的奇冤大难令人如此不寒而栗，使得那两位在旁看着的人不由得掩住了脸。

好长一阵子，阁楼里寂静无声，他那急剧起伏的胸膛和不断颤抖的躯体已经归于平静，这是暴风雨后必然到来的平静——这是人性的标记，那叫作“生命”的暴风雨，最后必将归于宁静和沉默——那两人走上前来，把父女俩从地上扶起。原来，那位父亲已经渐渐滑到地上，疲惫不堪、昏昏沉沉地躺在那儿。那位女儿也顺势躺下依偎着他，好让父亲的头枕在她的胳臂上。她的头发披散在他的身上，替他遮住了亮光。

“要是不去惊动他，”当洛里先生连连擤了几次鼻涕，俯下身来看他们的时候，她做了个手势招呼他，“能立刻办好离开巴黎的手续，那样，就可以直接从这儿把他接走——”

“这得好好考虑考虑，他经受得住这趟旅行吗？”洛里先生问道。

“总比留在这个城里好，这里对他来说真是太可怕了。”

“说得对，”德法尔热说道，他正跪着一面查看，一面倾听，“总比留在这儿好。不管怎么说，马奈特先生都是及早离开法国为好。要不要我去雇一辆马车和几匹驿马来？”

“这是业务，”洛里先生说，他又恢复了他那有条不紊的态度，“要是有业务上的事要办，还是我去办为好。”

“那你们就去吧，让我们留在这儿，”马奈特小姐催促说，“你们看，他已经很平静了，把他留给我照看，你们用不着担心。有什么好不放心的呢？最好把门锁上，免得有人来打扰，我准保你们回来时，会看到他像现在一样安静。不管怎么样，我都会好好照看他，一直等你们回来，然后我们就马上把他带走。”

洛里先生和德法尔热都不大赞成这个办法，主张他们两人中留下一个。可是天快黑了，时间紧迫，不但要去找好马车，还得办妥旅行证件。最后，他俩只好匆匆忙忙分了分工，赶紧分头去办各项事情了。

随后，夜幕渐渐降临，女儿把头枕在硬邦邦的地板上，紧靠在父亲身旁，守护着他。夜色愈来愈浓，他们俩都安安静静地躺着，直到一线灯光从墙缝中透了进来。

洛里先生和德法尔热先生已经做好旅行的一切准备，不仅带来了旅行斗篷和别的衣着，还带来了面包、肉、酒和热咖啡。德法尔热先生把这些吃的东西和拿着的灯放到鞋匠的板凳上（阁楼里除了仅有一张草垫铺的小床外，再没有别的东西了），然后和洛里先生一起把囚徒唤醒，扶他站了起来。

他脸上是一副惊恐不安和茫然不知所措的神情，再聪明的人也猜不透他心里到底想的是什么。他是不是已经知道发生了什么事，他是不是还记得他们和他说的话，他是不是明白他已经获得自由，这些全不是人的聪明才智所能解答的问题。他们想方设法跟他说话，可是，他那么慌乱不安的神情和久久答不出话来的模样，使他们对他的神志不清感到害怕，一致同意暂时不再去烦扰他，他时而有一种狂乱举动，失神地用双手紧抱住自己的头，这是以前不曾见过的。不过他一听到女儿的声音，就显得有点高兴，每当她说话时，他总是朝她转过头去。

他长期以来习惯于服从强制的命令，这时也以这种顺从的态度吃了喝了别人给他的东西，穿戴上给他的斗篷和别的衣着。他爽快地让女儿挽住他的胳臂，还用双手拉住——紧紧抓住——她的手。

他们开始下楼。德法尔热先生提着灯走在前头，洛里先生则走在这小小行列的最后。他们沿着那长长的主楼梯刚走下几级，囚徒就停了下来，目不转睛地朝屋顶和四周的墙壁看着。

“你记得这地方吗，父亲？还记得上来的事吗？”

“你说什么？”

可是，她还没来得及重复，他就喃喃地做出了回答，仿佛她已经重复问了一遍似的。

“记得？不，我不记得了。那是很久很久以前的事了。”

很明显，他已经不记得他是怎样被人从监狱带到这间房子里来的了。他们听见他在嘟囔着“北楼一百零五号”，当他朝四周查看时，显然是在寻找那长期禁锢他的城堡的墙。到院子里了，他又本能地放慢了脚步，仿佛在等着放吊桥。这儿没有吊桥，他只看到一辆马车停在空旷的大街上，他马上放开女儿的手，又紧紧抱住了自己的头。

门口没有人群聚集，就连那么多窗户里也见不到一个人影；街上冷冷清清，异常寂静，没一个偶尔过往的行人。只能见到一个人，那是德法尔热太太——她靠在门柱上自顾自编织着，什么也没有看。

囚犯已经坐进马车，他的女儿也跟着进去了，可是洛里先生的脚刚踏上马车踏板，就停了下来，鞋匠凄凄切切地要起他的制鞋工具和没做完的鞋来了。德法尔热太太马上朝她丈夫高喊，她去取，说着边编织边穿过院子走进暗处。她很快就拿来了这些东西，递进车里，之后立刻又靠在门柱上编织，什么也没有看。

德法尔热先生爬到车夫的座位旁，说了句“去关卡！”车夫响亮地甩了一下鞭子，马车就在黯淡摇曳的车灯照耀下，辚辚地向前驶去。

在摇曳不定的车灯灯光照耀下——灯光在比较平坦的路上亮些，在坑坑洼洼的路上暗些——马车驶过了光明亮堂的店铺、衣着鲜艳的人群、灯光辉煌的咖啡馆和戏院，最后来到一个城门口。有几个士兵提着灯，站在哨所那儿。“拿出证件来，过路的！”“请看吧，长官，”德法尔热先生一边下车一边说着，随后郑重其事地把他拉到一边，“这些就是车里那位白发老先生的证件，他们把他连同这些证件一起交托给我，这是——”他放低了声音。那些军用提灯中出现了一点儿骚动，接着，一只穿着军装的胳臂举着一盏灯伸进马车照了照，手臂的主人用异乎寻常的目光看了看白发老先生。“好了，走吧！”穿军装的人说。“再见！”德法尔热先生说。于是马车又继续前行，在那越来越暗、摇曳不定的灯光照耀下，来到了广袤无际的星空下。

在这亘古不变的满是星光的苍穹下，星星看上去离我们这个小小的地球是那么遥远。据有学问的人说，它们的光芒是否已经照见了我们这个地球——宇宙空间中一颗既有苦难又有业绩的微粒——尚难肯定，到处都还是黑暗的幢幢夜影。从开始出发到黎明，在这整个寒冷不安的时段里，那些幻影又在洛里先生耳边窃窃地问了起来——他坐在这个从坟墓里挖出来的人面前，心里想着，这人的哪些智能已经丧失殆尽，哪些还能恢复如初——依旧是那个老问题：

“我想你是想复活的吧？”

依旧是那句回答：

“我说不上。”

第二部

金线

第一章

五年以后

即使在公元一千七百八十年，圣堂关旁的台尔森银行也算得上是个老式的铺面了。它又狭小又阴暗，难看且又不便。不仅如此，就它的风气来说，也是个因循守旧的地方。行里的那班股东们，以它的狭小为荣，以它的阴暗为荣，以它的难看为荣，也以它的不便为荣。他们甚至夸口说，它的名气就在于有这些特点。他们受一种特殊的信念激励，那就是：遭反对愈少，受敬重愈小。这不是一种消极防守的信念，而是一种积极进攻的武器，他们就是用这来对付那些有更舒适营业场所的同行的。他们说，台尔森银行不需要宽敞的场所，台尔森银行不需要明亮的光线，台尔森银行不需要装点门面。诺克斯联合银行或者斯努克兄弟银行也许需要；可是台尔森银行，谢天谢地，不需要！

股东中，不管哪一个人的儿子，胆敢提出改建台尔森银行，他一定会被父亲剥夺继承权。在这个方面，这家银行和这个国家极其相似，子民们只要一提出建议，想改进一下那些早就不得人心却偏受尊重的法律和陈规陋习，就会被剥夺继承权。

于是，台尔森银行就得以成为扬扬自得的不方便的典型了。随着轻轻的嘎吱一声，把那扇冥顽不灵的门使劲推开，跌跌撞撞地跨下两级台阶，便进了台尔森银行。待你清醒过来，会发现自己来到了一间非常简陋的小铺子里，这里只有两个小柜台，当柜台里面那几个年迈的老头就着极其昏暗的从窗口透进来的光线查验你支票上的签名时，他们拿着你的支票直打哆嗦，弄得像风吹残叶般沙沙作响；弗利特街[①]上的泥浆不断地溅到窗上，再加上铁窗栅和圣堂关的阴影，使得窗户更加阴暗。如果你有事需要面见“行长”，就会被领进后面一间死囚牢房般的屋子，在那里，你会想到你虚度的一生，直等到这位行长双手插进口袋走进来，在那昏暗的光线中，你几乎看不清他。你的钱钞进进出出的是虫蛀的旧木头抽屉，在它们开关时，木屑就飞进你的鼻孔，钻入你的喉咙。你的钞票霉味扑鼻，仿佛它们重又在迅速地霉烂成破布。你的金条银锭被贮藏在邻近一个很脏的地方，恶浊之气使它们在一两天内就失去漂亮的光泽。你的契约文据就保存在由厨房和洗碗间改成的临时保险库里，羊皮纸上的脂肪很快就会挥发殆尽，融入银行的空气中。你那些藏有家族文书的轻便箱子，则被送进楼上一间巴米赛德式[②]的房间里，那里有一张从未在上面摆过酒筵的巨大餐桌，虽说已经是公元一千七百八十年，放在里面的你昔日的情人和小儿女们写给你的第一批书信，直到最近才从恐怖中解脱出来，这种恐怖来自悬挂在圣堂关上示众的人头那往窗子里贪婪地窥视的眼睛。[③]这种残忍野蛮的枭首示众，真可以跟阿比西尼亚人和阿散蒂人的残暴行径相媲美。[④]

的确，在当时，各行各业都把处死作为一个好单方，台尔森银行也不例外。既然死亡是大自然用来消除万物的灵丹妙药，立法当局为什么不能使用呢？于是，犯伪造罪者处死，使用假钞者处死，私拆信

---

① 旧译舰队街，系误译。

② 典出《一千零一夜》，富豪巴米赛德设宴请客，不摆真酒菜，只虚做手势请人吃喝，以此戏弄作践别人，后被一穷人借机教训。

③ 英国17世纪以前，处死犯人后多枭首悬于圣堂关上示众。至作家所述年代，已停止在该处枭首示众。

④ 阿比西尼亚即今之埃塞俄比亚，阿散蒂原为一土著王国，在今加纳境内，此两地的某些部落过去曾猎取其他部落的人为食。

件者处死，偷窃超过四十先令六便士者处死，在台尔森银行前窃马逃遁者处死，私铸一先令者处死。总之，有四分之三的犯罪行为要判处死刑。这对预防犯罪其实并没有任何好处——几乎可以说，事实适得其反——不过（就现世来说），这倒可以省却处理每宗案件上的麻烦，不会留下尚需操心的与此有关的瓜葛。因而，当年的台尔森银行也和它的同行其他大企业一样，夺去了许多人的生命。假如在它门前落地的人头，不是被偷偷地埋掉，而是一排排挂在圣堂关上，那银行底楼那一点点阴暗的光线，恐怕全都会被挡没了。

在台尔森银行各式各样幽暗的大橱小柜之间，一些年迈老头郑重其事地在办公。每当雇用一个年轻人进伦敦台尔森银行，他们总要把他藏起来一直放到老，把他像块干酪似的藏在一个阴暗的角落里，直到他浑身有了十足的台尔森味，长满斑斑青霉。只有这时候，他才能出头露面，神气活现地翻看大账本，才能穿着短裤和皮护腿[①]正式成为该行的一员。

台尔森银行的大门口总是坐着一个打杂的人——未经召唤绝对不许入内——成了银行的一块活招牌。他有时帮着搬搬东西，有时跑腿送送信。营业时间他从来不会不在，除非差他外出办事，要是另有差遣，他就让儿子来顶替。他的儿子十二岁，是个讨人嫌的淘气鬼，长得跟他父亲一模一样。人们都知道，台尔森银行对这个打杂的人一向宽容大度。银行总是宽容他那种地位的人的，而时势和潮流已把这个人推到了这个岗位上。他姓克伦彻，出生后，在东部教区的豪兹迪契区[②]教堂，在别人的帮助下脱离黑暗进入光明世界时，又获得了“杰里”这样一个称呼。[③]

---

① 当时一般银行职员的穿着。

② 伦敦东部一教区，为穷人聚居之地。

③ 指出生后举行洗礼并命名。

事情发生在白衣修士区[1]悬剑巷克伦彻先生的寓所，时间是安诺·多米尼[2]一千七百八十年三月里一个刮风天的早上七点半钟——克伦彻先生总是把我主诞生后多少年说成安娜·多米诺[3]多少年，显然，他以为基督纪元是从一位女士发明一种大众化的牌戏算起，并以她的名字命名的。

克伦彻先生的寓所可不是在体面宜人的地区，即使把那间只有一小块窗玻璃的斗室计算在内，也只有两个房间。不过屋子收拾得很不错。在这个三月里刮风天的清晨，虽说时间尚早，他还躺在床上，房间已经收拾得干干净净。在一张粗笨的松木桌上，铺着一块雪白的台布，上面摆着早餐用的杯盘。

克伦彻先生高卧在床，身上盖着一条杂色碎布拼起来的被单，像个穿着杂色衣服的小丑回到了家中。起初他睡得很熟，继而在床上辗转反侧，最后抬起身子，铁蒺藜似的头发仿佛要把被单划成碎片。这时，他恼怒地叫了起来："真该死，一定又在搞那一套了！"

一个外貌整洁、手脚勤快的女人从屋角站了起来，看她那副慌慌张张、战战兢兢的样子，他指的一定是她了。

"怎么！"克伦彻先生说着，探头到床外面找靴子，"你又在搞那一套了，是不是？"

用这作为第二次道早安之后，他拾起一只靴子，朝那女人扔了过去，作为第三次道早安。这是只沾满污泥的靴子。它可以说明和克伦彻先生的家庭经济状况有关的奇怪现象：他经常在银行下班时穿着干净的靴子回家，可是第二天早晨起床的时候，靴子上却满是泥污。

"怎么，"没有打中，克伦彻先生的语气有所改变，"你在干什么，

---

① 为当时伦敦一区，在弗利特街西面，是著名的藏污纳垢之地。

② 拉丁文译音，意为我主纪元、基督纪元，即公元。

③ 即多米诺骨牌戏发明者。

贱货？”

“我只是在做做祷告。”

“做祷告！你还真是个贤德女人哩！你干吗跪在那儿咒我？”

“我没有咒你，我在为你祷告。”

“你哪里是在为我祷告。就是真的，我也不许！喂，小杰里！你妈真是个贤德女人，她在咒你爹倒霉呢。儿子，你算是有了个尽职的好妈妈了。瞧你妈有多虔诚，儿子。她跪在地上，祷告上帝，要从她独养儿子的嘴里把仅有的一口面包、黄油都抢走哩！”

只穿着一件衬衣的克伦彻少爷听了这话很生气，转身朝向母亲，强烈反对把他的吃喝都抢走的任何祷告。

“你这个痴心妄想的婆娘，”克伦彻先生没有意识到自己的话前后矛盾，“你那祷告值几个钱？说说你那祷告值几个钱！”

“这只是出于一片诚心，杰里。没有比这更多的价值。”

“没有比这更多的价值，”克伦彻先生重复了一遍，“这么说，它值不了多少钱。管它值不值，我告诉你，我都不要人替我祷告，我受不了。我不想让你背后捣鬼弄得我倒霉。要是你非得让自己下跪不可，那就替你的丈夫和孩子说点好话，别跟我们作对。要不是因为我有个邪门的老婆，要不是因为这个可怜的孩子有个邪门的妈，我上星期就能搞到一些钱，不至于挨咒骂、遭暗算，落到倒霉透顶的地步了。真——是——倒霉！”克伦彻一边穿衣服一边叨咕着，“要不是因为你又是求神拜佛，又是搞这搞那的捣鬼，我这个本分的生意人，上个星期绝不至于倒那么大的霉！小杰里，快穿上衣服，我的儿子，我去刷靴子，你好好看住你妈，要是看见她又想跪下，就来叫我。我告诉你，”他又转身对老婆说，“照这样子，我可真撑不下去了。我走起来摇摇晃晃的，像辆出租马车，人困得老想睡，像吃了鸦片酊。我浑身像散了架似的，要不是还知道疼，我都要闹不清哪个是我哪个是别人了。而且，我的口袋里并没有因此见好。我真疑心，你从早到晚搞那一套，就是为了不让我口袋里见好一点。我再也受不了那一套啦，贱货，现在你还有什么话好说的！”

他咆哮着又加上这么几句：“嘿！好呀！你倒很虔诚，不会去损害你丈夫和儿子的利益，是不是？你还不会哩！”从他那飞转的愤怒的砂轮上，迸发出另一些讥讽的火花。克伦彻先生连损带骂地去刷靴子了，准备上班。他儿子那一头铁蒺藜似的头发看起来比他父亲的软，一对眼睛却跟他父亲一样挨得很近。此时，他按照父亲的吩咐，牢牢盯着母亲。他不时从自己那间卧室兼盥洗室的小房间里冲出来，压低了声音叫道：“你又想下跪了，妈——喂，爸爸！”等到引起了一场虚惊之后，他就放肆地大笑起来，飞奔回自己的小房间，把那可怜的女人弄得心神大为不安。

克伦彻先生出来吃早餐时，气还没有全部消掉，他特别恨克伦彻太太做餐前祷告。

“贱货！你想干什么？又来了吗？”

他老婆解释说，她只是做一下“饭前祈祷”。

“别搞了！”克伦彻先生说着朝四周打量了一下，仿佛很想看到由于他老婆的祈祷，面包真的会不翼而飞似的，“我可不想让人祷告得没了房子没了家。我不能让人把我餐桌上的吃喝全都祷告掉。闭嘴！”

杰里·克伦彻先生两眼通红，满脸凶相，好像参加了一个毫无乐趣的通宵聚会似的。他吃早餐简直不能叫吃，而是狼吞虎咽，就像兽笼里的四足动物，边吃边狺狺吼叫。快到九点的时候，他收起怒气冲冲的尊容，尽可能掩饰好自己的本相，摆出一副体体面面、一本正经的样子，动身去干他白天的行当。

尽管他爱说自己是个“本分的生意人”，他干的那个行当很难称为生意。他的全部本钱只有一张用断了背的椅子改成的木板凳。每天早晨，小杰里就扛着这张板凳跟着父亲去上班，他把它放在银行紧靠圣堂关那头的窗户下，再去拾一把过往车辆上掉下的麦秸，垫在打杂工的脚下御寒防潮，这一天的营寨就算安扎好了。克伦彻先生据守在这个岗位上，在弗利特街和圣堂区一带无人不知，无人不晓，和圣堂关一样有名——也可以说一样丑陋难看。

九点差一刻，父子便安营扎寨完毕，正好赶上把手举起碰一碰三角帽，向走进台尔森银行的那些长者致敬。就在三月里这个刮风天的早晨，杰里据守在自己的岗位上，小杰里侍立一旁。在他不去门口发起袭击，没去作弄那些比他小、可供他欺侮的过路小孩并肆意在肉体上和精神上折磨他们时，他就乖乖地侍立在父亲身旁。父子两人长得一模一样，他们一声不响地看着弗利特街上熙熙攘攘的过往行人和车辆。他们俩的头靠得很近，就像他俩的那对眼睛，模样儿活像一对猴子。老杰里捏着根麦秸咬了又吐，吐了又咬；小杰里滴溜着眼珠子，一直留神着他父亲和弗利特街的每一样东西——这样，他俩的模样就更像猴子了。

这时，台尔森银行里有个正式的内勤信差从门里探出头来，传话说："要个送信的！"

"好哇，爸爸，有早活干了！"

小杰里向父亲道别后，就接替父亲在板凳上坐下，开始对刚才父亲嚼过的那根麦秸产生了兴趣，也学着嚼了嚼，并且琢磨起来。

"老是一股臭味儿！他的手指上有股铁锈臭味儿！"小杰里咕哝着，"我爸打哪儿弄来这股铁锈臭味儿的呢？他在这儿没弄什么铁锈呀！"

第二章

看热闹

“老贝利[1]，你一定很熟悉吧？”一位年老的职员问送信的杰里。

“是——的，先生，”杰里很不情愿地答道，“我是熟悉贝利那地方。”

“那好，你也熟悉洛里先生吧。”

“我对洛里先生比对老贝利熟悉多了，先生。”杰里像法庭上一个不愿回答问题的证人那样答道，“像我这样一个本分的生意人，当然更希望熟悉洛里先生而不是老贝利。”

“那好。你找到那个证人入口处，把这张写给洛里先生的字条给守门人看，他就会让你进去。”

“到法庭里面去吗，先生？”

“到法庭里面去。”

克伦彻先生的两只眼睛靠得更近了，仿佛是在互相询问：“你看，这是怎么回事？”

“我是不是要在法庭里等着，先生？”两只眼睛磋商后，他提出了这个问题。

“我这就告诉你。守门的会把这张字条拿去交给洛里先生，你要打个手势，引起洛里先生注意，让他看见你站在哪儿。然后你要做的就

① 英国伦敦中央刑事法庭的俗称。

是在那儿等着，直到他叫你为止。”

“就这些吗，先生？”

“就这些。他想要身边有个送信的。这张字条是告诉他你已经去了。”

年老的职员慢条斯理地把字条折好，在外面写上收条人的姓名。克伦彻先生一直默不作声地看着，直到他使用吸墨纸时，才开口发问道：“我想，今天上午是审理伪造案吧？”

“叛国案！”

“那可是要开膛分尸的呀，”杰里说，“真野蛮！”

“这是法律，”老职员转过头来，戴着眼镜的眼睛吃惊地瞪着他，“这是法律。”

“我觉得，法律规定把人开膛分尸，太狠了，先生。把他处死已经够狠的了，开膛分尸，这就狠得出格了，先生。”

“一点也不，”老职员回答说，“别说法律的坏话，还是多留神留神你自己的胸口和嗓子，我的好朋友，让法律自己去管好自己吧。这是我对你的忠告。”

“我的胸口和嗓子，是因为活儿辛苦得的病。”杰里说，“我让你给评评，我这份养家糊口的差使有多辛苦。”

“得啦，得啦，”老职员说，“我们大家都是在挣钱糊口，只是路子不同，有的人辛苦，有的人轻松。这是信，去吧。”

杰里接过信，心里暗骂“你这个干瘪的糟老头”，表面上却恭恭敬敬地鞠了一个躬。出门时，他顺便跟儿子打了个招呼，说了要去的地方，就上路了。

当时，执行绞刑的刑场在泰伯恩[①]，新门监狱[②]外面的那条大街，

---

① 旧时英国伦敦刑场，位于泰晤士河支流泰伯恩河边。

② 旧时伦敦一座著名监狱，1902年拆毁。

还没获得后来的那种臭名。不过那监狱却是罪恶的渊薮，种种道德败坏的事，都发生在那里，许多可怕的疾病，也在那里滋生，这些疾病还由犯人带进了法庭，有时甚至从被告传染到首席法官大人身上，把他拉下了法官席。不止一次，那戴黑帽子的法官，在宣判犯人的死刑时，也一样准确地给自己宣判了死刑，甚至死在犯人之前。除此以外，老贝利还是个著名的鬼门关，一个个面如死灰的乘客，坐着马车或大车，络绎不绝地从这里出发，颠颠簸簸地走向另一个世界。[①]他们穿街过路，要走约莫两英里半的路程，然而，觉得这种做法可耻的好心公民即便有，也是寥寥无几。风气的威力是如此之大，因而在一开始时就应该有好的风气。老贝利还以它的示众枷[②]闻名遐迩，那是一种英明的古老刑具，用这种刑具进行惩罚，其使用之广，谁也无法估量。还有鞭笞柱[③]也是一种可爱的古老刑具，施用这种刑罚，看来既人道又温和。老贝利的名产中还有一种用之极广的法宝——收取血腥钱[④]，这也是祖宗的智慧遗传下来的一部分，它有组织地造成光天化日之下去犯最骇人听闻的贪污诈骗罪。总而言之，老贝利那时候是“凡存在皆合理”[⑤]这一格言的绝妙写照，这句格言，要不是会被引申出“凡往昔没有的皆不对”这种容易惹起麻烦的推论，那它就是不容置疑、颠扑不破的了。

在这个令人厌恶的审判现场，到处都是挤来挤去的人，送信人用惯于不惹眼地在人堆中择路的本领，穿过了发出恶臭的人群，找到了要找的门，把信从门上的一个活板小窗递了进去。当时，人们到老贝

① 当时死刑犯人受刑前要乘囚车游街示众去刑场。

② 将犯人的颈和双手同时枷住示众的一种刑具。

③ 把犯人捆绑在上面进行鞭打的刑具。

④ 指干了伤天害理的事（如做伪证诬害良善等）得到的钱。

⑤ 引自英国著名诗人蒲柏（1688—1744）的长诗《人论》。

利来看热闹，就像到贝德兰姆[1]看热闹一样，是要花钱的，只不过前一种娱乐收费要贵得多。因此，老贝利所有的门都有专人把守——而只有那些使罪犯进去的社会之门，却是永远敞开着的。

经过一番犹豫拖延，那门才很不情愿地转动铰链，打开了一道窄小的缝，刚够杰里·克伦彻先生侧着身子挤进法庭。

“在审什么?”他发现身旁有个人，就轻声问道。

“还没开始哩。”

“要审什么?”

“叛国案。”

“要开膛分尸吧，嗯?”

“是啊!”那人津津有味地说道，“先关在囚笼里吊个半死，再放下来，让他亲眼看着自己被开膛，然后掏出五脏来烧了，最后才把头砍下来，把身子剁成四块，就这么个判法。”

“你的意思是，假如查明他有罪吧?”杰里替他添了一个附加条款。

“嗨!他们会查明他有罪的，”那人说，“你用不着担心。”

说到这儿，克伦彻先生的注意力却转到了守门人的身上，只见那人拿着字条，径直朝洛里先生走去。洛里先生在一张桌子旁边坐着，周围是一群戴假发的先生：坐在他近旁的一位戴假发的先生是犯人的辩护律师，面前堆着厚厚一大沓文件；几乎就在洛里先生的正对面，坐着另一位戴假发的先生，双手插在口袋里。据克伦彻先生此时和后来的观察，那人的全部注意力似乎都集中在法庭的天花板上。杰里粗声地咳了几声，又揉揉下巴，打打手势，终于引起了站起来找他的洛里先生的注意。一见到他，洛里先生默默地点了点头，重新坐下。

---

① 英国第一家精神病院伯利恒皇家医院的俗称。

“他跟这案子有什么关系？”刚才和他攀谈的那人问道。

“我什么都不知道。”杰里说。

“那么，要是我可以问一句的话，你跟这案子有什么关系呢？”

“我也什么都不知道。”杰里说。

法官进来了，引起一阵骚乱，接着法庭内又安静下来，这两人的对话也被打断。此时，被告席成了人们注意的中心。两个原先一直站在那儿的狱卒走出去，把犯人带了进来，带到被告席上。

除了那位头戴假发、看着天花板的先生外，所有在场的人都盯着犯人看。大家呼出来的热气，像一排排浪、一阵阵风、一团团火，直朝他滚滚卷去。圆柱后面和角落里，伸出一张张急切的脸，急着要看到他；后排座位上的人站起身来，连他的一根头发也不愿放过；站着的人双手按在前面的人肩膀上，用别人的身体支撑着自己——人们踮起脚，攀住壁架，随便蹬着一点儿什么东西，为的是要把他从头到脚看个仔细。杰里站在这些人中间，像新门监狱的一段带铁蒺藜的活墙头，对准犯人喷去来时顺路喝下的啤酒气味，这气味和别人的啤酒、杜松子酒、茶和咖啡等的气浪混合在一起，直冲到犯人身上，最后扑在他身后的大玻璃窗上，形成混浊的雾气和水珠。

这一片喧哗和众目睽睽的目标是一个二十五岁左右的青年，他身材匀称，仪表堂堂，有一张晒成棕色的脸和一双黑色的眼睛，看来是位年轻的绅士。他穿着一身朴素的黑色或深灰色的衣服，又长又黑的头发，用一条缎带束在颈后，这主要是为了不让头发碍事，而不是为了修饰打扮。内心的情绪总是要透过人体的外表流露出来的，因此他在当前处境下必然会产生的苍白，还是从脸上的棕色中泛了出来，可见灵魂比太阳更有力量。尽管如此，他还是从容镇定，向法官鞠了一躬，然后就静静地站着。

那些盯着他看、向他喷气的人的兴趣，并不是要使人变得高尚的那一类。如果他面临的刑罚不那么可怕——如果那酷刑中有一项可以得到豁免——那么就会相应地减少他的魅力了。那注定要被残忍地开膛剁割的躯体是人们看热闹的目标，这即将被屠杀、被剁成几块的不朽的生灵，引发了人们的快感。不管这些形形色色的看客怎样想方设法、自欺欺人，把这种兴趣说得多么冠冕堂皇，从根本上讲，这和妖怪吃人的兴趣是一样的。

法庭上一片肃静！昨天查尔斯·达尔奈对于对他的起诉，曾申辩自己无罪。起诉书（振振有词、废话连篇地）控告他是我们尊贵的、英明的、至善至美的国王陛下的叛逆，因他曾多次利用多种机会及多种手段，在法王路易发动的战争[①]中，助其反对前述尊贵的、英明的、至善至美的国王陛下，即他在前述尊贵的、英明的、至善至美的国王陛下的领土和法王路易的领土之间频繁往来，穷凶极恶、背信弃义、奸邪狡诈以及用心险恶地向前述法王路易泄露前述尊贵的、英明的、至善至美的国王陛下准备派往加拿大及北美之兵力。杰里听着听着，被这许多法律术语弄得头上的根根硬发更像铁蒺藜似的竖了起来，但几经折腾后他终于明白了，那个再三提到的查尔斯·达尔奈，就是站在他眼前正在受审的这个人，这一发现使他大为心满意足，陪审团正在宣誓就座，检察总长先生也已安排就绪，准备发言了。

被告在众人的心目中（他自己对这一点也很清楚）正在受绞刑，被砍头，被剁成四块，但他既没有因眼前的处境而畏畏缩缩，也没有硬充好汉。他冷静沉着，专心、严肃地关注着开审程序。他站在那儿，双手搁在面前的木栏板上，神色那么泰然自若，竟连木栏板上撒着的药草叶子也一点儿没有弄乱。整个法庭里都撒着药草，洒了醋，用以预防狱中的浊气和瘟疫蔓延。

---

① 指法国为支持美国的独立战争，于1778年向英国宣战。

犯人头顶上方悬着一面镜子，朝他投下反光。许许多多邪恶的和不幸的人曾被这面镜子照过，后来就都离开这个镜面，从人世间消失了。如果镜子能重现它所照过的映象，像大海最终要将沉没海中的死尸浮上海面那样，那这个令人厌恶的地方就会成为阴风森森、冤魂出没的处所了。某些丢丑受辱的念头一闪而过（这镜子可能就是为此而设），也许刺中了犯人的心。也许正是因为这样，他挪动了一下身子，这使他觉察到有一束光线照在他脸上，于是他抬起头来，一看见镜子，他的脸就唰地一下红了，用右手把药草往一旁推了推。

这一来，他的脸转向了法庭的左边。在几乎和他的视线平齐的地方，在法官席那边的角落里，坐着两个人。他的目光立即停留在他们身上。突然，他的神色大变，因而使得所有原本注视着他的目光，全都转向了那两个人。

看客们都注视着他们两个人，一个是刚刚二十出头的年轻小姐，另一个是位老绅士，显然是这位小姐的父亲。老绅士的相貌颇为特别，头发雪白，脸上有时有一种难以言喻的表情：并非激动，而是沉思默想。每当他脸上出现这种表情时，就显得很苍老；可是当这种表情消失时——像现在他和女儿说话时这样——他又变成了一个未过盛年的英俊男子。

他女儿坐在他身旁，一只手挽着他的胳臂，另一只手也按在那胳臂上。她对眼前的景象感到害怕，也对那个犯人满怀怜悯，因而一直紧挨着她父亲。她眉宇间的神情，清楚地表明了她对被告面临的厄运充满恐惧和同情。这神情是如此引人注目，如此强而有力，如此自然流露，使得那些对犯人原无怜悯之心的看客，也为之感动了。于是到处窃窃私语："他俩是什么人呀？"

送信的杰里按照自己的方式进行了一番观察。他一面出神地吮着自己手指上的铁锈，一面伸长了脖子去打听他们到底是什么人。他周围的人已经把这个问题传过去，传到靠那两人最近的那个差役那里，然后又从他那里更慢地传了回来，最后传到了杰里的耳朵里：

“是证人。”

“是哪一边的？”

“反对一方的。”

“反对哪一方的？”

“反对犯人的。”

刚才也和大家一起朝那方向看的法官，这时已回过头来，他靠在椅背上，定睛看着那个性命捏在他手里的人。检察总长先生站了起来，搓绳子，磨斧头，给绞架钉上钉子。

第三章

失望

检察总长先生不得不向陪审团申述，站在大家面前的这个犯人年纪虽轻，但在从事叛国活动方面已是个老手，因而理应剥夺其生命。他的种种通敌行为，并非始于今朝昨日，或者是去岁前年，而是早在多年以前就确凿无疑地经常往来英法之间，从事他那不可告人的秘密勾当。倘若他的叛国活动都能得逞（幸而绝不会如此），他的罪恶勾当就不会被发觉了。多亏上天有灵，让一个无畏无惧、无瑕无疵之人探知该犯阴谋，震惊之余，向陛下的首相和最尊贵的枢密院揭发。此爱国志士将亲自出庭做证。就整体而论，他的立场和态度均属高尚。他曾是该犯的朋友，但在这一又吉又凶之时，察觉出该犯的可耻行径，便毅然决定将此不能再视为密友的卖国贼，奉献于祖国的神圣祭坛。假如大不列颠也如希腊、罗马一样，明令要为有利公益之人立像，则此位杰出公民定能享有。不过，既然我国无此规定，他可能也就无法享有了。美德，正如诗人所赞（他深信许多诗章已逐字逐句涌向陪审团的舌尖，夺口欲出；对此高论，陪审团诸公却面露愧色，表明他们对此类诗章一无所知），是具有感染力的，而爱国主义，或称对祖国的爱这种光辉的美德，尤其如此。为国王（提到国王未免冒昧，但却光荣）效忠的这位纯洁无瑕、无可指摘的证人，以自己的崇高榜样打动了该犯的仆人，促使他做出神圣的决定，去搜查他主人的桌子抽屉和衣袋，并藏匿起他的文件。他（检察总长先生）准备听取对这位可敬的仆人的种种非难，但就总体而论，他爱此仆人甚于爱自己的（检察总长的）兄弟姐妹，敬他甚于敬自己的（检察总长的）亲生父母。他满怀信心，吁请陪审团诸公亦起而效仿。此两位证人提供的证词，加上他们两位所发现并即将在法庭出示的文件，表明该犯曾搜集陛下海陆军兵力、部署及备战情况的详尽资料表册，并毫无疑问地屡次将此类情报递交敌国。虽然尚不能证明上述资料表册为该犯手迹，但无关紧要，这确实反倒更有利于起诉，证明该犯精于防范之术。证据将回溯至五年前，在英军与美军初次交锋之前数周，该犯就已从事此项罪恶活动。出于上述种种理由，在座的忠诚的（正如检察总长先生所知）、尽职的（正如他们自己所知）陪审团诸公，必须肯定无疑地判处该犯有罪，不管他们是否乐意，都应判处该犯死刑。该犯的头若不落地，不但他们本人的头无法安枕，他们妻室的头无法安枕，就连他们儿女的头也难以安枕，总而言之，谁都不能高枕无忧。检察总长先生搜肠刮肚，以他所能想到的一切名义，要求陪审团务必砍下该犯的头，并庄严宣称他业已把该犯当成死去的人了。

检察总长发言完毕，法庭上响起一片嗡嗡之声，仿佛有一大群绿头苍蝇拥在犯人周围，等着他很快变成什么腐烂的东西。嗡嗡声平静下来了，那位无可指摘的爱国志士出现在证人席上。

接着，副检察总长先生继他的上司之后，对这位爱国志士做了查询：此人名叫约翰·巴萨德，是个绅士。至于他的灵魂如何纯洁无瑕，他自己的叙述跟检察总长先生的描述一模一样——如果说有什么不足的话，也许是太吻合了一点。他把他那高贵胸怀中的重任卸尽之后，本想谦恭告退，不料，坐在洛里先生近旁、面前摆着一大沓文件的那位戴假发的先生，要求问他几个问题。洛里先生对面的那位戴假发的先生，则依旧两眼一直看着法庭的天花板。

他本人当过间谍吗？没有，他不屑回答这种荒谬的旁敲侧击。他靠什么为生？自己的产业。产业在哪儿？他记不清楚了。什么样的产业？这与他人无关。是继承来的遗产吗？是的，是遗产。是谁的遗产？一个远亲。很远的远亲？相当远。坐过牢吗？当然没有。从没进过负债人监狱吗？——好，再问一遍。从没进过？进过。几次？两三次。不是五六次？也许是五六次。职业是什么？赋闲绅士。挨过踢吗？可能挨过。经常挨踢？不经常。有没有被人一脚踢下楼过？绝对没有，有一次在楼梯顶上被人踢了一脚，是我自己摔下楼的。是因为掷骰子作假挨踢的吗？踢我那个爱撒谎的醉鬼是这么说的，不过那不是事实。你能发誓说那不是事实吗？当然可以。有没有靠赌博作假为生？从来没有。有没有靠赌博为生？没有比别的绅士赌得更厉害。有没有向这个犯人借过钱？借过。还过他吗？没有。你和这个犯人不过是泛泛之交，你是在马车上、旅馆里和轮船上硬赖着要和他亲近的吗？不是。确实看到这个犯人带着这些表册了？当然。关于这些表册，还知道些什么？没有了。比如说，是自己弄来的这些表册？不是的。想从这次做证中得到什么好处？不。不是被雇用、定期拿政府津贴设圈套陷害人？绝对不是。或者是干别的？绝对没有。可以起誓？可以再三起誓。除了爱国心，再没有别的动机了？再也没有了。

那位品行端正的仆人罗杰·克莱，则在整个做证过程中一再地不断赌咒发誓。四年前，他开始给这个犯人当差，老老实实，忠心耿耿。当时，他在“加来号”邮船上问犯人是否要雇个贴身用人，犯人就雇用了他。他要求这个犯人雇用他，但并没有求他开恩做好事的意思——从来没有这样想过。过了不久，他就对犯人起了疑心，开始注意他。旅途中，他在整理犯人的衣服时，多次发现犯人的口袋里有和这些表册差不多的东西。这些表册是他从犯人的书桌抽屉里拿来的。他并没有预先把这些表册放进里面。他曾经看到犯人把和这些一样的表册，拿给加来的几位法国先生看。在加来和布洛涅[①]，都给几位法国先生看过和这差不多的表册。他爱自己的祖国，不能容忍这样的事情，所以就告发了。从来没有人怀疑他偷过银茶壶，他曾因一只芥末瓶受到过诬告，但结果发现那瓶不过是镀银的。他认识前一个证人已有七八年，不过这只是个偶然的巧合，他不认为这是个特别奇怪的巧合，巧合多半是奇怪的。他的唯一动机，也是真正的爱国主义，他认为这绝不是奇怪的巧合。他是个真正的英国人，希望有很多人都像他一样。

那些绿头苍蝇又嗡嗡地响起来了，接着检察总长传贾维斯·洛里先生做证。

“贾维斯·洛里先生，你是台尔森银行的职员吗？”

“是的。”

“在一千七百七十五年十一月的一个星期五的晚上，你是否因公出差，乘邮车从伦敦到多佛尔？”

“是的。”

“邮车里还有别的乘客吗？”

“还有两个。”

“他们是深夜在中途下的车吗？”

“是的。”

“洛里先生，认一认这个犯人。他是不是那两个乘客中的一个？”

“我不能保证说他是。”

“他是不是像那两个乘客中的一个？”

“他俩都裹得那么严实，夜又那么黑，我们又都没有说话，所以对这一点也不能说什么。”

---

① 位于法国北部，与加来同为由法国过海峡去英国的重要港口城市。

“洛里先生，你再看看这个犯人，要是他穿戴得像那两个乘客一样，从他的身材个头来看，能说出他和那两个乘客中的一个有什么不像吗？”

“不能。”

“洛里先生，你不能保证说，他不是那两人中的一个吗？”

“不能。”

“那么你至少可以说他有可能是那两人中的一个了？”

“是的。不过我记得他们两个都——跟我一样——十分害怕强盗，而这个犯人却丝毫没有害怕的神情。”

“你见过假装害怕的人吗，洛里先生？”

“当然见过。”

“洛里先生，再看看这个犯人。凭你的确切记忆，你以前见过他吗？”

“见过。”

“什么时候？”

“在那以后的几天，我动身从法国回来时，在加来，这个犯人上了我乘坐的那只邮船，和我同船回国。”

“他什么时候上的船？”

“刚过半夜不久。”

“是夜深人静的时候。在那不寻常的时刻上船来的，只有他一个乘客吗？”

“碰巧只有他一个人。”

“不要管是不是‘碰巧’，洛里先生。在那夜深人静的时候，他是上船的唯一乘客吗？”

“是的。”

“洛里先生，当时你是独自一人呢，还是有别的同伴？”

“有两位同伴，一位先生和一位小姐。他们现在都在这儿。”

“他们现在都在这儿。你当时跟这个犯人交谈过吗？”

“可以说没有。那天正遇上暴风雨，航行艰难，船颠簸得很厉害，我从起程到登岸，差不多一直躺在沙发上。”

“传马奈特小姐。”

刚才引起大家注目的那位小姐，从座位上站了起来，所有的目光又都落到了她的身上。她的父亲也和她一起站了起来，她的手挽着他的胳臂。

“马奈特小姐，认一认这个犯人。”

面对着这样的同情，这样动人的青春和美貌，被告此时的心情，比面对所有看热闹的人要难受多了。他像是站在自己的坟墓边缘，和她遥遥相对，即使在众目睽睽之下，霎时间也无法保持镇定。他急忙伸出右手，把面前的药草摆弄成想象中花园内花坛的模样，他极力控制和稳定住自己的呼吸，使得双唇不住地颤抖，唇上的血液都涌向了心头。大绿头苍蝇的嗡嗡声又响了起来。

“马奈特小姐，你以前见过这个犯人吗？”

“见过，先生。”

“在什么地方？”

“就在刚才提到的那只邮船上，先生，时间也是同样。”

“你就是刚才提到的那位小姐吗？”

“哦，很不幸，我就是！”

她那满怀同情的凄婉声调被法官那很不悦耳的嗓音淹没了，他声色俱厉地说：“问你什么就答什么，不要加以议论。”

“马奈特小姐，那次渡海峡时，你和这个犯人交谈过吗？”

“交谈过，先生。”

“回忆一下谈的是什么。”

在一片沉寂中，她怯生生地开始说道："这位先生上船以后——"

"你是指这个犯人吗？"法官皱起眉头问道。

"是的，大人。"

"那就说犯人。"

"这个犯人上船以后，注意到我的父亲，"说着，她满怀深情地把目光转向站在她身旁的父亲，"疲惫不堪，身体非常虚弱。我的父亲已瘦得不成样子，我生怕他呼吸不到新鲜空气，就在甲板上离舱房梯子不远的地方，给他铺了一张床，我自己就坐在他旁边的甲板上照料他。那天晚上船上只有我们四个人，没有别的乘客。这位犯人好心地请求我允许他教我怎样替父亲挡住风寒，比我安置得更好。当时，我根本不知道船出港后会有怎样的风浪，不懂得怎样把父亲安置好。他帮了我的忙。他对我父亲的状况非常关心，体贴备至，我深信他是真诚的。就在这样的情况下，我们开始攀谈起来。"

"让我打断你一下。他是一个人上船的吗？"

"不是。"

"和他一起的还有几个人？"

"有两位法国先生。"

"他们在一起商量过什么事情吗？"

"他们一直谈到最后一刻，两位法国先生才不得不坐着他们的小船回岸上去。"

"他们有没有传递过什么文件，像这些表册之类的东西？"

"是传递过一些文件，不过我不知道是些什么文件。"

"形状和大小像这些吗？"

"有可能，不过我确实不清楚，虽然他们站在离我很近的地方轻声交谈。因为他们是站在舱房梯子的顶上，就着挂在那儿的那盏灯的灯光，可是灯光很暗，他们说话的声音又很低，我听不见他们说了些什么，只看见他们在翻看一些纸张。”

“好了，马奈特小姐，现在说说犯人和你谈话的内容。”

“犯人对我完全是坦诚相见的——那是因为当时我的处境非常困难——正像他完全出于好心善意，处处帮助我父亲一样。但愿，”说着，她潸然泪下，“但愿我今天不是对他以怨报德。”

绿头苍蝇又嗡嗡地响了起来。

“马奈特小姐，如果这个犯人不能充分理解你出来做证是出于义务——是迫不得已——是无法逃避——是很不情愿的，那在场的不会有第二个人和他有同感的。请继续往下说。”

“他对我说，他这次出门是为了处理一件非常困难、棘手的事情，这事可能会引起麻烦，所以他用了化名。他说，为了这件事，几天前他去了法国，可能在今后很长一段时间内，他还得经常往返于英法之间。”

“他说到有关美洲的事情了吗，马奈特小姐？说详细些。”

“他详尽地给我解释了那场争端[①]的起因，说是在他看来，错在英国方面，太愚蠢了。他还开玩笑地说乔治·华盛顿说不定还会和乔治三世一样名垂青史哩。他说这话并没有恶意，只是一种说笑，消磨时间罢了。”

每当上演一出非常引人入胜的戏剧，众目所瞩的主角脸上一出现特别强烈的表情，观众马上会不自觉地加以模仿。当她发言做证的时候，当她停下来让法官做笔录以及观察被告律师和原告律师对她的证词的反应时，她的眉宇间显出了焦虑难耐和急切专注的神情。整个法庭里的旁听者脸上，也都露出了同情的表情，因而大多数人的前额仿佛都成了映照证人的一面面镜子。这时，法官从笔录本上抬起头来，对有关乔治·华盛顿的异端邪说怒目相加。

---

① 指美国反对英国殖民统治的独立运动。

检察总长先生此时向法官大人提出，为了稳妥慎重和程序健全，有必要传讯这位年轻小姐的父亲马奈特医生。于是他就被传讯了。

“马奈特医生，认一认这个犯人。你以前见过他吗？”

“见过一次。是在他到我的伦敦寓所来访的时候，大约是三年或三年半以前。”

“你是否能证明他就是和你同船的那个乘客？或者是否能说说他和你女儿谈话的内容？”

“这两点我都办不到，先生。”

“你说这两点都办不到，有什么特殊原因吗？”

他低声回答道：“有。”

“你曾经不幸地在你的祖国未经审判，甚至未经起诉就被长期囚禁，是吗，马奈特医生？”

他用一种感人肺腑的声调答道：“是啊，长期囚禁。”

“刚才问到的那个场合，是你刚获释不久吗？”

“他们告诉我是这样。”

“你已经不记得当时的情况了吗？”

“一点儿也不记得了。从某个时候——我甚至说不上到底是什么时候——我被囚禁了起来，我就干了做鞋这一行，直到我发现自己和亲爱的女儿同住在伦敦为止，我脑子里只有一片空白。等仁慈的上帝使我恢复了神志，她已经和我很亲了，可是我连她是怎样变得跟我亲起来也说不清。这个过程，我一点儿也不记得了。”

检察总长先生坐了下来，这父女俩也一起坐了下来。

随后，这个案子出现了意想不到的转机。现在的目的是要证明，这个犯人五年前在十一月份一个星期五的晚上，曾和某个尚未缉拿归案的同犯，一起搭乘从伦敦驶往多佛尔的邮车。为了掩人耳目，该犯深夜在中途下车，但并未在下车的地方停留，而是从那儿往回走了十几英里，到一个驻军要塞和船厂搜集情报。传来了一名证人，他证实该犯当时确曾在那有要塞和船厂的市镇，在一家旅馆的咖啡室里，等候过另外一个人。犯人的律师仔细盘问了这个证人，但毫无结果，只问出他除了这次之外，从未在其他任何地方见过这个犯人。这时，那位在整个开庭过程中一直望着天花板的戴假发的先生，在一张小纸条上写了几个字，揉成团，扔给了这位律师。律师抽空打开纸条一看，不由得好奇地仔仔细细把犯人上上下下打量了一番。

“你还是认为你肯定那人就是这个犯人？”

证人表示这毫无疑问。

“你有没有见到过和这犯人很像的人？”

证人说，从未见过相像到会使他认错的人。

“那么请你好好看看那位先生，我那位博学的同行，”说着，他指了指刚才抛纸团给他的人，“然后再好好看看这个犯人。你怎么说？他们是不是彼此很相像？”

对比之下，那位博学同行的外表除了有些懒散、不修边幅外——姑且不说他放荡不羁——和犯人长得一模一样，这不仅使证人，也使在场的每一个人都大吃一惊。辩护律师请求法官大人吩咐那位博学的同行摘掉假发，法官不太情愿地同意之后，那位同行摘掉了假发。他们就显得更像了。法官大人问斯特里弗先生（犯人的辩护律师），下一步他们是否要按叛国罪审判卡顿先生（那位博学的同行）。斯特里弗先生回答说不必了。不过他想请证人告诉他，发生过一次的事情是否会发生第二次。假如他能及早看到这个证实他过于轻率的例子，他是否会这么自信？现在已经看到了这个例子，他是否还是那么自信？等等。这么一来的结果是，这个证人的证词像陶器似的被砸得粉碎，他在这个案子中的作用被砸成了一堆废料。

克伦彻先生在听着证人做证时，美美地吮着手指上的铁锈，此刻他都快填饱肚子了。现在他得好好听了，斯特里弗先生正在为犯人辩护，他的辩护词像紧身衣似的一件件套到了陪审团先生们的身上。他对他们指出，那位爱国志士巴萨德，实际上是个受雇于人的密探、卖国贼，一个厚颜无耻、靠做假证诬陷好人赚取血腥钱的坏蛋，是继受人唾弃的犹大之后世界上最大的恶棍——他看上去确实很像犹大。他指出，那位所谓品行端正的仆人克莱是巴萨德的狐朋狗党，他们是一丘之貉。这帮善于伪造证件、起假誓、做伪证的骗子，盯上了这个犯人，要拿他做牺牲。因为他是法国血统，有些家族的事务，需要他多次渡过海峡去处理——至于是些什么事务，为了替他的亲人着想，哪怕要牺牲自己的生命，他也不能公之于众。那位年轻小姐的证词所受到的歪曲、曲解，她做证时的痛苦神情，大家是有目共睹的，不能说明任何问题，他们的谈话，不过是少爷与小姐邂逅时，无伤大雅地献献殷勤，说几句客套话罢了——至于有关乔治·华盛顿的话，充其量只不过是句滑稽的玩笑而已，并没有任何其他意义。要是政府想利用最庸俗的民族排外心理和恐惧心理来树立威信（检察总长先生曾对此大加渲染），那结果只会适得其反，暴露出政府的弱点。这一案件，除了这种常常把水搅浑的卑鄙无耻、臭名远扬的假证外，再没有别的证据了。而这种情况，在我国的国事犯审判中已经屡见不鲜。说到这里，法官大人插话了（脸板得那么凶，仿佛这不是事实似的），他说他不能坐在法官席上忍受这类含沙射影的指责。

接着，斯特里弗先生也叫起了几个证人做证，于是，克伦彻先生只得再听检察总长先生把斯特里弗先生套在陪审团先生们身上的紧身衣又一件件脱下来，翻个里朝外。他说，巴萨德和克莱要比对方想象的好上一百倍，而这个犯人则要坏一百倍。最后，法官大人亲自出马，把那件紧身衣一会儿里朝外，一会儿外朝里，可是千翻万覆不离其宗，还是在为犯人剪裁寿衣。

终于，轮到陪审团进行讨论，绿头大苍蝇又嗡嗡地响了起来。

卡顿先生始终坐在那儿，盯着法庭的天花板出神，就连这一群情激动的时刻，也未能使他挪动位置和改变姿势。当他的博学的同行斯特里弗一面收拾面前的文件，一面与邻座低声说话，不时焦急地朝陪审团张望时，当所有看热闹的人都开始走动，三三两两聚在一起聊天时，当法官大人本人也从座位上站起，慢慢在台上踱来踱去，使观众疑心他心神不安时，唯有这个人依然靠在椅背上坐着，马马虎虎地披着破旧的律师袍，凌乱的假发刚才摘下过，现在又随随便便地扣在头上，双手插在口袋里，两眼始终望着天花板。他这副大大咧咧的样子，不但使他显得不体面，也大大削弱了他和那犯人相像的程度（刚才大家把他俩放在一起比较时，由于他摆出一副一本正经的样子，显得比现在像得多），以至许多看热闹的人看见他现在这副样子，都纷纷议论说，他们并不觉得这两个人十分相像。克伦彻先生也对身旁的人说了这个意见，还补充说："我敢拿半个几尼打赌，他是揽不到打官司生意的，他看上去不像个能打官司的人，是不是？"

然而，这位看似漫不经心的卡顿先生实际上对眼前发生的事了如指掌。比如现在，马奈特小姐的头低垂在她父亲的胸前，他第一个发觉了这一情况，并马上叫了起来："法警！快照顾一下那位年轻小姐。帮那位先生把她扶出去。没见她快摔倒了吗！"

在她被搀出去的时候，大家都对她非常怜悯，对她父亲也深表同情。让他回忆起那遭囚禁的岁月，显然使他十分痛苦。在他受到传讯时，看得出他内心非常激动。打那以后，使他变得苍老的沉思，或者说是忧虑的表情，便像一片乌云似的笼罩着他。他出去之后，陪审团人员回来了，停了片刻，首席陪审员代表陪审团发言。

陪审员们没有取得一致意见，要求暂时退席。法官大人（也许心里还念念不忘乔治·华盛顿）对他们未能取得一致意见表示惊讶，不过还是欣然同意他们可以在受到监督与保护下退席，接着他自己才退了席。这场审判整整持续了一天时间。此时，法庭里已点上了灯。由于开始纷传陪审团要退席很久，旁听的人都陆续休息吃喝去了，犯人也退到被告席后面，坐了下来。

洛里先生在那位年轻小姐和她父亲出去时，也跟了出去，现在又重新露面，他对杰里打了个手势。人们的兴趣已经有所减弱，法庭里人不多，杰里毫不费力地走了过去。

“杰里，你要是想吃点东西，就去吃吧，可是别走远。陪审团进来时，你要保证能听到，一分一秒也别落在他们后面，因为我要你把判决的结果送回银行去。我知道你是个跑得最快的信差，能远远赶在我前头跑回圣堂关。”

杰里敲了敲刚好够他用指节敲的窄脑门，以此感谢洛里先生的这番夸奖和一个先令。这时，卡顿先生走上前来，碰了碰洛里先生的胳臂。

“那位年轻小姐怎么样了？”

“她难过极了，不过她父亲正在安慰她，而且她一出法庭就觉得好些了。”

“我要把这情况去告诉犯人。你知道，像你这么一位体面的银行界先生，当众去跟他说话，未免有点儿不方便。”

洛里先生脸红了，仿佛他也意识到了这正是使自己为难的问题。卡顿先生向被告席外边走去。法庭的出口也在这个方向，杰里睁大眼睛，伸长耳朵，竖起铁蒺藜似的头发听他讲话。

“达尔奈先生！”

犯人马上走了过来。

“你一定急着想知道证人马奈特小姐的情况吧。她就会好的。你已经看到她那副焦急万分的样子了。”

“这是因我而起的，我感到非常抱歉。你是否能这样代我转告她，并转达我衷心的感谢？”

“可以，要是你要求我这样做，我愿意效劳。”

卡顿先生满不在乎的态度好像都有些傲慢无礼了。他站在那儿，转身侧面对着犯人，胳膊肘靠在被告席的栏杆上。

“我请求你代为转告，并请接受我衷心的感谢。”

“达尔奈先生，”卡顿先生说话时，仍然只用半个身子对着他，“你估计会有什么结果？”

“最坏的结果。”

“这是最聪明的想法，事情最有可能是这样。不过我认为他们退席对你有利。”

在法庭出口的通道上，是不允许停留太久的，所以杰里没有听见他们接下去说些什么，便走开了。留下他们俩——相貌极其相似，举止截然不同——肩并肩站在那儿，高悬在头上的镜子里照出了他们的身影。

在布满小偷和流氓的前厅里，虽说有羊肉馅饼和麦酒解闷，一个半钟头的时间还是过得缓慢难熬。嗓子沙哑的送信人吃了那种点心后，很不舒服地坐在一张长凳上打起盹来，忽然传来一阵嘈杂的人声，一股急速的人流涌向法庭的阶梯，把他也卷了进去。

“杰里，杰里！”等他到了门口，洛里先生已经在那儿叫他了。

“在这儿，先生！要往回挤真跟打架一样。我在这儿，先生！”

洛里先生从人群中给他递过来一张纸条：“快接住！你拿到了吗？”

“拿到了，先生。”

草草写在纸条上的是四个字：“无罪释放”。

“这回要是你再送‘复活’这个口信，”杰里转身往外走的时候，嘴里嘟哝道，“我就明白是什么意思了。”

走出老贝利之前，他根本没有机会再说什么或者再想什么，因为人群乱哄哄地突然一拥而出，几乎使他双腿架空地冲了出来，嘈杂的嗡嗡声冲到街上，仿佛那些失望的绿头苍蝇一窝蜂飞了出来，各自分头到别的地方寻找腐尸臭肉去了。

第四章

庆贺

在法庭里沸腾了一整天的人潮，连最后那几个，都穿过灯光昏暗的过道，走得一干二净了。这时，马奈特医生、他女儿露西·马奈特、洛里先生和被告辩护律师斯特里弗先生，一起围站在查尔斯·达尔奈先生的周围——他刚刚获释——庆贺他死里逃生。

哪怕在比这亮得多的灯光下，也很难认出这个聪颖睿智、身姿挺拔的马奈特医生，就是巴黎阁楼上的那个鞋匠。可是无论是谁，即使没有机会对他进行过深入细致的观察，没有听过他悲怆低沉的语调，也没有见过那无端地笼罩着他的茫然神情，只要朝他看上一眼，就不会不再看他的。一种外在的原因，比如提到他多年来遭受的苦难，就经常会——像刚才被传讯时那样——从他灵魂深处勾出那种茫然的神情，当然它们也会自行浮现出来，给他蒙上一层阴影，使那些了解他身世的人难以理解。这就像看见夏日的阳光把远在三百英里外的巴士底狱的阴影投射在他的身上。

只有他的女儿有从他心中驱除阴郁的忧思的力量。她是一条金线，把他受苦遭难前的“过去”和受苦遭难后的“现在”连接了起来，她的话语、她的容光、她的抚爱，几乎总是能对他产生强大有益的影响。当然，她的魔力也不是绝对的。因为她记得有几次连她也无能为力。不过这种情况不多，也无关紧要，她相信以后不会再有了。

达尔奈先生满怀感激之情，热烈地吻了他的手，接着转身向斯特里弗先生衷心致谢。斯特里弗先生刚刚三十出头，但看上去比实际年龄至少要大二十岁。他身材粗胖，声音洪亮，红光满面，直来直去，从不拘泥于斯文礼节。在人们聚谈时，他总是喜欢排开众人挤到前面去（在精神上和行动上都是如此），抢先插话，这正好说明他在实际生活中那种敢闯敢上的冲劲。

这时，他仍然戴着假发，穿着律师袍，挺胸凸肚，站在他的当事人面前，把纯朴老实的洛里先生都挤到了一边。他说："达尔奈先生，我很高兴能把你体体面面地解救出来。对你的起诉实在太卑鄙了，卑鄙到了极点，不过我们还是取得了胜利。"

"你对我的救命之恩，我终生感激。"他的当事人握着他的手说。

"我使出了全身本领来救你，达尔奈先生，我相信，我的本领也跟别人的一样大。"

这很清楚，他是要人义不容辞地出来说声"你的本领大多了"，而洛里先生也确实这样说了。他这样说，也许并非完全出于无私，而是想趁机挤回原地。

"你这样看吗？"斯特里弗先生说，"对了！你在这儿整整待了一天，你应该最清楚，再说你也是个代人办理事务的。"

"正因为是这样，"洛里先生说道，这时，那位精通法律的律师像刚才把他挤到一边那样，又把他推回到这伙人里面，"作为代理人，我要求马奈特医生宣布结束这场谈话，命令我们各自回家。露西小姐看起来不太舒服，达尔奈先生担惊受怕了一天，我们大家都累坏了。"

"你说的只能代表你自己，洛里先生，"斯特里弗先生说，"我可还得工作一个通宵哩。你说的只能代表你自己。"

"我代表自己说话，"洛里先生回答说，"也代表达尔奈先生，露西小姐，还有——露西小姐，难道你不认为我可以代表我们大家吗？"

他对着她直接提出这一问题，并且朝她父亲看了一眼。

她父亲脸色发呆，用一种非常奇特的目光望着达尔奈，死死盯着他，双眉紧皱，露出厌恶和信不过的神色，甚至还夹杂着几分恐惧。他带着这种令人费解的表情，神情又陷入了迷茫。

“父亲——”露西叫了一声，把手轻柔地在按在他的手上。

他慢慢地摆脱了那个阴影，朝她转过身来。

“父亲，我们回家好吗？”

他长长地吁了一口气，回答说：“好吧。”

被释犯人的朋友们以为，这天晚上他是不会被释放了——这印象是他自己造成的——于是都各自散去。过道里的灯差不多全都熄灭了，一扇扇铁门也都砰砰关上，这阴森森的地方变得空无一人，要到明天早上，大家对绞刑架、示众枷、鞭笞柱和烙铁的兴趣，才会重新使这儿人山人海。露西·马奈特走在她父亲和达尔奈先生中间，到了门外。他们叫来一辆出租马车，父女俩坐上车先走了。

斯特里弗先生在过道里和他们分手后，便冲到法庭的更衣室去了。另外还有一个人，刚才没有跟他们聚在一起，也没有和他们当中的任何一个人搭讪过一句，只挑了个阴影最浓的墙角站着。这时，他默不作声地跟着大家走了出来，站在那儿，一直看着马车离去，然后才走向站在人行道上的洛里先生和达尔奈先生。

“哦，洛里先生！办理业务的人现在总该可以和达尔奈先生说话了吧？”

没有人知道卡顿先生在这天的审判过程中所起的作用，也没有人对他表示感谢。他已经脱去律师袍，可那外表并没有因此好了多少。

“要是你知道办理业务的人善良本性的冲动和公事公办的外表发生冲突时，内心斗争是何等激烈，你一定会觉得很有趣，达尔奈先生。”

洛里先生脸红了，诚恳地说：“这一点你之前已经说过了，先生。

我们这些替银行办事的人，是身不由己的。我们不得不首先为银行着想，然后才能考虑自己。”

“我知道，我知道，”卡顿先生漫不经心地答道，“别见怪，洛里先生。我毫不怀疑，你跟别人一样好。我敢说，你比别人更好。”

“说实在的，先生，”洛里先生没有理会他，自顾自往下说，“我实在不明白，你跟这件事有什么关系。请原谅，我比你虚长几岁，所以也就冒昧这么说了。我真的不明白，这和你的公务有什么关系。”

“公务！多谢你了，我没有什么公务。”卡顿先生说。

“这真遗憾，先生。”

“我也这么想。”

“要是你有公务在身，”洛里先生接着往下说，“也许就会专心去办公务了。”

“哎呀，我的天哪，不！——我也不会的。”卡顿先生说。

“好啦，先生！”洛里先生被他这种满不在乎的态度弄得火冒三丈，叫了起来，“公务是件好事，是件非常体面的事情。再说，先生，如果是公务逼得人隐忍克制，不能随便说话，不能为所欲为，那么像达尔奈先生这样一位宽宏大量的年轻绅士，一定会懂得如何去体谅别人的这种处境的。达尔奈先生，晚安，上帝保佑你，先生。我想你今天大难不死，必有后福。——马车！”

不仅对这位律师，也许对自己也有点生气，洛里先生匆匆上了马车，径直回台尔森银行去了。卡顿满身葡萄酒气，显得不太清醒，这时哈哈大笑起来，转身对达尔奈说：“你我碰在了一起，这真是个奇妙的缘分。现在，你和跟你长相一样的人一起站在这街心石头上，你一定觉得这是个很不寻常的夜晚吧？”

“我好像还没回到人世上来哩！”查尔斯·达尔奈答道。

“我一点也不觉得奇怪，因为方才你在黄泉路上已经走得相当远了。你说话好像有气无力的。”

“我越来越感到我的确浑身无力了。”

“那你干吗不去吃点东西？我在那伙傻瓜讨论你究竟应该属于哪个世界——阳世还是阴间时，就已经吃过饭了。让我带你到离这儿最近的一家酒馆去好好吃上一顿吧。”

他伸出手去挽住对方的胳臂，领他走下拉盖特山，来到弗利特街，走过一段盖有天棚的路，进了一家酒馆。他俩被带进一个小房间。查尔斯·达尔奈饱餐了一顿，又喝了些好酒，很快就恢复了体力。卡顿和他同坐一桌，在他对面，也摆着一瓶葡萄酒，他对达尔奈也是那副半似傲慢的满不在乎的态度。

“你现在觉得你又回到人世了吗，达尔奈先生？”

“有关时间和空间，我脑子里还是一片糊涂，不过现在好多了，已经有了人世的感觉。”

“那就应该大大知足了啊！”

他语带辛酸，随即又把自己的杯子斟满，那是一只大杯子。

“对于我来说，最大的愿望就是忘掉我属于这个世界。这个世界对我没有一点用处——像这样的酒除外——我对它也没有用处。因此在这一点上，我们俩不太相像。说实在的，我渐渐觉得，我们俩，你跟我，无论在哪方面，都不太相像。”

查尔斯·达尔奈被这惊心动魄的一天弄得丧魂失魄，觉得和这个跟自己相像、举止粗鲁的人坐在一起恍如梦中，他茫茫然不知如何回答，于是就干脆不回答了。

“现在你已经吃完饭了，”卡顿过了一会说，“为什么不干一杯呢，达尔奈先生？怎么不祝杯酒？”

“为谁的健康干杯？为谁祝酒呀？”

“得啦，不就在你嘴边吗？准是的，一定没错，我敢保证，就在你嘴边上。”

“那就为马奈特小姐干一杯!”

“那就为马奈特小姐干一杯!”

卡顿干杯的时候，两眼直盯着他朋友的脸，随后他把酒杯朝背后一掷，杯子在墙上碰得粉碎。接着，他按了按铃，另要了一只。

“那位在黑暗中被扶上马车的小姐真漂亮，达尔奈先生!”他说着，又把新拿来的高脚杯斟满。

对方只是微微皱了皱眉头，说了简短的一个“是”字作为回答。

“那个怜悯你、为你流泪的，可是位漂亮小姐啊!感觉怎么样?能得到这种同情和怜悯，即使受到性命攸关的审判，也是值得的吧。是不是，达尔奈先生?”

达尔奈还是一句话也没有回答。

“我把你的口信传给她，她听了非常高兴。当然，她没有表现出来，不过我看得出。”

这么一说，倒使达尔奈及时想起，这位令人不快的伙伴在今天的危难中，曾经主动帮助过他。于是他把话题转到了这一点上，为此向他表示感谢。

“我不需要任何感谢，也不值得别人感谢，”这就是他漫不经心的回答，“第一，这算不了什么;第二，我自己也不知道为什么要那样做。达尔奈先生，请允许我问你一个问题。”

“非常乐意，就作为我对你这番盛情的小小答谢吧!”

“你觉得我特别喜欢你吗?”

“说实在的，卡顿先生，”对方非常窘迫地回答，“我从来没有想过这个问题。”

“那么你现在就想想这个问题吧。”

“从你的所作所为看，你好像是喜欢我的，可是我觉得你并不喜欢我。”

“我也觉得我并不喜欢你，”卡顿说，“我开始觉得你的理解力是很强的。”

“不过，”达尔奈一面站起来按铃，一面说，“我希望这不会妨碍我叫人来结账，也不妨碍我们双方都不怀敌意地分手。”

卡顿答道：“一辈子都不会！”达尔奈按铃。

“全部账都你付吗？”卡顿问。在对方做了肯定的回答后，他又说：“那就再给我拿一品脱这种酒来，酒保，到十点钟时来叫醒我。”

付完账，查尔斯·达尔奈站起身来，向他道了晚安。卡顿也站了起来，但没有道晚安，而是带着一副咄咄逼人的神情说道：“最后再问一句，达尔奈先生，你认为我喝醉了吗？”

“我觉得你一直在喝，卡顿先生。”

“觉得？你明明知道我一直在喝。”

“既然我不得不说，那就说我知道吧。”

“那你同样还应该知道我为什么会这样。我是个失意的苦工，先生。我不关心世上的任何人，世上也没有任何人关心我。”

“太可惜了，你本来可以更好地运用你的聪明才智的。”

“也许是这样，达尔奈先生，也许并非如此。别因为你头脑清醒就自鸣得意了，你还说不准它可能会落到什么地步哩。晚安！”

当这位怪人独自一人时，他拿起一支蜡烛，走到墙上挂着的一面镜子跟前，仔细地把自己打量了一番。

“你特别喜欢那个人吗？”他喃喃地问镜中的自己，“你干吗要特别喜欢一个跟你相像的人呢？你身上并没什么可喜欢的，这你自己知道。啊，你这个混蛋！看你把自己糟蹋成什么样子了！你喜欢上这个人自有你的道理，从他身上，你可以看到你堕落前的模样，你本来可以成为什么样子！跟他对换一下，你是否也会像他那样受到那双蓝眼睛的青睐，像他那样得到那张激动的小脸蛋的怜悯呢？说下去呀，干干脆脆地说出来吧！你恨这个家伙！”

他向那一品脱酒寻求安慰，几分钟之内就把它喝得一干二净，随即就伏在手臂上睡着了，他的头发披散在桌子上，那长长的裹尸布般的烛泪，滴落在他的身上。

第五章
胡狼

那是纵酒的岁月[①]，多数人在狂饮无度。打那时以来，时光老人已经使这种风气发生了很大变化。如果在无损于其绅士声誉的情况下，我们把当时一个人一夜之间所灌下的酒如实加以报道，在今天看来，会觉得那是荒诞不经的夸张。在嗜酒方面，博学的法律界当然也不会自甘落后于其他各界。那位冲劲十足、业务兴隆、财源广进的斯特里弗先生，也如在法律界进行的其他竞争一样，在这方面绝不会落后于他的同僚。

斯特里弗是老贝利的宠儿，也是民事治安法庭的红人。他已经小心谨慎地爬上了飞黄腾达之梯的最低几级。如今，民事治安法庭和老贝利都不得不特意召唤这位大红人来投入他们那急切的怀抱，因而每天都可以看到斯特里弗先生那张红光满面的脸，从一片花坛似的假发中冒出，极力迎向高等法院首席法官的尊颜，像一株硕大的向日葵朝着太阳，突出在满园争艳的群芳之上。

律师界的人曾一度认为，斯特里弗先生固然能言善辩、无所顾忌、机敏灵活、敢作敢为，但他却没有从大量材料中提取精要的才能，而这是一个辩护律师至关重要和不可或缺的条件。可是后来，发现他在

① 18世纪时，英国饮酒之风极盛。

这方面有了显著进步。他的业务愈兴隆，他把握精要的本领似乎变得愈强。不论他晚上和西德尼·卡顿先生对饮到多晚，第二天早上，他准能把自己的论点准备得有条有理。

吊儿郎当、前途无望的西德尼·卡顿，是斯特里弗最得力的助手。每年从希拉里节开庭期到米迦勒节开庭期[①]，这两个人在一起喝下的酒，足以浮起一艘皇家兵舰。斯特里弗不管在哪儿办案，都有卡顿跟着，而这位助手，总是双手插在口袋里，两眼直望着法庭的天花板。他俩一同去参加巡回审判，甚至在巡回途中，也依旧酣饮到深夜。谣传有人看见卡顿大白天喝得踉踉跄跄，像只浪荡耽乐的猫儿，偷偷溜回自己的寓所。后来，关心此事的人们纷纷议论说，西德尼·卡顿虽然成不了狮子，却是只极好的胡狼[②]，甘居卑位，对斯特里弗竭尽忠诚。

“十点了，先生，”酒店侍者按照卡顿事先的吩咐，前来叫醒他，“已经十点了，先生。”

“什么事？”

“已经十点了，先生。”

“你说什么？晚上十点了吗？”

“是的，先生。你吩咐我叫醒你的。”

“哦，我想起来了，很好，很好。”

他感到很困，昏昏然又想睡去，可那侍者却非常机灵，哗啦哗啦捅了足足五分钟的火炉，弄得他只好站起身来，把帽子往头上一扣，走出门外。他拐进圣堂区，在高等法院和纸楼[③]之间的人行道上来回走

---

① 当时英国高等法院的开庭期一年分四期：希拉里节期（1月11日至31日），复活节期（4月15日至5月8日），三一节期（5月22日至6月12日），米迦勒节期（11月2日至25日）。

② 犬科，狼形食肉动物，常尾随在狮子等大型动物之后，吃其残余猎物，故相传狮子捕猎时，胡狼常来相助。在英语中，狮子常可作“名士”“红人”解，胡狼则有“卑贱的助手”“爪牙”“走狗”之意。

③ 伦敦古建筑，因构造简陋而得名。

了两趟，然后才转身进入斯特里弗的事务所。

斯特里弗的书记员从来不参加这类讨论，早就回家了，是斯特里弗亲自来开的门。他穿着拖鞋，披着件宽松的睡袍，为了舒适还敞开领口。他的眼睛周围有一圈放纵、倦怠、憔悴的印记，凡属他这类嗜酒贪杯的人脸上，都有这样的眼圈。从杰弗里斯[①]的画像起，所有纵酒时代画像上的人物，虽然经过各种艺术加工，仍然能找到这种痕迹。

“你来晚了一点，‘活字典’。”斯特里弗说。

“跟平时差不多吧，也许晚了一刻钟。”

他俩走进一间昏暗的屋子，四周摆着书，到处扔满废纸，炉子里的火烧得正旺，炉架上一把水壶呼呼地冒着热气，在乱七八糟的废纸堆中，一张桌子闪着光亮，桌子上摆着许多葡萄酒，还有白兰地、朗姆酒、糖和柠檬。

“看来你已经喝过一瓶了，西德尼。”

“我想我今晚喝的是两瓶。我跟今天的当事人一起吃了饭，或者应该说看他吃了饭——反正都一样！”

“多亏你想出个好点子，西德尼，提出个面貌相像的问题。你怎么会想到这一点的？什么时候想起来的？”

“我觉得他是个挺英俊的家伙，我想，要是走运的话，我多半也该是这个样子。”

斯特里弗先生哈哈大笑起来，笑得他那过早发福的大肚子直颤。

“西德尼！还是开始干活吧，开始干活！”

胡狼绷起脸，解开衣服，走进隔壁房间，拿来一大壶冷水，一只脸盆，还有一两条毛巾。他把毛巾浸在水里，拧到半干，叠起放在头上，样子难看极了。随后他坐到桌边，说道：“开始吧，我准备好了！”

---

① 杰弗里斯（1648—1689），英国大法官，生活放荡，尤嗜酒，以残酷闻名。

“今晚要归纳整理的材料不多，‘活字典’。”斯特里弗先生翻检着材料，愉快地说。

“有多少？”

“只有两份。”

“先把最难搞的给我。”

“拿去，西德尼，干起来吧！”

于是，狮子怡然自得地仰靠在酒桌一头的沙发上，而胡狼则坐在堆满文件材料的酒桌另一头，酒瓶和酒杯也近在手边。两人都毫无节制地不时伸手到酒桌上拿酒喝，只是姿势不同罢了：狮子多半是靠在沙发上，双手插在腰带里，望着炉火出神，或者随意翻阅一下那些不太重要的文件；胡狼则紧锁双眉，聚精会神地埋头伏案工作，就连伸手去拿酒杯时，眼睛也不抬一下——常常要摸上好一会儿，才能把杯子送到嘴边。有两三回，事情实在太棘手了，胡狼不得不站起身来，重新把毛巾浸湿。光顾过水壶和脸盆后回来时，他头上缠着湿毛巾，样子古怪得难以形容，加上那一脸严肃焦急的神情，更加显得滑稽可笑。

最后，胡狼终于为狮子烹制出一份紧凑的美餐，走上前去奉献给大王。狮子小心谨慎地接了过去，在胡狼的帮助下，自己又做了一番选择，加上几句评语。经过反复讨论，狮子又把双手插进腰带，靠在沙发上沉思默想起来。为了提神，胡狼在喉咙里灌下一大杯酒，又去换了一把冷毛巾，然后着手烹制第二份菜肴。这份菜肴做好后，又用同样的方式拿去奉献给狮子大王，直到凌晨三点才大功告成。

“现在完事了，西德尼，来一满杯潘趣酒[①]吧。”斯特里弗说。

胡狼从头上摘下那块一直在冒热气的湿毛巾，抖了抖身子，打了

① 用水、果汁、香料及葡萄酒或其他酒类勾兑成的冷的或热的饮料。

个呵欠，还打了个冷战，照斯特里弗说的干了一大杯酒。

“你今天对付那些官方证人，干得真漂亮，西德尼，每个问题都击中要害。”

“我每次都干得很漂亮，不是吗？”

“我并没有说不是这样，是什么让你来火气了？浇上点潘趣酒吧，再润一润。”

胡狼不高兴地咕噜了两句，又照他的话做了。

“老什鲁斯伯里学校[1]的老西德尼·卡顿，”斯特里弗摇头晃脑地历数着卡顿的过去和现在，“还是那个跷跷板一样的西德尼·卡顿，一会儿上，一会儿下，一会儿精神饱满，一会儿垂头丧气。”

“唉！”另一个叹了一口气，回答说，“是呀！还是同一个西德尼，还是同样不走运。就是在那会儿，我也老给别人做作业，很少做自己的。”

“为什么不做呢？”

“不知道。大概这是我的处世之道吧。”

他坐在那儿，双手插在口袋里，腿往前伸得直直的，两眼望着炉火。

“卡顿，”他的朋友神气活现地对他摆起架势，站在他面前，仿佛那火炉是个能炼出持久努力的熔炉，他正准备做件好事，把老什鲁斯伯里学校的老西德尼·卡顿推进炉门去炼上一番，“你那条处世之道，永远是条蹩脚之道。你既鼓不起干劲儿，又没有目标。你瞧瞧我吧。”

“噢，真讨厌！”西德尼稍显轻快温和地笑了笑，说，“你别说教了！”

“瞧我以前是怎么干的？”斯特里弗说，“我现在又是怎么干的？”

“照我看来，部分是靠雇用我的缘故吧。不过在这方面，你来教训

---

① 英国著名公学之一。

我就像教训空气一样，你花的时间实在不值得。你自己要干什么，你就干去。反正你老是占先，而我总是落后。”

“我不得不向前奔，我不是一生下来就是富贵命，不是吗？”

“我没有参加你的诞辰盛典，不过我认为你是天生的富贵命。”说到这里，卡顿笑了起来，于是两人都笑了。

“不论是在进什鲁斯伯里以前，在什鲁斯伯里期间，还是离开什鲁斯伯里以后，”卡顿继续说，“你总是占先，而我，总是落后。甚至在巴黎学生区做同学那时，你们在一起学法语，学法国的法律，还有那些对我们没有多大用处的杂七杂八的法国玩意儿时，你就处处得手，而我总是处处——落空。”

“可那是谁的错呢？”

“凭良心说，我不能肯定这不是你的错。你总是不断地钻呀，冲呀，挤呀，推呀，无休无止，弄得我毫无进取的机会，只好在一旁发霉生锈。不过，在这种天快要亮的时候谈论一个人过去的事，未免太煞风景了。在我离开之前，还是换个话题，说点别的吧。”

“好吧！那就为那位漂亮的女证人干杯吧，”斯特里弗举杯说道，“这下你该高兴了吧？”

显然没有，他又变得垂头丧气了。

“漂亮的女证人，”他低头看着自己的杯子嘟囔道，“今天一个白天，还有晚上，我已经见够证人了，你说的漂亮的女证人是哪一个呀？”

“就是那位美丽如画的医生女儿马奈特小姐呀。”

“她漂亮？”

“难道不漂亮？”

“是的。”

“哎呀，我的天哪！整个法庭都为她倾倒了呢。”

“整个法庭都倾倒！谁让老贝利来判定美丑的？她只不过是个金发玩具娃娃罢了！”

“你知道吗，西德尼？”斯特里弗用锐利的目光望着他，用一只手在红光满面的脸上慢慢地抹了一把，说道，“你知道吗？我当时就觉得，你很同情那个金发玩具娃娃，而且你很快就发现她出了事。”

“很快发现出了事！要是一个姑娘，管她是玩具娃娃或者不是玩具娃娃，在一个男人鼻子底下两三码远的地方晕过去，不用望远镜也能看到的。好，我跟你干杯，可我并不觉得她漂亮。我现在不想再喝了，我要去睡觉了。”

当主人拿着一支蜡烛，把他送到楼梯口，照着他下楼时，黎明已经冷冷地从积满污垢的窗户透了进来。他走出门外，迎面扑来悲凉的空气，天空阴沉沉的，河水黑森森的，整个景象犹如一片毫无生气的荒漠。阵阵尘埃在清晨的疾风中团团飞旋，仿佛荒漠中的飞沙在远处腾空卷起，前锋已经开始弥漫这个城市。

浑身是无用的精力，周围是空旷的荒漠，他在穿过一条僻静的小巷时，收住了脚步。霎时间，他看到眼前出现了一片由崇高志向、克己为人的精神和坚忍不拔的意志构成的海市蜃楼。在这幻景中的美丽城市里，有着无数虚无缥缈的亭台楼阁，娇媚可笑的人儿从那儿朝他频送秋波，花园里熟透了的生命之果累累垂枝，希望之泉在他眼前粼粼闪光。可是刹那间，这番幻影就无影无踪了。他走进一栋楼房的天井，爬上一间高高的阁楼，和衣倒在一张凌乱不堪的床上，徒然的泪水濡湿了床上的枕头。

太阳悲悲切切地冉冉升起，它所照见的景物再也没有比这个人更悲惨的了。他富有才华，感情深厚，却没有施展才华、流露情感的机会，不能有所作为，也无力谋取自己的幸福。他深知自己的症结所在，却听天由命，任凭自己年复一年地虚度光阴，消耗殆尽。

第六章

几百个人

马奈特医生幽静的寓所坐落在离索霍广场不远的一个宁静的街角。打从那桩叛国案的审判之后，时间的洪流已奔腾了整整四个月，夹带着人们对那案件的兴趣和记忆，远远地流向了大海。在一个晴朗的星期天下午，贾维斯·洛里先生离开他居住的克拉肯韦尔区，沿着阳光明媚的大街，步行前去和马奈特医生共进晚餐。在业务上几经交往之后，洛里先生成了这位医生的朋友，而那幽静的街角，也就成了他生活中光明温暖的处所。

在这个晴朗的星期天的午后，洛里先生很早就朝索霍走去，这是出于三个习惯。第一，每逢晴朗的星期天，他常常在晚饭前陪医生和露西出去散步；第二，在天气不好的星期天，他作为医生家的好朋友，通常习惯和他们一起待在家里聊天、读书，看看窗外的景致，度过这一天；第三，他偶尔也有些小小的疑难需要解决，而他知道，按照医生家的生活方式，这往往是解决这类问题的最好时刻。

在伦敦，再也找不出比马奈特医生的这个寓所更为古雅别致的角落了。没有大道从这儿穿过，只有一条景色宜人、舒闲幽静的小小林荫道，从医生寓所的前窗下伸展开去。当年，牛津路以北建筑物稀少，在如今已经不存在的田野里，树林茂密，野花遍地，山楂花盛开。在索霍，田园气息可以生气勃勃、自由翱翔，不必像无家可归的乞儿般无精打采地在教区流浪。离这里不远处有许多南墙，一到季节，墙上的桃树枝头果实累累。

上半天，夏日的阳光明晃晃地照着这个角落，待街道晒得越来越热的时候，这儿已是浓荫覆盖，尽管不远处仍可见到一片白花花的阳光。这儿清凉、幽静，令人心旷神怡。这是个回声萦绕的奇妙处所，又是个远离闹市的避风港。

在这样一个宁静的停泊之处，应该有一叶静静的扁舟。实际上已经有了。医生家在一幢僻静的大房子里占了两层楼。白天，据说楼里有从事好几种行业的人在干活，可是整天听不到什么声音；到了晚上，更是万籁俱寂。屋后的院子里有一株法国梧桐，绿叶婆娑，瑟瑟作响。据说，院子后面的那幢楼里，有人在制造教堂用的大风琴，有人在雕镂银器，还有个什么神秘的巨人在锤打金箔，他从前厅的墙上伸出一只金晃晃的巨臂——仿佛他不但已把自己锤打成珍宝，还要把所有的来访者都一一染上金色。所有这些手艺人，以及那个据说住在楼上的单身房客，还有那个在楼下有一间账房的落魄的车饰制造商，几乎都从未有人听见或看见过。偶尔，有个把走错路的工人披着外衣穿堂而过，或者有个陌生人探头进来张望一下，有时也会隔着后院远远传来一阵叮叮当当的声响，还有那金色巨人的几声咚咚锤声。然而这些都是偶然的例外，更经常的是屋后梧桐树上麻雀的叽叽喳喳声和房前街角上的回声，从星期天的清晨到星期六的晚上，响个不停。

马奈特医生在这里接待的病人，都是那些知道他过去的名声以及有关他身世的传闻和他当年的声誉后慕名而来的。他的科学知识，他在进行各种高难度实验时的谨慎和熟练，也给他带来了不少主顾，他有了足够的收入。

在这个晴朗的星期天的下午，当贾维斯·洛里先生按响街角这所宁静住宅的门铃时，他所了解的、思索的、关心的，就是以上这些事情。

“马奈特医生在家吗？”

等会儿就回来。

“露西小姐在家吗？”

等会儿就回来。

“普罗斯小姐在家吗？”

可能在家，侍女吃不准普罗斯小姐的意思会是什么，到底是承认在家呢，还是否认。

“我是老熟人了，”洛里先生说，“我自己上楼去吧。”

尽管医生的女儿对她的祖国一无所知，她却表现出生来就从那里继承了那种花钱少、办事多的本领，这正是那个国家最有用、最可喜的特点之一。家具虽说简单，却点缀了许多雅致的小装饰品，尽管不值多少钱，但它们反映出情趣和爱好，令人赏心悦目。屋子里的所有物件，从最大的到最小的，它们的位置布局，色调配置，错落有致的变化和对照鲜明的层次，都出自精心构想，出自巧手、明眼、慧心，让人一见就感到舒适愉快，同时也反映了主人的情感个性。因而当洛里先生站在那儿四下打量的时候，就连那些桌椅板凳似乎也都带着他现在已十分熟悉的那种特别表情在问他：你觉得怎么样呀？

楼上和楼下一样，都有三个房间，房门全敞开着，使得空气可以自由流通。洛里先生从一个房间走进另一个房间，满面含笑，注意到周围所有的东西，都有着引人想象的样子。第一个房间最好，里面有露西的鸟儿、花儿、书籍、书桌，做女红用的工作台和一盒水彩；第二个房间是医生的诊疗室兼饭厅；第三个房间是医生的卧室，院子里的那株梧桐树，在里面投下了时时变幻的斑驳树影。在一个屋角，摆着那张已经闲置的鞋匠凳子和工具箱，就像摆在巴黎近郊圣安托万区酒店旁边那幢阴暗房子的六层楼上时一样。

“真奇怪，”洛里先生瞧着，停住了脚步说，“他还保存着这些会让他难受的东西！”

“这有什么好奇怪的呢？”这突如其来的问话，使他大吃一惊。

发问的是普罗斯小姐，就是那个从头到脚一身红、手劲很大的粗鲁女人，他第一次认识她是在多佛尔的皇家乔治旅馆，打那以后，他们之间的关系已有所改善。

“我本以为——”洛里先生开口说道。

“得了！什么你本以为！”普罗斯小姐一讲话，洛里先生就住了口。

“你好吗？”女士接着厉声问道——却又像是要表示她对他并无恶意。

“我很好，谢谢，”洛里先生温顺地答道，“你好吗？”

“没什么好吹的。”普罗斯小姐说。

“真的？”

“哎，真的！”普罗斯小姐说道，“我被我那小宝贝的事弄得心里烦透了。”

“真的？”

“看在老天的分儿上，别再说‘真的’了吧，要不你要把我烦死了。”普罗斯小姐说。她的性格直截了当，可谓简短（跟她的外形不一致）。

“那么，确实吗？”洛里先生改口说。

“确实吗，也是够糟的，”普罗斯小姐答道，“不过总算稍微好一点了。是啊，我心里烦透了。”

“我可以问问是什么原因吗？”

“我不愿让那些配不上我的小宝贝的人，成打成打地跑到这儿来追求她。”

“有成打成打的人来追求？”

“几百个人。”普罗斯小姐说。

这位女士的特点是（其实古往今来许多人都如此），你越是对她的说法怀疑，她就越要夸张。

“我的天哪！”洛里先生说，这是他能想出的最最保险的话了。

“打我的小宝贝十岁起，我就跟她住在一起了——或者说小宝贝跟我住在一起，还为这给我付工钱。我向你起誓，要是我不用钱就能养活我自己和她，那她就完全可以不必付钱给我了。这真叫人难受。”普罗斯小姐说。

洛里先生弄不清什么使她难受，所以摇了摇头，他把他身上这个至关重要的部位当作应付一切的法宝。

“各式各样根本配不上我的小宝贝的人，老是跑来纠缠她，”普罗斯小姐说，“当初是你开的头——”

“是我开的头，普罗斯小姐？”

“难道不是你？是谁让她父亲活过来的？”

“哦！要是那就是开头的话——”洛里先生说。

“我想，那总不能算是结尾吧？我说的是，当初你一开头，事情就够难受的了，并不是对马奈特医生有什么好挑剔的，他只是不配有这么个女儿罢了，其实这也不能怪他，因为无论在什么情况下，都没有人配拥有这样一个女儿。可是打那以后，成群结队的人就跟着他来了（对他，我还能原谅），都想夺走小宝贝对我的爱，这可就使我加倍难受了。”

洛里先生知道普罗斯小姐忌妒心很重，不过现在他也了解到，她虽然表面上刁钻古怪，却是个毫无私心的人——只有女人中才有这样的人——她们为了纯真的爱恋和仰慕，甘愿俯身为奴，侍奉她们已经失去的青春，侍奉她们生来未有的美丽，侍奉她们从没福气受到的良好教养，侍奉她们惨淡一生中从来没有过的光辉前程。洛里先生饱经沧桑，深深懂得最可贵的莫过于这种耿耿忠心，他十分崇敬这种不沾铜臭的奉献。按照他心目中对人的善善恶恶的排列分等——我们大家都或多或少做过这种排列——他把普罗斯小姐列在许多太太小姐们之上，接近于下凡的天使，尽管她们在台尔森银行有存款，无论是先天条件还是后天条件都远比她优越。

“不管是现在还是将来，只有一个人配得上我的小宝贝，”普罗斯小姐说，“那就是我的弟弟所罗门，要是他在生活里不曾犯过错误的话。”

为此，洛里先生再次问起普罗斯小姐的身世，结果得知她的弟弟所罗门是个毫无心肝的无赖。他刮走了她所有的一切去搞投机，弄得她一贫如洗，他却一点儿也没有悔恨内疚之心，丢下她跑了。普罗斯小姐对所罗门依然坚信不疑（这桩小小的过失，只使她对他的信心略打折扣），这在洛里先生看来是件极不简单的事，增加了他对她的好感。

“现在这儿正好只有我们两个，你我又都是给人办事的人，”等他们走回客厅，和和气气地坐定之后，洛里先生说，“我要问你——医生在和露西聊天的时候，从来没有提起过他做鞋时的事吗？”

“从来没有提起过。”

“那他为什么还要把那张凳子和那些工具留在身边呢？”

“哎！”普罗斯小姐摇着头答道，“我可没有说他心里不曾想到过那些事呀。”

“你认为他常想那些事？”

“是的。”普罗斯小姐回答。

“你猜想——”洛里先生刚开始说，普罗斯小姐就打断了他。

“我从来不胡猜乱想，我压根儿就没有想象力。”

“我说得不对，那就换个说法，你认为——你有时总会推测一下吧。”

“偶尔会。”普罗斯小姐说。

“你认为——”洛里先生继续说，明亮的眼睛中闪着笑意，亲切地望着她，“马奈特医生对他受害的原因，以及害他的人是谁，是不是心中有数呢？”

“除了小宝贝告诉我的以外，我什么也认为不出来。”

“那么她的看法是——？”

“她认为他心中是有数的。”

“别因为我问了那么些问题就生我的气，我只不过是个愚钝的替人办事的人，你也一样是个替人办事的。”

“愚钝？”普罗斯小姐心平气和地问。

洛里先生很想去掉“愚钝”这个自谦之词，就答道：“不，不，不，当然不是，我们还是言归正传吧。马奈特医生根本没有犯过任何罪，这我们都很清楚，可是他从来不提这件事，这不是很奇怪吗？虽然多年前他跟我就有业务往来，如今关系又很密切，但我说的不是他没跟我谈，而是说他没跟他可爱的女儿谈，他是那么全心全意地爱着她，而且还有谁能像她这样深深地爱他呢？请相信我，普罗斯小姐，我跟你谈这件事，并不是出于好奇，而是出于热诚的关心。”

“好！就拣我最好的想法说吧，不过你会说，最好的也很糟。”普罗斯小姐听他语带歉意，口气软了些，“他是怕提那件事。”

“怕？”

“我总觉得，他为什么害怕，原因是明摆着的。那事想起来就让人心惊胆寒，再说，他以前就是因为这个弄得神志不清的。他不知道自己怎么犯的病，怎么醒过来的，也许他根本就拿不准自己还会不会再犯病。我总觉得，光这一点，就够让人伤脑筋的。”

这一席话，比洛里先生本想知道的远要深刻些。“的确，”他说，“回想起来是很可怕的。不过，普罗斯小姐，使我心里犯疑的是，马奈特医生把这一切都憋在心里究竟好不好。说真的，正是因为这一点，常使我感到不安，所以我现在才跟你说出我的心事。”

“没办法，”普罗斯小姐摇摇头说，“一搭到这根弦，他的心情马上就变坏。还是随它去的好。简单一句话，不管你喜欢不喜欢，都得把它撂到一边不去管它。有时候，他深更半夜从床上起来，我们在楼上听见他在楼下自己的房间里走来走去，走来走去。这时，小宝贝就知道，他的神志又回到他以前的牢房，在那里走来走去，走来走去了。她赶忙跑下楼去，陪他一起走来走去，走来走去，一直到他平静下来。可是他这样焦躁不安，到底是什么原因呢？他从来没有跟她说过一句，她也觉得最好是什么都别提。他们一句话也不说，两人一块儿走来走去，走来走去，直到她的柔情和陪伴使他清醒过来为止。”

尽管普罗斯小姐不承认自己有想象力，可是在她反复说着“走来走去”这个字眼时，完全证明她是具有这种能力的，她敏锐地觉察到了那种无休无止的、被一种哀伤的念头折磨的痛苦。

前面说过，这儿是一个能发出回声的奇妙的街角，就在这时，回响起自远而近的脚步声，仿佛是由于刚才提到了那令人困乏的来回踱步触发了这阵脚步声。

“他们来了！”普罗斯小姐说着站起身来，打断了这场谈话，“现在我们这儿马上就会有几百个人跟着来了！”

这个街角的传声效果非常奇特，是个使声音听起来非常奇妙的地方。此刻，当洛里先生站在敞开的窗前等候那父女俩时，他明明听见了他们的脚步声，却仿佛觉得他们永远也走不到了。脚步声渐渐远去，回声逐渐消失，代之而起的是另一种永远不会到来的脚步声，分明已近在咫尺，却又永远逝去。不过，父女俩终于还是露面了，普罗斯小姐等在门口迎接他们。

虽说普罗斯小姐粗鲁，一身通红，又带些凶相，可是看上去倒挺有意思。当她的小宝贝来到楼上时，她帮她摘下帽子，用自己的手帕角儿掸了掸，吹去上面的灰尘，把她的斗篷折好，放到一边，又伸手抚平她那头浓密的金发，那副得意的样子，仿佛她自己是个最自负、最标致的美人，这是在抚捋自己的头发。她的小宝贝看上去也挺有意思，她拥抱她，向她道谢，要她不必这样操心——这一点她只敢开玩笑地说说，要不，普罗斯小姐就会因此伤心，跑回自己的卧室去痛哭一场。医生看上去也挺有意思，站在旁边看着她俩，直说普罗斯小姐把露西给宠坏了，可是他的语气和眼神，却说明他和普罗斯小姐一样宠她，而且，如果有可能，还会宠得更厉害。洛里先生看上去也挺有意思。他戴着一顶小小的假发，满面春风地看着这一切，庆幸他这个单身汉福星高照，在垂暮之年找到了一个“家”。不过，并没有几百个人跟着来观看这些场面，洛里先生盼了又盼，盼了个空，普罗斯小姐的预言并没有实现。

晚餐的时间到了，仍不见有几百个人到来。在这个小小的家庭里，普罗斯小姐总管家务，她把一切都安排得井井有条。她备办的饭菜虽然菜肴平常，但味美可口，配置得当，点缀得也很美观，兼有英国和法国的风味，好得不能再好了。原来普罗斯小姐交朋友一向注重实际，她遍访索霍和邻近地区一些穷苦的法国人，用几先令或半克朗的小钱，就能让他们把烹饪的秘诀传授给她。她从这些破落的高卢人子孙那里学来了高超的技艺，使得那些操持家务的太太小姐们把她奉为神明，或者以为她像灰姑娘的教母一样有仙法，只要派人从园子里拿来一只鸡、一只兔、一两棵菜，就能变成她想要的任何东西。

普罗斯小姐只是在星期天才和医生父女同桌吃饭，平时她坚持在没人知道的时候到楼下厨房或者二楼自己的房间里进餐——她那房间是蓝色的，除了她的小宝贝外谁也不许进去。这天，普罗斯小姐见到小宝贝那可爱的脸蛋和那一心要讨她喜欢的乖模样，心里高兴极了，所以这顿饭也吃得非常称心愉快。

这天天气闷热，吃罢饭，露西提出应该到外面的梧桐树下去喝酒，那样他们就可以坐在露天了。家里的一切向来都围着她转，以她为中心，于是他们就来到了屋外的梧桐树下，并由她拿来了专门款待洛里先生的酒。一段时间以来，露西就自命是洛里先生的司酒侍女，一等到他们在梧桐树下坐定，聊起天来，她就不断地替他把酒杯斟满。他们谈天说地，神秘莫测的墙头和屋角朝他们探头窥视，梧桐树在他们头上以自己的方式对他们窃窃低语。

说的那几百个人还是没有出现。在他们坐在梧桐树下的时候，达尔奈先生来了，不过他是只身一人。

马奈特医生待他友好亲切，露西也是如此。可是普罗斯小姐突然从头到脚全身抽搐，非常难受，于是就回自己房间去了。她常受这种病的折磨，平时和熟人提起时，她管这叫“抽一会儿筋”。

医生此时兴致极好，看上去也格外年轻。在这种情况下，他和露西就显得特别相像。他俩并排坐着，他的胳臂搭在她的椅背上，她的头倚在他的肩上，这时候找一找他们的相似之处是挺有意思的。

这天他说了许多话，谈的话题很多，兴致显得特别高。“请问，马奈特医生，”当他们坐在梧桐树下，偶然谈到伦敦的古建筑时，达尔奈先生顺口问道，“你仔细参观过伦敦塔[①]吗？”

“露西和我去过那儿，不过只是走马观花地看一看。我们看了觉得它很有趣，别的也就没什么了。”

“你总还记得，我也去过那儿，”达尔奈先生虽因愤慨涨红了脸，还是含笑说道，“是以另一种身份去的。那种身份没有条件能让我细看。不过我在那儿时，他们告诉过我一桩很奇怪的事。”

“什么事呀？”露西问道。

“在进行部分改建时，工人们发现了一座古老的地牢，是多年以前建造的，早已弃置不用了。地牢内墙的每块石头上，都有囚犯刻下的字迹——日期、姓名、怨诉和祷词。在墙角的基石上，有个囚犯大概是在临刑前刻下了他的遗言，一共是三个字母。这三个字母是颤抖的手用很简陋的工具匆匆刻下的。起初，大家把这三个字母看成是D、I、C，后来经过仔细辨认，才看清最后一个字母原来是G。不论是凭文字记载还是口头传说，都没有找到哪个囚犯的姓名缩写是这三个字母的。这究竟是谁的名字，猜来猜去都毫无结果。最后，有人想到这几个字母并不是人名的缩写，而是一个完整的字：DIG（挖）。于是大家就仔细地在刻有这个字的石头下方寻找，终于在一块石头、一块瓦片或者别的什么铺地材料的碎片下面，找到了一些纸灰，和一个小皮

① 伦敦著名古建筑，原为古堡，后曾用作监狱。

盒或皮夹子的灰烬混在一起。这位不知姓名的囚犯到底写了些什么，看来是永远不会有人看到了，不过他确实写了一些东西，并且把它藏起来，不让狱卒看到。”

“父亲！”露西突然惊叫起来，“你不舒服了吗？”

原来马奈特医生突然惊跳了起来，用手按着头，他的模样和神情让大家都大吃一惊。

“不，亲爱的，我没什么不舒服，是大滴的雨点落下来，吓了我一跳。我们还是进屋去吧。”

他很快就恢复了常态。雨果真大滴大滴地落下来了，他让大家看落在他手背上的雨点。可是他对刚才谈到的发现只字未提。当他们进屋时，洛里先生以那双生意人的精明眼睛看出，或者觉察到，当马奈特医生转脸看查尔斯·达尔奈先生时，脸上又出现了在法庭走廊上望着他时的那种独特的神情。

可是，医生恢复得那么快，使得洛里先生都怀疑起自己那双生意人的精明眼睛了。医生在大厅里金色巨人的胳臂下站住，对大家说，他到现在还是经不起一点风吹草动（将来可能经得起），刚才下了几滴雨就吓得他跳起来。他说这话时镇定自若，真不亚于那金色巨人的胳臂。

喝茶的时间到了。普罗斯小姐在备茶时，又“抽了一会儿筋”。还是不见有几百个人到来，卡顿先生踏着懒散的步子踱了进来，不过连他在内也只有两个人。

这天晚上闷热异常，虽说门窗都大开着，他们坐在那儿，还是被热得受不了。喝过茶之后，大家都坐到一个窗口前，眺望窗外的苍茫暮色。露西坐在父亲身旁，达尔奈挨着她坐着，卡顿倚在一个窗口。窗帘又长又白，被卷进街角带来雷雨的狂风直刮到天花板上，像精灵鬼怪的翅膀似的，上上下下扇个不停。

“还在掉雨点，又大又沉，可是稀稀拉拉，”马奈特医生说，“雨来得很慢。”

“但肯定要来的。”卡顿说。

他们说话的声音很低，人们在观察、等待着什么时大多如此，在一间黑暗的屋子里观察、等待着打闪的人，也总是这样说话的。

大街上，人们东奔西跑忙作一团，都想在暴风雨到来前找到躲雨的地方。这个能发出回声的奇妙街角，响起了来来往往的脚步声，但并没有人走过。

“人声鼎沸，却又阒无一人！”达尔奈倾听了一会儿后说道。

“这不是挺有意思吗，达尔奈先生？”露西说道，“有时候，我整个晚上都坐在这儿，一直胡思乱想——不过今天晚上这么漆黑肃穆，哪怕是一丁点儿愚蠢的遐想，都会使我打哆嗦的——”

“让我们也跟着打哆嗦吧，那我们就会知道是怎么回事了。”

“这对你们来说算不得什么。我觉得这种突然出现的念头只有对产生它的人来说是激动人心的。这只能意会，不可言传。有时候，我整个晚上都独自坐在这儿倾听，到最后，我觉得这些声音正是将要走进我们生活中来的所有脚步的回声。”

“真要是那样的话，有朝一日就会有一大堆人闯进我们的生活里来了。”西德尼·卡顿闷闷不乐地插了一句。

脚步声一直不断，而且变得愈来愈匆忙急促。这街角上，到处反复回荡着脚步的回声，有的仿佛就在窗下，有的仿佛近在屋内，有的来了，有的去了，有的中途停下，有的戛然而止。其实行人全在远处的街角上，没有一个近在眼前。

“这些脚步是注定要冲着我们大家来的呢，还是我们各有各的份儿呢，马奈特小姐？”

“我不知道，达尔奈先生。我跟你说过，这只不过是我的一种愚蠢的遐想，是你要我说出来的。我常常独自一人沉溺在这种遐想中，我想象，这些脚步声属于那些将要走进我的生活乃至我父亲生活中来的人。”

“让他们进入我的生活吧！”卡顿说，“我可是从来不提什么问题，也不设什么条件的。有一股巨大的人流正朝我们直扑过来，马奈特小姐，我看见他们了！——借着这电光。”最后一句话是在一道耀眼的电光闪过，照出他倚在窗口的身影后加上的。

“我听见他们来了！”一阵隆隆的雷声过去，他又说道，“看，他们来了，迅猛、激烈、狂暴！”

他说得恰似猛冲直泻、狂啸怒吼的暴风雨。暴雨使他住了口，因为狂风暴雨中什么话也听不见了。随着倾盆大雨，雷电交加。雷声隆隆，电光闪闪，大雨滂沱，一刻不停，真是一场令人难忘的大暴雨，直到半夜才云散雨止，月儿升上天空。

当圣保罗教堂的大钟透过清新的空气敲响一点时，洛里先生才在脚穿高筒靴、打着灯笼的杰里护送下，动身回他在克拉肯韦尔的寓所。在索霍到克拉肯韦尔的这段路上，有几处地方非常冷僻，洛里先生担心路上遇上劫贼，总是留下杰里干这桩差使，不过要是在平时，他早在两个小时之前就动身回家了。

“这夜真是够呛，杰里！”洛里先生说，“这种黑夜，简直能把死人从坟墓里弄出来。”

“我从没见过这样的夜晚，老爷——也没想到过——怎么会有那种事呀。”杰里答道。

“晚安，卡顿先生。”这位生意人说，“晚安，达尔奈先生。我们或许还会一起度过这样的夜晚哩！”

或许，或许，还能看见巨大的人流猛冲直闯、狂啸怒吼着，气势汹汹地朝他们扑过来呢。

第七章

侯爵老爷在城里

宫廷里一位有权有势的大人，每两星期在他豪华的府邸里举行一次接待宾客的盛会。此刻，大人正待在他的内室里。对外面屋子里那一大群崇拜者来说，这间内室是神殿中的神殿，圣堂中的圣堂。大人准备喝巧克力[①]了。大人能够毫不费劲地吞下许多吃的东西，因而有些对他不满的人尖刻地认为，他是在以相当快的速度吞食着法兰西。不过，他早晨喝的这杯巧克力，除了厨子，如若没有四个壮汉侍从相帮，那是无论如何也灌不进他的喉咙里去的。

是的，要把那不胜荣幸的巧克力送入大人口中，得用四个壮汉侍从。这四个壮汉浑身上下都装饰得金光灿烂，他们中的头目更是遵照大人提倡的豪华派头，认为衣袋里若是少于两只金表，就会活不下去。第一个壮汉侍从先把盛有巧克力的壶捧到大人跟前；第二个用他随身带来的专用小工具把巧克力磨成粉并搅拌起泡；第三个献上那备受恩宠的餐巾；第四个（就是有两只金表的那位）则把巧克力从壶里倒出来。在大人看来，这些侍候他喝巧克力的侍从是一个也不能少的，否则就不能在这令人羡慕的天下雄踞高位。要是他喝巧克力时只有三个人侍候，这种不成体统的场面，就会使他的家徽沾上深深的污点；如

① 指巧克力饮料，当时在欧洲为一种高级饮料。

果是两个人侍候，那他就得一命呜呼了。

昨天晚上，大人出门赴便宴，席间还有迷人的喜剧和大歌剧表演。大多数晚上，大人都要出门赴便宴，而且总有迷人的人儿陪伴左右。大人虽然整天跟国家大事和国家机密的枯燥文牍打交道，但他如此温文风雅，如此多情善感，以至对喜剧和大歌剧的倾心远胜于对整个法兰西的关心。这种情况是法兰西的大幸，也是所有得到类似恩宠的国家的大幸！——比如说吧，在那个沉溺于寻欢作乐的卖国的斯图亚特王朝[①]当权的不幸年代，英国的情况不就是这样的吗？

对于一般的公务，大人有一种真正高明的主张，那就是：一切听其自然。而对于特殊的公务，大人则又有另一种真正高明的主张，那就是：一切遵从己意——有利于他的权势与私囊。对于他之所好，一般的也罢，特殊的也罢，大人还有另一种真正高明的主张，那就是：世界本为他们而造。大人常作的训谕是："地和其中所充满的，都属于我。"（只改动了原文的一个词，并不算多。）[②]

然而大人渐渐发现，他的公私事务上都出现了有欠体面的捉襟见肘的现象，使他不得不与一位税收承包人结盟。在国家财政方面，他一筹莫展，不得不包给比他能干的人来办。在私人财务方面，税收承包人都很富有，而大人家经过几代人的骄奢淫逸、挥霍无度，已经逐渐败落了。为此，大人趁妹妹还来得及脱去修女袍服（那是她所能穿的最便宜的服装了）时，把她从修道院里接了出来[③]，把她当作礼品赠给了一个非常富有但却出身低微的税收承包人。这位税收承包人握着一根顶上镶有金苹果的手杖，此时正在外屋的宾客之中，备受众人的

---

① 英国斯图亚特王朝时期（1603—1649年、1660—1714年），号称"欢乐的国王"的查理二世（1660—1685年在位）曾寻求法国的帮助，以求摆脱英国议会对他的约束。

② 见《圣经·新约·哥林多前书》第10章第26节，原文为："地和其中所充满的，都属于主。"

③ 过去西欧有些贵族女子从小在修道院里受教育。

景仰——但是大人那些血亲贵胄却是例外，这些人，包括这位税收承包人自己的妻子，总是以极其高傲的态度鄙视他。

这位税收承包人是个极爱奢华的人。他的马厩里拴有三十匹骏马，他的厅堂里坐着二十四个男仆，他的妻子有六个贴身女仆侍候。而当他自称能搜就搜，能刮就刮，除此之外一事不干时——不管他的姻亲关系怎样有助于社会道德——在那天恭候于大人府邸的众多显要中，他至少可以说是最为实在的人。

因为府邸里的房间虽说看上去富丽堂皇，所有的装饰及陈设在风格和技巧上都反映了当时的最高成就，其实，这一切全是镜花水月，是靠不住的。只消稍微想一想别的地方那些衣衫褴褛、头戴睡帽的贫民（他们离这里并不远，巴黎圣母院的钟楼和这贫富两极的距离几乎相等，两头都能看见），就会知道事情是很不妙的——如果在大人的府邸里有什么人把这当回事想想的话。可是，这儿的陆军军官毫无军事知识，海军军官对舰艇一无所知，这儿有对政事一窍不通的文职官员，有庸俗透顶、色眯眯、胡说八道、生活放荡的无耻教士，所有这些人全都名不副实，但个个谎话连篇，装出称职的样子。他们或近或远通通是大人圈子里的人，因而全都安排了有油水的公职，诸如此类的例子真是不胜枚举。还有不少人，虽然和大人或当局没有直接关系，但也和现实生活，或者和堂堂正正、有意义的生活毫不相干。靠用美味补药治疗根本不存在的疾病而发了大财的医生，在大人的客厅里对着那班显贵的病人献着谄笑。还有在大人的招待会上逢人便喋喋不休向人硬灌蛊惑人心的废话的谋士，他们能为国家的弊端想出种种纠正方法，却从来不去认真地设法做一点儿事情，哪怕是根除一桩罪恶行径。在大人府邸举行的这次盛会上，企图用空谈改造世界、用纸板建造巴别塔[①]来登天的自欺欺人的

① 据《圣经》所载，示拿地的人拟造一座通天塔，上帝见后，变乱了他们的语言，终使塔未能建成，该地遂取名巴别（“变乱”之意），比喻空谈。详见《圣经·旧约·创世记》第11章。

哲学家，正和一个倾心于点金术的自欺欺人的化学家交谈。教养有素的优雅绅士在那个不寻常的时刻——以后也一直如此——对所有与人类休戚相关的问题都漠不关心，他们在府邸里也像往常一样疲惫不堪。各色显要人物的眷属充斥着巴黎上流社会，即使那些混迹于大人身边追随者中的密探们——约占那些体面的客人的一半——也很难在这个圈子里可爱的女性中间，找到一个能在行为风度、仪容外貌上都堪称人母的妻子。说实在的，除了弄出一个麻烦的生命到人世来的那种简单行为外——那离人母还差得远哩——这班时髦女人哪里知道做母亲是怎么回事啊。农妇们把那些不合时宜的婴儿悄悄带大，而妖娆的六十岁的奶奶姥姥们，都像二十岁时一样吃喝穿戴。

谋虚逐妄的痼疾毒害了每一个趋奉大人的人。在最外面的一间屋子里，有六个例外的人，近几年来他们怀着朦胧的忧虑，觉得情况并不太妙。作为一种可能可以匡正时弊的办法，六个人中有一半参加了狂热荒谬的“癫狂教派”①，当时他们曾在一起商量，他们是否应当口吐白沫，暴跳如雷，大吼大叫，甚至当场昏死过去——以此来树立一个极其明白易懂、指向未来的路标，作为大人的向导。除了这几个“德尔维希”②外，另外三个钻进了另一教派，提出了一种莫测高深的所谓维护“真理中心”的救世办法。他们认为人类的弊病在于脱离了“真理中心”——这是无需过多证明的——但尚未脱离“周缘”，所以必须用斋戒禁食和请神邀鬼的办法，防止人类飞出“周缘”，并且尽量把他们推回中心。于是这帮人便不厌其烦地扶乩、请神，据称收获很大，可惜肉眼总是看不见。

可以告慰的是，来大人府邸的所有宾客都穿戴得尽善尽美。如若

① 创立于18世纪的法国一教派，举行仪式时成员周身抽搐，乱跳狂叫。

② 即托钵僧，指伊斯兰教苏菲派教团成员，举行仪式时，旋转狂舞，大声吼叫。

末日审判将凭衣着服饰裁决，那么这儿的每一位男女都是一贯正确的了。头发卷得那么弯曲，扑了那么多粉，梳得那么高，皮肤保养得那么细腻娇嫩，佩剑是那么富丽堂皇，香气是那么清雅高贵，这一切肯定能使万事不变了。教养有素、优雅无比的绅士们，身上佩戴着一些悬垂的小饰物，他们只消懒洋洋地举起步来，这些小东西就会发出声响。那些金链子像精致的小铃铛叮当作响。清脆的铃声，还有丝绸锦缎和精纺麻布的窸窣之声，在大气中振起了一股轻风；这股宝气香风扇动了远处圣安托万区的贫民和他们辘辘饥肠中的饿火。

衣着是用来维持一切事物现状的永不失效的万应灵符。人人都为参加一个永不散场的化装舞会而乔装打扮。参加舞会的上自杜伊勒里宫[①]的皇室，有大人和全体朝臣，有上下议院，各级法庭和整个社会（除去那些衣衫褴褛的穷人），下到凶相毕露的刽子手。为了有吸引力，刽子手在行刑时也要按要求“鬈发，扑粉，穿镶金边的上衣、浅口薄底鞋、长筒白丝袜”。穿着这种华美服饰的巴黎先生（这是他的外省同行，如奥尔良先生等一班人，按照当时正统的风尚对他的称呼），就站在绞刑架和轮式刑车[②]——斧头难得一用[③]——旁边，行使着他的职责。在公元一千七百八十年参加大人招待会的那些宾客中，有谁会想到，一种以鬈发，扑粉，穿金边上衣、浅口薄底鞋和长筒白丝袜的刽子手为根基的制度，有朝一日会一命呜呼呢！

大人终于卸下了那四条汉子的重负，喝下了他的巧克力，然后下令敞开了圣堂的大门，缓步踱了出来。应声前迎的人，是何等的俯身低首，何等的卑躬屈膝，何等的阿谀奉承，何等的奴颜婢膝，何等的寡廉鲜耻！全身心都在顶礼膜拜，哪里还有余力来礼拜上帝呢——大

① 当时法国王宫。

② 古时用来牵拉分裂受刑者肢体的刑具。

③ 按当时西欧一般刑律，只有贵族罪犯可享受砍头的“殊荣”。

人的崇拜者们从来不敬奉上帝，这大概也是原因之一吧。

在这儿投之一诺，在那儿赐之一笑，一会儿对一个走运的奴才低语一声，一会儿对另一个奴才挥一下手，大人和蔼可亲地穿过他的一间间屋子，一直走到边远的“真理的周缘”。然后大人又转身往回走，预定时间一到，就由那些巧克力神将把他关进他的圣堂，从此便不再露面了。

戏演完了，大气中振起的轻风完全变成了一阵小小的风暴，那些珍贵的小铃铛一路响着下楼去了。众人中顷刻之间就只剩下了一个人，他腋下夹着帽子，手中拿着鼻烟盒，慢慢从两边嵌满镜子的过道里走了出去。

“我要让你——”这人在最后一道门边站住，转身朝那间圣堂说，“见鬼去！”

说完，他就像拂袖而去似的抖掉手指上的鼻烟，随后安然走下楼去。

他六十多岁，衣着华丽，神态高傲，脸像一副做得非常精致的假面具。这张脸苍白得几乎透明，五官的线条分明，面部表情呆板。鼻子的模样很美，只是在鼻孔上方稍微有点凹陷。这两个凹陷处或者说肉窝，是这张脸上唯一能显露出微小变化的地方。它们有时会不断地变换颜色，偶尔还像是因轻微的抽搐被弄得一张一缩，使整个脸膛现出一种背信弃义、阴险凶残的神情。细看起来，这种表情是因嘴和眼眶的轮廓线造成的，它们过于平直，也太细浅了。不过总的说来，这张脸还是漂亮的，引人注目的。

长着这样一张脸的人走下楼梯，来到院子里，登上马车疾驰而去。招待会上和他谈话的人不多，他独自站在一旁，大人对他的态度也颇为冷淡。而此刻，当看到那些寻常百姓在他的马车前纷纷逃避，有的险些被马撞倒时，他心中颇感惬意。他的车夫像对敌冲锋般地驱车狂奔，不顾一切地横冲直撞，主人的脸上或嘴上都没有一点儿表示或一句话加以制止。即使在这个聋了的城市、哑了的时代里，有时也还能听到一些怨言，说那些王公贵族，时常在没有人行道的狭窄街道上驱车乱撞，野蛮地危害小老百姓，致使他们伤残。但是他们只把这当成耳边风，谁也不会去认真对待这种事情。因此，在这种事情上，倒霉的小老百姓也像对所有别的事情一样，只好尽自己的所能来躲避灾祸了。

马车疯狂地嘎吱响着，在街道上横冲直撞，掠过街角。像这般毫无人性、恣意妄为的行径，在今天看来是难以想象的。妇女们在它前面厉声尖叫，男人们紧靠在一起，急忙把孩子拉到一边。终于，当马车猛冲到一个喷泉旁边的拐角时，一个车轮突然令人毛骨悚然地微微颠了一下，许多人发出狂喊，马匹惊跳了起来，高高抬起了前腿。

要不是马匹受了惊，马车本来是有可能不停下来的。这类马车常常是在轧伤人后扬长而去。为什么不呢？可是受惊的跟班已急忙跳下了车，而且已有二十来只手抓住了缰绳。

“出什么事了？”老爷神态自若地朝车外看了看，问道。

一个戴睡帽的高大汉子从马蹄下抱起一捆东西，放到喷泉的基座上。他匍匐在烂泥污水里，趴在那捆东西上面，像只野兽似的大声号叫着。

“对不住，侯爵老爷！”一个衣衫褴褛的男人毕恭毕敬地说，“那是个孩子！”

“他为什么号得那么难听？是他的孩子吗？”

“对不住，侯爵老爷——真可怜——是他的孩子。”

喷泉离马车还有一点儿距离，因为这儿的街旁边是一块大约十码或十二码见方的空地。当那个身材高大的汉子突然从地上爬起，朝马车奔过来时，侯爵老爷连忙用手握住了剑柄。

“轧死了！”那人用狂乱绝望的声音高喊着，两只胳臂高举在头顶，两眼瞪着侯爵，“死了！死了！”

人们围拢过来，看着侯爵老爷。从这许许多多盯着他看的眼睛里，流露出来的只有戒备和焦虑的神情，并没有明显的威胁或愤怒。人们也没有说一句话，在开头的那一声喊叫之后，他们就沉默了，现在依然如此。刚才说话的那个恭顺的男人，语气呆板柔顺，毕恭毕敬到了极点。侯爵老爷朝他们大伙扫了一眼，仿佛他们只不过是一群从洞里出来的老鼠。

他掏出了钱袋。

“我真不明白，”他说道，“你们这班人怎么连自己和自己的小孩都管不住。你们当中总是有人来挡我的道。我还不知道你们把我的马弄出什么伤来没有哩！喏，把这给他！”

他扔了一个金币在地上，让跟班去拣，所有的头都向前探着，因而所有的眼睛都看到金币落在地上。那个高大汉子又用撕裂人心的声音狂喊道：“死了！”

众人让开路，一个男人急步走上前来，抓住了大汉。那痛苦不堪的人一头扑倒在他的肩上，抽泣、号叫不止，一面用手指着喷泉。那儿有几个女人正俯身照看那捆一动不动的东西，在它周围轻轻地走动。她们也像男人一样，个个默不作声。

“我都知道了，我都知道了，”那刚刚赶到的人说，“要像个坚强的男子汉，我的加斯帕尔！可怜的小东西这么死了，倒比活着强。他没受一点儿罪一下子就死去了。他活着时像这样痛快过一个小时吗？”

“哦，你倒是个哲学家哩！”侯爵微笑着说，“你叫什么名字？”

“人家叫我德法尔热。”

“做什么的？”

“卖酒的，侯爵老爷。”

“拿去吧，卖酒的哲学家，”侯爵老爷说着，又扔出了一个金币，“爱怎么花就怎么花吧。那些马怎么样，没伤着吗？”

侯爵老爷不屑再去搭理那帮人，往座位上一靠，准备继续上路，那神气就像是一个偶尔失手打破一件寻常物件的绅士，他已赔了钱，而且他是不在乎花钱的。车轮刚开始转动，一个金币突然飞进了他的马车，当啷一声滚落在车内的地板上，扰乱了他的安宁。

“停下！”侯爵老爷喝道，“勒住马！是谁扔的？”

他朝刚才卖酒的德法尔热站的地方望去，只见那个不幸的父亲脸朝下趴在石铺路面上，站在他旁边的是一个黝黑粗壮的女人，正在编织。

“你们这班狗东西！”侯爵语调平静地说，而且除了鼻子上那两个肉窝之外，脸色一点儿也没有变，“我真乐意把你们一个个都轧死，把你们从世界上消灭干净。要是我知道是哪个混蛋往我车里扔东西，要是离我的车子又不远，我一定要用我的车轮把他碾得粉碎。”

这些平民百姓就是在这样的淫威下过日子的。多年来的惨苦经历告诉他们，这种人能够凭借法律手段，乃至超出法律的手段，对他们做出怎样的事来。因而，他们一言不发，一动不动，连眼睛也没有抬起来。男人中，一个也没有。可是女人中，那个站着编织的女人，却坚定地抬起头，直盯着侯爵的脸。为这种事和她计较，有失他的尊严，侯爵只是用轻蔑的目光扫了她和所有那帮“老鼠”一眼，便又靠回他的座位，下令道：“走！”

他继续驱车走了，别的马车也一辆接一辆飞驰过去。内阁大臣、国家谋士、税收承包人、医生、律师、教士、歌剧演员、喜剧演员……整个化装舞会五彩缤纷的行列，都接连不断地疾驰过去了。“老鼠”从他们的洞里爬出来看热闹，一连几小时站在那儿观望着。士兵和警察组成一道屏障，把他们和驰过的车队隔开，而他们则在这道屏障的后面钻动，伸头窥探。那位父亲早就抱起那捆东西，不知躲到哪里去了。曾在喷泉边照看过那捆东西的女人们，这时都坐在那儿呆呆望着淙淙的水流和化装舞会的滚滚车流——只有刚才站在那儿编织的那个女人，仍以命运女神[①]坚持不懈的精神一直在编织着。泉水潺潺流动，河水湍急奔流，白天流入黄昏，城市里有这么许多生命按照规律进入死亡，时间不等人。那些“老鼠”又在他们那黑暗的洞穴里挤得紧紧的睡着了，化装舞会在晚餐时分欢天喜地地开场，一切事物都在按自己的规律发展着。

① 据希腊神话，命运女神为三姐妹，亦即摩伊拉三姐妹：纺织生命之线的克洛托，决定生命之线长短的拉克西斯和切断生命之线的阿特罗波斯。

第八章

侯爵老爷在乡下

这儿有一片怡人的景色，各种庄稼点缀其间，但并不茂盛。在本该播种小麦的地里，长着可怜巴巴的黑麦，还有几片疏疏落落的豌豆、大豆和几块长势不良的菜地。在这毫无生气的土地上，也像在它上面耕作的男男女女一样，全都有一种不愿生长繁茂的模样——萎靡不振，自暴自弃，枯瘦干瘪。

侯爵老爷坐在他的旅行马车里（车子本该是比较轻快的），由两名车夫赶着驾车的四匹驿马，正艰难地走在一段陡峭的山道上。侯爵老爷的脸上一片红晕，这倒不是由于他体内的血色，不是他的高贵血统有什么问题[①]，而是他无法控制的外因——那西沉的落日——所造成的。

旅行马车登上山岗，落日的余晖把马车里照得通亮，把车里的乘客染得满身猩红。"会褪掉的，"侯爵老爷看着自己的双手说，"很快就会褪掉的。"

其实，夕阳已经沉得很低，说话间就隐到山背后去了。待车轮安上沉重的车闸，马车带着焦土味儿，在一溜烟尘中滑下山坡时，那鲜红的晚霞也在迅速消退。夕阳和侯爵老爷一起下了山，待到卸去车闸

① 当时欧洲贵族以"蓝血"为高贵，以面色苍白为美，视面色红润为粗俗低下。

时，天边已经不剩一丝霞光了。

不过，那一片山野的景象仍然依稀可辨。山脚下，有一个小小的村落，村后是一抹绵亘起伏的丘陵、一座钟楼高耸的教堂、一处风磨磨坊、一片狩猎的森林，还有一堵陡峭的崖壁，悬崖上屹立着一座用作监狱的城堡。在苍茫的暮色中，侯爵带着一种临近家门的神色，打量着四周这些逐渐模糊的景物。

小村子里有一条破败的街道，街上有一间破败的酒坊、一个破败的硝皮作坊、一家破败的酒店、一处破败的驿站、一眼破败的泉水。一切的一切，全都那么破烂寒酸。这儿的人也一样，一个个都寒酸潦倒。不少人坐在家门口，正在剥着干瘪的洋葱之类，算是在准备晚饭，还有许多人在泉水边洗着树叶、野菜以及地上长的其他可以果腹的东西。他们为什么会这样穷，原因并不难找。村里明文规定，这儿的人必须缴纳各种各样的税金：国家税、教会税、领主税、地主税、综合税，五花八门，不一而足。人们不禁要问，还有哪个村子能够保住？能不被吞掉呢？

村里看不见什么小孩，也没有狗。至于那些成年男女，面临的只有两种选择：要么住在磨坊下这个小村子里，以最低的生活水平苟延残喘，要么就被关进悬崖上的那座监狱，在那儿了却残生。

暮色中，一个仆役飞奔在前开道，车夫的鞭声噼啪作响，鞭梢儿像蛇似的在暮色中扭动，那架势仿佛复仇女神[①]也随之驾到。旅行马车来到了驿站门前，侯爵大人坐直了身子。驿站大门紧挨着泉水，村民们都停下手头的活儿朝他望着，他也把目光投向他们，无意间发现了他们那日益憔悴的脸色和瘦弱的身体，这使得英国人在近百年的时间里，误以为法国人都是瘦弱的。

---

① 据希腊神话，复仇女神为三姐妹，各执一条由蝮蛇缠成的鞭子，专司惩罚犯罪之人。

侯爵老爷朝村民们扫了一眼，见他们一个个都恭顺地低着脑袋，就像他自己在宫廷大臣面前一样——唯一不同的是，他们的低头只是逆来顺受，并不是为了讨好逢迎。正在这时，一个满头尘土的修路工走进了人群。

“把那家伙给我带过来！”侯爵老爷朝那开道的仆役吼道。

那人给带了过来，帽子拿在手中。其他人也都围拢上来看着、听着，那神情就像是巴黎喷泉边观光的游客。

“我在路上碰见过你？”

“是的，老爷，一点没错。我有幸见到您过去。”

“在上山时和在山顶上，是两次？”

“是的，老爷。”

“你当时在看什么，那么死死盯着？”

“老爷，我在看那个人。”

他稍稍弯下腰，用那顶蓝色的破帽子指着马车下面。在旁的村民也都弯腰朝马车底下望去。

“什么人，臭猪？为什么要朝车底下看？”

“对不起，老爷，他挂在车闸的链子上。”

“谁？”侯爵问。

“老爷，就是那个人。”

“见鬼去吧，这班白痴，那人叫什么？这一带的人你们全认识。他是谁？”

“求老爷开恩！他不是这一带的人，我这一辈子从来没见过他。”

“挂在链子上？想找死吗？”

“求老爷恕我实说，这事儿是有点蹊跷。他的脑袋倒挂着——就像这样。”

他侧身对着马车，脑袋朝后仰去，脸孔朝天，过后才挺直身子，揉着手中的帽子，朝侯爵老爷鞠了一个躬。

“他长什么模样？”

“老爷，他比磨面的还白，浑身全是灰，像鬼一样白，像鬼一样高！”

他的这番描述在人群中引起了一阵骚动，所有的目光都不约而同地投向侯爵老爷，也许是想看看，他的心里是否有鬼。

“哼，你倒不错，”侯爵说，似乎觉得不值得和这种小人物多费口舌，“看到一个贼挂上我的马车，也不肯张一张你那张大嘴。呸！叫他滚一边去，加贝勒先生！”

加贝勒先生是驿站的站长，还兼管收税的差事，他早就站出来非常巴结地为这场盘诘帮腔，而且一直以办公事的神气，抓住受盘问人的袖子。

“呸！滚一边去！”加贝勒先生喝道。

“加贝勒，要是那个陌生人今晚到你们村子里来过夜，一定得把他抓起来，查明他是不是干坏事的。”

“是，老爷，能为您效劳不胜荣幸。”

“喂，那家伙跑了？——那个该死的哪儿去了？”

那个该死的已经和五六个伙伴一起钻到马车底下，正用他那顶蓝帽子朝链子指点着。这时，那五六个伙伴急忙把他拖了出来，把气喘吁吁的他推到侯爵老爷的面前。

“那个人是不是在我们停下来安车闸时跑掉的，傻瓜？”

“老爷，他一头就朝山下栽下去了，脑袋朝下，像跳水似的。”

“要把这事放在心上，加贝勒。走！”

那五六个查看链子的人，还像羊群似的挤在车轮中间。车轮突然启动，他们侥幸保住了自己的皮和骨头——除了一张皮和一副骨头，他们实在也没有什么可保全的了——亏得如此，要不恐怕就没这么幸运了。

马车一溜烟冲出村子，驶上了村后的山岗，山岗很陡，车子的速度马上慢了下来。渐渐地，慢到了像步行一样，在夏夜的芬芳气息中摇摇晃晃地往上爬着。围绕着车夫打转的不再是复仇女神，而是数不清的蚊蚋。两名车夫都默不作声，只是挥动鞭子催赶着马匹。跟班的随在马儿旁边走着，开道的仆役小跑上前，消失在暮色中，嗒嗒的马蹄声依稀可闻。

在山岗最陡峭处，有一块小小的墓地，立着一只十字架，上面有一尊新雕的耶稣受难像。雕像是木质的，很粗陋，显然是某个没有经验的乡下木匠的杰作，不过他倒是根据现实生活创作了这一形象——也许是根据他自己的生活吧——雕像极其瘦小。

在这象征苦难日益深重、永无尽头的雕像面前，跪着一个女人。当马车驶近身旁时，她回头一看，迅速站了起来，走到车门前。

“啊，是您，老爷！老爷，求您一件事。”

老爷不耐烦地哼了一声，脸上毫无表情地朝外看了看。

“嗯，怎么啦！又有什么事？老是求这求那的！”

“老爷，看在仁慈的上帝的分儿上吧！我男人，那个看林子的。”

“你男人，那个看林子的怎么啦？你们这班人总是这个样子。又有什么交不起了吧？”

“他全交清了，老爷。他死了。”

“好哇！那他就安宁了。我能让他给你活过来吗？”

“唉，不，老爷！可是他就躺在那儿，在一小堆野草下面。”

“哦？”

“老爷，这儿野草堆太多了。”

“那又怎么样，嗯？”

她看上去像个老太婆，其实还很年轻。她一副悲痛欲绝的样子，两只骨节突出、满是青筋的手，不断地使劲互相握捏着，随后又把一只手轻轻搁到车门上抚摩着，仿佛那是人的胸膛，会对她的祈求有反应。

“老爷，听我说呀！老爷，我求求您！我的男人是饿死的，那么多人都是饿死的，还会有更多的人饿死。”

“那又怎么样，嗯？我能养活他们？”

“老爷，这只有仁慈的上帝知道了，不过我求的并不是这个。我求的是允许我用一小块石头或木头，刻上我男人的名字，立在他的坟前，好有个标记。要不，这地方很快就会记不清的，等到我也一样饿死时，就更加找不到了，我就会被埋在别的野草堆下了。老爷，长满野草的孤坟这么多，还增添得这么快，受穷挨饿的太多了。老爷！老爷！”

跟班把她从车门旁推开，马车突然轻快地朝前驶去，车夫挥鞭加速，一会儿就把那女人远远地抛在了后面。侯爵老爷又在复仇女神的伴随下，飞也似的朝一两里格[1]外的府邸驶去。

四周弥漫着夏夜的芬芳，就像不偏不倚的雨水一样，这芬芳也一视同仁地弥漫在离此不远的泉水边那群穷人的周围。他们满身尘垢，衣衫褴褛，劳累不堪。那个修路工，手中拿着那顶必不可少的蓝帽子，指指点点，还在对他们大讲特讲那个鬼怪似的人，大家都耐着性子听着。渐渐地，他们不想再听下去了，一个个逐渐散去，于是一扇扇小窗子里亮起了微弱的灯光。灯光闪烁着，待到窗口变成黑洞时，更多的星星出来了，仿佛灯光并没有熄灭，而是飞升到天空了。

这时，侯爵老爷来到了一座高大的府邸和许多低垂树木的阴影前。当他的马车停住时，那阴影转换成一片火炬的光亮。府邸敞开大门迎接他了。

“我等着见查尔斯少爷，他从英国回来了没有？”

“还没有，老爷。”

---

① 旧时长度单位，1里格约为3英里。

第九章

蛇发女怪的头

侯爵老爷的府邸是一座庞大、坚固的建筑，前面有个大石块铺成的庭院，两道石砌的阶梯在正门前的石头平台上会合。四面八方，全是石头做的：沉重的石栏杆、石瓮、石花、石刻人面、石雕狮首，仿佛早在两个世纪前，这座建筑刚落成时，蛇发女怪[1]就曾光顾过这儿。

侯爵老爷跨下马车，在火炬的引导下，走上了宽阔平坦的石阶。这一来搅扰了黑夜，惹得远处树丛中马厩顶上的一只猫头鹰大声地抗议。此外，一切都寂静无声，连那沿阶而上和举在大门口的火炬，都像在一间紧闭的大厅中燃烧，而不是在夜间的露天里。除了猫头鹰的叫声外，只有喷泉落入石池的叮咚声。黑夜仿佛一连几小时敛声屏气，然后轻轻地长叹一声，接着又停止了呼吸。

大门在侯爵老爷身后咣当一声关上了，他穿过一座大厅，里面陈列着一些古代的长矛、短剑和猎刀，阴森可怖；更可怕的是那些沉重的马棒和马鞭，许多已回到他们的恩人死神那里去的农民，在他们的老爷发怒时，曾体验过它们的分量。

侯爵老爷绕过那些漆黑的、夜晚锁上的大房间，在举着火炬的仆人引导下，走上楼梯，来到回廊里的一扇门前。门打开了，他走进了

① 希腊神话中头上长着蛇发的女妖三姐妹，凡是被她们看过的东西都要化为石头。

自己的三套间的内室——一间卧室，另外还有两间。房间有高高的拱顶，地上没铺地毯，十分凉爽，壁炉里安着冬天烧柴取暖用的大柴架。摆设应有尽有，极尽奢华，完全符合一个奢侈时代的奢侈国家的侯爵的身份。富丽堂皇的家具中，最显眼的是上一代路易王朝——那可是传之永世的帝业啊——即路易十四时代的风格[①]，不过其间也还有着许多别的陈设，反映了法国历史上各个不同时期的时尚风格。

供两人食用的晚餐摆在第三间屋子里。这是一间圆形的房间，坐落在一座塔楼的蜡烛筒形的楼顶。这府邸里共有四座这样的塔楼。这间居高临下的小房间，窗户大开，木质百叶窗关闭着，因此只能看到一条条形成平行细线的夜色，还有那与黑线相间的宽宽的石青色窗叶。

“我侄儿，”侯爵看了看准备好的晚餐，说，“据说还没到。”

他是没到，不过原以为他和老爷一起来的。

“啊！看来今晚他到不了啦，不过饭菜就这么别动了，一刻钟后我就吃饭。”

一刻钟后，老爷准备就绪，独自坐下来享用那丰盛精美的晚餐。他的椅子面对着窗户。他喝完汤，刚把一杯波尔多酒举到唇边，随即又放下了。

“那是什么？”他注视着那一道道黑色和石青色相间的横条，从容问道。

“老爷，哪儿？”

“百叶窗外面，把百叶窗打开。”

百叶窗打开了。

“嗯？”

---

① 法国路易十四时代的家具以豪奢绮靡著称。

“老爷，什么也没有。只有树丛和黑夜。”

说话的仆人打开百叶窗，探头朝外看了看茫茫的夜色，转过身来背对夜空站着，等候吩咐。

“好了，”镇定自若的主人说，“把它们关上吧。”

百叶窗又关上了，侯爵继续吃饭。刚吃到一半，手中举起的杯子又停了下来，外面传来了一阵辚辚的车轮声。车声轻快，一径来到府邸的大门前。

“问问是谁来了。”

是老爷的侄儿。午后他比老爷落后了好几里格路，他在驿站上听说爵爷就在前面，紧追快赶，始终未能赶上。

老爷命人告诉他，晚餐已经准备好，请他就去用餐。他很快就来了。他就是那个在英国叫作查尔斯·达尔奈的人。

侯爵彬彬有礼地接待了他，可是两人并没有握手。

“你是昨天离开巴黎的吧，爵爷？”他在桌旁就座时对侯爵问道。

“昨天。你呢？”

“我是直接来的。”

“从伦敦？”

“是的。”

“你花的时间很长。”侯爵微笑着说。

“正相反，我是直接来的。”

“对不起！我的意思不是说你路上花的时间长，而是说你准备上路的时间花得长。”

“我是让——”侄儿回答时停顿了一下，“各种各样的事务给绊住了。”

“那当然。”圆滑的叔父说道。

有仆人在场，他们没有再说什么。待到送上咖啡，屋子里只剩他们两人时，侄儿望着叔父，看着他那精致面具般的脸上的一对眼睛，开始讲起话来：

“正像你已经料到的那样，爵爷，我这次回来，就是为了要实现那迫使我远走高飞的目标。为了实现这个目标，我遇到了意想不到的极大危险，但这是个神圣的目标，哪怕它把我引向死亡，我也希望它能一直激励着我。”

“不要说到死，”叔父说，“没有必要说到死。”

“爵爷，”侄儿回敬道，“要是我真的濒临死地，还不知道你是否愿意拉我一把哩！”

侯爵鼻子两侧那加深了的肉窝，残忍的脸上那拉长了的细纹，露出了一种不祥之兆。可是他只做了一个表示异议的优雅手势，这显然只是出于一种良好的教养，令人难以相信。

“说真的，爵爷，”侄儿继续说，“据我所知，你甚至会故意设下疑障，使我本已令人怀疑的状况变得更加可疑哩。”

“不，不，不。”叔父轻快地说。

“不过，不管会怎么样，”侄儿接着说，用极不信任的眼光瞥了他一眼，“我知道你会用各种办法，用尽心计、不择手段地来阻止我。”

“我的朋友，我早就这么对你说过，”叔父说，鼻翼两侧的肉窝颤动着，“请你费神回想一下，我早就这么对你说过了。”

“我记得。”

“谢谢。”侯爵说——声音甜美动听。

他的声音在空中缭绕，几乎像乐器发出的声调一样美妙。

“说实在的，爵爷，”侄儿继续说，“我相信，我之所以能逃脱法国的监狱，是因为你运气不佳，而我福星高照。”

“我不太明白你的意思，”叔父答道，呷了一口咖啡，“请你费神给我解释一下，好吗？”

“我认为，要不是你在朝廷失了宠，几年来被这片阴云罩着，一直翻不了身，你恐怕早就用一纸‘空白逮捕令’把我送去终身监禁了。”

“那有可能。”叔父镇定自若地说，“为维护家声，我很有可能让你落到那种境地。请你原谅！”

“我看得出来，前天的招待会也像往常一样，你依然受到了冷落，这使我很高兴。”侄子说。

“我看没什么可高兴的，我的朋友，”叔父彬彬有礼地答道，“现在还说不准。受冷落也有好处，孤独的环境更有利于冷静地思考问题，这对你的命运的影响远比你自己凭性子乱闯有益。不过，现在讨论这个问题毫无意义。正像你说的，我眼下的处境确实不佳。这些小小的惩罚手段，这些稍能加强家族权势和荣誉的微不足道的好处，这些能置人于不利境地的小小特权，如今都只有靠利害关系和苦苦乞求才能得到了。有那么多人在追求这些东西，可是相比之下，如愿以偿的人却如此之少！以前并不是这样，如今的法兰西，在这些方面是每况愈下了。我们那些离今天并不久远的祖先，对周围的那些贱民百姓还有生杀大权，好多这样的畜生，就是从这间屋子里被拉出去吊死的。我们都知道，在隔壁我的卧室里，有个人竟敢出言不逊，说什么他的女儿——他的女儿？——贞洁不可侵犯，当场就被捅死了。我们已经失去了很多特权，一种新的哲学已经在社会上流行，如今要想维护我们原先的地位，就有可能（我不说势必，而只说可能）给我们惹出真正的麻烦。一切都很糟，糟透了！”

侯爵吸了一小撮鼻烟，摇了摇头，虽然神情沮丧，但仍不失优雅风度，让人觉得国家真还有他这样一位能重振国威的栋梁之材哩。

“不论是过去还是现在，我们一直都这样来维护我们的地位，”侄儿忧郁地说，“结果把我们的家族弄得声名狼藉，成了法国最令人憎恨的姓氏。”

“但愿如此，”叔父说，“对权贵的憎恨，就是下等人对上等人不由自主的敬畏。”

“在我们周围的整个乡间，”侄儿继续用忧郁的语调说，“我们看到的面孔，没有一张有丝毫的敬意，有的只是阴沉沉的恐惧和奴从。”

“那是对我们家族显赫的尊敬，”侯爵说，“也是家族维护自己显赫的结果，哈哈！”他又吸了一小撮鼻烟，轻松地架起了二郎腿。

可是，当他的侄儿把一只胳膊肘靠在桌子上，郁郁寡欢、心事重重地用手捂住眼睛时，侯爵那副精致的假面具便专注、厌恶地斜眼逼视着他，这神情和他那故意装出满不在乎的样子很不相称。

“压迫是唯一不朽的哲学，我的朋友，”侯爵说道，“只要这座宅邸的屋顶仍能遮住蓝天，”他的眼睛朝上看了看，“这种恐惧和奴从就能使那班畜生屈从于我们的鞭子。”

可是这座宅邸的寿命未必有侯爵老爷设想的那么久，要是这天晚上能让他看到几年后这座宅邸以及像这样的五十座宅邸的样子，恐怕他是很难从那些焦土废墟、断墙残壁中认出自己的府邸来的。至于他所夸耀的屋顶，则会以另一种方式遮住蓝天——它的铅皮将被熔制成铅弹，从千万支火枪中射出，打穿许多人的躯体，使他们永远不能再见天日。

“而且，”侯爵说，“即使你不愿意，我也要继续维护家族的荣誉和地位。你一定很累了，今晚是不是就谈到这儿？”

“再谈一会儿吧！”

“要是你高兴，再谈一小时也无妨。”

“爵爷，”侄儿说，“我们作了孽，如今正在自食其果。”

“我们作了孽？”侯爵微笑着询问道，优雅地先指了指侄儿，又指了指自己。

“我们指的是我们显赫的家族。它的声誉对我们两人来说都至关重要，只是意义截然不同。我父亲在的时候，我们就作了不少孽，谁妨碍我们寻欢作乐，我们就伤害谁。我为什么要提我父亲的时代呢，那不也是你的时代吗？我能把和我父亲共同继承遗产的孪生兄弟跟他分开吗？”

“死神已经把我们分开了！”侯爵说。

“可还留下了我，”侄儿回答说，“硬把我束缚在一种可怕的制度里，要为它负责，却丝毫无能为力。我千方百计想要实现我亲爱的母亲的遗言，按照她临终时的眼神行事。她要我仁慈待人，弥补罪过，可我因得不到帮助，无能为力，心中备受折磨。”

“你要是想从我这儿得到帮助，我的侄子，”侯爵说着，用食指点了点自己的胸口——这会儿他们正站在壁炉边，“你会白费力气，永远一无所得的。”

侯爵手持鼻烟壶，默不作声地站在那儿望着自己的侄儿，白净的脸上，每一道精细笔直的皱纹都紧紧地挤在一起，显得残忍而又狡诈。他又一次点了点侄儿的胸口，仿佛他的手指是一柄短剑的利尖，他正以优美的姿势用它刺穿他的躯体。他说：“我的朋友，为了使我赖以生存的制度得以永存，我愿意去死。”

说完，他用力吸了一下鼻烟，将鼻烟壶放进口袋。

“还是理智一点的好，”他按了按桌上的小铃，接着又补充说，“安于你的天命吧。不过我看你是堕入歧途了，查尔斯少爷。”

“这份产业和法兰西都不属于我，”侄儿凄然地说，“我放弃它们。”

“你放弃它们？难道它们都属于你吗？法兰西也许是的，产业呢？虽然这简直不值得一提，可是，它已经是你的了吗？”

“我的意思并不是说我现在已经拥有这份产业，要是明天你把它传给我——”

“这我倒还有点儿自信，大概还不至于吧。”

“——也许再过二十年——”

“那你也未免太恭维我了，”侯爵说，“当然，我还是喜欢这样的设想的。”

“我会放弃这份产业，到别处去，以别的方式生活。其实也没什么可放弃的，除了无边的苦难和废墟外，还有什么呢？”

“哈哈！”侯爵大笑起来，环顾这间奢华的屋子。

“这里表面看起来富丽堂皇，可要是把它放到光天化日之下，从里到外仔细查看一番就会发现，它不过是一座摇摇欲坠的破塔而已，它是由奢靡浪费、管理不善、巧取豪夺、累累债务、典当抵押、迫害压榨、饥寒交迫、受苦受难堆砌而成的。”

“哈哈！”侯爵又心满意足地笑了起来。

“如果有朝一日真的成了我的，我就把它交给比我更有资格要它的人，慢慢使它从拖垮它的重负下解脱出来（假如有这种可能的话），使那些没法离开它、久已濒临绝境的苦难的人们的下一代少受点苦。可是这由不得我。现在，这产业、这整个国家，都是受到诅咒的。”

“那么你呢？”叔父说，“请原谅我的好奇，根据你的这种新哲学，你还打算过优裕的生活吗？”

“我要靠自己工作来谋生，有朝一日，我的所有同胞——甚至是贵族出身的——也许都得这样。”

“比如说，在英国？”

“是的，爵爷。这样，在国内，家族的名声不会因我而不得保全；在国外，家族的姓氏也不会因为我而受到玷污，因为我没有再用真姓名。”

刚才侯爵按过铃，隔壁的卧室里已点上了灯，从相连的门里看得见那儿已是一片明亮。侯爵朝那方向看着，听着仆役退出去的脚步声。

“英国对你很有吸引力，看来你在那儿混得不错嘛！”说着，侯爵若无其事地扭头朝侄儿微笑着。

“我已经说了，我在那儿干得还不错，也许还得感谢你哩，爵爷。且不说别的，那儿是我的避难所。”

“英国人说那儿是许多人的避难所，真是大言不惭。你认识在那儿避难的一个同胞吗？一个医生？”

“认识。”

“带着个女儿？”

“是的。”

“好吧，”侯爵说，“你累了，晚安！”

他很有气度地点了点头，脸上带着十分诡秘的微笑。他说话的语气也显得神秘莫测，使得他的侄儿不得不睁大眼睛，竖起耳朵。与此同时，那一对眼眶上又细又直的线条，那两片薄薄扁扁的嘴唇，还有那鼻子两边的肉窝，无不讥讽地弯了起来，看上去十分阴险凶残。

“是的，”侯爵又重复了一句，“带着个女儿的医生。没错，这套新哲学就是这么来的！你累了，晚安！”

他的脸和府邸外面墙上那些石雕人面一样高深莫测。侄儿朝门口走去时，仔细朝他看了看，可什么也没看出来。

“晚安！”叔父说，“希望明天早上再见到你，祝你睡得好！给侄少爷掌灯，送他去卧室！——愿意的话，也可以把他烧死在床上。”他在心里又加了这么一句，然后又按了按铃，命仆人到他的卧室里来。

仆人来了，又走了。侯爵老爷穿着宽松的睡袍，在屋子里来回踱着步，为了使自己的心平静下来，以便在这炎热的夜晚好好安睡。他脚上穿着软底便鞋，走在地板上悄无声息。他走动着，活像一只成精的老虎——就像故事中说的那中了邪、一心作恶、不知悔改的侯爵，此刻刚由人变成老虎，或正由老虎变成人。

他在自己奢华的卧室里，从这一头踱到那一头，不由自主地回想起白天途中经历的一些片段：黄昏时缓缓上山的马车，西沉的落日，下山的情景，磨坊，悬崖上的监狱，山谷里的小村，泉水边的村民，用蓝帽子指着马车车链的修路工。那泉水又使他想起巴黎的喷泉，放在喷泉基座上的那一小捆东西，俯身查看那小捆东西的女人，双手高举、大叫“死啦！”的那个大汉。

“这会儿凉了，”侯爵老爷说，“可以睡了。”

他只留下一支蜡烛，让它在那大壁炉上点着，然后放下了薄纱帐。正当他安然睡去时，只听得一声长叹打破了夜的寂静。

府邸外墙上那些石头面孔茫然地注视着夜空，度过了深沉的三个小时。在这深沉的三小时中，厩里的马在槽边躁动不安，狗在狂吠，猫头鹰发出怪叫，跟诗人描绘的截然不同。不过这些动物毕竟习性难改，没法说出到底发现了什么。

在这深沉的三小时中，府邸外面那些石头人脸和狮面茫然地凝视着夜空。四周万籁俱寂，死一般的黑暗使路上本已无声的尘土更加寂静。坟场已经扩展到了路边，那长着乱草的小坟头几乎已连成一片，难以分辨。十字架上的圣像仿佛已走了下来，什么都见不到。村子里，征税的和纳税的都睡熟了。那些沉睡的面黄肌瘦的村民，也许像饥饿的人常有的那样，正在睡梦中享用着丰盛的宴席，也像奴隶和耕牛一般，在梦中享受安逸和休息，梦见他们都吃得饱饱的，获得了自由。

村子里的泉水在黑暗中默默地涌流，府邸中的喷泉也在无声无息地喷洒。它们像从时光之泉流逝的分分秒秒，全都在缓缓地流逝。这样过了深沉的三小时，两股灰白色的泉水才在曙光中渐渐露出朦胧的影子，府邸外墙上那些石脸也开始睁开眼睛。

天色渐明，太阳终于照上了寂静的树梢，把光辉洒满了整个山岗。在旭日的霞光中，府邸喷泉中的水仿佛变成了血水，那些石雕的脸孔也被染得一片猩红。鸟儿在放声歌唱，在侯爵老爷卧室大窗户那久经日晒雨淋的窗棂上，有只小鸟正在纵情地唱着一支动人的歌曲。此情此景，使离得最近的一张石脸惊得目瞪口呆，它张大嘴巴，低垂下颌，一副诚惶诚恐的样子。

此时，太阳完全升起，村子里开始活动起来。小小的窗户打了开来，破烂的门拉去了门闩，人们瑟缩着走出门外——这时，清新的空气还带着一丝凉意。接着，村民们又开始了一天繁重的劳动。有的去泉水边，有的去地里。男男女女，有的在掘地，有的照料羸弱的牲口，把瘦骨嶙峋的母牛赶到路边去吃草。在教堂里，在十字架前，有一两个人跪着，那母牛一边等着在十字架前祈祷的人，一边在脚边的荒草中寻觅早餐。

府邸醒得较迟，这才符合它的身份，不过它还是渐渐地完全醒过来了。首先是那些寂寞的长矛和猎刀，又像往常那样被染得猩红，接着在旭日的霞光中闪出犀利的寒光。这时，门窗打开了，厩中的马匹转过头来，迎着射进门来的光线和扑门而入的新鲜空气。铁格子窗外，树叶闪闪发亮，发出沙沙的声响；几条大狗使劲拉扯着铁链，直立起身子，急不可待地等着被放开。

这一切全是日常生活中的琐事，天天早晨如此。可是府邸里的大钟却响得异乎寻常，楼梯上匆忙跑上跑下的脚步，阳台上来回奔波的人影，到处是杂沓的皮鞋声，还有那匆匆备马、飞驰而去的情景，难道也是天天如此吗？

是什么风把这异乎寻常的慌乱情景吹到了那满身尘土的修路工耳中？他已经在村外的小山顶上干活，身边的石堆上放着他的午餐（少得可怜），裹在一个乌鸦都不屑一啄的小包里。是不是这些鸟儿到远处报信时，像撒种子似的在他头顶撒下了一星半点儿消息？不管是与不是，总之，修路工在这闷热的早晨没命地朝山下奔去，跑得飞扬的尘土有膝盖那么高——他一口气跑到了泉水边。

村里所有的人都在泉水边，他们无精打采、三三两两地到处站着，低声交谈，除了阴郁的好奇和惊讶，没有别的表情。那些被匆匆忙忙牵进去的牛，有的被随便找个地方拴上，在那里呆头呆脑地东张西望，有的则躺下来咀嚼刚才闲逛时吃进的野草。府邸里和驿站里的人，还有一些税务官员，或多或少都武装了起来，此刻正漫无目的地聚集在小街的另一头，无所事事。修路工已挤进他那一大群朋友中间，用那顶蓝帽子拍打着胸膛。到底出什么事啦？为什么人们把加贝勒先生举起来，放到马背上一个仆人的后面，让马匹载着他疾驰而去（虽然马上是两个人），简直就像一支新编的德国民谣《里奥诺拉》[①]。

因为侯爵的府邸里又多了一张石雕的人脸[②]。

昨晚，蛇发女怪再度光临这座邸宅，补上了这尚缺的一张石脸，为这张石脸，女怪已等了二百年了。

这具石雕人脸仰卧在侯爵老爷的枕头上。它像一副精致的面具，突然惊醒，勃然大怒，化为石头。与石脸相连的石头躯体的心窝里，插着一把尖刀，刀柄上裹着一片纸，上面潦草地写着几个字：

“快打发他进坟墓。雅克奉赠。”

---

① 该民谣叙述了女主人公海伦的情人战死后，海伦痛不欲生，后来情人的鬼魂骑马前来，带她到坟墓中成亲。

② 当时欧洲风尚，贵族家中有人死后，常为其雕刻石像，饰于府邸中。

第十章

两个诺言

岁月流逝，又过去了一年。查尔斯·达尔奈先生已经在英国立业，成了一名精通法国文学的高级法文教师。要是在现在，他满可以成为一位教授，可是在当时，他仅仅是一个辅导教师而已。他和那些有兴趣又有余暇的年轻人一起学习这种世界通行的生动语言，培养他们对这种语言所蕴含的丰富知识和想象的兴趣。此外，他还能用正确的英文撰述这些内容，用地道的英文把它们翻译出来。这样的教师在当时是非常难得的。曾经当过王子、后来当上国王的人，这时尚未加入教师队伍[①]，被台尔森银行注销账户的破落贵族，也还不肯去当厨子和工匠。作为一名辅导教师，他的学识造诣使学生学得兴趣盎然，学业突飞猛进；作为一名优秀的翻译家，他给人们的不仅仅是字典知识。正因如此，年轻的达尔奈先生很快就颇有名气，受到人们的赞赏。他还十分熟悉自己祖国的形势，而法国的局势已越来越受到世人的关注。他坚忍不拔，孜孜不倦，事业上已经卓有成就。

在伦敦，他既不指望履金蹈玉，也不期待养尊处优。如果他曾有过这种非分之想，就不可能在事业上有成就了。他想要的只是工作，得到了工作，尽力去做，做出成绩。正因为这样，他取得了成功。

① 法国王子路易·菲利普1830年继承王位前曾流亡瑞士，化名柯比，以教数学为生。

他有相当一部分时间是在剑桥度过的。他在那儿辅导本科生，就像一个被当局默许偷运欧洲语言的走私犯，而不是通过海关堂而皇之贩运希腊文和拉丁文的客商。[①]其余时间，他都在伦敦度过。

从四季如夏的伊甸园时代到常似寒冬的尘世日子，一个男人免不了要走爱上一个女人这条路——查尔斯·达尔奈也是如此。

从他遭难的那一刻起，他就爱上了露西·马奈特。他从来没有听见过像她那样甜美、温馨、富有同情的声音，也从来没有看见过像她那样温柔、漂亮的脸蛋，当时，他站在为他挖好的坟墓边，面对面地见到了她。不过他至今从未对她做过任何表示。波涛滚滚的大海彼岸，尘土飞扬的漫长道路那头，那座荒凉宅邸里的暗杀事件已经过去一年多了，坚固的石头府邸本身也已成了依稀的旧梦，而他还是没有向她吐露哪怕是只言片语的心曲。

他心里十分清楚，他这样做自有道理。转眼又到了夏天，他结束了学院里的功课，迟迟才回到伦敦，来到索霍这幽静的角落，打算找机会先向马奈特医生敞开自己的心扉。这是个夏日的黄昏，他知道露西必定和普罗斯小姐一起出去了。

他看到马奈特医生正坐在窗前的扶手椅上看书。他已经恢复了旺盛的精力，这种精力昔日曾支持他经受住了各种磨难，也使他更加痛苦难当。他现在又是个精力充沛的人了，意志坚定，办事利落，行为果敢。在他恢复精力的过程中，他也像别的机能开始恢复时那样，有时还会突然失神一下，但通常不易察觉，而且这种情况已经越来越少。

他花在看书研究上的时间很多，睡得很少，不怕疲劳，生活过得恬适愉快。查尔斯·达尔奈一进门，他就把书放在一边，伸出手来。

“查尔斯·达尔奈！见到你真高兴。这三四天来，我们还一直在念

① 按当时英国教育制度规定，希腊文和拉丁文为必修课。

叨你何时回来。昨天斯特里弗先生和卡顿先生都在这儿，他们也说你这次回来晚了。”

“多谢他们对我的关心，”他回答说，言语之间对那两人显得有点冷淡，对医生却非常热情，“马奈特小姐——”

“她很好，”医生见他住了口，就应声说道，“你回来了，我们大家都会很高兴的。她出去办点家务事，很快就会回来的。”

“马奈特医生，我知道她出去了。我正是想趁她不在家时来请求和你谈谈的。”

一阵沉默。

“嗯？”医生明显局促不安地说，“把椅子挪过来，说吧。”

他挪过椅子，但觉得很难启齿。

“马奈特医生，我很高兴，”他终于开了口，“跟你们亲密无间地相处，已经有一年半了。我希望我所要说的话题不会——”

医生伸手制止了他。他的手在空中停了一会儿，然后才缩了回去。

“是关于露西的事吗？”

“是的。”

“不管什么时候，要谈她的事我都很为难。听到你用这样的口气说到她，我非常难受，查尔斯·达尔奈。”

“我的口气充满热烈的仰慕、真诚的崇拜和深沉的爱，马奈特医生！”他恭恭敬敬地说。

又是一阵沉默。末了，她的父亲回答说：“这我相信。说句公道话，这话我相信。”

他的局促不安明显可见，显然是因为不愿谈论这个话题。查尔斯·达尔奈犹豫了。

“我可以往下说吗，先生？”

又是沉默。

“好的，说下去吧。”

“你料到我会说什么，可是如果你不了解我心中的秘密，不了解我长期以来怀着怎样的希望、害怕和焦虑，你就无法知道我说这话时有多恳切，感情有多诚挚。亲爱的马奈特医生，我非常爱你的女儿，热烈真切，毫无私心，全心全意爱着她。只要世上有爱，我就爱她。你自己也曾爱过，让你旧日的爱情为我说话吧！”

医生坐在那儿，把脸转向一边，两眼望着地下。听到查尔斯说的最后那句话，急忙伸手制止，喊道：“别说那些了，先生！过去的就让它过去吧！我求你了，别再提它了！”

这喊声犹如受伤时的惨叫，在查尔斯·达尔奈的耳边久久地回响。医生挥动着那只伸出的手，似乎在恳求他别再说下去。达尔奈领会了这意思，便缄默不语了。

“请原谅，”过了一会儿，医生才用压低的声音说，“我不怀疑你对露西的爱，这点你尽可放心。”

他坐在椅子上，转身对着他，但并没有看他，也没有抬起眼睛。他用手托着下巴，白发披挂在他的脸上。

“你跟露西说过吗？”

“没有。”

“也没给她写过信？”

“从来没有。”

“要是我佯装不知你是顾念她父亲才这样克制自己，那我就太不通情达理了。作为她的父亲，我感谢你。”

他伸出了手，可是目光并未跟过来。

“我知道，”达尔奈恭恭敬敬地说，“我怎么会不知道呢，马奈特医生，我和你们朝夕相处，知道你和马奈特小姐之间有一种非同寻常、非常动人的感情，这种感情是在特殊的环境中培养成的，哪怕是在父女骨肉亲情中，也是无与伦比的。我知道，马奈特医生——我怎么会不知道呢——她心里既有成年女儿的孝心和义务，对你还有孩提时的热爱和仰赖。我知道，她小时候没有父母在身边，所以，如今不仅以现在的年龄和性格特有的忠诚和热情来待你，而且还对你怀有当年你不在时留下的信任和依恋。我很清楚，即使你从另一个世界归来，你在她眼里，也不会比她现在心目中的你更加神圣。我明白，当她依偎在你身旁时，那搂住你脖子的，是一双集婴儿、小姑娘和成年女子三者为一体的手。我也知道，她在爱你的同时，也在想着和爱着她现在这般年龄的母亲，想着和爱着我这般年龄的你。她爱的是痛苦心碎的母亲，爱的是历经磨难而幸存的你。自从我在府上结识了你们以来，日复一日，我已经知道这一切了。”

她父亲坐在那儿，低头不语。他的呼吸有点儿急促，不过他竭力地克制着自己，没有露出丝毫激动的迹象。

“亲爱的马奈特医生，就因为我知道这一切，看到她和你周围有这种神圣的光辉，所以我竭尽一个男子汉所能有的耐性，总是忍耐了又忍耐。我一直认为，直到现在也这样，如果我把我的爱——即使是像我这样的爱——置于你们中间，就必然会触及你过去的经历，引起你一些不太愉快的想法。可是我爱她，苍天做证，我爱她！”

“这我相信，”她父亲忧伤地说道，“在这以前我就这么想的，这我完全相信。”

“要是有朝一日，”达尔奈听出，他忧伤的语调里含有责备意味，“我有幸和她结为夫妇，你千万别以为，我会在什么时候要使你们俩分开。我要是存那种心，就不可能也不会说刚才的那番话了。那样的话，不仅行不通，也太卑鄙无耻了。如果我心里有丝毫这样的念头——哪怕在多年之后，哪怕只是一闪念——我现在是绝不敢碰你这只可敬的手的。”

说着，他把自己的手放到医生那只手上。

“不会的，亲爱的马奈特医生，我和你一样，自愿离开法国，浪迹国外；和你一样，由于法国的混乱、压迫和苦难而被迫出走；也和你一样，我在国外自食其力，而且相信会有更美好的前途。我只希望和你同甘苦，共命运，同享天伦之乐，忠实于你，至死不渝。不但不会夺走露西作为你的孩子、伴侣和朋友的那份感情，而且还要加强它，使她和你更加亲近——如果还能更亲近的话。”

他仍按着她父亲的手。她父亲摸了摸他的手作为回答，态度并不冷淡，然后把双手放到椅子的扶手上，自交谈以来第一次抬起了头。他的脸上明显地流露出内心的激烈斗争，而且竭力想掩盖住偶尔出现的忧郁疑惧的神色。

“你说得这样有情有义，这样毅然决然，查尔斯·达尔奈，我衷心感谢你，我也要向你说说我的心里话——可以说是肺腑之言。你有什么理由认为露西也爱你呢？”

“没有，现在还没有。”

“你这样对我表露你的心情，目的是不是想要从我这儿立刻弄清这一点呢？”

“也不是的。也许再过上几个星期都没有希望弄清这一点，但是（不管我的想法是否错了），也许明天就可以弄清楚。”

“想从我这儿得到什么指点吗？”

“我不这样要求，先生。不过我想，要是你觉得合适的话，你是能够给我一些指点的。”

“你想要我做出什么许诺吗？”

“正是。”

“什么许诺呢？”

“我很清楚，没有你，我就不可能有希望。我也清楚地知道，即使马奈特小姐此刻在她纯洁的心中有我——请不要认为我的假设太胆大妄为——我在她心中的地位，也绝不能和她对父亲的爱相比。”

“假如情况果真如此，那么你认为事情会怎么样呢？”

“我同样很清楚，她父亲不论为哪一个求婚者说句话，它的分量会超过她本人和整个世界。正因为这样，马奈特医生，”达尔奈谦恭而又坚决地说，“哪怕生死攸关，我也绝不会求你为我说这句话。”

“这我知道。查尔斯·达尔奈，亲密无间的爱，也像疏远的隔阂一样，会让人猜不透，而且前者更是神秘莫测，难以捉摸。我女儿露西在这方面对我来说真是个谜，我一点儿也摸不透她的心思。”

“我是不是可以问一句，先生，你是否认为还有——”他犹豫了一下，她父亲替他说了出来：“还有什么别的人在追求她？”

“这正是我要说的。”

她父亲想了想，然后回答说：“你也见过卡顿先生来这儿。斯特里弗先生有时也来。如果真有什么人的话，那只能是他们当中的一个了。”

“也许两个都是。”达尔奈说。

“我不认为两个都是，我看一个都不像。你希望我做出许诺，告诉我，什么许诺？”

“我希望，如果有一天马奈特小姐向你吐露自己的心事，像我刚才冒昧对你说的那样，请你证实我确曾说过这番话，并说明你相信我的话。我希望你能对我有个好印象，不至于对她施加对我不利的影响。我要求的只有这点，没有别的。对于我的要求，你完全有权提出条件，我愿意完全照办。”

“我完全答应你的要求，”医生说，“不需要任何条件。我相信你的目的像你说的那样，是纯洁的、真诚的。我相信你的意图是要增强我和我的另一半——远比我的另一半更亲——的关系，而不是削弱。如果我女儿有朝一日对我说，只有你能使她的幸福圆满，我一定把她交给你。如果，查尔斯·达尔奈，如果——”

年轻人感激万分，抓住他的手，两只手紧紧握在一起，医生说：“如果说有什么猜想、原因、疑虑，不论是新的还是旧的，只要是不利于她真正爱的人的——他并不能负直接的责任——为了她的缘故，全都可以一笔勾销。她是我的一切，比起她来，苦难算不了什么，蒙冤也算不了什么，比起她来——好了，好了，我这不过是随便说说罢了。”

他突然陷入沉默之中，神情异常，沉默时那呆滞的目光也让人感到奇怪。达尔奈发觉医生的手在慢慢抽回，垂了下去，他自己的手也变得冰凉。

“你刚才对我说什么了？”马奈特医生突然笑着问，“你说什么来着？”

查尔斯一时不知怎么回答才好，后来才想起刚才正讲到条件的事。于是松了一口气，回答道：“你这样信任我，我也应当以充分的信任相报。我现在的姓氏，并不是我原有的，你也许记得，是把我母亲的姓稍加修改而来的。我想把我的真实姓氏，以及我为什么到英国来的原因，原原本本告诉你。”

“别说了！”来自博韦的医生说。

“我希望这么做，这样我才更加值得你信任，对你不保留任何秘密。”

“别说了！”

有一会儿，医生甚至用双手捂住自己的耳朵，接着竟用双手捂住了达尔奈的嘴巴。

“现在别说，等我问你时再说。如果你求婚成功，如果露西爱上了你，那你就在你们结婚那天早上告诉我。你答应吗？”

“我答应。”

“把手给我。她马上就要回来了，最好别让她看见今晚我们俩在一起。走吧！上帝保佑你！”

查尔斯·达尔奈离开时，天已经黑了，又过了一个小时，天更黑了，露西才回家来。她一个人匆匆走进屋子——普罗斯小姐直接上楼去了——发现父亲平时坐着看书的椅子空着，不免有点奇怪。

“父亲！”她喊了起来，“父亲，亲爱的！”

没有回音。可是她听到他的卧室里有轻轻的锤子敲打声。她轻手轻脚地穿过中间的屋子，在他卧室的门口往里一看，吓得连忙跑了回来，浑身冰凉，急得直喊：“这可叫我怎么办！叫我怎么办呀！”

她这样不知所措了一会儿，又急忙回去敲他的门，轻声地唤他。听到她的叫声，锤打声停止了，他很快走了出来。于是，他们俩在屋子里来来回回踱了很久。

那天晚上，她又从床上起来，去看过他。他睡得很沉，他那套做鞋的工具，还有那以前没完工的活计，都和往常一样放在那里。

第十一章

一幅伙伴图

“西德尼，”就在那同一天晚上，或者说第二天早晨，斯特里弗先生对他的胡狼说，“再调一碗潘趣酒，我有件事要跟你说。”

那天晚上、前一天晚上、再前一天晚上，西德尼一连好几个晚上都在加班加点，为的是要在夏季休庭期之前把斯特里弗先生的文件做一番大清理。这项工作终于完成了，斯特里弗事务所里所有未了的事务，都一一处理完毕，一切都安排妥当，然后就要到十一月雾季到来重新开庭时，再开张赚钱了。

西德尼虽然忙得不可开交，但并没有因此更加精神、更加清醒。他是靠额外多用了几块湿毛巾才挨过这漫漫长夜的；在用湿毛巾包头之前，他还额外地多喝了许多酒。现在，当他扯下头上的毛巾，把它扔进六小时来轮番浸着毛巾的脸盆时，一副疲惫不堪的样子。

“你在调潘趣酒吗？”胖胖的斯特里弗双手插在腰带里，仰卧在沙发上朝四周扫了一眼。

“是的。”

“喂，听我说！我要告诉你一件你想不到的事。也许，还会让你觉得，我这人并不像你平时想的那么精明。我打算结婚了。”

“是吗？”

“真的。而且不是为了钱。你觉得怎么样？”

“我不想多说。她是谁？”

“你猜猜。”

“我认识吗？”

“你猜猜。”

“我可不想猜。已经早晨五点了，我的脑子里已经像炸了锅似的。要是你一定要我猜，就得请我吃午饭。”

“那好吧，我来告诉你，”斯特里弗慢慢坐起身来，说道，“西德尼，我实在没办法让你了解我，你这家伙感觉太迟钝了。”

“是啊，哪像你，”忙着调酒的西德尼回答说，“那么多情善感、风雅机灵。”

“得了吧！”斯特里弗得意扬扬地笑着说，“虽然我不敢说自己富有浪漫情调（我希望自己有点自知之明），但比起你来，总要多情一点儿。”

“你这是说，你比我走运。”

“我不是这个意思。我的意思是我这人比你更——更——”

“你大概是想说，你更会讨女人喜欢吧！”卡顿说。

“对！我说的就是这意思，更会讨女人喜欢。我的意思是说，”斯特里弗扬扬得意地对正在调潘趣酒的朋友吹嘘道，“我这人比你更喜欢去讨取女人的欢心，更肯下功夫去讨取女人的欢心，也更懂得怎样去讨取女人的欢心。”

“说下去。”西德尼·卡顿说。

“不，在我说下去之前，”斯特里弗神气活现地晃动着脑袋，“我倒要先和你说件事。你到马奈特医生家的次数不比我少，甚至比我还多，可是你在他家的那副阴阳怪气的样子，真让我觉得不好意思！你在那儿总是一言不发，愁眉苦脸，一副倒霉相。说句老实话，我真为你害臊，西德尼！”

“能让你这么个吃律师饭的人都觉得害臊，这倒是天大的好事，”西德尼回答说，“你还得大大感谢我哩！”

“你别打岔了，”斯特里弗又拉回了话题，“西德尼，我有责任告诉你——我当面对你说是为你好——在那种社交圈里，你的表现糟糕透了。你是个惹人讨厌的人。”

西德尼喝了一大杯刚调好的潘趣酒，哈哈大笑起来。

“你瞧我！”斯特里弗拿腔拿调地说，“我的境况比你优越，用不着去讨好别人。我干吗要去做那种事？”

“我还从没见过你向人献殷勤哩！”卡顿不无讥讽地嘟囔道。

“我那只是一种策略，是有原则的。瞧我，不是很棒嘛！”

“你还没说你婚事上的打算哩，”卡顿显出漫不经心的样子说，“我希望你能继续说下去。至于我——难道你就永远不明白我是个不可救药的人吗？”

卡顿问这句话时，带着一种奚落的口吻。

“你没有权利不可救药。”他朋友的答话并没有多少安慰的成分。

“我确实没有这个权利，这我知道。”西德尼·卡顿说，“这位女士是谁呀？”

“嗯，我可不想宣布了名字让你难过，西德尼，”斯特里弗先生在对他披露这件事情时，故意装出一种友好的态度，“我知道你这人说话往往不当真，即使当真，也无关紧要。我之所以先来这么一段小小的开场白，是因为你有一次曾用轻蔑的语气谈起这位年轻小姐。”

“是吗？”

“当然，而且就在这事务所里。”

西德尼·卡顿看了看自己杯中的潘趣酒，瞥了一眼他那沾沾自喜的朋友。他喝下酒，又朝沾沾自喜的朋友看了看。

“你曾把她说成是金发的玩具娃娃。这位年轻小姐就是马奈特小姐。如果你在这方面是个感觉灵敏、情感细腻的人，西德尼，你用这样的字眼来说她，我本来是会有点生气的。可你不是这种人。你根本没有这种感情，所以你那么说我也就不再恼火了。这就跟一个根本不懂绘画的人批评我的一幅绘画，一个根本不懂音乐的人批评我的一首曲子一样，我一点儿也不会恼火。”

西德尼·卡顿猛喝着潘趣酒，一杯接着一杯，一边看看自己的朋友。

“现在你全知道了，西德尼，”斯特里弗先生说，“我不计较她是否有钱财，她太迷人了。我决心要让自己快活快活。总的来说，我觉得我已经有资本让自己快活了。她嫁给我，是找到了一个已经混得不错的丈夫，一个正在迅速发迹而且有了一定名望的男人。这对她来说是一种福分，不过她也是配享这份福的。你感到意外吗？”

一直在喝潘趣酒的卡顿反问道：“我为什么要感到意外呢？”

“这么说你赞成？”

卡顿仍在喝着酒，答道：“我为什么不赞成？”

“很好！”他的朋友斯特里弗说道，“你听到这个消息没有我想象的那么难过，也没有我料想的那样从钱财上来为我盘算。现在你应该看出，你的老朋友其实是个意志坚强的人。是的，西德尼，我已经过厌了这种一成不变的单身生活。我觉得，一个男人，在他想要有个家时，有个家是好事（在他不想要时，他可以走得远远的），而且我还觉得，马奈特小姐无论从哪方面说都是不错的，一定能为我增光。所以我已经打定了主意。听我说，西德尼，我的老伙计，我想就你的前途对你说几句话。你现在的处境很不妙，你要知道，真的很不妙。你不懂得金钱的价值，你的日子过得很苦，总有一天你会弄得精疲力尽、贫病交迫。真的，你也该找个照顾你的人了。”

他说这番话时那种救世主的态度，使他的个子仿佛翻了一番，而那让人讨厌的程度，则翻了两番。

“现在，我要提醒你，”斯特里弗继续说，“你应该正视这个问题。我按我的方式正视了这个问题，你也应该按你的方式正视这个问题。结婚吧，找个人来照顾照顾你。别管你会不会和女人周旋，懂不懂其中的学问，知不知道怎样对付，都去找个人吧。找个体面的、有点钱的女人——比如女房东、客栈女老板什么的——跟她结婚，防老防穷，这才是你应该做的事。好好考虑考虑吧，西德尼。”

“我会考虑的。”西德尼回答说。

第十二章

知趣的人

斯特里弗先生打定主意要把那种好福分慷慨地赐给医生的女儿，于是决定在离城去度夏季休庭期前将这一有关她一生幸福的消息告诉她。他在心中细细盘算了一番，觉得最好还是先把一切事先要做的事办妥，然后再来从容计议，到底是在米迦勒节开庭期前一两个星期，还是在米迦勒节开庭期和希拉里节开庭期之间短短的圣诞假期娶她。

至于他对这桩案子的把握，那毫无疑问是胜券在握的。他就一些世俗问题——只有这方面的问题值得认真盘算——默默在心中和陪审团据理力争了一番，看来这桩案子是一目了然、无懈可击的。他把自己当成原告，证词确凿，无法驳倒，被告律师只得放弃辩诉，陪审团不加合议就确定了案理。审理过后，斯特里弗大法官非常满意，这案子再清楚不过了。

因此，夏季休庭期一开始，斯特里弗先生就正式邀请马奈特小姐同游沃克斯霍尔花园[①]，结果碰了壁，又邀请她同游雷内拉[②]，还是没能成功。这么一来，他就只好亲自赴索霍，去宣布他那高尚的决定了。

于是，斯特里弗先生趁夏季休庭期刚开始之际，就穿过熙熙攘攘的人群，从圣堂区向索霍走去。无论是谁，只要看到他从圣堂关这边

① 位于泰晤士河岸，为当时伦敦有名的游览地。

② 伦敦切尔西区泰晤士河畔的前旅游地。

的圣顿斯坦，昂首阔步，推开每个懦弱的人，一路朝索霍走去，都会感到他是多么稳健，多么有力量。

半路上，他经过台尔森银行。他不仅自己的钱存在这家银行，还知道洛里先生是马奈特家的密友，所以他灵机一动，想到要进银行一趟，把光明即将降临索霍的事告诉洛里先生。他推开那嘎吱作响的大门，踉跄跨下两级台阶，从两个老迈的行员身边走过，闯进了后面那间霉气冲天的小屋子。洛里先生正坐在那儿，面对着几本横格子里填着数字的大账册。小屋窗户上安着一根根垂直的铁栅，也像是一道道用来填写数字的格子，天底下的一切在这儿似乎全成了数字。

“哈罗，”斯特里弗先生打着招呼，“你好吗？但愿一切如意！”

斯特里弗有一个很大的特点，好像任何地方、任何空间都容纳不下他。在台尔森银行，他显得更大更容纳不下，以至连远处角落里坐着的那些老行员，都带着抗议的神情抬起头来看着他，仿佛怨他把他们挤到墙根去了。坐在远处的行长，原本一脸庄严地在检验票证，这时也皱起了眉头，大为不快，仿佛斯特里弗一头猛撞到他那担当重任的胸口上。

为人谨慎的洛里先生用一种适用于这种环境的标准语调说道：“你好，斯特里弗先生，你好，先生！”边说边和他握手。他握手的样子很特别，每当行长在场的时候，台尔森银行的任何一个行员，都是这样和客户握手的——使人觉得他自己并不存在，而是在替台尔森银行握手。

“能为你效劳吗，斯特里弗先生？”洛里先生用买卖人的口吻问道。

“哦，没什么，谢谢。这次是私人拜访，洛里先生。我来是有句话要和你私下谈一谈。”

“哦，真的？”洛里先生一边凑过耳朵，一边拿眼睛看着远处的行长。

“我打算，”斯特里弗先生说着，亲热地把两只胳臂撑在写字台上。虽说那是张双人大写字台，可是半张桌子给他显然是不够的，“我打算向你那位可爱的年轻朋友马奈特小姐求婚，洛里先生。”

“啊，我的天哪！”洛里先生喊了起来，抚摩着下巴，将信将疑地打量着来访的客人。

“啊，我的天哪，先生？”斯特里弗重复一句，不由得向后一缩，“啊，我的天哪，先生？你这是什么意思，洛里先生？”

“我的意思，”这位买卖人答道，“当然是友好和赞赏。这能大大给你增光。嗯——总之，你所希冀的一切，都在我这意思之中了。不过嘛——说真的，你知道，斯特里弗先生——”洛里先生停下不说了，用一种非常古怪的神情朝他摇着头，仿佛被逼得无可奈何，暗自说：“要知道，你实在太过分了！”

“哎！”斯特里弗用他那争论中常使用的手拍打着写字台，瞪着眼睛，长长地嘘了口气，“要是我明白你的意思，洛里先生，那就把我绞死好了！”

洛里先生理了理双鬓的假发，算是把话的意思说完了，然后咬着笔尾的羽毛。

“真见——鬼，先生！”斯特里弗朝他瞪着眼说，“难道我不够资格吗？”

“啊，不！你够资格，是的，你很够资格！”洛里先生说，“要说资格，那你是够资格的。”

“难道我不够富裕？”

“啊，不！要论富裕，你是够富裕的。”洛里先生说。

“是我没前途？”

“说到前途，你知道，”洛里先生很乐意再承认一次，“没人会怀疑这一点。”

“那你到底是什么意思呢，洛里先生？”斯特里弗追问道，显然已经气馁了。

“好吧！我——你现在就去那儿？”

“现在就去！”斯特里弗说着，在写字台上捶了一拳。

“我要是你，我想我是不会去的。”

“为什么？”斯特里弗说，“我非得问出个结果来不可。”他像在法庭上辩论似的朝对方晃动着食指，“你是个生意人，凡事总得有个理由，把你的理由说出来吧。你为什么不会去？”

“因为，”洛里先生回答，“我要是没有某种成功的把握，我是不会去做这种事的。”

“见鬼！”斯特里弗喊了起来，“简直越说越叫人糊涂了。”

洛里先生朝远处的行长瞥了一眼，又看了看怒气冲冲的斯特里弗。

“你是个生意人——这么大把年纪——在银行里干了这么多年，”斯特里弗说，“你承认我有取得成功的三大理由，却又说我根本没有把握！你这还是肩膀上扛着脑袋说的哩！”斯特里弗先生特别强调最后这一点，仿佛洛里先生要是没有扛着脑袋，这种说法也就没什么可奇怪的了。

“我所说的成功，是指对那位年轻小姐来说，我所说的可能成功的理由，也是就它们本身可以打动那位小姐而言。我说的是那位小姐，我的好先生，”洛里先生说着，轻轻拍了拍斯特里弗的胳臂，“那位小姐，得把那位小姐放在第一位。”

“那么你的意思是想告诉我，洛里先生，”斯特里弗说道，双手叉着腰，“你完全有理由认为，我们现在说的这位小姐，是个装腔作势的傻瓜？”

“完全不是这个意思。我是想告诉你，斯特里弗先生，”洛里先生涨红了脸，“我不愿听到任何人说出对那位年轻小姐不恭的话。要是我知道有人——但愿没有这种人——品位低下，态度傲慢，丝毫不懂得克制自己，在这张桌子前说出对她不恭的话来，即使是台尔森银行，也无法阻止我痛斥他。”

斯特里弗先生气得要命，却又不得不压低声音，他浑身的血管都快要爆裂了。至于洛里先生，别看他平时慢条斯理，此刻发起火来，也和斯特里弗不相上下。

“这就是我要说的，先生，”洛里先生说，“请别弄错了。”

斯特里弗先生拿起一把尺子，在它的一头吮了一会儿，接着，站在那儿用它有节奏地叩打着牙齿，这也许会敲疼他的牙齿。终于，他打破了这难堪的沉默，说道：“这对我来说倒是件新鲜事，洛里先生。你郑重其事地劝我不要去索霍，要我别为我自己——皇家法院的斯特里弗律师——去求婚？”

“你想听我的劝告吗，斯特里弗先生？”

“是的，我想听。”

“好，那我就说了，不过刚才你已准确地重述过我的劝告了。”

“那我只好说，”斯特里弗笑得很难看，“这么一来——哈，哈！——就把过去、现在和将来的事全都给推翻了。”

“希望你能谅解我，”洛里接着说，“我是个生意人，按理说，对这类事是没有资格说话的。作为一个生意人，我对此一窍不通。不过，作为这家人的老朋友，我抱过马奈特小姐，是马奈特小姐和她父亲信得过的朋友，对他们父女俩很有感情，我才这么说的。请你回想一下，这番话可不是我硬要说的。现在你也许认为我说得不对吧？”

“哪里！”斯特里弗吹起了口哨，“按理说，这事我完全没必要找第三者支持，只需我自己去解决就行。我本以为人家会理智地加以考虑，而你却认为人家会扭捏作态、像个黄毛丫头。这对我来说是件新鲜事儿。不过我敢说，你是对的。”

“我的看法，斯特里弗先生，得由我自己来说明。请你理解我的意思，先生，”洛里先生说着，脸又唰地一下涨红了，“我不愿意别人——哪怕是台尔森银行——来代我做说明。”

“得啦，我请你原谅！”斯特里弗说。

“不敢当，谢谢。哦，斯特里弗先生，我刚才正想说，你要是发觉自己错了，会觉得很难堪；要马奈特医生对你明白说出，他会感到为难。要马奈特小姐对你直言不讳，那就更难说出口了。你知道，我有幸和这家人有深厚的交情。如果你愿意，我可以为此去做一番小小的观察，不牵扯你，也不代表你，从而做出判断，以修正我的看法。要是你对我所做的还不满意，你可以亲自再去试一试。反之，要是你对我所做的满意，事情也确实和我说的一样，那样各方面就都可以省掉许多无谓的麻烦。你看怎么样？”

“你要让我在城里等多久？”

“哦，只消几个小时就够了。我可以傍晚就去索霍，过后就去你的事务所。”

“那好，”斯特里弗说，“现在我就不去了。这事本来我就不着急。今晚我等你，再见！”

于是，斯特里弗先生转身冲出银行，所过之处掀起一股气流，使得柜台后面那两位朝他鞠躬的年迈行员差一点被刮倒。人们老是看到这两位年高德劭、体衰力薄的人在那儿鞠躬行礼，总觉得他们在躬身送走一位顾客后，仍鞠躬不停，直到把另一位顾客鞠进来为止。

律师以他的精明看得很明白，如果这位银行职员没有切实的把握，他是不会这么斩钉截铁地发表意见的。虽说他对这服苦药还缺乏思想准备，但还是把它吞了下去。“事到如今，”斯特里弗先生一边走，一边像在法庭上辩论似的朝圣堂区摇晃着食指，“摆脱这种困境的出路是，把一切都归咎于你们。”

老贝利的谋略家想出了这么一招，心中感到莫大安慰。“你别想归咎于我，小姐，”斯特里弗先生说，“我倒是要归咎于你了。”

因此，那天晚上十点钟，当洛里先生前来造访时，斯特里弗先生正埋头于故意摊开的一大堆书籍文件中，似乎早把上午谈的事抛到九霄云外了。在他见到洛里先生时，甚至还露出惊讶的神色，像是正在专心致志于别的事情，显得心不在焉的样子。

“喂！”敦厚善良的使者整整花了半个小时，始终无法把话引到正题，于是只好忍不住说了出来，“我到索霍去过了。”

“去索霍？”斯特里弗冷冷地重复了一下，“哦，对了！瞧我都在想些什么！”

“这下我可以肯定了，”洛里先生说，“今天早上我说的话没错。我的看法得到了证实，因此现在我再一次提出我的劝告。”

“我只想对你说，”斯特里弗用最友好的语气回答说，“我为你感到惋惜，也为那位可怜的父亲感到惋惜。我知道这将成为那家人痛苦的话题。好了，让我们别再提这件事了。”

“我不明白你的意思。”洛里先生说。

“我知道你不会明白，”斯特里弗先生一面点头，一面用一种劝慰的、不容置疑的口气说，“没关系，没关系。”

“可这是有关系的。”洛里先生坚持说。

“不，没关系，告诉你，这丝毫也没有关系。我错把没见识的当成有见识的，把胸无大志的当成胸怀大志的。现在我已经放弃了这种错误的念头，一点儿也没有受到损害。年轻的女人常常干这类蠢事，到日后陷入贫困与卑微的处境中，又往往会对此追悔莫及。如果从无私的角度考虑，我为这件婚事没能成功感到遗憾，因为从世俗的观点看，这件事对对方来说是有好处的；可如果从自私的角度考虑，我为这件事没能成功感到高兴，因为从世俗的观点看，这件婚事明摆着我是吃亏的——不消说，我从中捞不到任何好处。现在根本没有造成任何损害。我并没有向那位小姐求婚；而且，老实对你说，仔细想一想，我也未必会蠢到那种程度。洛里先生，你是无法控制那班头脑空虚、装模作样、轻浮虚荣的女孩子的。你切莫打算那么做，要不你是会大失所望的。得了，请你别再提这件事了。我告诉你，在这件事情上，我替别人感到惋惜，为自己感到庆幸。你允许我征求你的意见，并给予我忠告，我非常感激。你比我更了解那位小姐，你是对的，这件事是成不了的。”

洛里先生听得目瞪口呆，任凭斯特里弗先生用肩把他推挤到门口，把宽容、克制和善意一股脑儿倾注在他那被搞得稀里糊涂的脑门上。“好自为之吧，亲爱的先生，”斯特里弗说，“别再提这件事了。再次感谢你允许我征求你的意见。晚安！”

洛里先生身不由己地出了门，来到茫茫的黑夜之中。斯特里弗先生则仰身躺倒在沙发上，朝着天花板眨眼睛。

第十三章

不知趣的人

如果说西德尼·卡顿还有过什么出众的时候，那可绝不是在马奈特医生家。整整一年来，他常去那儿，但每次都是一副闷闷不乐、愁眉苦脸、懒懒散散的样子。在他愿意说话的时候，经常是妙语连珠，可他似乎永远被一种无所用心的神情所笼罩，很少有让他内心的光亮冲破这层阴霾的时候。

然而，他对医生家周围的街道，对街上铺的那些无知无觉的石子却倍加眷恋。多少个夜晚，当酒精已无法给他带来短暂的欢乐时，他总是愁眉苦脸、茫然若失地在那儿独自徘徊；多少个凄凉的拂晓，曾照出他在那儿踯躅的孤单身影，直至最初的阳光把远处教堂的尖顶和其他高大建筑的美衬托得轮廓分明，他还是迟迟不肯离去，仿佛这寂静的时光使他想起了一些早已忘却也无法企及的美好事物。近来，圣堂内大院里那张备受冷落的床他更少光顾了，常常是在上面躺不了几分钟，便翻身而起，去医生家附近徘徊。

八月的一天，斯特里弗先生（他通知他的胡狼说，他对自己的婚姻大事有了更好的主意）已经带着他的矜持去了德文郡[①]，当伦敦街头的花木以它们的色彩和芳香给不幸的人送去几分温馨，给病人送去几

① 英格兰西南部一郡。

分健康，给老人送去几分青春时，卡顿的脚步又在那些街石上踯躅。开头，那脚步还有些犹豫不决、漫无目的，后来有了主张，加快了步伐，为了实现这一主张，两条腿把他送到了医生的家门口。

他被请上楼，看到露西独自一人正在做针线活儿。他每次和她在一起，总感到有些局促不安。当他挨近她的桌子坐下时，她不由得窘迫起来。他们先寒暄了几句，而当她抬头看他的脸时，发现他的脸色有些不对头。

“我看你有点儿不舒服，卡顿先生！”

“没有，马奈特小姐。不过我过的这种生活，对健康是不会有好处的。像我这样放荡不羁的人，还能指望有什么好身体啊！”

“难道不能过得好一点儿——请原谅，我竟提出了这样的问题——现在这样岂不太可惜了吗？”

“上帝知道，这样的生活实在丢人！”

“那为什么不改变改变呢？”

露西又温柔地朝他看了一眼，发现他眼中噙满了泪水，感到又惊讶又难过。他声音中也像带着泪，回答说：“太晚了，我已经永远好不了啦。我还会沉沦下去，愈来愈糟糕。”

他把一只胳膊肘支在她的桌子上，用手捂住脸。桌子在随之而来的沉默中颤抖着。

她从来没见过他这般软弱的样子，因而心里为他感到难过。他知道她会这样，眼睛没有望她，说道：“请原谅，马奈特小姐，想到我要对你说的话，我就支撑不住了。你肯听我说吗？”

“要是这对你有好处，卡顿先生，要是这能让你高兴，我是很乐意听的！”

“你的心肠这样好，上帝会保佑你的！”

过了一会儿，他拿开捂着脸的手，沉着镇静地说：“听了我的话别害怕，不论我说什么你都别畏缩，我就像个年纪轻轻就夭折了的人，也许我一辈子就是这样子了。”

“不，卡顿先生。我相信你的生活会有美好的时光，我相信你绝不会辜负你自己的。”

“还是说不辜负你吧，马奈特小姐。虽说我有自知之明——虽说在我这颗不幸的迷茫的心里一清二楚——我仍然会永远记住你刚才说的话的。”

她脸色发白，浑身颤抖。他赶忙说明自己早知一切无望，从而释去她思想上的负担，这就使得他俩之间的这次谈话，和以往任何一次都迥然不同。

“即使你真有可能，马奈特小姐，真有可能回报你面前这个人的爱情，此时此刻他也明白，这虽然会使他感到幸福，但只会把你引向不幸的境地，给你带来悲伤和悔恨，作践了你，使你丢尽脸面，和他一起堕落——因为正如你所知道的，他是个自暴自弃、虚度年华、酗酒成性的可怜虫。我很清楚，你对我绝无柔情可言，我对此也没有任何企求，我甚至因这件事绝无可能而感谢上帝。”

“除了这种感情，难道我就不能挽救你了吗，卡顿先生？难道我就不能把你——再次请你原谅——不能把你召回到一条更好的路上来？难道我就没有别的办法回报你对我的信任了？我知道这是你对我的信任，”她迟疑了一下，流着真诚的泪水，谦逊地说，“我知道你不会跟任何别的人说这些的。难道我就不能把这变成有利于你的好事吗，卡顿先生？”

他摇了摇头。

“变不了的。不成，马奈特小姐，怎么也变不了的。要是你肯再听我说几句，那就是对我最好的帮助了。我希望你能知道，你是我心中最后一个梦。我虽然堕落，但是见了你和你父亲在一起的情景，见了你营造起来的这个温暖的家，又在我心中勾起了旧日的幻影。我本以为这些早已在我心中消逝了，我原以为悔恨之情绝不会再来责备我，可是自从认识了你，它却又在啃噬着我的心，我又听到了我以为再也听不到的催我奋发向上的耳语声。我有了一些模模糊糊的想法，要重新振作，重新开始，克服懒散和放浪形骸的恶习，重整旗鼓。然而，这是一场梦，完全是一场梦，到头来一无所有，只留下做梦人还在原地躺着。不过，我希望你知道，这梦是你引起的。”

“难道什么也没留下吗？啊，卡顿先生，再想想吧！再好好想想！”

“不，马奈特小姐，自始至终，我都知道自己不配。不过，我还是忍不住，怎么也忍不住想让你知道，你是怎样一下子把我这堆死灰点燃的——不过，这堆火和我的本性一样，无法再烧旺，也不能发光，毫无用处，只是白白地烧尽而已。”

“既然我不幸使你，卡顿先生，使你比认识我之前更加不幸——”

“快别这么说，马奈特小姐，因为要是我有任何改好的可能，你一定能使我改邪归正的。你绝不是使我每况愈下的原因。”

“不管怎么说，既然你所说的这种心情多少是因为我的影响——如果我能表达清楚的话，我要说的就是这个意思——难道我就不能运用我的影响来帮助你吗？难道我就没有一点儿能力来为你做点好事？”

“我能得到的最大帮助，马奈特小姐，来这儿已经得到了。让我在今后潦倒的余生中永远记住，我曾向你敞开我的心扉，你是这世界上最后一个听到我心声的人。此时此刻，我这儿多少还留有一点儿可让你痛惜和同情的东西。”

“所以我一片至诚，再三恳求你相信，卡顿先生，你是能够有所作为的！”

“别再恳求我相信这个了，马奈特小姐。我已经一再试过，我自己一清二楚。对不起，我让你难过了，我这就把话说完。将来待我回想起这一天时，你是否能让我相信，我一生中这最后的一番心里话，将藏在你那纯洁无瑕的心中，永远留在那儿，绝不和别人分享？”

“如果这能使你得到安慰，我保证做到。”

“就连你最亲最爱的人也不说？”

“卡顿先生，”她激动得有些说不出话来，停了一会儿才回答说，“这秘密是你的，不是我的，我保证要珍重它。”

“谢谢。我再说一遍，愿上帝保佑你。”

他把她的手放在唇边吻了吻，然后朝门口走去。

“别担心，马奈特小姐，我不会再提这件事了，我绝不会再吐露一个字。我永远不会再提它，我一直到死都会守口如瓶。在我临终的时刻，我会把这个美好的回忆奉为神圣——还要为此而感谢你，祝福你——我最后的自我剖白是对你说的，我的名字、过失和不幸都将悄悄地留在你的心中。除此之外，我祝愿你永远轻松、幸福。”

这时的他和往常判若两人。马奈特小姐想到他是这样自暴自弃，将会一天天沦落下去，不由得伤心地哭了起来。卡顿闻声停下脚步，回头看着她。

“别难过！”他说，“我不值得你这么伤心，马奈特小姐。过上一两个小时，我的那些恶习和下流伙伴，就会使我变成一个最不配享有这些眼泪的家伙！比那些沿街爬的下贱人还不值得同情，那些恶习和伙伴，虽然我十分鄙视，可我又无法摆脱。别难过！不过在我心中，对你，我将永远和现在一样，尽管在外表上我又会回到以前那副样子。我还有一个请求，就是希望你相信这一点。”

“我相信，卡顿先生。”

“这就是我最后的请求。同时，我还要帮你摆脱掉另一个来客的纠缠。我很清楚，你和他毫无共同之处，他和你之间有着不可逾越的鸿沟。我知道，说这话是多余的，但这的确是我的由衷之言。为了你，为了你所爱的人，我什么都愿意去做。如果我有幸有机会、有能力做出牺牲，我愿意为你和你爱的人做出任何牺牲。在寂静无人的时刻，请想起我吧，我是真心诚意说这番话的。我知道，总有一天，而且用不了过多久，你会建立起一种新的关系——这种关系会使你更加深情、更加紧密地和你使它如此生辉的这个家联结在一起——这种最亲密的关系会使你更加美丽、更加快乐。啊，马奈特小姐，当一张张和幸福的父亲长得一模一样的小脸仰望着你时，当你看见和你一般美丽的小宝贝绕膝蹦跳时，希望你有时能够想起，世界上还有这么一个人，为了保全你所爱的人的生命，他愿意牺牲自己的生命！”

他说："再见了！”又加上最后一句："上帝保佑你！”说完就离开她走了。

第十四章

本分的生意人

杰里·克伦彻先生坐在弗利特街他那张凳子上，身旁站着他淘气的儿子。每天都有许许多多各种各样的行人、车辆打他眼前经过。在一天中最繁忙的时刻，又有谁能稳坐在弗利特街而不被那两大股来来往往的车马行人弄得眼花耳聋呢！一股总是跟着太阳向西，另一股总是冲太阳向东。但无论往哪个方向，都是走向日落处红紫色山峦后面的平原[①]。

克伦彻先生嘴里叼着一根麦秸，端坐在那儿观看着这两股车马人流，就像传说中那个在河边守候了几百年而没有开化的乡巴佬——不同的是杰里并不希望它们有流尽的一天。他绝不会有这种愿望，因为他的一小部分收入是靠把胆小的女人（大多体态丰满、年过半百）从台尔森银行这边领到对面赚到的。每次护送的时间虽然短促，但克伦彻先生却从不放过机会，总是殷勤备至，并极力表示要为被护送女人的健康干杯。这么一来，他就会获得一些报酬，以此补充他的收入。从前，曾有这么一位诗人，他端坐在公共场所的一张凳子上，成天在众目睽睽之下沉思冥想。如今，这位克伦彻先生也坐在公共场所的一张凳子上，可他并非诗人，想得也很少，他只是朝四下里东张西望。

① 指阴间冥土。

可是眼下这个季节行人稀少，迟归的妇女则更少了，总的说来，他的生意十分冷清，因而使他心中大生疑窦：他太太一定又跪下来“搞那一套”了。正在这时，沿弗利特街从东向西涌来一股不同寻常的人流，引起了他的注意。克伦彻先生朝那个方向望去，发现那是一支送葬的队伍，路上遭到人们的反对，引起了喧哗。

“小杰里，”克伦彻先生扭头对儿子说，“是埋死人的。”

“好哇，爸！”小杰里叫了起来。

这小子的欢呼声意味深长，颇为神秘，老的听了大为恼火，逮住机会给了他一个耳光。

“你这是什么意思？你号什么？你想对你爹干吗，小兔崽子？你这小子对我越来越不像话了！”克伦彻先生朝儿子打量着，骂道，“还要叫好哩！别让我再听到你乱号了，要不你还得吃耳光，听到没有？”

“我没干什么坏事。”小杰里摸着脸蛋分辩道。

“那你就住嘴，”克伦彻先生说，“我不想听你说干没干坏事。站到凳子上去，看看那帮人。”

儿子照办了，这时人群已经过来。他们围着一辆黑色的柩车和一辆黑色的送葬马车叫着，嘘着。送葬马车里只坐着一个送葬的人，他一身黑色的装束，正符合送葬人的身份。可是周围的情况却不太妙，围在马车周围的人越来越多，他们嘲弄他，对他扮鬼脸，朝他乱喊叫：“嗨！密探！呸！密探！”还有许许多多没法复述的恨之入骨的“好话”。

出殡对于克伦彻先生一向具有特别的吸引力，每当有送葬的队伍从台尔森银行门前经过，他的全部感官就会被动员起来，人会变得非常兴奋。因此，这队非同寻常、有那么多人围着的送葬队伍自然更让他激动不已。他看到第一个迎面跑过来的人，就急忙问道：“怎么啦，老兄？怎么回事？”

“我不知道，”那人说，“是密探！哼！呸！密探！”

他又问另一个人："那是什么人？"

"我不知道，"那人说着，用双手拢住自己的嘴，激动地大声喊道，"是密探！哼！呸！密——探！"

终于，来了个比较知情的人，他跌跌撞撞地跑了过去。克伦彻先生从这人的口中了解到，这是给一个叫罗杰·克莱的人送葬。

"他是个密探？"克伦彻先生问道。

"老贝利的密探，"那知情人回答，"哼！嘘！呸！老贝利的密——探！"

"哎，真的！"杰里想起了他旁听过的那次审判，惊呼起来，"我见过他，他死了？"

"死得硬邦邦的了，"那人说，"确实死了。把他们拖出来！呸，密探！把他们拖出来！呸，密探！"

大伙儿正好不知怎么办，这个主意马上就被采纳了。于是大家来了劲，闹哄哄地一再大声嚷着要把他们"拖出来，拖出来"，并紧紧围住了那两辆车子，逼得它们只好停了下来。大伙打开马车的门，揪出那个送葬的人，他一下落到了人群之中。可是那人十分机灵，很会利用时机，一眨眼工夫就甩掉斗篷、帽子、长长的帽带、白手帕以及其他象征悲哀的东西，从路边的一条小巷溜走了。

众人把这些东西撕得粉碎，兴高采烈地把它们扔了一地。路两旁的店铺都急急忙忙地关上了门，因为在那种年头，群众一闹起来就势不可当，活像十分可怕的怪物。他们甚至已经要打开柩车拖出棺材，就在这时，有位更聪明的天才出了另一个主意，提议大家干脆凑热闹把柩车送到墓地。此时人们正好需要一个切实可行的具体建议，自然也就欢呼着采纳了这一主张。于是送葬马车里里外外立刻就挤满了人，里面坐了八个，外面站了十几个，许多人甚至攀到了柩车顶上，想方设法趴在上面。杰里·克伦彻先生也是首批志愿送葬者之一，他挤上马车，坐在最靠里的一个角落，非常谦逊地藏起了他那颗铁蒺藜似的脑袋，不让台尔森银行的人看见。

殡仪馆的人抗议这样改变出殡仪式，可河水就近在咫尺，已经有几个人在叫嚷，要把从中作梗的人浸泡进冷水中清醒清醒头脑。结果，殡仪馆的人嘟哝了几句也就不再吱声。于是，重新组成的出殡队伍又出发了。柩车已改由一个扫烟囱的驾驭——正式的车夫在人们的严密监视之下，蹲在旁边教他——一个卖馅饼的则驾驭送葬马车，也有一位“辅佐大臣”侍立在旁。这队人马在滨河街没走多远，就遇上了一个耍狗熊的，有了这位当时街道常见的角色加入，队伍更加引人注目，那熊黑不溜秋，癞皮脱毛，给这支出殡队伍增加了办丧事的气氛。

就这样，这群乌合之众一路上灌着啤酒，抽着烟斗，又嚷又唱，假作悲伤地向前走着，途中不断有新人加入，所有的店铺闻风都纷纷关上了店门。他们的目的地是远处野外的圣潘克拉斯老教堂①。队伍终于到达了目的地，众人都拥进了墓地，最后总算按照他们自己的方式完成了死者罗杰·克莱的安葬仪式，人人都感到心满意足。

打发完死人，大家觉得还不够过瘾，于是又有一位天才人物（也许就是原先那位）想出了一个新花招——把偶然路过的人当作老贝利的密探，拖住报复一番。于是人们假戏真做，开始追逐起一些一辈子也没和老贝利沾过边的本分人来，把他们粗暴地推来搡去，肆意凌辱。接着，又自然而然地发展成砸破窗户，洗劫酒店。到后来，几个小时后，好几座凉亭也被掀翻了，一些地方的木栅栏被拔出来，作为好斗者的武器。最后，有消息说警卫队就要来了，人们才开始慢慢散去。警卫队也许真的来了，也许根本没有来，乌合之众往往就是这样。

克伦彻先生没有参加这幕收场闹剧，他留在了墓地，和殡仪馆的人交谈，向他们表示慰问。这地方对他有一种安抚、镇静的作用。他

① 在当时伦敦城的北郊。

从附近的一家酒店里，弄来一只烟斗抽着。他站在墓地的围栏旁，往里打量着，仔细地琢磨着这个地方。

“杰里，”克伦彻先生和往常一样，自言自语地说，“那天你还见过这个克莱，你亲眼看见他那么年纪轻轻，好模好样的。”

他抽完了那袋烟，又待在那儿琢磨了一会儿，然后转身往回走，以便在台尔森银行关门前再在自己的岗位上露露面。不知是不是因为他对人生无常的思虑伤了肝脾，还是因为他的健康状况原本就不好，或者是因为他想对一位知名人物表示一点敬意。总之，说不清是什么原因，他在回去的路上到他的医药顾问——一位著名的外科医生——那里做了一次短暂的拜访。

小杰里给父亲代班恪尽职守，他报告说在这段时间里没有接到什么差事。银行关门了，年迈的行员都走了出来，守夜人也来了，于是克伦彻先生也带着儿子回家喝茶了。

“喂，我先告诉你！”克伦彻先生一进家门就冲着他妻子说，“要是我这个本分的生意人今晚倒了霉，那一定又是你在咒我，不管是不是让我亲眼看到，我都要好好治治你。”

克伦彻太太丧魂失魄地摇了摇头。

“怎么？你敢当着我的面搞那一套！”克伦彻先生吼了起来，一副又气又怕的样子。

“我什么也没说。”

“那好，心里也不许想。心里偷偷想和跪着祈祷一个样，都是在咒我。通通不许。”

“好的，杰里。”

“‘好的，杰里。’”克伦彻先生学着说了一句，坐下来喝茶，“哼！又是‘好的，杰里’。就这么一句话。你就会说‘好的，杰里’。”

克伦彻先生愤愤地这么说着，并没有什么特别的意思，只是像人们常说的那样，是句表示不满的反话罢了。

“你呀，还有你那‘好的，杰里’，”克伦彻先生咬了一口他的黄油面包，就像从碟子里拿了一只无形的大牡蛎就着面包吞下去似的，“哎！我就这么想吧。我相信你。”

“你今晚要出去？”等他又咬了一口面包，他那老实善良的妻子问道。

“嗯，要出去。”

“我跟你一块儿去好吗，爸爸？”儿子赶忙问道。

“不行，你不能去。我是——你妈知道——去钓鱼。就是干的这个。去钓鱼。”

“你的钓鱼竿早生锈了，是不是，爸爸？”

“这不关你的事。”

“你能钓些鱼回来吗，爸爸？”

“要是钓不着，你们明天就没吃的了，”老的摇着脑袋说，“那就够你们受的了。我要等你睡着后很久才出去哩。”

这天晚上，在余下的时间里，他死盯住克伦彻太太不放，一直绷着脸跟她说话，不让她有机会在心里偷偷做对他不利的祷告。为此，他还怂恿儿子缠着他母亲说话。他挖空心思地找出理由来责怪她，不让她有片刻时间去想心事，把这个可怜的女人弄得精疲力尽。他这样信不过自己的老婆，可见他比最虔诚的人还要笃信祈祷的神力，就像一个口口声声说自己不信神的人，会被鬼怪故事吓得魂不附体一样。

“你当心！”克伦彻先生警告说，“明天也不许捣鬼！要是我这个本分的生意人能弄一两块肉回来，你不许说不吃，只啃你的干面包；要是我这个本分的生意人还能弄点啤酒回来，也不许你说什么喝水就成了。到了罗马，就得像罗马人一样过[①]，要不，罗马就会对你不客气。

① 英国谚语，为“入乡随俗”之意。

要知道，我就是你的罗马。”

接着他嘟哝起来：“连自己的吃喝都不管了！我真不明白，凭你成天下跪，还有那没心肝的行径，怎么能弄出吃喝来。瞧瞧你的儿子，他总是你的亲骨肉吧，是不是？都瘦成一把骨头了。你把自己叫作妈，难道你不知道，当妈的首要责任是把孩子养胖？”

这番话使小杰里听了非常感动，他要求他妈妈履行她的首要责任。别的事她做不做无所谓，顶要紧的是照他爸爸温存体贴地指出的那样，去尽做妈妈的责任。

克伦彻一家就这样消磨着这个晚上，随后小杰里被打发上床，他妈妈也得到了同样的命令去睡了。克伦彻先生独自抽着烟，消磨了大半夜，直到将近一点钟时，才开始行动。在这鬼魅出没的时刻，他从椅子上站起身来，从衣袋里掏出一把钥匙，打开一只锁着的柜子，从里面拿出一只口袋、一根大小适中的撬棍、一条绳子、一根铁链，还有别的这类“渔具”。他很熟练地把这些东西随身藏好，以挑衅的目光朝他太太瞥了一眼，然后熄了灯，走出家门。

小杰里刚才上床时，只是装作脱了衣服。没过多久，他也尾随着他爸爸出门了。他在黑暗中悄悄摸出房门，跟着下了楼，来到院子里。随后，又跟着来到街上。他一点儿也不担心回来时会遇到麻烦，因为这幢楼里住满了房客，大门整夜都虚掩着。

小杰里被一种值得称赞的雄心壮志所驱使，决心要探清他父亲那份本分职业的技术和诀窍。就像他那两只挨得很近的眼睛一样，他紧贴着沿街的房屋、院墙、门廊，始终盯着他可敬的父亲，朝前跟去。可敬的父亲往北走了没多远，就同伊萨克·沃尔顿[①]的另一位信徒会合，一起往前行进。

---

① 伊萨克·沃尔顿（1593—1683），英国作家，著有《钓鱼大全》。

开始，他们一直躲避着摇曳闪烁的街灯和睡眼惺忪的守夜人，这样走了约莫半个小时，来到了郊外一条荒僻的大路上。在这儿，又有一个钓鱼的加入进来——他的出现是那么悄无声息，要是小杰里迷信的话，真会以为那第二位门徒是突然幻化出来的哩。

三个人继续朝前赶路，小杰里也紧跟着往前走去。最后，前面三人在路旁的一道高高的土堤下停了下来，土堤顶上有一堵低矮的砖墙，上面装有铁栅栏。三个人在土堤和砖墙的阴影下离开大路，拐进一条死胡同——胡同的一边有一堵八到十英尺高的围墙。小杰里蹲在一个角落里，偷偷朝胡同里望去，在朦胧的月色下，他清晰地看到了他那可敬的父亲的身影，只见他正敏捷地爬上一扇铁门。他很快就翻进去了，接着第二个钓鱼的也翻了进去，然后是第三个。他们都悄无声息地跳到门内的地上，在那儿就地伏了一会儿——大概是在侧耳倾听，然后手脚并用地朝前爬去。

现在轮到小杰里朝铁门靠近了，他屏息敛声地走到了门边，又在一个角落里蹲下来往里看。只见那三个钓鱼的正在茂密的草丛中爬行。块块林立的墓碑——原来他们是在一片很大的教堂墓地里——看上去像披着白衣的鬼魂，而那教堂的钟楼，就像一个大得可怕的巨鬼。他们爬了没多远，就站起身来，接着，他们开始钓鱼了。

开始，他们用铁锹钓鱼。不久，他那尊敬的父亲就改用一种像大螺丝锥似的工具。无论用什么工具，他们都干得很起劲，一直干到教堂的大钟突然响了起来，把小杰里吓得撒腿转身就跑，头发吓得和他父亲一样根根竖起。

可是，长期以来，一直想弄清这事真相的心思不仅使小杰里止住了脚步，还把他拖回到刚才蹲着的地方。当他再次来到铁门边偷看时，发现他们还在那儿坚持不懈地钓着，不过现在好像已经钓到什么了。在他们挖开的坑里，传来打钻声和抱怨声。他们弯下身子使劲向上拉着，下面的东西好像很重。那重家伙终于被一点儿一点儿地拉上来了，拉到了地面。小杰里已经猜到那是什么东西。可是一旦真的见了，而且看见他那可敬的父亲正准备撬开它时，小杰里还是吓得魂飞魄散，急忙拔腿就逃，一口气跑了一两英里地，因为他毕竟是第一次见到这种场面。

要不是得停下来喘口气，他是无论如何不会止住脚步的。这是在和鬼魂赛跑，恨不得早点儿跑到终点。他总觉得刚才看到的那口棺材在追赶他。在他的想象中，棺材正小头朝下竖着，一蹦一跳地紧跟在他后面，马上要追上他，有时好像已追到他身旁——也许就要抓住他的胳臂了——他非得逃开不可。那棺材也是个变幻无常、无孔不入的魔鬼，它使得小杰里背后的黑夜更加阴森可怖，他急忙奔上大道，避开那些黑咕隆咚的小胡同，生怕它会像只没有尾巴没有翅膀的大风筝，突然从胡同里窜出，朝他扑来。它也藏在一家家的门廊里，用它那可怕的肩膀擦着门扇，还把肩膀一直耸到耳朵边，仿佛在耸肩狞笑。它还躲在大路上的阴影里，狡猾地仰天躺着，想要绊倒他。小杰里感到它一直在他背后蹦跳着，很快就要赶上他。待他跑到自己的家门口时，已经吓得半死了。可是直到这时候，那东西还是不肯放过他，一步一步咯噔咯噔地随他上了楼，跟着他爬上床，直到他迷迷糊糊睡去时，还沉沉地压在他的胸口上。

天刚亮，太阳还没上山，在小屋里睡得很不踏实的小杰里就被回家来的父亲给吵醒了。只见他揪住他妈妈的两只耳朵，把她的后脑勺直往床头的挡板上撞。看来，他一定又碰上什么倒霉事了。

“我说过我饶不了你，”克伦彻先生说，“我就这样收拾你！”

“杰里，杰里，杰里！”他的妻子哀求道。

“你反对干这桩买卖，”杰里说，“害得我和我的伙计都遭了殃。你本应该尊重我，听我的话，你他妈的为什么就不听呢？”

“我想要做个好妻子呀，杰里。”可怜的女人哭着辩解说。

“不让你丈夫做买卖，算个好老婆吗？不尊重你丈夫的买卖，能算尊重他吗？在做买卖这件大事上不听你丈夫的，也算是听他的话吗？”

“那么求你别去干那种吓人的买卖，杰里。”

“你只要当好一个本分的生意人的老婆就得了，”克伦彻先生说，“用不着用你那婆娘的脑子去操心他什么时候做买卖，什么时候不做买卖。一个尊重丈夫、听丈夫话的老婆，根本就不该去管她丈夫的买卖。你不是说自己是信教的吗？要是你这样就算是信教的，那我宁可要个不信教的！你连一点儿责任心都没有，就跟泰晤士河底没有桩子一样，非得给你狠狠打几根进去不可。”

这番争吵声音压得很低。最后，本分的生意人甩掉了满是污泥的靴子，直挺挺地躺在地板上，争吵才告结束。儿子提心吊胆地朝他望去，只见他仰天躺着，满是铁锈的手枕在脑袋下。于是，儿子重新躺下，又迷迷糊糊地进入了梦乡。

早餐并没有鱼，而且别的吃的也很少。克伦彻先生没精打采的，闷闷不乐，手边放着个铁壶盖，准备一发现克伦彻太太打算做饭前祷告，就拿它朝她扔去。他和平常一样梳洗完毕后，就带着儿子出发去干他的公开职业了。

小杰里胳臂底下夹着那张凳子，跟在父亲身旁，走在阳光灿烂、熙熙攘攘的弗利特大街上。这时的他已和头天晚上被那个可怕东西追赶着、摸黑独自逃回家去的他截然不同了。随着白天的到来，他的聪明伶俐已经恢复，他的恐惧不安已跟着黑夜消逝得无影无踪——就这方面来说，在这晴朗的早晨，在弗利特街乃至整个伦敦城，和他一样的人恐怕还不少吧。

“爸爸，”走着走着，小杰里突然问道，他留神和父亲保持着一定距离，还用那张凳子隔在两人之间，“什么叫盗尸人？”

克伦彻先生在人行道上收住脚步，答道："我怎么会知道?"

"我还以为你什么都知道哩，爸爸!"天真的孩子说。

"哦，这个嘛，"克伦彻先生一边走一边支吾着，他摘掉帽子，让那头铁蒺藜随意竖起，"那是个生意人。"

"他卖什么货呢，爸爸?"机灵的小杰里又问道。

"他的货嘛，"克伦彻想了一下，答道，"跟科学有关系。"

"是人的尸体，是不是，爸爸?"小杰里越问越起劲儿。

"大概是这类东西吧。"克伦彻先生回答。

"啊，爸爸，等长大了，我也要做个盗尸人。"

克伦彻先生松了一口气，但又不相信地摇了摇头，一本正经地说："那得看你的才能怎么发展了。记住，要好好发展自己的才能，别对人多说不该说的话。而且，眼下也还看不出你适合干什么。"小杰里受了这样的勉励，连忙抢先几步，在圣堂关的阴影里摆好凳子。克伦彻先生又自言自语地接着说："杰里，你这个本分的生意人哪，这孩子是你的福气哩，也是为的有了那么个妈，才给你这么一份补偿。看来这事还大有盼头呢!"

第十五章

编织

几天来，到德法尔热先生的酒店里喝酒的人都比往常早。清晨六点，面带菜色的人就从酒店铁窗外看到，店堂里已经有不少人来喝酒了。德法尔热先生在生意好时卖的是很淡的酒，今天卖的酒更淡得不同寻常。他卖的是一种酸酒，或者说是一种让人发酸的酒。谁喝了这种酒，就会对他的情绪产生影响，会变得消沉沮丧。德法尔热先生的葡萄酒里没有酒神狂欢的烈焰，可酒渣里倒藏有一股暗暗燃烧的闷火。

一大早就有人来德法尔热先生的酒店，这已经是第三天了。事情是从星期一开始的，而这天已经是星期三了。这么早来酒店的人，多半不是为了喝酒，而是为了来这儿酝酿策划。不少人一进门就活动开了，或静静倾听，或窃窃低语，或悄悄走动，谁也没有掏出一文钱来买酒浇愁。不过他们非常喜爱这个地方，仿佛这儿的一桶桶酒都可以由他们享用似的。他们从这个座位挪到那个座位，从这个角落溜到那个角落，贪婪地把别人的谈话当酒吞咽着。

虽说顾客多得不同寻常，酒店老板却不见踪影。没有人想到他，进店来的人没一个找他，也没人问起他，谁也没有因为只看见德法尔热太太独自坐在那儿卖酒而感到奇怪。她面前搁着一碗磨损得很厉害的小钱币，钱币上的花纹已经磨得面目全非，就像从他们那破烂口袋里掏出这些小钱的人的脸面一般。

那些到处伸头打探、上至皇宫下至监牢处处都不肯放过的密探们，也许已经觉察到了酒店里这种忐忑不安、心神不定的情景。打纸牌的无精打采，玩多米诺骨牌的一面出神一面用牌搭塔，喝酒的用手指蘸着洒出的酒，在桌上写写画画。德法尔热太太用牙签拨弄着袖子上的花纹，仿佛急于想要看见和听到远处的什么看不见、听不到的东西。

直到正午，圣安托万区一直处于这样的酒意之中。日中时分，两个风尘仆仆的人在圣安托万区摇曳的街灯下，走过一条条大街。这两个人，一个是德法尔热先生，另一个是那戴蓝帽子的修路工。他俩风尘满面，口干舌燥，一齐进了酒店。他们的到来给圣安托万人的胸中点燃了一把火，火势随着他们一路迅速蔓延，使大多数门窗后面的面庞泛起了红光。然而，谁也没有跟随他们前来，当他们走进酒店时，虽然一个个都扭头望着他们，但没有一个人开口说话。

“日安，先生们！”德法尔热先生开了口。

这仿佛是让大伙松开舌头的信号，他们异口同声地回答：“日安！”

“今天天气不好，先生们！”德法尔热先生摇着头说。

听了这句话，大家都面面相觑，接着便垂下眼睛，默不作声地在那儿坐着。只有一个人站起身来，朝门外走去。

“我的太太，”德法尔热先生对他太太高声说道，“我和这位好心肠的修路工跑了好多里格路了。他的名字叫雅克，我是在离巴黎一天半路程的地方偶然碰上他的。他是个好小子，给他点儿酒喝吧，太太！”

又有一个人起身走了。德法尔热太太倒了一杯酒放在那个叫雅克的修路工面前。他向大伙儿抬了抬头上的蓝帽子，开始喝起酒来。在他上衣的胸襟里揣着一点粗劣的黑面包，他不时咬上一口，坐在德法尔热太太的柜台近旁吃喝起来。这时，第三个人站起身来，走出去了。

德法尔热自己也喝了点酒，解过乏来——不过他喝得比那陌生人少，酒对他来说并不稀罕——然后便一直站在那儿，等那乡下人吃完早饭。他没有看在场的任何人，别人也没有看他，就连德法尔热太太也没有看他，自顾自拿着织物在编织着。

“吃完了，朋友？”见那人已吃完，德法尔热问道。

“吃完了，谢谢。”

“好，那就跟我来吧！我领你去看看我说的可以给你住的房间，那房间给你住再合适不过了。”

他们走出酒店到了街上，从街上拐进一个院子，在院子里爬上一道很陡的楼梯，再登上一间小小的阁楼——就是当年那个白发苍苍的老人成天坐在矮凳上，弯着腰埋头忙于做鞋的地方。

如今，阁楼里已经没有白发苍苍的老人，不过刚才从酒店先后出来的那三个人全都在这儿。他们和那个远在异地的白发老人之间有过小小的联系，他们曾透过墙缝窥视过他。

德法尔热小心地关上门，压低嗓门说道：“雅克一号，雅克二号，雅克三号！我是雅克四号。这位是我特意约来的证人，他会告诉你们一切的。说吧，雅克五号！”

修路工用手中的蓝帽子擦了擦黝黑的脑门，说道：“打哪儿说起呢，先生？”

“就从头说起吧。”德法尔热先生的回答不无道理。

“好的，先生们！”修路工开始说了起来，“去年夏天，我见过他，他挂在侯爵马车下面的链条上。事情是这样的：太阳下山了，我收工回家，正好看到侯爵的马车缓缓地爬上山岗，当时他就挂在链条上——就像这样！”

修路工又把当时的整个情景表演了一番。他的演技已经十分精湛，因为整整一年来，这已成为村民们百看不厌、必不可少的娱乐。

“雅克一号”打断了他的话，问他以前是否见过那个人。

“从没见过。”修路工直起身子回答说。

"雅克三号"又问他，后来是怎么认出他的。

"凭他那高大的个子，"修路工轻声回答，指着自己的鼻子，"那天傍晚侯爵老爷问我：'说，他长什么模样？'我回答说：'像鬼一样白，像鬼一样高。'"

"你应该说，矮小得像个侏儒。""雅克二号"说。

"可我哪儿知道呢！那时候他还没干那事，也没向我吐露过心里的秘密。听我说！就连在那种时刻，我也没有出来做证。侯爵老爷站在我们的泉水池边，拿手指着我说：'把那家伙给我带过来！'我可以保证，先生们，我什么也没说。"

"他这是实话，雅克，"德法尔热对打断修路工话的人嘟囔了一句，"接着说吧。"

"好的！"修路工神情诡秘地说，"那大个子跑了，他们到处抓他——抓了几个月？九个月，十个月，十一个月？"

"几个月没关系，"德法尔热说，"总之，他藏得很好，可最后还是不幸被抓住了。往下说！"

"那天我又在山坡上干活，太阳又快下山了，我正在收拾家什，准备下山回家。当时，山下已经黑了，我一抬头，看见六个当兵的正翻过山梁走过来，他们押着一个反剪双手的大高个男人——两条胳臂绑在身子两边——就像这样！"

他用他那顶不可或缺的帽子比画着，演示出那人双臂绑在两侧、绳结打在背后的样子。

"我站在路边，先生们，紧挨着我那堆修路石头，看那些当兵的押着犯人走过（那条路很僻静，什么光景都值得一看）。起初，他们没走近时，先生们，我只看见六个当兵的押着一个反剪双手的高大汉子，几乎只看见他们黑乎乎的轮廓——除了在对着下山的太阳一面时有一道红边外。我看见他们长长的影子像巨人的影子般落在路对面的山洼里和山坡上。我还看见他们浑身尘土，脚步沉重，每走一步就尘土飞扬。直到他们走到跟前时，我才认出了那个大汉，他也认出了我。唉，他要是能像上回那样再次跳下山岗该多好啊！上回那个傍晚，我就是在离这不远的地方碰上他，看他跳下去的。”

他绘声绘色地说道，仿佛此刻就在现场一样，显然，他当时看得十分真切，也许他这一辈子见的事就不多。

“我没让那些当兵的看出我认识这个大汉，他也不让他们看出他认识我。我们只是用眼色示意，彼此心照不宣。‘走！’那个领头的指着村子说，‘快点送他进坟墓！’于是他们加快了脚步。我在后面跟着。由于绑得太紧，他的两条胳臂都肿了，他的木鞋又大又笨重，走路一瘸一拐的。因为他一瘸一拐走得慢，他们就拿枪逼他快走——就像这样！”

他学着做出用枪托逼人往前走的样子。

“他们像疯子赛跑般奔下山时，他摔倒了，当兵的狂笑着又把他拖了起来。他脸上淌着血，满脸是土，可是没法擦，当兵的见了又狂笑起来。他们押着他走进村子，全村人都跑出来看。他们押着他走过磨坊，走上崖顶的监狱。全村的人都看见监狱的门在黑暗中打开了，把他吞了进去——就像这样！”

他使劲张大嘴，然后猛地合上，牙齿“咯”地响了一声。德法尔热见他不愿影响模仿效果，闭嘴不作声了，赶忙催促说：“说下去，雅克。”

“全村的人，”修路工踮起脚，压低嗓门继续说，“都退了回来，大家在泉水池边悄悄议论了一番，后来就散开回家睡觉了。全村的人都梦见锁在崖顶监狱里那个不幸的人——关进那个监狱就别想活着出来了。第二天早上，我扛着工具、啃着黑面包去上工，半道上去监狱外面转了一圈。我看见了他，他被关在高处的一只铁笼子里，朝外张望着，还像头天晚上那样满身血污和尘土。他双手被绑着，没法向我招手。我不敢叫他，他像个死人一样定神地看着我。”

德法尔热和那三个人阴郁地对望了一眼。当他们在听这乡下人叙述时，全都露出阴沉压抑、复仇心切的神色。他们的态度既显得神秘，又显得威严。那神气，俨然是个临时的法庭。“雅克一号”和“雅克二号”坐在那张旧草垫上，两人都用手支着下巴，眼睛盯着修路工；“雅克三号”在他们身后单腿跪着，同样全神贯注，他那激动不安的手，不时抚摩着嘴角鼻旁纤细的脉络。德法尔热站在他们和由他安置在窗前亮处的讲述者之间，他一会儿看看讲述者，再看看他们三人，一会儿看看他们，然后又看看讲述者。

“接着说吧，雅克。”德法尔热说。

“他在那铁笼子里关了好几天，村民们因为害怕，只敢偷偷地看看他。不过他们总是从远处朝崖顶的监狱张望。到了傍晚，干完一天的活儿，大家聚在泉水池边闲聊时，人人的脸都朝向监狱的方向。早先，他们总是朝驿站的方向看，如今都转向监狱的方向了。人们在泉水池边悄悄议论，说那人虽然被判了死刑，但不会执行，巴黎已经有人请愿，说他是因为儿子被害惨死才气疯的。据说已向国王呈交了请愿书。到底怎么样，我哪儿知道？这有可能。兴许是这样，兴许不是这样。”

“听我说，雅克，”“雅克一号”神情严肃地插话说，“的确向国王和王后呈交过请愿书。这儿的人除了你，全都亲眼看见国王接了那份请愿书，当时他正和王后并排坐在辇车上。冒着生命危险冲到辇车前去呈交请愿书的，就是你眼前的这位德法尔热。”

“再听我说，雅克，”单腿跪着的“雅克三号”又插嘴说，他的手指一直抚摩着嘴角鼻旁的纤细脉络，一副急不可耐的样子，仿佛急于要得到什么东西——但既非吃的，也非喝的，“那些骑马的和步行的卫兵，把呈交请愿书的人团团围住，痛打了一顿。你听见没有？”

“听见了，先生。”

“那就接着说吧。”德法尔热说。

“另外，他们还在泉水池边悄悄传说，”乡下人接着往下说，“把那人押到我们乡下来，为的是要就地处死，而且肯定要把他处死的。人们甚至传说，那是因为他杀了侯爵老爷，而老爷是佃户——或者是农奴，随你怎么说吧——的父亲，所以要把他按杀父罪论处。有个老人在泉水池边对我们说，处决这种犯人时，会先把他拿刀的右手活活地烧焦，再在他胳膊上、胸口和腿上撕开皮肉，往伤口里浇灌煮沸的油、熔化的铅水、炽热的松脂、蜡和硫黄，最后才由四匹壮马分尸。那老人还说，当年有个想暗杀先王路易十五的人，真的就是被这样处死的。不过，我怎么知道他说的是真的还是假的呢？我又不是个有学问的人。”

“那你再听着，雅克！”那个不住地用手摸脸、一副渴望神色的人说道，“那犯人的名字就叫达米安[①]，的确像传说中的那样，光天化日之下，在巴黎街头被公开处死了。在赶来观看这次处决的人群中，最引人注目的是那班雍容华贵、打扮入时的贵妇人，她们兴致勃勃、聚精会神地一直看到最后——看到最后，雅克。一直到天黑，他的两条腿和一只胳膊都没了，可人还在喘气哩！这是在——喂，你多大了？”

“三十五。”修路工回答，他看上去有六十岁。

“这是在你十多岁时的事，你本该可以看到的。”

“得了！”德法尔热很不耐烦地说，“魔鬼万岁！接着说吧。”

“好的。反正有人这样说，有人那样说，说的都是一桩事，连淙淙的泉水仿佛也在诉说这件事。终于，到了星期天的晚上，当全村人都睡着时，一些当兵的顺着蜿蜒的小路从崖顶监狱下来了，他们的枪在

① 达米安（1715—1757），于1757年1月5日谋刺法王路易十五未遂，确如文中所述那样被处死。

那条小街的石头上碰得当当作响。工人们又是挖掘，又是挥锤，当兵的又笑又唱。到了第二天早晨，泉水池边立起了一个四十英尺高的绞架，把泉水都给弄脏了。”

修路工好像不是看着低低的天花板，而是透过它看到外面，还用手指指点点，仿佛看见了矗立在空中的绞架。

“所有的活儿全停下了，大伙儿都聚集到那儿，谁也没有把牛牵出来，它们都就地歇着。到了正午时分，响起了鼓声。士兵头天夜里就开进了监狱，现在押着他出来了。他仍像原先那样被绑着，嘴上还加了个马嚼子——紧紧地勒着一条绳子，看上去像是在笑。”说着，他比画起来，用两个大拇指钩住嘴角，拉向耳根，使得脸上露出皱褶。“绞架顶上安着一把刀，刀刃朝上，刀尖指向天空。他被吊死在四十英尺高的地方——一直吊在那儿，把泉水都给弄脏了。”

听的人都面面相觑。修路工用他那顶蓝帽子揩了揩脸，在他回忆起当时的情景时，脸上冒出了汗珠。

“太可怕了，先生们。女人和孩子还怎么去打水啊！傍晚时分谁还敢去那个影子下聊天！到那个影子下，我不是说了吗？星期一傍晚我离开村子时，太阳正在落山，从山岗上回头看，那影子漫过教堂，漫过磨坊，漫过监狱——好像漫过了整个大地，先生们，一直漫到天边！”

那个一副渴望神色的人，看着另外三个伙伴，咬着他那因渴望而激动得发抖的手指。

“说完了，先生们。我是在日落时分动身的（按照事先接到的通知），我走啊走，走了一夜又半天，才遇到了这位同志（像通知我的那样）。我又跟着他走了半天又一夜，有时骑马，有时走路，就这样来到了这儿。”

一阵忧郁的沉默之后，“雅克一号”说道：“好！你做得对，说得也很实在。现在，你到门外去等我们一会儿，好吗？”

“好的。”修路工回答说。于是德法尔热陪他走到楼梯口，让他坐在那儿等着，自己又回到阁楼。

待他回到阁楼时，那三个人已经站起身来，头凑在一起。

“你们说怎么样，雅克？”“雅克一号”问道，“要记下吗？”

“记下，作为消灭的对象。”德法尔热回答。

“好极了！”那个一副渴望神色的人嗓音嘶哑地说道。

“府邸和全家人？”“雅克一号”问道。

“府邸和全家人，”德法尔热回答，“彻底消灭。”

那个一副渴望神色的人欣喜若狂地再次用嘶哑的嗓音说：“好极了！”说完又开始咬起另一根手指来。

“你有把握？”“雅克二号”问德法尔热，“咱们这种记录方法不会出差错？当然，这种方法很保险，除了咱们自己，谁也破译不了。可咱们自己是不是总能解释出来呢？——或许我得说，她是不是总能解释出来呢？”

“雅克，”德法尔热挺直身子答道，“我太太哪怕凭记忆，记事也能做到一字不漏——一笔一画都错不了。现在，她用自己创造的针法和符号，把要记的事全都编织下来了，这就像青天白日般一清二楚。相信她吧，要想从德法尔热太太的记事织物上抹去名字和罪行，比一个最胆小的懦夫想要自杀还难哩。”

大伙儿咕哝了一声，表示完全相信和赞同。那个一副渴望神色的人又问道，“是不是该马上把这个乡下人打发回去？我想还是这样好。他愣头愣脑的，怕是有点儿危险吧？”

“他什么都不懂，”德法尔热说，“除了会轻而易举地把自己送上一样高的绞架外，他什么也不懂。我亲自来管他，让他跟着我，我会照顾他，送他上路。他想开开眼界，见见世面——看看国王、王后和宫廷大臣什么的，那就让他星期天去见识见识。”

“什么?”那个一副渴望神色的人睁大双眼喊了起来，“他想见王室贵族，难道是个好兆头?”

“雅克，”德法尔热说，“要是你想要猫去喝牛奶，你就得学乖，先让它看看牛奶；要是你想要狗有朝一日会捕猎，你就得学乖，先让它见识见识猎物。”

于是大家都没有再说什么。他们唤醒了已在楼梯口打盹的修路工，叫他躺到那张草垫上去，好好歇息一下。他用不着别人催促，很快便进入了梦乡。

像他这样一个乡下穷苦力，巴黎有的是比德法尔热酒店更糟糕的住处。在这儿，除了终日对德法尔热太太有一种莫名其妙的恐惧外，修路工感到生活很新鲜，很惬意。可德法尔热太太一天到晚坐在柜台旁，装出一点儿没有留心他，特别是摆出一副不知道他来这儿有什么秘密使命的样子，使得他一见了她，两条腿便不由自主地簌簌发抖。他心里七上八下的，不知道这位太太下一步会耍出什么花招来。他相信，要是她那打扮得闪光耀眼的脑袋忽然瞎说她曾看见他杀过人，还剥了那人的皮，她也一定会装得活灵活现，真像有那么回事似的。

因此，到了星期天，当得知太太要陪先生和他一起去凡尔赛时，修路工并没有多大的热情（虽然他嘴上说很高兴）。使他格外不安的是，他们乘公共马车前往时，一路上太太仍不停地编织。而更使他不安的是，下午人群等着看国王和王后的辇车驶过时，她的手里还拿着编织活。

“你真闲不住呀，太太。”站在她旁边的一个男人说道。

“是呀，”德法尔热太太回答，“我有一大堆活儿得干。”

“你在织什么呀，太太?”

“很多东西。”

“比如说——”

“比如说，”德法尔热太太若无其事地答道，“寿衣。”

那人赶忙走开了一点儿，修路工则用他那顶蓝帽子当扇子扇着，他感到又闷又热。如果说国王和王后的驾到能使他神清气爽，那他真是万幸，灵丹妙药就在眼前。不多一会儿，大下巴的国王和容貌姣好的王后乘坐金色的辇车过来了，簇拥着他们的是宫廷中的达官显贵。他们鲜服华冠、璀璨夺目，还有珠光宝气、笑语盈盈的贵妇和优雅高贵的爵爷。置身在这一片珠宝绫罗、胭脂花粉、光华耀眼的景象之中，看到那些男男女女优雅潇洒的身姿和秀丽高傲的容貌，修路工真是一洗耳目，一时间心醉神迷，禁不住高呼“国王万岁！”“王后万岁！”“人人万岁！”“事事万岁！”仿佛他从未听说过当年遍地皆是的雅克党人。随后，他看到的是花园、庭院、露台、喷泉、草坪，又是国王和王后，又是达官和显贵，又是贵妇和爵爷，又是他们全都万岁！直到他感动得痛哭流涕。这整个场面约莫持续了三个小时，有很多人和他一起高呼、哭泣，激动得不能自已。德法尔热自始至终揪住他的衣领，生怕他会扑到他一时崇拜的对象身上，把他们撕个粉碎。

“太好了！”这场热闹结束后，德法尔热像个监护人似的拍拍他的背说，“你是个好小子！”

修路工这时才缓过神来，担心自己刚才是否出了错。好在没有。

“你正是我们需要的人，”德法尔热凑近他耳边说，“你让这班蠢货相信，这种场面会永世长存下去。他们越是肆无忌惮，他们的末日也就越接近。”

“嘿！”修路工想了想，喊了起来，“这倒是真的！”

“这班蠢货什么也不懂。他们瞧不起你的声音，想要你永远不出声，在他们眼里，像你这样的人，一百个还比不上他们的一匹马、一条狗，可他们又只相信你们的欢呼声。那就让这再蒙骗他们一阵吧，反正骗不了多久了。”

德法尔热太太傲慢地打量着这个受庇护的人，点头表示同意。

“你嘛，”她说，“只要有热闹看，就会大喊大叫，激动得掉眼泪。你说！是不是？”

“没错，太太，我想是这样。眼下就是。”

“要是给你一大堆玩具娃娃，让你去拆开，去撕成布片，撕下归你，你一定会拣最漂亮、最华丽的撕。你说！是不是？”

“的确是这样，太太。”

“那好。要是给你一群不会飞的鸟，让你去拔它们的羽毛，拔下归你，你一定会拣羽毛最漂亮的鸟拔，是不是？”

“是的，太太。”

“今天，玩具娃娃和鸟儿你都见到了，”德法尔热太太说着，朝那队远去的人马挥了挥手，“行了，回家吧！”

第十六章

仍在编织

德法尔热太太和她丈夫亲亲热热地返回圣安托万的怀抱，而有个头戴蓝帽子的人却正在黑暗中艰苦跋涉，走过尘土飞扬的大道，沿着漫长的小路，慢慢朝侯爵老爷府邸的方向走去。此时，侯爵老爷正躺在自己的坟墓里，倾听着树木的沙沙声。那些石刻的人脸，如今也有了足够的余暇，来倾听树木的絮语和泉水的低吟了。有几个衣衫褴褛的村民，为了挖点野菜充饥，找点枯枝取暖，来到这石头大院和有平台的石阶附近。也许是饿昏了头，他们甚至觉得这些石脸的表情都有了变化。村子里还有一种传说——这传说也像这儿的人一样，有气无力，半死不活——说是刀子一捅进侯爵的心窝，那些石脸马上就变了样，从高傲自得变成了愤怒痛苦；而当那人被吊死在泉水上方四十英尺高的绞架上时，那些石脸又变了样，变成一副已报仇解恨的残忍的满足神情，这种神情也许要一直留着了。在发生谋杀案的那间卧室的大窗口上方，有一张石刻的人脸，鼻子两侧刻有两个小小的凹坑，人人都能认出那是谁，可是以前谁也没注意过。偶尔，有那么两三个衣衫褴褛的农民，从人群中走出，朝那已化为石头的侯爵的脸匆匆瞥上一眼，用那瘦骨嶙峋的手指指一指，立刻就会野兔似的慌忙踩着青苔和落叶逃开——其实野兔要比他们幸运，它们还能在这儿觅食生存。

府邸和茅舍，石刻的人脸和悬吊的人体，石头地面上的血迹和村里水井中的清水——成千上万亩的土地——法国的一个省——乃至整个法国——都在夜空中浓缩成一丝模模糊糊的细线。整个世界，连同它所有的伟大和渺小，全都寄托于一颗闪烁的星星。既然人类的知识能够分离一束光线，分析出它的组成，那么更高级的智慧也能从我们这个星球发出的微弱闪光中，辨明居于其上每个应该尽责的人的一念一行、一善一罪。

德法尔热夫妇坐着摇摇晃晃的公共马车，借着星光来到了旅途必经的巴黎城门口。车子照例在哨卡前停下，照例有人提着灯出来检查盘问一番。德法尔热先生下了车，他认识这儿的一两个士兵，还认识一个警察。他跟那警察很熟，一见面就亲热地拥抱起来。

当圣安托万又把德法尔热夫妇拥在自己那灰色羽翼之下时，他俩在圣安托万区的区界附近下了车，在那满街的污泥和垃圾中觅路步行回家。途中，德法尔热太太问她丈夫道："告诉我，朋友，那个当警察的雅克对你说什么来着？"

"今晚情况不多，不过他知道的全说了。又有一个密探被派来咱们区了。他说也许更多，可他只知道一个。"

"哦，好吧！"德法尔热太太说，沉着冷静地抬了抬眉毛，"得把他的情况记下来。他叫什么来着？"

"他是个英国人。"

"那就更好，他姓什么？"

"巴萨德。"德法尔热回答，他是按法语发音报出的，可他很仔细，为准确起见，又正确无误地拼读了一遍。

"巴萨德，"太太重复了一遍，"好。名字呢？"

"约翰。"

"约翰·巴萨德，"太太先默念了一声，接着又重复了一遍，"好。他的外貌呢，知道吧？"

“年纪，四十左右；身高，约五英尺九；黑头发，皮肤黝黑，总的来说，还算英俊；黑眼睛，脸瘦长，灰黄色；鹰钩鼻，但不正，特别怪的是朝左歪，因而表情显得阴险。”

“嗨，我敢说，这真像幅肖像了！”太太笑了起来，“明天我就把他记下来。”

他们回到酒店时，店已打烊（已是午夜时分）。德法尔热太太立刻在柜台旁坐下，清点了她不在时收进的酒钱，查看了一下存货。她翻阅了一遍账本上的账目，又补记了几笔自己的账，仔细地盘问了那个雇用的伙计，最后才打发他去睡觉。待他走后，她再次把碗里的零钱倒出，把它们包在手帕里，连打了几个结，以便安全过夜。在她做着这些事时，德法尔热始终叼着烟斗，在屋子里来回踱着，怡然自得地欣赏着这一切，但从不插手。的确，在买卖和家务方面，他一辈子都是这样在一旁来回踱步，不闻不问的。

夜很热，铺子门窗紧闭，周围一片污浊，气味难闻。德法尔热先生的嗅觉并不怎么灵敏，可是贮存着的葡萄酒的气味，要比品尝它时浓烈得多；朗姆酒、白兰地和茴香酒的气味也是如此。他放下已经抽尽的烟斗，喷一口烟驱开这混合的气味。

“你累了，”太太一边包扎钱，一边抬头看了他一眼，“这不过是跟平常一样的气味罢了。”

“我是有点儿累了。”丈夫承认说。

“你的情绪也不太高，”太太说，她那双敏锐的眼睛一心留神着账本，但偶尔也扫他一眼，“哼，你们这些男人，你们这些男人啊！”

“可我亲爱的——”德法尔热开始解释。

“可我亲爱的！”太太学着说了一句，有力地点了点头，“可我亲爱的！你今晚信心不足，亲爱的！”

“哦，是啊，”德法尔热似乎好不容易才从内心挤出一句话，“还要很长时间哩！”

“还要很长时间，”他太太又学着说了一句，“怎么不要很长时间呢？复仇、报复都得要很长时间，事情总是这样的。”

“电闪雷劈就不要很长时间。”德法尔热说。

“你可知道，”太太不慌不忙地反问，“积聚成雷电要多长时间？你说说！”

德法尔热若有所思地抬起脑袋，仿佛也挺有想法似的。

“地震吞下一座城市不要多少时间吧，”太太说，“嗯，那好！告诉我，准备一场地震要多长时间？”

“我想要很长时间吧。”德法尔热说。

“可是一到准备停当，它就会发作，把面前的一切碾个粉碎。而平常，它一直在准备，虽然看不见，也听不到。这就是对你的安慰，好好记住吧。”

她目光一闪，打了个结，像是勒死一个仇人。

“告诉你，”太太说，为了加强语气，她伸出了右手，“虽说路途遥远，但已经上路，正在走来。告诉你，它绝不会后退，也不会停下。告诉你吧，它一直在前进。你看看周围，想一想我们周围那些人的生活，看一看我们认识的那些人的面孔，想一想雅克们一天天更加愤怒、更加不满的样子，这样的情形还能一直拖下去？嘿！你太可笑了。”

“我勇敢的太太，”德法尔热站在妻子面前，微微低着头，双手倒背在身后，像个在严师面前规规矩矩、非常听话的小学生，“你说的这一切，我都毫不怀疑，可时间拖得太久了，有可能——我的太太，你也知道，很可能——我们这辈子都见不到这一天了。”

“是啊！那又怎么样呢？”太太追问道，又打了一个结，像是又勒死一个敌人。

“得啦！”德法尔热半带抱怨、半带抱歉地耸耸肩说，“反正我们是见不到胜利了。”

“我们要加快胜利的到来，”太太回答，伸手做了个有力的手势，“我们干的一切绝不会白干，我一心相信，我们会看到胜利的。即使看不到，即使我知道肯定看不到，只要让我看到贵族和暴君的脖子，我还是会——”

说到这里，太太咬着牙，狠狠地打了一个死结。

“行啦！”德法尔热喊了起来，他的脸有点发红，觉得她这是在责备他胆怯，“亲爱的，我也绝不会善罢甘休的。”

“这我知道。不过你有时要眼看敌人落到你手里，看到时机对你有利，你才能撑住，这是你的弱点。应该没有这些也能撑住。时机一到，就把老虎和恶魔通通放出去，可是在等待时机的时候，就得把它们用链条拴住——不让人见到——时刻做好准备。”

为了强调这段劝说辞的最后结论，太太用那包捆扎好的钱，重重地在小柜台上敲了一下，仿佛要敲出它的脑浆来，然后泰然自若地把那沉甸甸的钱包往腋下一夹，说是该上床睡觉了。

第二天正午，这位了不起的女人照例坐在酒店里她的老位置上，专心致志地编织着。她的手边放着一朵玫瑰花，她不时朝它看上一眼，但并没有停下手中的活儿。店里只有不多的几个顾客，有的在喝酒，有的没有喝酒，有的站着，有的坐着，疏疏落落地分布在各个角落。天气很热，一群群苍蝇飞来飞去，有的竟然钻到德法尔热太太身边那些发黏的小玻璃杯里去探险，结果葬身杯底。可是它们的死并没有吓住其他出来游逛的苍蝇，它们漠然地看着死去的同胞（仿佛它们是大象或者是大为不同的异类），直到自己也遭到同样的命运。这些苍蝇竟会如此掉以轻心，真让人百思不得其解！在这烈日炎炎的夏天，也许朝中的那些权贵们也是如此吧。

门外进来了一个人，影子落到德法尔热太太身上，她觉出这是个陌生人。她放下手中的编织活儿，拿起手边的玫瑰花插到头上，然后才朝那人看去。

真怪，德法尔热太太一插上玫瑰花，店里的顾客便都停止了谈话，开始一个接一个地溜出酒店。

“日安，太太。”刚进门的人招呼说。

“日安，先生。”

她说得很响，说罢重新拿起活儿来编织，心里却暗自思忖：“嘿！日安，年纪四十左右，身高约五英尺九，黑头发，总的来说还算英俊，皮肤黝黑，黑眼睛，脸瘦长、灰黄色，鹰钩鼻但不正，特别怪的是朝左歪，使得表情更加阴险！日安，全对上号了！”

“请给我一小杯陈年白兰地，另外来点清凉水，太太。”

太太有礼貌地照办了。

“这白兰地妙极了，太太。”

这酒卖到现在还是第一次受到夸奖。德法尔热太太知道这酒的底细，心里自然有数。不过她还是说了声“过奖了”，就又拿起活儿来继续编织。来人盯着她的手看了一会儿，趁机朝整个店堂扫了一眼。

“你编织的手艺真好，太太。”

“我织惯了。”

“花样也很漂亮！”

“你这样想吗？”太太微笑地看着他说。

“当然。可以问一下织的是什么吗？”

“为了解闷。”太太的手指灵巧地动着，依然微笑地看着他。

“不是为了用的？”

“这就得看着办了。也许有朝一日会用得上。要是真有那么一天——是啊！”太太说着，深深吸了一口气，点点头，严肃中带有几分风情，“我会用它的！”

很奇怪，圣安托万似乎不喜欢德法尔热太太头上插朵玫瑰花。一前一后进来了两个人，刚想要叫酒，一眼看到了这新鲜玩意儿，就都犹豫了，接着便装出找人而没有找到的样子，先后走出了店门。陌生人进来时原来在店里的顾客，此时也已一个不剩，全都溜光了。这密探虽然一再瞪大眼睛，可什么也没看出来。他们全都是那么一副穷极无聊、漫无目的、东游西荡的样子，一个个踱出去，十分自然，毫无可疑之处。

“约翰，”德法尔热太太眼睛盯着陌生人，一边编织，一边在心里思忖，“你再多待一会儿，我就能在你走之前把‘巴萨德’也织上了。”

“你有丈夫吗，太太？”

“有。”

“孩子呢？”

“没有。”

“生意好像不怎么样？”

“生意很差，人太穷了。”

“啊，这些倒霉的可怜人！还要受这么沉重的压迫——就像你说的。”

“就像你说的。”太太反驳了一句，更正了他的话，然后敏捷地又在他名下织进一些对他不利的内容。

“请原谅。不错，这话是我说的，不过你心里自然也这么想。这是一定的。”

“我想？”太太提高嗓音回答，“我和我丈夫光照料这爿酒店就够忙的了，哪有工夫想这些。我们想的只是怎么活下去。这就是我们想的事。这就足够让我们从早想到晚了，哪里还有闲工夫去管别人的事。让我去想别人？不，不。”

这密探本想在这儿捞点什么或者炮制点什么，现在碰了一鼻子灰，但他竭力不让他那阴险的脸上露出受挫的窘相。他站在那儿，装出一副殷勤讨好、随便闲聊的样子，胳膊肘支在德法尔热太太的小柜台上，不时呷一口白兰地。

“把加斯帕尔处死实在太糟糕了，太太。唉，可怜的加斯帕尔！”叹息声中怀着极大的同情。

“老实说！”太太冷漠而又轻松地说，“为这等事动刀子，就得付出代价。他是事先知道的，为这样奢侈的享受要付出代价。现在他算是付清了。”

“我相信，”密探说着，把他那柔和的声音放得低低的，想要套出对方的心里话来，邪恶的脸上每一丝肌肉都装出一种革命情感受到伤害的样子，“我相信这一带的人对这个可怜的人都很同情，也很为他气愤，是吧？这话只在咱们之间说说。”

“有这样的事？”太太问道，一副茫然不解的样子。

“难道没有？”

“——我丈夫来了！”德法尔热太太说。

酒店老板一进店门，密探就举手碰了碰帽檐和他招呼，带着一种做作的微笑说：“日安，雅克！”德法尔热顿时收住脚步，瞪眼朝他看着。

“日安，雅克！”密探又说了一遍。在对方的逼视下，他的语气已经不那么有把握，笑得也更不自然了。

“你认错人了，先生，”酒店老板回答说，“你把我错当成别人了。我不叫雅克，我叫欧内斯特·德法尔热。”

“反正都一样，”密探轻快地说，但也显得有些狼狈，“日安！”

“日安！”德法尔热冷冷地回了一声。

“你进来时，我正有幸和你太太聊天。人家告诉我说圣安托万的人提到可怜的加斯帕尔的不幸遭遇，都很同情，也很为他气愤——这一点也不奇怪！”

“从来没人跟我这么说过，”德法尔热摇摇头说，“我一点儿都不知道。”

说完，他走进小小的柜台，站在他老婆的背后，手扶着她的椅背，隔着柜台望着那家伙，夫妻俩都恨透了他，恨不得一枪把他打死。

那密探是个老手，依然装出那副漫不经心的样子。他喝干了杯中的酒，呷了一口清凉水，又要了一杯白兰地。德法尔热太太给他倒完酒，又拿起活儿编织起来，一边织一边还哼着小曲。

“你好像对这一带很熟。就是说，比我还熟吧？”德法尔热说。

“一点儿也不，我只不过想多熟悉一点儿罢了。我对这一带受苦的居民很关心。”

“哦。”德法尔热嘟囔了一声。

“德法尔热先生，有幸和你聊天，使我想起了一些和你的名字有关的有趣事儿。”密探继续说道。

“是吗？”德法尔热非常冷淡地答了一声。

“是真的。我知道，马奈特医生刚被放出来时，你这位他以前的用人曾照料过他。人家把他送到了你这儿。你看，我还了解情况吧？”

“没错，是这么回事。”德法尔热回答道。他那正在编织和哼小曲的太太，像是无意地用胳膊肘碰了他一下，这是暗示他最好回答这个问题，但要十分简短。

“后来他女儿来到你这儿，”密探说，“从你这儿把他接到英国去了，同他一起来的还有一位衣着整洁、穿棕色衣服的先生，还戴了顶小小的假发，他姓什么来着？——对了，姓洛里，是台尔森银行的。”

“是这么回事。”德法尔热又说了一句。

“非常有趣的回忆！”密探说，“我在英国认识了马奈特医生和他女儿。”

“是吗？”德法尔热说。

“你现在不大听到他们的消息了吧？”密探说。

“是的。”德法尔热回答。

“实际上，”德法尔热太太停下手中的活儿，也不再哼小曲，抬起头来插嘴说，“我们一直没有听到过他们的消息。只收到过一封平安到达的信，后来也许还有一两封信。不过打那以后，我们就各走各的路，再也没有联系了。”

“的确是这样，太太，”密探说，“他女儿快要结婚了。”

“快要结婚？”太太应声道，“她那么漂亮，早就该结婚了。我看，你们英国人个个都冷心肠。”

“啊！你知道我是英国人。”

“我是从你的口音中听出的，”太太回答说，“哪儿的口音，我想就是哪儿的人了。”

密探并不把这样识出他的国籍看作是一种恭维，可他还是不加计较，一笑了之。待到呷完白兰地，他又接着说：“真的，马奈特小姐就要结婚了。不过她嫁的不是英国人，而是跟她一样的法国人。说到加斯帕尔（唉，可怜的加斯帕尔！这事真残酷，太残酷了！），这事也真奇了，马奈特小姐要嫁的竟是侯爵老爷的侄子，也就是现在的侯爵。那加斯帕尔不就是为侯爵的事被吊到几十英尺高的绞架上去的吗？他那侄儿现在就隐姓埋名住在英国，在那儿没有用侯爵的头衔，改名叫查尔斯·达尔奈。这是从他母亲的姓达奈变来的。”

德法尔热太太一直不停地编织着，丝毫不为所动，可是这消息对她的丈夫显然起了作用。他站在小柜台后面，不管做什么事，像擦火柴或者点烟，都显得心烦意乱，手也不听使唤了。那密探要是没有把这些看在眼里、记在心上，他就枉为密探了。

不管这一点有没有价值，对巴萨德先生来说，这至少也是个收获。眼看不再有顾客进店来供他侦查，他也就付了酒钱，起身告辞。临走前，他客客气气地说，他盼望今后有幸再见到德法尔热先生和德法尔热太太。他走到圣安托万区街上好一会儿，那夫妇俩仍保持着他在时的模样不变，生怕他又突然闯了回来。

“他说的马奈特小姐那桩事，”德法尔热先生站在那儿，手扶妻子的椅背，抽着烟，低头朝她轻声问道，“会是真的吗？”

“他这么说，”太太扬了扬眉毛，回答道，“十有八九是假的。不过也有可能是真的。”

“要是——”德法尔热欲言又止。

“要是什么？”妻子追问道。

“——要是真有那么一天，咱们能活着亲眼看到胜利——我希望，为了她，命运别让她的丈夫回法国。”

“她丈夫的命运，”德法尔热太太照旧泰然自若地说，“会送他去该去的地方，会得到他应有的归宿。我知道的就是这些。”

“不过这事也太奇怪了——嗯，难道不奇怪吗？”德法尔热说，好像在恳求他妻子赞同这一说法，“我们对她的父亲，对她是那样的同情，可现在，你却把她丈夫的名字编织到刚滚的那条恶狗的名字旁边了。”

“等那时候一到，比这更怪的事还有哩！”太太回答，“我把他们两个全都记下了，分毫不差，两人的账都记得清清楚楚，这就够了。”

说完，她卷起编织活儿，从包在头上的手帕上摘下那朵玫瑰花。也许是圣安托万人凭本能觉察到那令人不快的装饰品已经摘去，要不就是他们一直在暗中窥探着它的动向。总之，那玫瑰花一摘下，圣安托万人很快就放心大胆地走进店里，于是酒店又恢复了它平日的景象。

傍晚，每当这时节，圣安托万人都要走出屋子，坐在门前的台阶上和窗台上，或者走到肮脏的街头和院子里，呼吸一点儿新鲜空气。德法尔热太太通常都一边编织一边溜达，从一处走到另一处，从一群人走向另一群人，像个传教士——像她这样的人有不少——世界上要是不再生出这样的人，那才好哩。妇女们一个个都在编织，织的都是些没什么价值的东西。不过这种机械的活儿可以代替吃喝的机械动作，用手的动作来代替嘴的咀嚼和肠胃的消化。要是那些瘦骨嶙峋的手停下不动，她们的胃就会饿得更加痛楚不堪了。

可是，随着手指的活动，眼珠也在转动，脑子也在转动。德法尔热太太从一群人走向另一群人，凡是和她交谈过的那一小群女人，在她离开后，她们的手指、眼珠和脑子就动得更快更厉害了。

她丈夫站在门口抽烟，钦佩的目光追随着她。“一个了不起的女人，”他说，“是个坚强的女人，崇高的女人，崇高得让人敬畏的女人！”

夜幕降临了，传来了教堂的钟声和远处皇家卫队的军鼓声。妇女们仍坐在那儿编呀、织呀。夜色笼罩着她们。另一种夜色无疑也正在逼近，到了那时，全法国教堂巍峨的钟楼里此刻正悦耳地响着的大钟，将熔铸为怒吼的大炮，军鼓声将淹没凄惨的哀号。在那种黑夜里，将响起权力与富足、自由与生存的强烈呼声。那种黑夜，离坐在那儿编呀、织呀的妇女们已经很近，就要迫使她们身不由己地围坐到一架眼下还未造出的机器周围，一边编呀、织呀，一边数着那一颗颗落下的人头。

第十七章

一个夜晚

一个令人难忘的夜晚，医生和他的女儿同坐在那棵法国梧桐树下，落日的余晖从来没有像今天这般光辉灿烂地照临过这个幽静的街角。月亮升起来了，发现他们父女俩仍静静地坐在树下，便透过枝叶把银光照在他们的脸上，洒遍伟大的伦敦城的月光，从来没有像今晚这般柔和、莹洁。

明天，露西就要结婚了。她把这最后的一个夜晚留给她的父亲，所以此时此刻只有他俩单独坐在梧桐树下。

“你高兴吗，亲爱的父亲?”

“十分高兴，孩子。”

他俩已经在那儿坐了很久，可是话却说得不多。在天色尚早、还有足够的亮光供她做女红或者读书的时候，她没有像往常那样埋头针线，也没有念书给他听。以前有无数次，她都傍着他坐在这棵树下，做着这两件事，可是这一次跟过去的任何一次都不一样，也绝不能让它一样。

“今天晚上我觉得非常幸福，亲爱的父亲。上帝赐给我的爱情——我对查尔斯的爱，查尔斯对我的爱——使我深深地感到幸福。可是，假如我今后不能像过去那样把我的一生都奉献给你，假如我的婚姻会使我们有所分离，哪怕只是几条街的距离，我都会有说不出的难过和内疚。即使现在这样——”

即使现在这样，她也无法控制自己的声音了。

在凄清的月光下，她搂住他的脖子，把脸埋在他的怀里。月光总是凄清的，就像初升或将逝的日光——就像所谓人生之光。

“最最亲爱的！在这最后的时刻，你是不是能告诉我，你十分十分肯定，我对他的爱情和我对他的义务绝不会妨碍我们之间的关系？这一点，我心里十分清楚，可是你心里是怎么想的呢？你是不是非常肯定呢？”

她的父亲用一种毫不做作、充满信心的愉快语气回答说：“十分肯定，我的宝贝！不但如此，”他温柔地吻了吻她，又补充说，“由于你结了婚，我的未来会更加光明，露西，比起你可能不结婚来——不，比起你还没结婚的时候来——会更加光明。”

“那样就太好了，我的父亲！”

“相信我的话吧，宝贝！确实如此。你想想，这是多么自然、多么明白的事情，亲爱的。你很孝顺，又还年轻，还不能充分体会我心中的焦虑，我一直怕误了你的终身——”

她想用手捂住他的嘴，可是他握住了她的手，重复说道：“——不能为了我，我的孩子，误了你的终身——违背了自然规律。由于你一点儿不考虑自己，所以你不能完全理解在这件事上我的心事有多重，不过你且仔细想一想，如果你的幸福不完满，我的幸福又怎能无缺呢？”

“要是我从没遇见查尔斯，我的父亲，那我和你在一起就是十分美满的了。”

她父亲笑了，因为这是她不自觉地承认，自从遇见查尔斯以后，没有他，她就会感到不美满，于是他答道：“我的孩子，事实是你已经遇见他了，而且是查尔斯。假如不是查尔斯的话，也会遇见别的人。假如你遇不到别的人，那就是因为我的缘故了，那我一生中那个黑暗时期，不仅把它的阴影投到了我自己身上，还落到你的身上了。”

除了那次在法庭上做证，这是她第一次听到他提起过去的苦难岁月。当他的话音萦绕在她的耳际时，她产生了一种既陌生又新奇的感觉，直到许多年以后，她依然清晰地记得这种感觉。

“看！”来自博韦的医生举起手来指着月亮说，“当年我曾从监狱的铁窗里看过它，我爱不了它的光辉。望着它，想到它的光同时也正照着我失去的一切，心里难受极了，禁不住拿头去猛撞监狱的墙。我头脑发麻，昏昏沉沉地看着它，什么也不想，只想到月圆的时候，我最多能在它上面画多少道横线，还能画多少道竖线和那些横线交叉。”他望着月亮，沉思了一会儿后，接着说，“我记得横竖都是二十道，而且那第二十道是好不容易才挤进去的。”

她听他追述往事，随着他的讲述，一种奇异的紧张激动的心情显得越来越强烈，好在他提到旧事时的态度，并没有什么值得她担心的地方。看来，他只不过是拿过去的悲惨苦难和今天的欢乐幸福做一个对比罢了。

“我望着它的时候，不知有多少遍想到我那个还没出世就被强行拆散的孩子，它还活着吗？它是活着生下来的呢，还是因它可怜的妈妈担惊受怕过度而胎死腹中？它是不是一个有朝一日能为父报仇的儿子（在我被囚禁的日子里，有一个时期我复仇的欲望强烈得简直难以令人忍受）？说不定这个儿子永远不知道他父亲的身世，说不定还会一辈子妄加猜度，认为他父亲可能出于自愿而自行遁世。说不定是个女儿，日后会长大成为一个妇人。”

她和他挨得更紧了，吻着他的脸和手。

“我想象中的女儿，早把我忘得一干二净了——或者是根本不知道我，没有想到有我这个人。年复一年，我计算着她的年龄。我想象她嫁给了一个对我的遭遇一无所知的男人。我已从活人的记忆中完全消失了，而在下一代人心中，我的地位是一片空白。”

“我的父亲！你想出了这么一个根本不存在的女儿，我听着很难受，仿佛我就是那个孩子。”

“你，露西？正是因为你给我带来了安慰和复苏，才引起了我的这番回忆，在这最后的夜晚，这些回忆在我俩和那月亮之间浮现出来——我刚才说什么来着？”

“她一点儿都不知道你的事，她一点儿都没关心你。”

“哦！不过，在另一些有月光的夜晚，忧伤和寂静却使我产生了另一种感觉——一种宁静而又悲哀的感觉，任何一种因痛苦而引起的情感都是这样的——我想象她来到我的牢房，把我领到监狱外面的自由天地。我时常在月光下看到她的身影，清楚得就像我现在看见你一样，不同的只是我从来没有把她搂在怀里，她总是站在那扇小铁窗和牢门之间。不过，你听清了没有？这已经不是我刚才说到的那个孩子了。”

“这个人影不是那个，这——这是幻影，是想象？”

“不，那是另外一码事。我神思恍惚，两眼模糊，她站在我的面前，可是一动不动。我脑子里渴念的形象，是另一个有血有肉的孩子。关于她的外貌，我只知道她很像她的母亲。另外那个也很像她——跟你一样——但不是同一个。你懂得我的意思吗，露西？我想你不大懂吧？恐怕只有在单身牢房里关过多年的囚犯，才能理解这些难以说清的区别。”

当他试着这样来剖白他当年的状况时，虽说他的精神那么集中，神态那么镇定，可是她还是觉得心头阵阵发冷，毛骨悚然。

“在那种比较宁静的状态下，我想象她乘着月光来到我跟前，带我走出监狱，把我带到她婚后生活的家里，让我看到她家里处处都表现出她对失踪父亲的满怀深情的思念。她的卧室里挂着我的画像，她每天都为我祈祷。她的生活过得积极向上、欢乐愉快、富有意义，不过我的悲惨遭遇却渗透了她的全部生活。”

“我就是那个孩子，父亲。虽然我远不及她好，可是就我对你的爱来说，那就是我。”

“她还让我看她的孩子，”博韦的医生说，“他们早就听说过我，她还教他们要怜惜我。每当他们走过一所政府的监狱时，都会远远避开那些阴森森的大墙，仰望那些铁栏杆，还放低了声音说话。可是她搭救不了我，我想象中，她每次带我看了这些之后，总是把我带回监狱。不过这时我的眼泪会流下来，心里轻松了不少，于是我就跪下来为她祝福。”

“但愿我就是那个孩子，父亲。哦，我亲爱的，亲爱的，明天你也会这样热烈为我祝福吗？”

“露西，今晚我回忆起这些过去的苦难，是因为我对你的爱已没法用语言来表达，感谢上帝赐给了我这么大的幸福。当年哪怕我的思想最最无边无际的时候，也从来没有想到我能和你一起过这样幸福的生活，而且我们还有更加美好的未来。”

他拥抱了她，庄严地为她祝福，谦恭地感谢上帝把她赐给了他。又过了一会儿，他俩才回到屋子里。

除了洛里先生外，没有邀请别的人来参加婚礼；除了脸色憔悴的普罗斯小姐外，连个伴娘也没有请。婚后他们的住处也不会变，只是扩大了一些，把楼上那个只听传闻、未见其面的房客那几间屋也一并租了过来。除此之外，便什么也不再需要了。

晚餐时，马奈特医生非常高兴。餐桌前一共只有三个人，那第三个是普罗斯小姐。查尔斯不在，医生觉得很遗憾。他真想反对大家出于对他的爱所做的这个小小的安排：把查尔斯支开。于是他满怀深情举杯为查尔斯祝了酒。

就寝的时候到了，医生向露西道了晚安，接着就各自回房。清晨三点，正是夜阑人静的时候，露西又走下楼来，悄悄走进父亲的房间，事前，她心中怀着一种莫名的恐惧。

不过，一切如常，万籁俱寂，他睡得很熟，一头白发别致地铺落在平整的枕头上，双手安详地搁在被子上。她把已经用不着的蜡烛放到远处的角落里，悄悄爬到床上，吻了他的嘴唇，然后俯身朝他凝视着。

长期囚禁中的辛酸之泪，侵蚀了他那原本英俊的面容，不过他以坚强的意志极力掩盖它们留下的痕迹，即使在睡梦中，他也能将它们深藏不露。这天晚上，在整个广袤的梦乡，再也找不出一张比这更引人注目的脸了，它默默无声、不屈不挠、戒心十足地和一个看不见的敌人做着斗争。

她小心翼翼地把手按在他亲爱的胸口上，对上帝祷告，她要永远忠于他，因为她对他的爱要求她这样，因为这是他饱受苦难后应得的报偿。最后，她抽回了手，又吻了吻他的嘴唇，这才走开。不久，太阳升起来了，梧桐枝叶的阴影缓缓地移到了他的脸上，它是那么轻柔，犹如她的小嘴在为他祈祷时的嚅动。

第十八章

九天九夜

结婚那天，阳光灿烂，医生正在房间里和查尔斯·达尔奈谈话，大家都已做好出门的准备，聚集在紧闭的房门外。美丽的新娘、洛里先生，还有普罗斯小姐，全都准备好了，等着去教堂。在这桩婚事上，普罗斯小姐虽然已经逐渐适应这无法避免的结局，只是她心里多少还有些不甘，觉得要是由她的弟弟所罗门来当新郎，那就更加是一桩十全十美的美满婚姻了。

“好啊，”洛里先生对新娘赞不绝口，一直围着新娘转，细细打量她那素雅漂亮的衣衫，“我的乖露西，当年我把你这个小乖乖抱过海峡来，原来就是为的这一天呀！上帝保佑！当时我把我做的看得太不当一回事了，把我给我的朋友查尔斯先生的恩惠，看得太轻了！”

“你当时根本想不到这一点，”讲究实际的普罗斯小姐说，“那时候你怎么能知道现在的事呢？真是胡说！”

“是吗？那好吧，不过你可别掉眼泪啊！”好脾气的洛里先生说。

“我可没掉眼泪，”普罗斯小姐说，“是你在哭。”

“我，我的普罗斯？”（现在洛里先生偶尔敢跟她开开玩笑了）。

“刚才你就哭过，我亲眼看见的，而且一点儿也不觉得奇怪。你送给他们的那套餐具真好，谁见了都会掉眼泪。昨晚那盒礼物送来后，那一大堆餐具里，没有一把叉子或一把调羹不让我掉眼泪，”普罗斯小姐说，“弄得我泪眼模糊，简直看不见它们了。”

“我太高兴了，”洛里先生说，“不过说实在的，我本来就没有打算不让人看见我这些微不足道的纪念品。唉！像今天这样的场合，是很容易让人联想起他失去的一切的。唉！唉！唉！心里想想，过去这五十来年，本来是随时都会有一位洛里太太的。”

“完全不是那么回事！”普罗斯小姐说。

“你认为永远不会有个洛里太太吗？”这位姓洛里的先生问道。

“哼！”普罗斯小姐说，“你还在摇篮里就是个光棍了。”

“哟！”洛里先生说着，笑嘻嘻地整了整他那小小的假发，“这好像也有可能。”

“你还没躺进摇篮，”普罗斯小姐接着又说了一句，“就已经注定要打一辈子光棍了。”

“那我觉得，”洛里先生说，“老天爷对我未免太不厚道了，而且我当不当光棍，我自己本该有发言权的。得啦！哦，我亲爱的露西，”他伸出一只胳臂，温柔地挽住她的腰，“我听见他们在房间里走动了，普罗斯小姐和我，作为两个正式办事的人，渴望不失去这最后的机会，对你说几句你希望听到的话。亲爱的，你把你的好父亲托付给和你一样热诚、一样爱他的人了，在你们前往沃里克郡[1]一带旅游的两个星期里，他一定会得到我们尽心的照顾。为了照顾他，就连台尔森银行的事务也要让一让路（当然是相对而言）。两周过后，他就来和你还有你亲爱的丈夫会合，然后和你们一起去威尔士旅游两周。那时候你们会说，我们是在他身体最健康、心情最愉快的时候把他送到你们那儿去的。好啦，我听见脚步声朝门口走来了。趁那个人还没有提出你是他的之前，让我用老派的单身汉祝福礼，先吻一吻我亲爱的姑娘吧。”

---

① 位于英格兰中部。

他捧着那张漂亮的脸蛋，瞧了好一会儿，仔细观察那前额上他十分熟悉的表情，然后把那头闪亮的金发紧贴到他那小小的棕色假发上，态度温柔体贴，纯洁真诚。如果说这就是老派作风的话，那可真老得像亚当一样了。

医生的房门打开了，他和查尔斯·达尔奈走了出来。他的脸色煞白——他们刚才一起进去时，可不是这个样子——整个脸上不见一丝血色。不过他的态度依然镇定如常，只有洛里先生那敏锐的目光看出了一点儿不祥之兆，发现从前那种躲躲闪闪、惶恐惧怕的神情，像一阵凛冽的寒风，刚从他身上掠过。

他把胳臂伸给女儿，带她下了楼，坐上了洛里先生特地为这一天雇来的轻便四轮马车。其余的人都坐在后面的一辆大马车里，大家来到附近的一座教堂，没有外人观礼，查尔斯·达尔奈和露西·马奈特很快就高高兴兴地举行了婚礼。

婚礼完毕后，除了这一小群人微笑中闪烁的晶莹泪珠，还有一些灿烂夺目的钻石在新娘手上闪闪发光，这些钻石是新近从洛里先生负责珍藏的一只小袋中取出来重见天日的。接着，大家回家吃早饭，一切都进行得很顺利。分别的时候到了，那头在巴黎的阁楼上曾经和可怜的鞋匠那苍苍白发混在一起的金发，又在午前的阳光下跟那白发混在一起了，他们在门口告别。

离开的时间虽说不长，却也难舍难分。父亲极力宽慰鼓励她，最后终于轻轻地从她的拥抱中抽出身来，说道："查尔斯，带她去吧！她是你的了！"

她从车窗里伸出手来，激动地不住挥舞着，然后就走了。

这个街角本来就不是个有人闲逛、看热闹的地方，而且准备工作又一切从简，所以只有医生、洛里先生和普罗斯小姐留了下来。当他们回到那凉爽宜人的古旧前厅时，洛里先生发现医生浑身上下大大变了样，仿佛大厅里那只高举着的金臂，给了他致命的一击。

他显然一直在竭力克制着，可是一旦不再需要克制，某种精神上的反常现象便有可能在他身上出现了。使洛里先生不安的是，他的脸上又露出了昔日那种惊恐不安和茫然不知所措的神情。他神思恍惚地抱着脑袋，一上楼就阴郁地走进了自己的房间。这使洛里先生想起了酒店老板德法尔热和那次星光下的旅行。

"我看，"他心急如焚地考虑了一番后，悄声对普罗斯小姐说，"我看这会儿我们最好别跟他说话，或者说一点儿也别去打扰他。我得去台尔森银行看看，所以现在我要马上去一趟，很快就会回来。然后我们就坐车带他去乡下兜兜风，在那边吃顿饭，到时候一切都会平安无事的。"

洛里先生要去台尔森银行看看，这倒容易，可是要从那儿脱身出来，那就有点难了。他在那儿整整耽搁了两个小时。回来的时候，没有向仆人问一句话，就径自爬上了那年代久远的楼梯。他正要走进医生的房间，一阵低沉的锤打声，突然使他停下了脚步。

"天哪！"他大吃一惊，问道，"这是怎么了？"

普罗斯小姐满脸惊恐，在他耳边说："哦，天哪！哦，天哪！全完了！"她一边哭喊，一边绞着自己的双手，"叫我怎么跟小宝贝说呀？他不认识我了，正在做鞋呢！"

洛里先生尽量劝慰她，让她镇静下来，然后走进医生的房间。那张板凳已经摆到向阳的地方，就像当年他看见鞋匠做鞋时那样，他正埋头忙着干活儿。

"马奈特医生，我亲爱的朋友，马奈特医生！"

医生朝他看了一会儿——半似询问，半似因跟他说话而气恼——重又埋头干活儿。

他已脱去上衣和背心，衬衣领口敞开着，跟他当年干这活儿时一样，连他的脸也恢复到昔日那种憔悴枯槁的模样。他干得很起劲——也显得有些不耐烦——好像觉得人家打扰了他。

洛里先生朝他手里的活儿看了一眼，发现还是那种老尺码、老式样的鞋子。他拿起放在他旁边的另外一只，问他那是什么。

“是年轻小姐走路穿的鞋，”他头也不抬地咕哝了一句，“早就该做好的。别动它。”

“马奈特医生啊，看看我！”

他服从了，也是昔日那种机械恭顺的样子，手上的活儿却并未停下来。

“你认识我吗，我亲爱的朋友？再想想，这可不是你的本行呀。好好想想，亲爱的朋友！”

说什么也没法使他再开口了。你要他说话，他有时抬起头来看你一眼，可是无论你怎样开导，你都没法从他口里掏出一句话来。他一声不响，只顾埋头干呀，干呀，干呀。别人和他说话，他像堵没有回声的墙或者茫茫大气，毫无反应。洛里先生发现，唯一的一线希望是，有时没向他问话，他也会偷偷抬头看一眼，这时，他似乎隐隐约约有一丝好奇或困惑不解的表情，仿佛极力想要弄清脑子里某些不明白的事情。

洛里先生马上想到，当前有两件事最为重要。第一，绝对不能让露西知道这一情况；第二，这一情况也不能让所有认识医生的人知道。他和普罗斯小姐商量后，马上采取措施，对外声称医生身体不适，需要彻底休息几天。为了瞒住他的女儿，由普罗斯小姐给她写去一封信，谎说她父亲已被人请去出诊，因临行匆匆，草草给她写了一封两三行的亲笔信，已同时付邮，云云。

洛里先生在采取了这些周密的措施之后，一心盼望医生能恢复神志。要是这个希望能很快实现的话，他还有另外一个打算，就是针对医生的病情想出的一种他认为最为有效的治疗意见。

洛里先生盼望医生能很快复原，盼望自己的第三个打算能得以实施，决定亲自对医生进行精心守护，而且尽可能做得不露声色。于是，他生平第一次做出了不去台尔森银行上班的安排，在医生房间的窗前安顿了下来。

可是，不久，他就发现，硬要和医生说话，不仅无益，反而有害，因为只要一勉强他，他就变得心神不安。洛里先生第一天就放弃了这种做法，决定默不作声地一直陪在他跟前，像是以此来反对他老是陷在神志昏迷的错觉之中。因此他坐在窗前的位置上，看看书，写写字，以他所能想出的种种愉快自然的方法来表明，这儿是个自由自在、没有约束的地方。

别人给他吃什么，马奈特医生就吃什么；给他喝什么，他就喝什么。犯病第一天，他一直埋头干活，一直干到天黑看不见——直到洛里先生再也看不见，没法看书、写字后，他还继续干了半个小时。当他把工具收拾到一旁，准备第二天早上再用时，洛里先生站起身来对他说："想出去走走吗？"

他像当年一样，朝自己两旁的地上左顾右盼了一番，像当年一样抬起头来看了看，又像当年那样用低沉的声音重复了一声："出去？"

"是呀，跟我一起出去走走，为什么不呢？"

他并没有费神去说明为什么不出去走走，一句话也没有再说。不过，当他在薄暮中躬身坐在凳子上，双肘支在膝盖上，两手托着头时，洛里先生觉得医生似乎正在迷迷糊糊地自己问自己："为什么不呢？"精明干练的生意人洛里先生看到有机可乘，决定抓住这个有利时机。

普罗斯小姐和洛里先生两人轮流值夜，他们不时从隔壁房间过来看看他。他在上床之前来来回回走了许久，可是一躺下就睡着了。第二天早上，他按时起了床，然后就径直走到凳子跟前，继续干起活来。

第二天，洛里先生高高兴兴地叫着他的名字，跟他打招呼，还找出他俩最近常提到的一些话题，跟他讲话，他仍不做任何回答。不过看来他听见了，尽管还有些迷迷糊糊，但他显然在考虑这些话。这一情况促使洛里先生决定要普罗斯小姐一天几次带着针线活来医生房间。这时候，他俩就像往常一样，坐在一起若无其事地谈到露西，谈到近在眼前的她的父亲，仿佛什么事也没有发生。他俩谈话时平心静气，不过分冗长也不过分频繁，以不惹他生厌为限度。洛里先生觉得医生抬起头来看的次数比以前增多了，似乎已经有点感觉到自己和周围的情景不大协调，显得心神有些不安。这使得洛里先生的那颗友爱之心轻松了不少。

当暮色再度降临的时候，洛里先生又和先前一样问道："亲爱的医生，想出去走走吗？"

他还是像先前那样重复了一声："出去？"

"是呀，跟我一起出去走走，为什么不呢？"

洛里先生没有得到回答，这一次，他假装自个儿走了出去，离开了个把小时才回来。在他离开的这段时间，医生已经改坐到窗前的座位上，脸朝窗外，直望着院子里那棵法国梧桐，可是洛里先生一回来，他便又溜回到他的凳子上去了。

时间过得非常缓慢，洛里先生的希望渺茫，他的心情又渐渐沉重起来了，而且一天比一天沉重。第三天来了又去了，接着是第四天、第五天。五天、六天、七天、八天、九天。

洛里先生度日如年，希望愈来愈渺茫，心情也越来越沉重。有关医生的这一情况，由于严加保密，露西一无所知，一直过得很快活。可是洛里先生不得不注意到，这位鞋匠的手艺开始还有点生疏，后来就令人担忧地日益熟练起来。到了第九天的黄昏，在苍茫的暮色中，他干活的态度比以往任何时候都专心致志，双手的敏捷娴熟也达到了前所未有的程度。

第十九章

一条意见

洛里先生由于焦急不安地日夜守护，弄得精疲力竭，竟在值班时睡着了。夜深时，他昏昏沉沉地睡去，直到阳光射进房间，他才惊醒过来。这已是他在提心吊胆中度过的第十个早晨了。

他揉着眼睛，站起身来。不过这时他突然犯起疑来，怀疑自己是不是仍在梦中。因为他走到医生房门前往里一看，发现那张鞋匠用的板凳和做鞋工具，又都放到了一边，医生正坐在窗前看书。他穿着平时穿的晨衣，脸色（洛里先生看得清清楚楚）虽说仍很苍白，但非常安详镇定，一副专心用功的样子。

甚至在已经弄清自己确实醒着之后，洛里先生还是昏头昏脑地糊涂了好一阵子，闹不清最近那番做鞋的事是不是他自己做了一场噩梦。因为他的眼睛不是明明看见他的朋友就坐在眼前，穿着平日的衣服，还是原来的神态，忙忙碌碌的样子也和往常一样吗？哪有什么迹象说明确实发生过那场令他印象深刻的变故呢？

这只不过是他一时糊涂和惊讶产生的疑问罢了，答案是明摆着的。要是他的印象毫无根据，那场变故不是真的，他贾维斯·洛里怎么会上这儿来呢？他怎么会和衣熟睡在马奈特医生诊疗室的沙发上，这么一大早就在医生卧室门外考虑这些问题呢？

几分钟后，普罗斯小姐来到了他的身旁，悄声对他说了几句话。

如果这时他心中还有什么疑团未能解开的话，那么她的话应该使他疑虑全消了。不过他此刻已经十分清醒，不存在任何怀疑。他提议他们应该暂时别进去，等到平日吃早饭的时候，再像什么事都没有发生过似的和医生见面。如果他神志正常了，洛里先生准备就他想出的治疗意见小心谨慎地向他讨教，求得他的指导，这是他在焦虑不安的时候迫切希望做的。

普罗斯小姐对他的主意言听计从，认真仔细地执行了这个方案。由于时间很充裕，洛里先生照常有条不紊地梳洗打扮了一番，来吃早饭时，他又像平日那样穿着雪白的衬衫，腿脚都收拾得干干净净。他们和往常一样请来了医生，然后共进早餐。

他们尽可能按照洛里先生认为唯一稳妥可靠的方针，采取周密细致、循序渐进的办法，慢慢跟他攀谈。起初，医生以为他女儿的婚礼是在昨天举行的。他们就装出漫不经心的样子，故意提起今天是星期几，是几月几号，让他去想去算，可以明显看出，这使他感到有些不自在。不过在其他方面，他仍显得镇定安详，因此洛里先生决定趁机寻求帮助，他要找的提供帮助的人就是医生本人。

于是，等吃完早饭，收拾停当，只留下他和医生的时候，洛里先生满怀深情地对医生说道："亲爱的马奈特，我很想就一种非常奇特的病症，私下听听你的意见，我对这种病很感兴趣，也就是说，在我看来这病很怪，至于对有专业知识的你来说，也许并不那么奇特了。"

医生看了看自己的两只手，因为近几天来干了活，手变了颜色，他显得神色不安，但仍注意倾听着对方说话。他已经不止一次看自己的手了。

"马奈特医生，"洛里先生亲切地轻按着他的胳臂说，"害这种病的是我一个特别要好的朋友。请你费神认真考虑一下，给我提出一条治疗意见，这是为了他——更重要的是为了他的女儿——为了他的女儿，亲爱的马奈特。”

“要是我没理解错的话，”医生用一种低沉缓慢的声调说，“这是某种精神休克——？”

“是啊！”

“请说得清楚点，”医生说，“别漏掉任何细节。”

洛里先生觉得他们彼此间能心领神会，便继续说下去：

“亲爱的马奈特，这是拖了多年的老毛病了，它对人的情感、感觉，还有——还有——像你所说的——精神方面，影响极其严重。在精神方面，得这病是受了刺激，病人被刺激摧垮了，谁也说不上病了多长时间，我认为他自己也说不清病了多久，别人更不得而知了。病人后来终于从休克中恢复了神志，可是这恢复的过程，连他自己也弄不清楚——我有一次听他在大庭广众之下公开这样说过，那样子真让人看了难受。他后来总算好了，完全恢复了健康。他是一位才华横溢、非常能干、不怕吃苦的人，虽已满腹经纶，仍能不断吸收新的知识。可不幸的是，”他停顿了一下，深深吸了口气，“他最近又轻度复发了一次。”

医生低声问道：“持续了多长时间？”

“九天九夜。”

“症状怎么样？”他又看了看自己的双手，“我想他又像过去发病时那样，干起以前的活儿了吧？”

“事实正是这样。”

“嗯，你有没有见过，”医生问道，声音虽说还那么低沉，但是清晰、镇定，“他以前埋头干那活儿的样子？”

“见过一次。”

“他这次旧病复发和那时的情况是大致相像呢，还是完全一样？”

“我看是完全一样。”

“你刚才说起他的女儿。他女儿知道他这次旧病复发了吗？”

“不知道，这事一直瞒着她。我希望这件事永远不要让她知道。只有我和另外一位可以信赖的友人知道这件事。”

医生抓住他的手，喃喃地说道：“真是太好了！你考虑得真周到！”洛里先生也抓住他的手，两人默默无言地相对了一会儿。

“哦，亲爱的马奈特，”洛里先生终于开口说道，态度非常体贴，非常真诚，“我只是个办事人员，不善于处理这类复杂困难的事情。我缺乏应有的知识，缺乏这种聪明才智，我需要旁人指导。在这个世界上，能给我正确指导的，除了你，没有更能指望的人了。告诉我，这次发病是怎么引起的？还有没有再发的危险？能不能预防？再发时应该怎样治疗？这病到底是怎么得来的？我能为我的朋友做点儿什么？要是我知道该怎么办的话，我是打心眼儿里比任何人都更乐意为我的朋友效劳的。可是在现在这种情况下，我实在不知道该从哪儿做起。如果你的真知灼见和丰富经验，能给我以正确的指导，我也许还能做不少事情；可要是没人开导指点，我就寸步难行了。请你好好跟我讲讲，让我能够把这件事弄得更清楚一点，也请你教教我，我该怎么做才能更有用处。”

马奈特医生听了这番推心置腹的话之后，坐着沉思起来，洛里先生也没有去催促他。

“我亲爱的朋友，”医生费了好大的劲儿才打破沉默说道，“我认为，你所说的这种旧病复发，有可能患者事前并不是完全没有预感。”

“他怕犯病吗？”洛里先生鼓起勇气问道。

“很怕，”说着，他不由自主地打了一个哆嗦，“你想象不到，这种恐惧心理，对于患者来说是一种多么沉重的思想负担，而且对他来说，要强迫自己说出那压在心头的心事，哪怕是说一句话，都是非常困难的——几乎可以说是不可能的。”

“在快要犯病时，”洛里先生问，“假如他能迫使自己把心头的隐痛向什么人吐露一下，他是不是就会明显地感到轻松了呢？”

“我想是的。不过我已经对你说过，这几乎是不可能的。我甚至认为——在某些情况下——是根本不可能的。”

“那么，”双方又沉默了一会，接着洛里先生把手轻轻地放在医生的胳臂上说道，“你认为这次发病的原因是什么呢？”

“我认为，”马奈特医生说，“一定是当初引起这种病症的一系列想法和回忆，又强烈地、异乎寻常地回到了他的心头。我想，这使他脑子里逼真地联想起某种非常悲伤、痛苦的景象。很可能长期以来，他心中就潜藏着一种恐惧感，害怕联想起那些事情——比如说，怕在某种情况下会引起他的这种回想——又比如说，怕在某种特殊的场合使他联想起那些事情。他曾努力想要使自己事先做好准备，但是毫无用处。也许正是因为他竭力想做好准备，结果反倒使他更加承受不了这个打击。”

“他是不是还记得，发病那天发生过什么事情？”洛里先生自然有些犹豫，但还是问了。

医生凄然地环顾了一下屋子，摇了摇头，低声回答道：“一点儿也不记得了。”

“那么，我们就说说未来吧。”洛里先生提醒他说。

“对于未来，”医生说着又镇定如常了，“我抱有很大希望。既然上帝慈悲，这么快就让他恢复了神志，我对未来的希望也就很大了。他是被某种复杂的事情压垮的，长期以来为此提心吊胆，模模糊糊地预见到它，和它抗争，直到云开雾散之后，他才恢复了常态，我相信，最坏的情况已经过去了。”

“好，好！那我就放心了！感谢上帝！”洛里先生说。

“感谢上帝！”医生虔诚地低头应声说。

“还有两个问题，”洛里先生说，“我也急于想向你请教。我可以说下去吗？”

“你这样肯帮朋友的忙，真是太好了。”医生向他伸出了手。

“那就先说第一个问题。他一贯勤奋好学，精力过人。他热衷于获取新的专业知识，忙于进行各项实验及别的许多事情。那么他是不是操劳过度？”

“我想不是的。他的脑子总是不能闲着，也许这是他脑子的特点。这可能部分是先天如此，部分是所受的苦难造成的。他的身心用在积极健康的事情上越少，转向消极不健康方面的危险就越大。可能他对自己做过一番认真的观察，发现了这个问题。”

“你能肯定他不是操劳过度吗？”

“我想，对这一点我十分肯定。”

“我亲爱的马奈特，假如他现在工作过度，那——”

“我亲爱的洛里，我不相信，哪儿会那么容易过度。某一方面受到强大的压力，就必定要有与之相反的平衡力。”

“请原谅，我是个爱刨根问底的办具体事务的人。姑且假定他确实是操劳过度了，那会不会引起旧病复发呢？”

“我认为不会，”马奈特医生颇为自信地说，“我想，只有那一系列的联想才会使他旧病复发。因此我觉得，今后除非发生什么异乎寻常的事情，触动了这根弦，否则是不会再诱发旧病了。这次发了病，而且恢复过来之后，我觉得很难想象，今后还会再有什么事，能这样猛烈地触动这根心弦。我认为，几乎可以确信，那些诱发这个病的根由已经不存在了。”

他说这话时心中并没有多大把握，因为他知道，哪怕是轻微小事，都能搅乱那脆弱的神经；但另一方面，他又颇有信心，因为他毕竟亲身经受过长期的磨难，已经逐步得到了锻炼。他的朋友当然不会去挫伤他的这种自信心。洛里先生尽管心里还不那么踏实，但他还是尽量装出放心、宽慰的样子，然后开始谈到第二个问题，也就是最后一个问题。他觉得这是最棘手的问题。可是，想到那个星期天早上和普罗斯小姐的谈话，想到最近九天来看到的情况，他知道，这个问题必须解决。

“这次的旧病复发总算康复了，发病时他又重新操起了那个行当，”洛里先生说到这里，清了清嗓子，“那行当我们姑且把它叫作——铁匠活儿吧，铁匠活儿。为了能把情况说清楚，我们来举个例子，我们姑且说当年他犯病的时候，习惯到铁匠炉边干活。这一次，他又莫名其妙地跑到铁匠炉边干起活儿来。那么他身边保留着的那个铁匠炉，岂不是个祸害了吗？”

医生一只手遮住自己的前额，心神不宁地用脚拍打着地板。

“他始终把那东西保留在身边，”洛里先生用焦急的目光看了他朋友一眼，“那么，要是把那东西搬走，会不会更好一些呢？”

医生仍用手遮住额头，心神不宁地用脚拍打着地板。

“你觉得在这件事情上给我提出意见很困难吗？”洛里先生说道，“我知道这是个难题。不过，我总认为——”说到这里，他摇了摇头，住了嘴。

“你知道——”马奈特医生局促不安地停顿了一下后，转过头来对他说，“要把这个可怜人内心深处活动的来龙去脉解释清楚是很困难的。当时，他曾非常强烈地渴望让他干这种活儿，愿望实现后，他是那样的高兴。开始干这种活儿时手忙脚乱，脑子无暇胡思乱想，随着手艺日渐熟练，心思就又用在如何发挥那双巧手上，不再在精神上去折磨自己了，毫无疑问，这就大大减轻了他的痛苦，因此一想到要把那东西放到他够不着的地方，他就怎么也受不了。即使在现在，我相信他对自己比以往任何时候都更抱有希望，说到自己时也充满信心，可是一想到他有朝一日也许要用到这老家什时却找不到它，心里就会突然产生一种恐惧感，像一个迷途的小孩心灵上受到的打击那样，张皇失措，惊恐不安。”

当他举目朝洛里先生脸上望去时，神情同他描述的小孩一样惶恐。

“可是，会不会——请注意！我是个一时开不了窍的办具体事务的人，只会和几尼、先令、钞票这类物质方面的东西打交道，我还要向你请教——会不会由于保留了那东西，连那种念头也保存下来了呢？要是把那东西丢掉，我亲爱的马奈特，那种恐惧感不也就随之而去了吗？一句话，保留那铁匠炉，岂不就是对那种惊恐不安的心理做出让步吗？”

又沉默了一会儿。

“你也知道，”医生声音颤抖地说，“那是个多年的老伙伴呀！”

“要是我，我就不保留它，”洛里先生摇着头说，他见医生心神不安，态度就更加坚决，“我要劝他扔掉那东西。我只是想得到你的许可。我敢肯定那东西毫无好处。好啦！亲爱的好朋友，请你答应我吧，为了他的女儿，我亲爱的马奈特！”

要是能看出他的内心进行了一场怎样的斗争，那可真是太不平常了啊！

“好吧，看在她的分儿上，就这么办吧，我答应了。不过，我不赞成当着他的面把它搬走，要趁他不在的时候搬。等他外出时，再送走他的老伙伴。”

洛里先生马上同意这样做，从而结束了这场谈话。他们到乡间去玩了一天，医生已完全恢复了健康。在随后的三天里，他的状况一直很好。到了第十四天，他就动身前去和露西及她的丈夫会合。洛里先生事先已告诉他，为了解释他为什么一直没给女儿去信，他已采取了什么措施，医生也按照这一口径给露西写了信，所以她没有起疑。

医生离家的当天晚上，洛里先生拿着斧头、锯子、凿子和榔头，普罗斯小姐举着蜡烛，两人一起来到他的房间。洛里先生关上房门，带着神秘而又负疚的心情，把那张鞋匠板凳劈成了碎片。普罗斯小姐在一旁举着蜡烛，像个谋杀案里的帮凶——说实在的，她那副冷酷无情的模样，干这行倒是个颇为合适的人物。两人接着就在厨房的炉子里“焚尸灭迹”（为了便于焚化，事先已劈成碎片），工具、鞋子、皮子则埋在花园里。心存忠厚的人总是认为毁坏东西和背着人做事是邪恶有罪的，因此，洛里先生和普罗斯小姐在做这件事情并灭迹的时候，在感觉上和外表上，都像是一对犯下了弥天大罪的同谋犯。

第二十章

一个请求

新婚夫妇旅行回来，第一个前来道贺的是西德尼·卡顿。他们到家后没过多久，他就来了。他的外表、行为、举止都没什么改进，但是他那种真诚得有些粗鲁的神情，却是查尔斯·达尔奈过去没有见过的。

他找了个机会，把达尔奈拉到窗前，在没有旁人在场时，才跟他说起话来。

“达尔奈先生，”卡顿说，“我希望我们能做个朋友。”

“我想我们已经是朋友了。”

“作为一句客套话，你这样说已经够好了，不过我并没有客套的意思。真的，我说我希望我们能做个朋友，绝不是那个意思。”

于是，查尔斯·达尔奈——自然会这样——就非常和气友好地问他，那他的意思是什么呢？

“说实在的，”卡顿微笑着说，“这我自己心里很明白，可要说给你听，那就难了。不过，让我试试看吧。你还记得吗，在一个不同寻常的场合，我醉得比——比平常厉害？”

“我记得在一个不同寻常的场合，你硬要我承认，你一直不断地在喝酒。”

“我也记得。那样的酗酒是作孽，它沉重地压在我的心头，桩桩件件都让人忘不了。我希望有朝一日，当我走到生命的尽头时，能算清这笔账！你不必吃惊，我并不打算说教布道。”

“我一点儿也没有吃惊，你的诚恳真挚绝不会使我吃惊的。”

“啊！”卡顿满不在乎地摆了摆手，仿佛要把这拂去似的，“在刚才提到的那次喝醉酒时（正如你知道的，那不过是许多次中的一次），我胡扯了一通喜欢你、不喜欢你之类的话，让你讨厌，请你忘了它吧。”

“我早就忘了。”

“又是客套话！不过，达尔奈先生，我可不像你，你说你早忘了，我可没那么容易忘。我绝不会忘记这件事，你给我一个敷衍了事的回答，也不能帮助我把它忘了。”

“如果我的回答是敷衍了事的，”达尔奈应声说，“那我请你原谅。我的用意无非是想把一件微不足道的小事抛开，并没有想到这件事会使你这么不安。我凭人格担保，我早就把这件事抛到九霄云外去了。我的老天，抛到九霄云外的事有的是啊！你那天帮了我那么大的忙，那才是值得放在心上的事呢！”

“说到帮大忙，”卡顿说，“既然你这样讲，那我就得向你坦白承认，那只不过是职业性的哗众取宠的诡辩罢了。当初我给你帮忙的时候，其实我并没有想到要关心你的命运——请注意！我说的是当初给你帮忙的时候，我说的是过去！”

“你把你的恩德说得太轻描淡写了，”达尔奈回答道，“不过我并不打算因你轻描淡写的回答跟你争论。”

“真是太对了，达尔奈先生，相信我吧！我说得太离题了，我刚才跟你说到我们做朋友的事。好，现在你对我了解了，你知道我是个不求上进、不肯学好的人。要是你不信，可以问问斯特里弗，他会告诉你的。”

“我倒愿意自己做出判断，用不着他帮忙。”

“好吧！不管怎么样，反正你已经知道，我不过是个放荡的、没用的人罢了，从来没有做过什么好事，以后也绝不会做。”

“我不能说你‘以后也绝不会做’。”

“可是我自己心里明白，你一定要拿我的话当真。好吧！要是你容得下我这样一个毫无价值、没什么好名声的人，那我就要求你给我一个特许的待遇，允许我在这儿来往。请你只管把我当作一件没用的家具（要不是因为我发现你我长得相像，我还会说，把我当作一件粗坯家具），因为它过去派上过用场，所以留下它，但不必再费心去注意它。我想我也不会滥用这种特许的待遇的，顶多不过是一年四次罢了。我要说，要是我知道我已得到了这种特许，我就心满意足了。”

“你愿意来吗？”

“换句话说，你这是把我希望得到的地位给我了。谢谢你，达尔奈。我可以用你的名义来享受这种自由吗？”

“我想现在是可以了，卡顿。”

他俩握了握手，接着西德尼就走了。不出一分钟，从他的整个外表看，他又变得像往常那样吊儿郎当、放荡不羁了。

他走了之后，一天晚上，查尔斯·达尔奈和普罗斯小姐、医生还有洛里先生闲聊时，泛泛提到了这次谈话，并且把西德尼·卡顿说成是个随随便便、马马虎虎的人。总之，他说到他时并没有恶意，也没有责备他的意思，只不过像人们见了他那副模样后通常会做的那样，议论他几句罢了。

他没想到这会引起他年轻美貌的妻子思想上的不安。待他回到自己的房间，发现她正等着他，眉头又像从前那样可爱地皱了起来。

“今晚我们像是心事重重呢？”达尔奈一面伸出手去搂她，一面说。

“是呀，亲爱的查尔斯，”她把双手放到他的胸口上，用询问和专注的神情凝视着他，“我们今晚确实心事重重，因为今晚我们心里有事放不下呀。”

“什么事呀，我的露西？”

“要是我求你别问，你肯不肯答应我什么也不问呢？”

“我肯不肯答应？我有什么不肯答应我亲爱的人的呢？”

他一只手拂开垂在她脸上的金发，另一只手按着那为他而跳动的心，真的，他有什么不肯答应的呢！

“查尔斯，我觉得可怜的卡顿得到的关怀和尊重，理应比你今晚表示的更多。”

“真的吗，我亲爱的？为什么呢？”

“这你不用问，不过我觉得——我明白——他理应得到关怀和尊重。”

“既然你明白，那就够了。你要我做什么呢，我的宝贝？”

“我亲爱的，我要求你永远对他宽宏大量，即使他不在跟前，对他的短处也要十分宽容。请你相信我，他很少很少敞开他的心扉，他的心上满是深深的伤痕。亲爱的，我看到他的心在流血。”

“这让我想起来感到很难过，”查尔斯·达尔奈非常吃惊，说道，“说不定我已经伤害了他，我从来没有想到他是这样的。”

“我的丈夫啊，他的确是这样的。我怕的是他已经不可救药了，不管从他的性格或者命运看，现在恐怕都没有什么挽回的希望了。不过我深信，他还是能够做出美好、优雅的事情，甚至是高尚的事情来的。”

她对这个意志消沉的人满怀着纯洁真诚的信心，她的容貌也显得更加美丽动人，这使得她的丈夫真恨不得一连朝她看上几个小时。

“啊，还有，我亲爱的！”她呼唤着，向他靠得更近，把头枕在他的胸脯上，抬起眼睛朝他望着，“要记住，我们沉浸在幸福之中，是多么坚强有力；而他深陷在苦难之中，又是多么软弱无力啊！”

她的恳求使他深深感动。“我会永远记住这个的，亲爱的心肝！我会一辈子记住这件事。”

他向那一头金发俯下身来，把嘴贴在她那红红的唇上，把她搂在了怀里。要是那个在黑暗街道上踯躅的孤凄的人，能听到她这番纯真的肺腑之言，看到她丈夫从她那双对他满含柔情的蓝眼睛上吻去她洒下的同情之泪，也许就会对着夜空大喊一声——这些字眼从他嘴里吐出已不止一次——

“她有那么美好的同情心，愿上帝保佑她吧！”

第二十一章

回响的脚步声

前面已经说过，医生住的地方是个能发出回声的街角。露西就在这回音缭绕的街角上那幢宁静的房子里，年复一年地倾听着回响的脚步声，一刻不停地忙着缠绕金线，把她的丈夫、她的父亲、她自己和与她朝夕相处的老管家，都缠绕在恬静欢乐的生活之中。

虽说她是个非常幸福的少妇，但起初也有过那样的时候，针线活慢慢从手中落下，眼睛会变得模糊起来。因为有某种声音，某种轻微的、遥远的、几乎听不见的声音，夹杂进这些回音，直搅得她心烦意乱。忐忑不安的期望和疑虑把她的心分成了两半——期望的是她至今还没有领略过的一种爱，疑虑的是她是否还能留在人世享受这种新的欢乐。到那时，说不定回声里会响起她早逝的坟地上传来的脚步声。想到她的丈夫将孤单一人留在世上，为她悲恸欲绝，种种思潮涌现在她的眼前，恰似滚滚波涛，此起彼伏。

这个时期终于过去了，她的小露西安然躺在了她的怀中。后来，在那荡漾前来的回声里，有了她那小脚丫子的脚步声和她的咿呀学语声。任凭那些更大的回声有多响，摇篮旁年轻的母亲总能听见自己孩子的这些回声传来。这些声音一响起，这座浓荫遮蔽的房子就会因孩子的欢声笑语充满阳光。而且孩子们的圣友[①]——在她痛楚难当的时

① 指耶稣。

刻，她曾把自己的孩子托付给他——好像已把她的孩子抱在怀中，就像当年抱起那个孩子那样[1]，使她享受到一种神圣的喜悦。

露西一直忙着缠绕那根把大家联系在一起的金线，把她那给人带来幸福的亲睦之力，不偏不倚地织进每一个人的生活中。年复一年，露西在回声中听到的只有友爱的、令人欣慰的声音。她丈夫的脚步坚强有力，生气勃勃；她父亲的脚步沉着稳重，协调均匀。瞧，还有那位普罗斯小姐，她像一匹上了辔头的烈性战马，已被鞭子制服，在花园里的梧桐树下打着响鼻，用蹄儿刨着地，引起了一连串回音！

即便回音中夹杂进一些哀伤之声，也不显得那么凄惨难受。她的小男孩卧躺在床，那长得和她一样的金发散落在枕上光晕似的围绕着他憔悴的小脸，他露出可人的微笑说："亲爱的爸爸妈妈，我真舍不得离开你们，也舍不得离开我漂亮的姐姐，可是上帝在召唤我，我得走了！"即使在她曾受托照料的这小小灵魂脱离她的怀抱而去时，濡湿年轻母亲双颊的，也不完全是极度的悲痛之泪。让他们来，不要禁止他们。[2]他们能看到天父的圣颜。天父啊，你的话多么慈爱！

这样，回声里便掺进了天使的振动翅膀声，不完全是尘世的俗音，有的是来自天堂的声息。微风在花园中一座小小坟墓上的轻拂声，也交织在这些声音之中。而当小露西模样可笑，一本正经地在一旁做晨课，或者是坐在妈妈的踏脚凳上给洋娃娃穿衣服，嘴里喋喋不休地讲着她从小就听惯了的伦敦话、巴黎话时，露西也能听到两种声音在轻言细语——犹如夏日的大海在沙滩边沉睡的声息。

回声里难得听到西德尼·卡顿的步履声。一年里他顶多六次享受

---

① 参见《圣经·新约·马可福音》第9章，十二门徒争论谁为大，于是耶稣领过一个小孩子来，叫他站在门徒中间，又抱起他来，对他们说："凡为我名接待一个像这小孩子的就是接待我。凡接待我的，不是接待我，乃是接待那差我来的。"

② 参见《圣经·新约·马太福音》第19章。原文为："耶稣说：'让小孩子到我这里来，不要禁止他们。因为在天国的，正是这样的人。'"

不请自来的殊荣，像过去常有的那样，和大家坐在一起，消磨一个晚上。他每次来的时候都从无醉意。回声里还悄悄叙述着有关他的另一件事，那是古往今来所有真正的回声里都会悄悄叙说的故事。

要是一个男人真心爱上一个女子，在失去了她，当她成了人妻人母之后，仍能对她一往情深，始终不渝而又毫无怨艾，她的儿女们一定会对他怀有一种奇妙的感情——一种出自本能的怜惜之情。这究竟是触动了潜意识里哪一根微妙的心弦，任何回声都没法告诉你。不过事实的确如此。卡顿也是这样。除家人之外，卡顿是小露西对之伸出胖乎乎手臂的第一个人。在她逐渐长大以后，他在她心目中的地位依然不变。那个小男孩，几乎在他的最后时刻仍在念叨着他："可怜的卡顿，替我亲亲他！"

斯特里弗先生像只巨大的汽船，乘风破浪，在法律界勇往直前，身后则老是拖着他那有用处的朋友，像在拖一只船尾的小船，小船总是跟在大船后面吃浪，被波涛淹没。西德尼过的就是这样一种被淹没的生活。而他随便懒散惯了，积重难返，不幸的是他听凭自己遭人冷落，甘愿蒙辱含垢而不思奋起，因而落到了眼前的这种境况。他安于当狮子的胡狼，就像真正的胡狼绝不想当狮子一样。斯特里弗已经发了财，他娶了个满面红光的有钱寡妇，她带来一大笔财产和三个男孩，那几个孩子除了圆圆的头上长着笔直的头发外，没有任何出众之处。

斯特里弗先生像赶羊似的把三位少爷赶到索霍那个宁静的街角，想要让他们拜在露西丈夫的门下当弟子，他浑身的毛孔都散发出令人作呕的屈尊就教的气味，俏皮地说道："喂，达尔奈！给你送来三块奶酪面包，让你家庭野餐时享用！"可是这三块奶酪面包竟遭到对方客客气气的拒绝，使斯特里弗气得暴跳如雷。从那以后，他便以这作为教育三位少爷的教材，要他们日后和那班教书匠打交道时，多提防他们那种穷要饭的自尊心。在酒酣耳热的时候，他还常对斯特里弗太太吹牛说，达尔奈太太曾费尽心机“追求”他，可是，太太啊，他对她“针锋相对”，所以才“没被逮住”。他在高等法院里的一些熟人，有时和他在一起喝酒，也常听他吹这种牛。他们为他开脱说，这是因为他吹多了，所以到后来连他自己也信以为真了——吹牛撒谎本来就不对，这样真是错上加错，更加不可救药，真该把这种家伙拖到一个僻静角落，吊死了事。

就在这充满回声的街角里，露西倾听着种种回声，有的发人幽思，有的引人欢笑，一直到了她的小女儿长到六岁。无需详说她孩子的脚步、她亲爱的父亲那一向稳重有力的脚步和她亲爱的丈夫的脚步引起的回声，对她来说是何等的亲切。毋庸赘述由她以贤惠、淡雅、俭朴治理的这个和睦家庭发出的哪怕是最轻微的回声，在她听来也是悦耳的音乐。也不必多说，所有在她四周荡漾的回声都是那么甜美动人。她父亲曾多次对她说，她出嫁后比出嫁前对他更孝顺了（如果还有可能更孝顺的话），她的丈夫也曾多次告诉她，不论她有多少事要操心，不论她有多少责任要尽，他对她的爱情和帮助始终都是专一不二的。他问她：“亲爱的，你对我们每个人都关心备至，仿佛我们是一个人，你从来不曾手忙脚乱，或者忙得不可开交，你到底有什么魔法呢？”

然而，在整个这段时间里，从远处传来了另外一种不祥的回声，隆隆地震动了这个角落。快到小露西六岁的生日时，传来了一种可怕的声音，仿佛有一场大风暴席卷了法国，引起了可怕的海啸。

公元一千七百八十九年七月中旬的一个晚上，洛里先生很晚才从台尔森银行来到这儿，挨着露西和她丈夫坐在黑暗的窗口。这是个闷热的暴风雨之夜，他们三人都想起了在这儿观看闪电的那个星期日的晚上。

“我本以为，”洛里先生把他的棕色假发往后推了推说，“今晚我得在台尔森过夜了。今天白天我们整整忙了一天，弄得手忙脚乱，晕头转向。巴黎的形势非常动荡，因而财产信托一股风似的落到我们头上来了！我们在那边的主顾都迫不及待地把财产托付给我们。有的人简直像着了魔似的急着把财产转移到英国来。”

“情况很不妙。”达尔奈说。

“你说情况不妙，亲爱的达尔奈？是呀，可是我们弄不清这是什么原因。人真是不可理解！我们台尔森的人有的已经上年纪了，这样无缘无故地来打破我们的常规，我们实在受不了。”

“可是，”达尔奈说，“你看天有多阴沉，要变天了。”

“这我知道，没错，”洛里先生表示同意，想让自己觉得他的好脾气也变坏了，咕哝说，“忙乱了整整一天，我存心要发发脾气。马奈特哪儿去了？”

“我在这儿呢。”医生这时正好走进黑暗的房间，应声说。

“你在家我很高兴。今天一天我都被忙乱和不祥的兆头缠着，不知怎么的心里老感到紧张不安。我想，今晚你不打算出去了吧？”

“不出去了。如果你乐意，我想跟你玩玩十五子[①]。”

“要是容我直说的话，我不想玩。今天晚上我绝不是你的对手。茶盘还是在老地方吗，露西？我看不见。”

“当然啦，给你留着呢。”

“谢谢你，亲爱的。小宝贝睡了吗？”

“睡得可香哩。”

“那就好，一切平安无事！这儿为什么不该平安无事呢，感谢上帝！不过这一整天我真被折腾得够呛，我毕竟已经不是个年轻人了！我的茶呢，亲爱的？谢谢你。来，过来吧，坐到一起来，让我们安安静静坐着，听听回声，你对这些回声有你的见解。”

---

① 一种棋子游戏，双方各有15枚棋子，以掷骰子决定走棋格数。

“不是见解，是想象。”

“好，那就是想象吧，聪明的小宝贝。”洛里先生说着，拍了拍她的手，“不过，现在回声多极了，也响得很，是不是？你一听就知道了！”

就在这一小圈人在黑暗中坐在伦敦一座房子的窗前时，在遥远的圣安托万区，正响着狂乱的脚步声。鲁莽、疯狂而又充满危险的脚步，正强行闯入每一个人的生活，而这些脚一旦沾上了猩红色，就再也不容易擦洗干净了。

那天早晨，在圣安托万区，只见黑压压的一群衣衫褴褛的人在来回涌动，如同起伏的波涛，波尖上不时熠熠闪亮，那是太阳照耀下刀枪映出的光芒。圣安托万发出了怒吼，无数只赤裸的胳臂如森林般在空中挥动，犹如在冬日的寒风中摇晃的枯枝，所有的手都迫不及待地想要抓住从人群深处不管多远的地方扔过来的武器，或者权当武器使用的东西。

人群中谁也说不清这些武器是谁扔出来的，从哪儿来，打哪儿开始，怎样把它们几十支几十支地扔出来，在人们的头上像闪电般龙飞蛇舞地四处乱窜。正在分发的有火枪——还有子弹、火药、弹丸、铁棍、木棒、刀斧和长矛，以及头脑发热的聪明人所能发现或发明的各种武器。什么也没抓到的人不顾双手鲜血淋漓，硬是从墙上挖出砖块和石头。圣安托万的每一条血管和每一颗心都紧张到了极限，炽热到了顶点。每一个活人都已把生死置之度外，狂热地做好了献身的准备。

像沸水的漩涡总有一个中心点一样，这场暴动都是围绕着德法尔热的酒店进行的，这一大锅沸水似的人群正被卷进漩涡，德法尔热就站在漩涡的中心，浑身上下都沾满火药，挂着汗水，正在发号施令，分发武器。他推开这个人，把那个人拉上前去，夺下这个人手中的武器，给了那个人，忙得不可开交。

“守在我身边别走远，‘雅克三号’，”德法尔热喊道，“还有你俩，‘雅克一号’‘雅克二号’，你们尽力分头率领好这些爱国同胞，组织起来的人越多越好。我太太呢？”

“嘿，瞧你！我不是在这儿吗！”太太镇定自若，一如往常，只是今天她手里没有编织活儿。太太那只果断的右手拿着的，已不是平日那轻软的织针，而是一柄斧头，腰间还挎着一把手枪和一柄快刀。

“你要上哪儿去，我的太太？”

“现在跟你一起去，”太太回答说，“等会儿你就能看到我冲在妇女的前头了。”

“那就来吧！”德法尔热大声喊道，“爱国的同胞们、朋友们，咱们准备好了！去巴士底狱[①]！”

只听得一声怒吼，仿佛全法兰西的呼声都汇成这一为人所深恶痛绝的字眼。人海翻腾，波涛起伏，汹涌澎湃地漫过整个城市，涌到了巴士底狱。顿时，警钟齐鸣，鼓声隆隆，狂怒的人潮呼啸着直朝新的海岸冲去，进攻开始了。

深深的壕沟、两座吊桥、厚实坚固的石头墙、八座大塔楼[②]，大炮、火枪、烈火、浓烟。酒店老板德法尔热穿过烈火和浓烟——应该说在烈火和浓烟中，因为人海把他拥到一门大炮跟前，于是他马上成了一名炮手——像个英勇的士兵一样干了起来。两小时浴血奋战。

深深的壕沟、一座吊桥、厚实坚固的石头墙、八座大塔楼，大炮、火枪、烈火、浓烟。一座吊桥被攻下来了！“干呀！全体同志，干呀！干呀，雅克一号、雅克二号、雅克一千号、雅克两千号、雅克两万五千号，干呀！以所有天使的名义，或者以所有魔鬼的名义——任

① 在巴黎东南部，原为一古堡，后用作国家监狱。1789年7月14日，巴黎人民起义，攻克并摧毁巴士底狱，开始了法国大革命，是日遂定为法国国庆日。

② 巴士底狱有一百英尺高，塔楼八座。

你选择吧——干呀!”酒店老板德法尔热就这样坚持在大炮旁边，他的那门大炮早就灼热发烫了。

“跟我来，妇女们!”他的太太大声喊道，“哼! 等把这里攻下来，我们跟男人一样也会杀人了。”一大群妇女尖声叫喊着跟她冲上去了，虽然她们的武器五花八门，但全都有一颗复仇之心，一样地燃烧着饥饿之火。

大炮、火枪、烈火、浓烟，但依然是深深的壕沟、一座吊桥、厚实坚固的石头墙、八座大塔楼。汹涌的人海稍微有了一些变动，有人受伤倒下了。闪闪发光的武器，熊熊燃烧的火把，一辆辆装满湿麦秸的冒烟的大车，附近一带四面八方全是街垒，里面的人正在奋力战斗，尖声的喊叫，齐发的射击，切齿的咒骂，无限的勇猛，轰轰隆隆，乒乒乓乓，稀里哗啦，还有那人海肉浪的狂啸怒号；然而，依旧是深深的壕沟，依旧是一座吊桥，依旧是厚实坚固的石头墙，依旧是八座大塔楼，酒店老板德法尔热依旧坚守在他的大炮旁，经过四个小时的激战，那门大炮加倍地灼热发烫了。

堡垒里伸出一面白旗，要求谈判——在这凶猛的风暴中，什么也听不见，只是隐隐约约可以看到——突然间，人海沸腾，波澜壮阔，无际无边，滚滚人浪把开酒店的德法尔热拥上了业已放下的吊桥，拥着他穿过厚实坚固的石头墙，把他拥进了那已经投降的八座大塔楼当中!

裹挟着他的人潮势不可当，他透不过气，回不过头，像在南太平洋的惊涛骇浪中挣扎，不由自主地一直被席卷到了巴士底狱的前院。到了院子里，他才得以贴着墙角使劲转过身来，看一看周围的情况。“雅克三号”就在他身旁，可以看到德法尔热太太手里握着刀，仍领着她那班妇女，在前面不远的地方。到处是嘈杂骚乱，狂呼乱叫，震耳欲聋的声音，如痴如狂的行动，吓人的怒吼，愤怒的手势。

“犯人在哪儿？”

“档案呢？”

“秘密牢房呢？”

“刑具呢？”

“犯人呢？”

在所有这些呼声以及无数断断续续的喊叫中，喊得最多最响的是“犯人在哪儿？”高呼的人潮不断涌入，仿佛人和时间、空间一样，也是无穷无尽的。第一排浪头过后，看守人员就被冲了出来，人们警告他们说，倘若他们胆敢把秘密处所隐瞒不报，立即就地处死。德法尔热伸出一只粗壮有力的手，当胸一把抓住一名看守——此人头发花白，手里举着一支火把——把他从他们当中拖了出来，推到墙根。

“带我去北楼！”德法尔热说，“快！”

“遵命，”那人回答，“请跟我来。不过现在那儿没人。”

“北楼一百零五号是什么意思？”德法尔热问，“快说！”

“意思吗，先生？”

“是指犯人还是指关犯人的地方？要不，就是你想不想要我把你打死？”

“杀了他！”走上前来的“雅克三号”沙哑着嗓子吼道。

“先生，那是一间牢房。”

“带我去看看！”

“那请往这边走。”

“雅克三号”仍带着往常那种迫切的表情，眼见这场谈话已经转向，看来已无流血可能，显然有点失望，便一手抓住德法尔热的胳臂，像德法尔热抓住看守的胳臂一样。在进行这场简短的交谈时，他们三个人的头凑到了一起，即使这样，也只能勉强听清对方的话。汹涌的人海涌进了堡垒，滚滚的波涛漫过了院场、过道和楼梯，喧嚣之声真是震耳欲聋。墙外四周，深沉嘶哑的怒吼也在拍打着墙壁，不时有几声断断续续的尖叫从中迸出，像浪花腾空。

穿过一条条永远不见天日的拱道，经过一道道黑暗的洞穴和囚笼阴森可怖的小门，走下一段段陡直而下的楼梯，然后又爬上一个个高低不平的陡峭的砖石台阶——这与其说是楼梯，还不如说更像干涸的瀑布。德法尔热、看守和“雅克三号”，你拉着我，我牵着你，尽快向前走去。那滚滚的人流，特别是在开始的时候，时常朝他们冲来，又打他们身边涌过，可是等他们下完阶梯，曲折盘旋地爬上一座高塔时，周围已经没有其他人了。厚实的石墙和拱门已将他们与外界隔绝，监狱内外的风暴洪涛，听起来只是嗡嗡作响的微音，仿佛刚才那些震天动地的响声已经把他们的耳朵震聋了。

看守在一个低矮的门口停下脚步，把钥匙插进一把咣当作响的大锁，然后慢慢推开了门，大家低头迈了进去，看守说：“这就是北楼一百零五号！”

墙的高处有一个没有玻璃的小窗，安着粗粗的铁窗栅，窗外还有一堵石头墙挡着，因此只有蹲下身子抬头仰望，才能看见一线天空。离窗口不到几尺远的地方，有一个小小的烟囱，也用粗铁栅拦着，炉膛里有一堆羽毛似的陈年木灰。屋子里有一只凳子，一张桌子，一张草铺。四壁都已发黑，一面墙上有一只生锈的铁环。

“把火把拿过来，慢慢沿墙照过去，让我仔细看看。”德法尔热对看守说。

那人服从了，德法尔热跟在火把后面仔细看去。

“等等！——瞧这儿，雅克！”

“A. M!”雅克急切地辨认着字迹，哑声说道。

“亚历山大·马奈特，”德法尔热在他耳边悄声说道，一边用他那沾满火药的黑手指指着那两个字母，“你瞧，他在这儿还写了‘一个可怜的医生’。毫无疑问，这块石头上的年月日，也是他刻的。你手里拿的是什么？是根铁棍吗？给我！”

他手里还拿着点燃大炮的火绳杆，于是立刻用它从看守手里换来了铁棍，然后转身对着被虫蛀空的凳子和桌子，三下两下就把它们打得粉碎。

“把火把举得高一点！”他怒气冲冲地对着看守说，“仔细检查一遍这些碎片，雅克。喏！我的刀，”把刀扔给了他，“割开草铺，在麦秸里好好找一找。把火把举高点儿，你！”

他狠狠地瞪了看守一眼，爬上炉子，朝烟囱仔细看了一番，接着用铁棍朝烟囱的四壁又撬又敲的，还使劲撬开了拦在外面的铁栅栏。不一会儿，泥灰簌簌落下，他躲过脸去，然后在落下的泥灰中，在那些陈年的木灰中，还有那用铁棍捅过撬过的烟囱缝隙中，小心翼翼地掏摸着。

“木头碎片里和麦秸里都没有东西吗，雅克？”

“什么也没有。”

“咱们来把这些东西全都堆到牢房中间。行了！把它们点着，叫你呢！”

看守点着了那一堆东西，它们马上熊熊地烧了起来。他们又躬身走出低矮的拱门，任凭那堆东西在牢房里燃烧，然后从原路走回院子。他们一直朝下走，仿佛又渐渐地恢复了听觉，最后重又回到汹涌的人潮之中。

他们发现人海在起伏翻腾，人们正在寻找德法尔热。圣安托万人叫嚷着，要酒店老板来领头押解那个守卫巴士底狱、枪杀人民的监狱长。没有他来领头，就没法把这个监狱长弄到市政厅[1]去受审，没有

---

① 法国大革命时，作为革命群众的指挥所和裁判所。

他，说不定这家伙就会逃走，那人民的血（多少年来一钱不值的东西，如今突然值点儿钱了）就会白流，没法报仇雪恨了。

这个冷酷无情的老官僚，身穿灰色上衣，佩着红色绶带，十分引人注目。情绪激昂的人群狂呼怒吼着，叫骂争吵着，把他围在了中间。人海中只有一个人显得十分镇静，那是一个女人。“瞧，我丈夫在那儿！”她指着他喊了起来，“瞧，那不就是德法尔热！”她紧跟在那个冷酷无情的老官僚后面，寸步不离。当德法尔热和其他人押着他往前走的时候，她仍紧跟在后面，穿过一条条大街；快到目的地时，背后有人开始揍那监狱长，她还是紧跟在后；当刀枪棍棒骤雨般落在他身上时，她依然紧盯着他不放；就当他在乱棍交加下倒地死去时，站在近旁的她突然一跃而起，一脚踩住他的脖子，用她那把毫不留情的快刀——早就准备好了——把他的头割了下来。

时候到了，圣安托万人要执行他们那可怕的计划了：把人像街灯似的吊在灯柱上，让大家看看圣安托万人是什么样儿的人，看看他们能干出什么事。圣安托万的热血沸腾起来了，暴政和铁腕统治的血在流淌——淌在市政厅台阶上监狱长的尸体躺着的地方——淌在德法尔热太太的鞋底上，刚才她就是穿着这只鞋踩住他的尸体，割下他的头的。

“把那盏路灯放下来！”圣安托万人怒目朝四下里张望，找出个处死人的新方法后喊道，“这个是他手下的兵，让他留在这儿站岗吧！”于是那个兵就晃晃荡荡地被吊起来了，人们又潮水般向前涌去。

这黑压压的令人望而生畏的人海，波涛汹涌，浪浪相逐，具有摧毁一切的巨大力量，没有人探测过它的深度，也没有人知晓它的力量。这无情的人海里恶浪翻腾，此起彼伏，复仇之声地动山摇，到处是一张张在苦难的熔炉中炼得坚如铁石、丝毫没有怜悯之色的面孔。

在这人脸的汪洋大海中，张张脸上活现出种种凶狠和愤怒的表情，唯有两组面孔——各为七张——却呆板得如此与众不同，恰似漂浮在浪尖上令人难忘的沉船残片。七张是囚犯的面孔[①]，这场风暴冲垮了他们的坟墓，突然把他们释放了出来。人们把他们高高地举在头顶，他们都惊得发呆了，茫然若失，神魂不定，以为世界末日已经来临，在他们周围欢呼的众人都是死去的亡灵。另外七张是死人的面孔，举得更高，他们耷拉着眼皮，半睁半闭着眼睛，仿佛在等待末日审判。这些僵死的面孔上，还带有期待——不是绝望——的表情。确切地说，这些面孔让人害怕，像是暂时停止活动，仿佛有朝一日还会抬起低垂的眼皮，用他们那毫无血色的嘴唇做证道："这是你们干的！"

七个被释放的囚犯，七颗被挑在枪尖的血淋淋的人头，八个大塔楼里那些让人深恶痛绝的牢房的钥匙，早就心碎而死的囚犯们的书信和其他遗物等等，由圣安托万人护送着，迈着发出惊天动地回声的步伐，在公元一千七百八十九年的七月中旬走过巴黎的街道。啊，愿上帝保佑露西·达尔奈的幻想，别让这些脚步声闯入她的生活吧！因为这些脚步是鲁莽、疯狂而又充满危险的。虽说在德法尔热酒店门口打破酒桶之后已过去多年，但这些脚一旦沾染上猩红色，就再也不容易擦洗干净了。

① 史载，革命群众攻克巴士底狱时，狱中关有七名囚犯。

第二十二章

大海仍在汹涌

形容枯槁的圣安托万只快活了一个星期。在这一个星期中，人们以友爱的拥抱和互相祝贺当佐料，尽可能把他们那一丁点儿又硬又苦的面包调配得松软可口一点儿。一个星期过去，德法尔热太太重又坐在柜台旁，像往常那样接待顾客了。德法尔热太太头上已经不戴玫瑰花了，因为虽然只经过这短短的一个星期，那帮密探已变得异常小心，不敢再依赖这位圣安托万人的慈悲保佑了。他们觉得，这儿街道上的路灯忽悠忽悠地晃荡，就不是好兆头。

这一天早上，天气晴朗炎热，德法尔热太太双臂抱胸，坐在店堂里一面照顾生意，一面留心着街上的动静。酒店里和大街上，都有几堆无所事事的闲人，他们邋里邋遢，穷得可怜，可是在他们贫苦的外表上新增了一种意识到自己力量巨大的表情。最贫穷的人头上歪戴着最破烂的睡帽，其中也暗含着这样一层曲折隐晦的意思："我很明白，我这个戴这顶帽子的人要让自己活命是多么困难，可是你知不知道，我这个戴这顶帽子的人要让你丧命是何等容易？"早就没有活儿干的一只只骨瘦如柴的光胳臂，如今随时准备着去干这么个活儿，那就是打人。做编织活儿的女人的手也很凶狠，凭经验得知，她们的手可以用来撕扯。圣安托万的面貌已经起了变化。几百年来，人们一直在塑造着它的形象，可是最近发生的事情，已经在它的表情上留下了深深的痕迹。

德法尔热太太一副圣安托万妇女领袖的气派，压抑着心头的赞许，坐在那儿留神着这一切。她的一位志同道合的姐妹，在她旁边做着编织活儿。她是个忍饥挨饿的小贩的妻子，两个吃不饱肚子的孩子的母亲，长得又矮又胖，这员副将已经获得了“复仇女”的美名。

“听！”“复仇女”说，“听呀！是谁来了？”

仿佛有一串鞭炮从圣安托万区最近的边界一路响了过来，一直响到酒店门口。突然响起的喧哗声自远而近，转眼就到了跟前。

“是德法尔热，”太太说道，“静一静，爱国同胞们！”

德法尔热上气不接下气地走了进来，一把抓下头上戴的红帽子，朝四下里看了看。“大伙都听着！”太太又喊道，“听他的！”德法尔热站在那儿，喘着气，他背后是一群瞪着眼、大张着嘴的人，酒店里的人全都倏地站了起来。

“说吧，我的丈夫，怎么回事？”

“简直是从阴间来的消息！”

“嘿，怎么？”太太轻蔑地喊了起来，“从阴间？”

“大家都还记得老富隆[①]吧？他曾对挨饿的人民说，饿了可以吃草嘛！后来他死了，下地狱了。”

“我们都记得！”大家异口同声嚷道。

“消息就是关于他的。他还没有死！”

“没有死！”又是众口一声地说道，“他没有死？”

“没有死！他非常怕我们——怕得有道理——就假装说死了，还来了一次大出殡。可是有人看见他还活着，躲在乡下，就把他给抓来了。刚才看见了他，做了囚犯，正被押往市政厅。我说他害怕我们不

① 富隆（1717—1789），1771年任法国财政部长，贪赃枉法，无恶不作，1789年7月22日被革命群众处死。

是没有道理的。大家说！有没有道理呀？”

这个倒霉的七十多岁的老家伙，要是原先对这个道理根本不懂的话，听了大家回答时的这声吼叫，也该十分明白了。

接着是一阵深深的静寂。德法尔热和他太太相互定睛看了一眼。“复仇女”弯下腰去，从柜台后面她的脚下拖出了一面鼓，大家听到了鼓挪动时的嘎嘎声。

“爱国同胞们！”德法尔热声音坚决地说道，“大家准备好了吗？”

顷刻间，德法尔热太太已在腰间佩上快刀，鼓已经在街上咚咚敲响，那鼓和鼓手仿佛神奇地融为一体了。“复仇女”嘴里发出一声声可怕的尖叫，两只胳臂高举在头顶挥舞，就像立即出现了四十个复仇女神，挨家挨户窜进窜出，在鼓动妇女们。

男人们个个让人见了害怕，他们杀气腾腾地从窗户里朝外瞧了瞧，有什么武器就抄起什么武器，一齐冲向街头。女人们的样子，哪怕是最胆大的人见了也要心惊胆战。他们扔下手头那穷人家得做的家务，扔下自己的孩子，扔下家中蜷伏在地、无衣无食的老人和病人，披头散发地跑出家门，互相鼓励，手舞足蹈，发疯似的狂呼乱叫。“坏蛋富隆被抓住了，姐姐！”“老富隆被抓住了，妈妈！”“恶棍富隆被抓住了，女儿！”接着，有二十来个女人跑到她们中间，又是捶胸脯，又是揪头发，又是尖声大叫。“什么，富隆还活着！”“是那个叫挨饿的人去吃草的富隆！”“我没有面包给我爸吃，富隆跟我爸说，他可以去吃草！”“我饿得奶头干瘪，没有奶喂孩子，富隆对我娃娃说，他可以吃草！”“啊，圣母呀，就是这个富隆！”“啊，天哪，我们遭了多少罪！”“听着，我死去的宝贝孩子，我垂死的爸爸，我现在跪在这些石头上宣誓，我要为你们向富隆报仇！”“你们这些当丈夫的，当兄弟的，还有你们这些年轻人，把富隆的血给我们，把富隆的头给我们，把富隆的心给我们，把富隆的肉体和灵魂都给我们，把富隆撕成碎片，把他埋进地里，让草从他身上长出来！”许许多多妇女就这样叫喊着，激动得发了狂，她们打着转，拉住自己的朋友又打又抓，一直弄到过于兴奋而昏过去，只是由于她们的男人把她们救起，她们才免于被人踩在脚下。

尽管如此，一分钟也没有耽误，一分钟也没有！这个富隆现在还在市政厅，说不定会被放掉。那可不行，圣安托万人遭了这么多罪，受了这么多辱，有了这么多冤，绝不能放过他！拿起武器的男男女女，飞速奔离圣安托万区，连最后的几个人都被吸引进来了，形成了一支浩浩荡荡的大军。不到一刻钟，整个圣安托万区，除了几个干瘪老太婆和啼哭的小孩外，就阒无一人了。

再也没有人了。这时候，他们全都挤在押着那个又丑又坏老家伙的审判厅里，以及邻近的空地和街道上。德法尔热夫妇、“复仇女”和“雅克三号”都在大厅里，站在人群最前面离富隆不远的地方。

“瞧！”德法尔热太太用手里的刀指着他大声说道，“瞧那老坏蛋正被绳子捆着，背上还绑了一把草，干得好！哈，哈！干得太好了！现在让他吃草吧！”她把刀夹到腋下，像看戏似的鼓起掌来。

紧跟在德法尔热太太后面的人，立刻把她拍手称快的原因告诉了他们背后的人，那些人又把这话传给了另一些人，另一些人又传给了另一些人，结果附近的街上都响起掌声。同样，在那唠唠叨叨、问长问短的两三个小时中，德法尔热太太频频露出的不耐烦表情，也被迅速地传到外面，而且传得更快，因为有那么几个汉子施展了绝技，爬上了大厅外面的高处，透过窗户清楚地看到了德法尔热太太的表情，拍电报似的把她的一举一动传给了大厅外面的人群。

到后来，太阳升得高高的，一束和煦的阳光，像一道希望之光或者保护之光直射在那个老罪犯的头上。这样宽待他，真叫人难以忍受。转眼之间，那些在他身边立了这么久的废物们都被轰走了，圣安托万人抓住了他！

这事立刻就传到了最外围的群众中。德法尔热刚刚纵身跳过一道栏杆和一张桌子，把那个倒霉的老家伙死死抱住——德法尔热太太就紧跟上去，一手抓住捆着他的一根绳子，“复仇女”和“雅克三号”还没来得及上去，在窗口探望的人也还没有像猛禽扑食般扑进大厅——喊声似乎就已响起，响彻了全城：“把他拖出来！把他拖到路灯底下来！”

倒下去又拖起来，头朝地磕在大楼前的台阶上，时而双膝跪地，时而两脚着地，时而仰面朝天，拖呀，打呀，几百只手拿起一把把青草和麦秸往他脸上塞，闷得他透不过气来。他被揪扯得狼狈不堪，鼻青脸肿，气喘吁吁，鲜血淋漓，一味地求饶。一会儿，他使劲挣扎着，

由于人们想把他看个仔细，互相拉着往后退，在他四周腾出了一点儿空隙；一会儿，他又像一段枯木桩，被拖过林立的人腿，一直拖到一处最近的街角，那儿摇曳着一盏不祥的路灯。这时德法尔热太太放开

了他——像猫儿玩弄一只老鼠——当人们在做准备时，他苦苦向她哀求，她则一言不发，泰然自若地朝他看着。女人们一直朝他又骂又叫，男人们则厉声高喊，要用草塞进他嘴里把他噎死。第一次把他吊起来，绳子断了，他惨叫着跌了下来，被人接住；第二次再把他吊起来，绳子又断了，他又惨叫着跌了下来，又被人接住；最后一次，绳子总算大发慈悲，吊住了他，于是他的头很快就被挑在了枪尖上，嘴里塞满了草，所有圣安托万人看了都跳起舞来。

这一天的恶行并未就此结束，因为圣安托万人又叫又跳，胸中的怒火越烧越旺。傍晚时分，听说那个被处死的老家伙的女婿①——另一个欺压群众的人民公敌，正被押解来巴黎，警卫人员仅骑兵就有五百人。圣安托万人把他的罪状书写在大幅大幅的纸上，而且把他抢到了手——哪怕有一支大军围住，也能把他抢出来拉去和富隆做伴——把他的头和心挑在了枪尖上。他们带着这一天的三件战利品，像狼群似的穿过街道。

直到天黑以后，男男女女才回到哭叫着要面包吃的孩子们身边。接着，那间简陋的小面包铺前就排起了长长的队伍，他们耐心地等待着买一点儿粗劣的面包。在他们空着肚子、有气无力地等着的时候，他们就互相拥抱，庆祝白天的胜利，并用闲聊来重温胜利的喜悦，借以打发时光。渐渐地，这一长排衣衫褴褛的队伍变短了，散尽了，接着那些高高的窗户里闪出昏暗的灯光，街上燃起微弱的炉火，邻里间几家人合用一个炉子做好饭，然后就在门口吃晚饭。

他们的饭菜质差量少，根本填不饱肚子，不但没有肉，连就着粗劣面包吃的汤汁也少得可怜。然而，人们的友爱之情给这些砖石般的食物增加了一点儿营养，使它们迸发出一点儿欢乐的火花。父母们已在

① 确有其人，名贝蒂埃，系一征税人。

白天干够了凶恶事，现在正和蔼可亲地和他们那些瘦骨伶仃的孩子戏耍，恋人们虽然身处于这样的环境中无法摆脱，依然相亲相爱，憧憬着未来。

德法尔热酒店送走最后一批顾客时，几乎已经是早晨了。德法尔热先生一面关上店门，一面用沙哑的声音对他的太太说："这一天终于来到了，亲爱的！"

"嗯，是啊，"太太回答说，"差不多！"

圣安托万人睡了，德法尔热夫妇睡了，连"复仇女"跟她那吃不饱饭的小贩也一起睡了，那面鼓也休息了。圣安托万区内唯一没有让流血和骚乱弄得声音嘶哑的就是这面鼓。这面鼓的保管人"复仇女"，能随时唤醒它，使它发出和巴士底狱被攻陷前或抓住老富隆前一样的声音，可是睡在圣安托万怀里的那些男男女女，他们那嘶哑的声音却再也不能恢复原样了。

第二十三章

起火了

在那个村子里，泉水仍在流淌，那个修路工还是天天到大路上去敲打石头，敲打出一份糊口的面包，使他那可怜无知的灵魂不至于和他那可怜瘦削的肉体分家。可是村子发生了一点儿变化。悬崖上的那座监狱不像过去那样威风了，还有士兵守着，但人数不多；有看管士兵的军官，但他们谁也摸不透自己手下的人到底想干什么——只有一点是清楚的，那就是他们多半不会去干上司要他们干的事。

这儿是一望无际的破败的乡村，什么也不出产，一片荒凉。每一片叶子，每一株小草和禾苗，都和那些受苦受难的人民一样，干瘪、枯瘦，一切都弯腰驼背，垂头丧气，被压得抬不起头，破败得不成样子。房屋、篱笆、家禽、家畜、男人、女人、小孩，以及哺育他们的脚下的土地——全都奄奄一息，满目疮痍。

老爷（通常是最受尊敬、与众不同的上等人）是国家的栋梁，他们使得一切事物增光生色，是高雅豪华生活的光辉典范，此外还可以说出一大堆大意和这相同的话；然而，老爷作为一个阶级，却不知怎的，把事情弄到了这步田地。奇怪的是，显然专门为老爷们设计的这个世界，竟会这么快就被榨干刮净！一定是在做千秋万世的运筹安排中，有鼠目寸光的地方！肯定是这样！但是不管怎么说，事情就是如此，连石头里的最后一滴血也被榨出来了，绞榨架上的螺丝拧了又拧，紧得连绞盘都碎裂了，现在再拧什么都压不住了，面对这种难以理解的每况愈下的现象，老爷开始出逃了。

但是，这还不能说是这个村子以及像它一样的别的村子的变化。在过去的几十年中，老爷虽说对这个村子又刮又榨的，可是除了狩猎之外，很少屈尊光临这儿——有时候是来猎取人，有时候是来猎取野兽，为了保护野兽，老爷让大片可供开发利用的土地变成了荒山野地。不，这也不是它的变化，村子的变化是，出现了一些陌生的下等人的面孔，而不是少了老爷那高贵而又清秀端正、再不就是由别人修饰打扮和自己修饰打扮的尊容。

在这些日子里，那位修路工只身在飞扬的尘土中干活。他很少自寻烦恼地去琢磨什么他是尘土仍要归于尘土[①]，心里老是想着的是晚饭能吃的东西太少了，要是还有吃的，他还能吃下好多好多——在这些日子里，每当他独自干活，抬头向远处眺望时，常常会看到有个陌生的粗人朝这边过来，过去这一带很少有这样的人出现，现在却时常可以见到。等那人一走近，修路工毫不意外地发现，这是个蓬头乱发的汉子，模样颇为粗野，个子很高，穿一双连修路工看来也嫌粗陋的木鞋。他脸色阴沉，粗野、黝黑，浑身沾满了各条道上带来的泥污和尘土，渍着各个低洼地里湿漉漉的潮气，还沾了不少林间小道上的荆棘、叶子和苔藓。

七月天的一个中午，当修路工坐在土堤下的一堆石头上躲避冰雹时，就来了这么个鬼怪似的人。

那人朝他看了一眼，又看了看山坳里的村子，看了看磨坊，看了看悬崖上的监狱。待他确认了这些和他昏昏沉沉的脑子里有的标记全部一致时，他用一种勉强能听懂的方言问道："情况怎么样，雅克？"

---

① 见《圣经·旧约·创世记》第3章，上帝对亚当说："你必汗流满面才得糊口，直到你归了土，因为你是从土而出的，你本是尘土，仍要归于尘土。"

“一切都好，雅克。”

“那就握个手吧！”

他们握了握手，那人也在石头堆上坐了下来。

“没午饭吃吧？”

“只有晚饭。”修路工面带饥色答道。

“到处都一样，”那人愤愤不平地说，“到处都吃不上中饭。”

他掏出一个发黑了的烟斗，装上烟草，用火石、火镰点着了，使劲地吸着，直到烟斗中闪出亮光；接着他突然把烟斗从嘴里拿下来，用拇指和食指捏起点儿什么放进烟斗，烟斗一闪亮，跟着就冒出一缕青烟，熄灭了。

“那就握个手吧！”看了这番举动，这回轮到修路工这么说了。他们再次握了手。

“今天夜里？”修路工问。

“今天夜里。”那人说着，又把烟斗放进嘴里。

“在哪儿？”

“就在这儿。”

他和修路工坐在石头堆上，默默无言地互相打量着，任凭冰雹在他们中间打着，像小人国的刺刀在他们身上乱戳乱刺，直到村子上空渐渐放晴。

“给我指指路！”来人一边朝山冈上走去，一边说。

“瞧！”修路工伸手指点着说道，“你从这儿下去，一直穿过那条街，经过泉水池——”

“通通见鬼去吧！”那人打断了他的话，转动着眼珠四下张望着，“我才不穿过大街、经过泉水池哩！行吗？”

“行！打村子旁边那座小山的山顶翻过去，再走约莫两里格路。”

“好。你什么时候收工？”

“太阳落山的时候。”

“你走之前把我叫醒怎么样？我已经一连走了两夜，没歇过一口气。让我抽完这袋烟，像孩子那样美美睡上一觉。到时候叫醒我，行吗？”

“当然行。”

过路人抽完烟，把烟斗揣进怀里，脱下了那双大木鞋，仰天躺在那堆石头上。他很快就睡着了。

修路工一直在干着满是尘土的苦活儿，乌云正滚滚散去，露出了条条块块的青天，向大地洒下了道道银光。这个小个子（他现在改戴红帽子了，不戴蓝帽子了）似乎被睡在石头堆上的人迷住了。他老是转过头去打量他，手中的工具机械地挥动着，人们会说，这真不像在干活儿。他那古铜色的脸，蓬乱的黑头发和黑胡子，粗羊毛织的红帽子，用土布和兽皮胡乱拼成的衣服，被贫困生活折磨瘦了的魁梧躯体，以及在睡梦中赌气地准备孤注一掷闭着的嘴巴，都使修路工肃然起敬。这位行路人已经走了许多路，脚走痛了，脚踝已擦破，淌着血；他那双大木鞋里塞着树叶和杂草，拖着这么一双鞋，走了这么多里格路，真是够受的了；他的衣服上满是窟窿，身上遍布伤痕。修路工在他身边俯下身来，想看看他怀里是不是藏有武器，可是白费力气，因为他睡觉时双臂紧紧抱在胸前，和他那闭着的嘴一样严实。在修路工看来，那些设有关卡、哨所、城门、壕沟和吊桥的防守森严的城镇，在这个人物面前只不过是阵阵烟雾而已。当他抬起头来朝地平线和四周观望时，在他那不多的想象中，他看到了许多和这一样的人，正在势如破竹地朝全法国的各个中心地点挺进。

那人一直酣睡着，不管是下雹子还是晴天，不管脸上洒上阳光还是落下阴影，不管冰粒噼噼啪啪打在他身上还是在阳光下变得像晶莹的钻石，他都照睡不误，直到红日西斜，霞光满天，修路工收拾起工具和一切准备下山回村时，才叫醒了他。

“好！”刚睡醒的人用胳膊肘撑起身子说道，“你是说翻过山头还要走两里格路吗?”

“差不多。”

“差不多。好！”

修路工动身回家了，一路上尘土随着风在他面前飞扬，他很快来到泉水池边，挤进赶来这儿饮水的瘦弱母牛群中，悄声把消息告诉村里的人，似乎连母牛也通知到了。村民们吃完那点儿可怜巴巴的晚饭，没有像往常那样爬上床去睡觉，而是又走出门来，在外面待着。悄悄话不知怎的很快就传遍了全村，而且，大家在黑暗中聚集在泉水池旁时，不知怎的都不约而同地朝空中同一方向张望，露出期待的目光。加贝勒先生，作为一方之长，开始不安了。他独自爬上自家的屋顶，也朝着那个方向张望。他躲在烟囱后面，又俯视了一番泉水池边那些逐渐模糊起来的面孔，通知掌管教堂钥匙的教堂司事说，过一会儿说不定要敲钟报警。

夜渐渐深了，围绕着古老府邸使之与外界隔绝的树木，在刮起的大风中摇曳，仿佛威逼着黑暗中那座巨大阴森的建筑。暴雨肆意地冲刷着台阶两侧的平台，敲打着那扇大门，像个报急信的使者要唤醒里面的人；阵阵狂风吹进大厅，从古旧的刀矛之间穿过，呜咽着沿楼梯而上，摇动着末代侯爵寝榻上的帐幔。从东南西北四个方向来了四个迈着沉重脚步、蓬头垢面的人，他们穿过树林，踩倒荒草，折断树枝，小心翼翼地跨步前行，一齐来到府邸的庭院中。四道火光在那儿亮了起来，接着朝不同方向散开，然后一切又重新归于黑暗。

然而，黑暗并没有持续多久。很快，府邸不可思议地被它自己的什么亮光照得清晰可见，仿佛成了个发光体。接着，府邸正面的窗洞里，闪出了阵阵火光，把栏杆、拱廊和窗户照得通明。火光越蹿越高，愈烧愈亮。不多时，从二十来扇大窗户里喷出了熊熊烈焰，石头的面孔惊醒了，从火光中朝外注视着。

留在府邸里不多的几个人，发出了微弱的嚷嚷声，有人骑上马，急驰而去，黑暗中只听得策马声、泥水溅泼声，马儿一直跑到村里的泉水池边才收住，满口白沫地停在加贝勒先生的门前。“救火呀，加贝勒！大家去救火呀！”警钟急切地响了起来，可是别的救援行动一点儿也没有。修路工和二百五十位特殊朋友，抄着手在泉水池边站着，观望着那冲天的火柱。“准有四十英尺高吧！”他们冷冷地说，谁也没有动一动。

府邸来的骑马人和那匹口吐白沫的马，又嗒嗒地穿过村子，奔上石头陡坡，来到悬崖上的监狱门前。一群军官正在监狱门前观火，离他们不远处有一群士兵。“救火呀，军官先生们，府邸着火了！要是及时去救，还能抢出些贵重物品来！帮帮忙，去救火吧！”军官们朝那些士兵看了看，没有下命令，只是耸了耸肩，咬着嘴唇回答说：“该烧。”

当骑马人又嗒嗒地奔下山去，穿过街道时，村子里灯火通明。原来修路工和他那二百五十个特殊朋友，不管是男是女，全都觉得把灯点亮这一主意很让人激动，于是都跑回家去，在自家每扇昏暗的小玻璃窗旁都点上了蜡烛。这儿样样东西都缺，这些蜡烛是从加贝勒先生那里强行借来的。这位先生刚显出有点勉强，稍有迟疑，一向对权势十分恭顺的修路工就说，马车正好可以用来烧篝火，驿马可以烤来吃。

人们听凭府邸自个儿在那儿熊熊燃烧。在那烈焰怒吼的火海中，一股火红的热浪突然径直从地府冲出，似乎想把这座大厦席卷而去。随着火焰忽起忽落，那些石头面孔露出像是备受煎熬的表情。大堆的石块和木料纷纷坍落下来时，那张鼻子边有两个窝的脸变得模糊了，等它再一次从烟尘中挣脱出来时，仿佛它就是那残暴的侯爵老爷的脸，正在火刑柱上燃烧，在火中挣扎。

府邸燃烧着，近旁的树木都被火焰舔到了，烧得枯焦；较远处的树木，让那四个可怕的人放了火，在那烈焰冲天的大厦四周形成了一圈新的烟林。熔化的铅和铁在大理石喷水池中翻滚，水熬干了；塔楼四个熄烛筒形的楼顶，像冰块遇到高热，融化了，塌了，变成四口边沿高低不平的喷火井。坚实的墙壁像结晶体一般，出现了许多纵横交错的大裂缝，吓呆了的鸟儿在周围团团打转，跌落进大火坑中。那四个可怕的人，朝着东南西北四个方向，沿着夜幕笼罩的道路，在他们点亮的灯塔的指引下，又朝下一个目标行进了。这个灯火通明的村子里的人，已经把警钟夺到自己手中，废黜了法定的敲钟人，敲响了庆祝的钟声。

不仅如此，这些被饥饿、大火和钟声冲昏了头脑的村民，忽然想起加贝勒先生和收租收税的事有关——虽说最近一个时期以来，他只收了一点儿分期交付的税款，租子根本没有收——就迫不及待地要找他说话，把他的房子围得水泄不通，喊他亲自出来答话。这么一来，加贝勒先生赶忙把大门重重加闩，然后躲到屋子里打主意。想来想去，结果加贝勒先生又爬上屋顶，躲到了烟囱后面。这次他下了决心，要是那班人破门而入（他是个生性爱报复的小个子南方人），他就跨过护墙，头朝下跳下去，还要砸死一两个人垫底儿。

那一夜，加贝勒先生大概就是在屋顶上度过那漫漫长夜的。远处燃烧的府邸是供他照明的灯烛，敲门声和庆祝的钟声是供他欣赏的音乐。对他来说，驿站大门对面街上摇晃着的那盏街灯是个不祥之兆，村民们极力想要把他换到街灯位置上的意图，那就不必说了。要在这漆黑的人海边上度过一个漫长的夏夜，随时准备葬身大海，这滋味可真够加贝勒先生受的了！不过，友好的曙光终于来临，村民们的灯草芯蜡烛燃尽了，人们心满意足地散去，加贝勒先生也从屋顶上爬了下来，暂时保住了他的一条性命。

方圆一百多英里之内，在那天夜里和后来的一些夜里，还有许多处起火，别处的长官可没有加贝勒先生这么幸运，初升的太阳照见他们被吊死在原本宁静的街道上——那生他们养他们的地方；也有一些村民和城镇居民，他们没有修路工和他的伙伴那样幸运，反而让那些长官和士兵占了上风，结果被吊死了。不过，那些个可怕的人还是坚定不移地朝东南西北四个方向挺进，不论谁吊死谁，火照样在燃烧。绞架究竟要造多高才能起到水的作用，把这些烈火扑灭，长官们绞尽了脑汁，用尽了所有的数学方法，结果还是没有一个人能计算得出来。

第二十四章

吸往磁礁[1]

就在这烈火冲天、海涛汹涌之中——怒海狂涛震撼着坚实的大地，不见消退，继续上涨，越涨越高，使岸上的观众看了不由得心惊胆战——三个风狂雨骤的年头过去了。小露西又有三个生日被用金线织进了她那宁静的家庭生活轻纱之中。

无数个日日夜夜，这个家庭里的人都倾听着街角的回声，一听到杂乱的脚步声，他们就心慌意乱。因为他们渐渐明白，这是尾随在一面红旗下的暴乱的人们的脚步声，他们的国家已经宣布处于危险之中[2]，他们由于长期着了可怕的疯魔而变成了野兽。

老爷这一个阶级，已经得不到赏识，在法国简直不被需要，很有被撵出国门，甚至连老命也一并送掉的危险。就像寓言中那个乡下人，千辛万苦招来魔鬼，一见到它却吓破了胆，一句话也不敢问，立即拔脚就逃。老爷们也是这样，过去勇气十足地倒读了那么多年主祷文[3]，还念了那么多非常灵验的咒语，着令魔鬼现形，可是一见到了魔鬼，便吓得魂不附体，拔起高贵的腿溜之大吉了。

---

① 见《一千零一夜》中《第三个僧人的故事》，凡有航船在此礁附近经过，船上的每颗钉子都会被吸走，船便解体。

② 法国大革命发展至1791年底到1792年，国内外势力相互勾结，发动武装干涉。1792年7月11日，当时的临时革命政权立法议会宣布"祖国在危险中"的法令。

③ 倒读主祷文是巫觋用以召神降鬼的法术之一。

朝廷里那些显赫一时的核心人物，都已逃之夭夭，要不就要成为全国枪林弹雨的靶心了。他们本来就不是什么栋梁之材——早就腐迹斑斑，有路济弗尔[①]般的自大，萨丹纳帕路斯[②]般的奢靡，还有鼹鼠般的盲目——而现在他们全都跑了，无影无踪了。整个朝廷，从孤傲势利的内廷近侍，到诡计多端、贪污腐化、文过饰非的权臣，里里外外通通跑光了。王权完蛋了。据最近消息，王室成员已被围在宫中，命运“悬而未决”。

公元一千七百九十二年的八月来到了，这时老爷们都已作鸟兽散，远走高飞，天各一方。

很自然，台尔森银行成了老爷们在伦敦的总部和聚会的场所。据说，鬼魂常会在他们生前常去的地方出没，因而不名一文的老爷们也常常光临这个他们昔日存钱的处所。此外，这儿也是有关法国的消息最可靠、到得最快的地方。再说，台尔森银行十分宽容大度，对于失去高位的老主顾非常慷慨大方。还有，有些权贵及时预见到风暴的来临，估计到会有剥夺或者没收的事情发生，就颇有预见性地把钱财存进了台尔森银行，因而他们那些手头拮据的同事，通常都能在这儿打听到他们的消息。除了这些，还得加上一点，每一个刚从法国来的人，几乎理所当然地要来台尔森银行报告自己的情况和他所知道的消息。基于以上种种原因，台尔森银行简直成了当时有关法国情报的高级交流所。这是众所周知的事，因而到这儿来探听消息的人非常多，于是台尔森银行有时干脆把最新消息写成一两行，张贴在银行的窗口，让所有路过圣堂关的人都能看到。

在一个热气腾腾、雾气蒙蒙的下午，洛里先生坐在办公桌前，查

---

① 基督教中对堕落前的魔鬼撒旦的称呼。撒旦最初居于天堂，名路济弗尔，因自大而被逐出天堂。

② 传说中的亚述国王，以其奢靡的生活闻名。

尔斯·达尔奈先生紧靠桌子站着，他们俩正在低声交谈。这间忏悔室似的阴暗小房间，本来是专供行长接待来访者用的，如今成了消息交流所，而且颇有些人满为患。这时离银行关门还有半个小时左右。

“不过，尽管你是健在的人中最年轻的一个，”查尔斯·达尔奈说时有些犹豫，“我还是得劝你……”

“我懂。你是说我太老了吧？”洛里先生说。

“天气变幻无常，路途又遥远，再加上靠不住的交通工具和巴黎的混乱局势，那个城市甚至连安全也不能为你保证。”

“我亲爱的查尔斯，”洛里先生高高兴兴、满怀信心地说，“你提出的这些正是我应该去的理由，说明我不应该留下来。我去是最安全不过的，值得整肃的人太多了，没有人会跟一个年近八旬的老头子过不去的。说到巴黎局势混乱，要是不混乱，那我们的银行也就用不着从这儿派一个既熟悉那个地方又熟悉以前业务，而且是行里信得过的人去那儿的分行了。至于说到交通不便、路途遥远、天气寒冷，假如经过这么些年，我这个老行员都还不能为台尔森银行吃点小苦头，那么谁该去受这份罪呢？”

“我倒希望我能走。”查尔斯·达尔奈有些不安地说，像是自言自语。

“好哇！你倒真会动脑筋出主意！”洛里先生喊了起来，“你希望你自己去？你不想想你是个土生土长的法国人？你可真是个聪明的军师啊！”

“我亲爱的洛里先生，正因为我是个土生土长的法国人，所以我才会时常有这种想法（不过我本不打算在这儿说出的）。作为一个对受苦受难的人民怀有一定同情，并曾放弃过自己的一些权益给他们的人，当然会忍不住这么想的。”说到这里，查尔斯·达尔奈又流露出先前那种深思熟虑的神情，“人们也许肯听他的话，他也许有能力说服他们有所节制。昨天晚上你走之后，我跟露西说——”

“你跟露西说，”洛里先生应声道，“是哇，我真感到惊讶，你竟好意思提到露西的名字！在这种时候，你还想跑到法国去！”

“不过我现在并没有去呀，”查尔斯·达尔奈微笑着说，“你说你要去，拿这话问你自己倒更合适。”

“说真的，我就要去了。事实是，我亲爱的查尔斯，”洛里朝远处的行长瞥了一眼，压低声音说，“你简直无法想象，我们的买卖遇到了多大的困难，我们在那儿的账册文件面临着多大的危险。老天爷知道，万一我们的一些文件被抢或被毁，会给多少人带来严重的后果。而这种事情随时都有可能发生，有谁敢说，巴黎今天不会有人放火，明天不会有人抢劫呢！现在，得尽快把这些账册文件精选出一批，埋起来，或者用别的方法完好无损地保存下来，如果说还有人有能力不失时机地做到这一点的话，那恐怕除了我以外，再没有别的人了。台尔森银行知道这一点，并且也这么说了——我吃台尔森银行的饭已经吃了六十年了——难道仅仅因为腿脚有点欠灵，我就畏缩不前了？嗨，和这儿那六七个老人比起来，先生，我还是个小伙子哩！”

“我真佩服你这种朝气蓬勃的英勇气概，洛里先生。”

“嗨，你胡说些什么，先生！——噢，亲爱的查尔斯，”洛里先生说着又朝行长瞥了一眼，“你该知道，在现在这种时候，要想从巴黎运出东西来，不论是什么东西，几乎都是不可能的。今天帮我们把文件和贵重物品带来的人（我说的这事十分机密，按规矩即使对你，也不能悄悄透露），是你想象不到的一些最不平常的人，他们个个都是把脑袋提在手里，通过重重关卡过来的。要是在平时，我们的包裹来来往往，就像在有条不紊的老英格兰一样容易，可是现在，一切都停顿了。”

“你真的今晚就要走吗？”

“我真的今晚就走，因为情况紧急，不允许再拖延了。”

“那你什么人也不带？”

“人家给我推荐过各色各样的人，可我一个都不想要。我只打算带杰里去。多年来，杰里一直给我当星期天晚上的保镖，我用惯了他。没有人会对杰里起疑心的，只会把他当成一头英格兰的斗牛犬[①]，谁冒犯了他的主人，他就会猛扑上去，除此之外，不会有别的心机。”

“我还要再说一遍，我打心眼儿里钦佩你的勇气和忘年精神。”

“我也要再说一遍，你胡说，胡说！等我完成了这趟小小的使命，我也许要接受台尔森银行的建议——退休，过几天舒舒坦坦的日子。到了那时，考虑老不老的问题，有的是时间。”

这番谈话是在洛里先生平时坐的那张办公桌旁进行的，离他们一两码外就聚集着一帮老爷，正在高谈阔论，说他们不久就要对那帮暴民进行报复了。处于逆境、逃亡国外的老爷和英国本地的正统派，在谈起这场可怕的革命时，总喜欢把它描绘成没有播过种子却收获了恶果的天字第一号怪事——仿佛什么也没做，或者从未做过什么，最后却得到了这么个结果——仿佛那些明眼人从未看到千百万法国人的苦难，从未看到本可使人民富足的资源被滥用、被浪费，好像他们不是多年前就预见到革命的必然到来，不曾把他们见到的用明白的文字记录下来。老爷们的胡言乱语，他们想出的那些荒诞不经的计划，以及他们想要恢复那本身气数已尽、天地不容的原状的企图，实在使了解真相、头脑清醒的人难以不予驳斥和默默忍受。他们的一派胡言乱语灌满了查尔斯·达尔奈的耳朵，弄得他脑子里的血都在胡乱翻腾，何况他本来就心事重重、坐立不安，这一来就更加受不了啦。

在这些高谈阔论的人中间，有皇家高等法院的律师斯特里弗，他

① 一种头大毛短、身体结实的猛犬。

正青云直上，因而声大气粗，宏论连篇。他向老爷们大吹他的计划，既能把老百姓从地面上剿灭干净，又能不靠他们而生活下去。他们还想出许多诸如此类的妙计，其性质就像是在老鹰尾巴上撒盐来消灭老鹰。达尔奈对他的话特别反感，站在那儿犹豫不决，不知道应该一走了之，不听为好，还是留下来插言反驳。正在这时，那必然要发生的事终于发生了。

那位行长走到洛里先生跟前，把一封沾满泥污、未曾拆封的信放在他面前，问他是否打听到了这个收信人的下落。行长把信放得离达尔奈那样近，他一眼就看到了信封上的字——那正是他的真姓名，所以他一眼就看清了。信封上的地址等，已译成英文，写的是：

特急。英国伦敦台尔森银行烦转，前法国圣埃弗瑞蒙德侯爵先生收。

原来在结婚那天上午，马奈特医生向查尔斯·达尔奈提出了一条坚决而明确的要求：他的真实姓名必须严格保密——除非医生本人解除这项约定。谁也不知道他的真实姓名，连他自己的妻子也不知道，洛里先生更不知情。

“没有，”洛里先生回答行长说，“现在在场的人我全都问了，没人知道这位先生的下落。”

时钟逐渐指向银行关门的时刻，刚才高谈阔论的人陆续从洛里先生的办公桌旁走过。洛里先生举着信，露出探询的神气。这班亡命在外、满腹怨恨、密谋报复的老爷们，这个朝信看看，那个朝信看看，都用法语或英语对这位下落不明的侯爵说了些轻蔑的话。

“我想，这就是那个遭到暗杀、举止优雅的侯爵的侄儿——不管怎么说，他都是个不成器的继承人。”一个说，“说来有幸，亏得我跟他素不相识。”

“是个胆小鬼，好几年前就把爵位给放弃了。”另一个说——这位老爷是双脚朝天，躲在一车干草里，闷得半死才逃出巴黎的。

“中了那些新学说的毒，”第三个走过时，透过眼镜看了看信封上的姓名、地址，“他反对过世的侯爵，继承了他的产业，后来又放弃了，把它给了那帮暴徒。我希望他们现在能好好报答报答他。”

“啊？”大嗓门的斯特里弗喊道，“他真的这么干了？他是这么个家伙？咱们来看看他这丢人现眼的名字。该死的家伙！”

达尔奈再也忍不住了，碰了碰斯特里弗的肩膀说：“我认识这个人！”

“我的老天，你认识他？”斯特里弗说，“我真为这感到遗憾。”

“为什么？”

“为什么吗，达尔奈？你听见他干的那些事没有？在这种情势下，你就别问为什么啦。”

“可我偏要问个明白。”

“那我就再说一遍，达尔奈先生，我为此感到遗憾。听你提出如此奇怪的问题，我也感到遗憾。这个人，中了最有害、最亵渎神灵的异端邪说的毒，把自己的财产白白送给了那帮杀人不眨眼的坏蛋，而你倒来问我为什么要为一个为人师表的人认得他感到遗憾！好吧，我来回答你。我感到遗憾，是因为我相信这种坏蛋有传染性。原因就在这里。”

为了严守秘密，达尔奈费了很大的劲儿才克制住自己，只是说：“也许你不能理解这位绅士。”

“我会把你驳得无话可说的，达尔奈先生，”盛气凌人的斯特里弗说，“这我可以做到。要是这家伙是个绅士的话，那我确实对他不理解。你就这样对他说好了，顺便替我问个好。你还可以替我这样告诉他，他既然把财物和地位都拱手奉送给那帮杀人不眨眼的暴徒，怕是已经做了那帮人的头儿了吧。不过，不会的，先生们，”斯特里弗说着环顾了一下四周，还弹了一个响指，“我对人类的性格稍有一点儿研究，我告诉你们，像他这样一个人，是绝不会把自己的命运交给他的那些宝贝门徒来摆布的。不会的，先生们，这场大混战一开始，他就夹起尾巴溜之大吉了。”

斯特里弗先生说完这番话，又弹了一个响指，在听众的一片喝彩声中，挤出门外，走上弗利特街。众人纷纷离开银行，只剩洛里先生和查尔斯·达尔奈留在办公桌旁。

“这信请你转交怎么样？”洛里先生说，“你知道往哪儿送吗？”

“知道。”

“你是不是代我们向他解释一下，这封信寄到我们这儿，大概是人家以为我们知道收信人的下落，它已经在这儿耽搁了一些时间了。”

“我会这么做的。你直接从这儿出发去巴黎吗？”

“直接从这儿出发，八点钟动身。”

“我过会儿回来送你。”

达尔奈怀着对自己、对斯特里弗和大多数人都很不自在的心情，快步走到圣堂区的一个僻静处所，拆开信读了起来，那信的内容是这样的：

前侯爵老爷：

长期以来，我的生死都掌握在村民手中，我被捕后，受尽伤害和凌辱，最后经过长途步行，被押解到巴黎，一路上受尽折磨。不仅这样，我的家已经全部被毁，成为一片平地。

据他们告诉我，前侯爵先生，他们把我关入监狱，还要审问我、杀死我（如果你不开恩来救我的话），是因为我反对人民，为一个逃亡贵族做事，违背人民的利益。我再三说明，我按照你的指示为他们做了许多好事，没有反对过他们，可是丝毫没有用处。我还再三说明，早在没收逃亡贵族财产之前，我已免除了他们拖欠的税款，没有向他们收租，也从来没有去控告过他们，可是丝毫没有用处。唯一的答复是，我曾为一个逃亡贵族做事，那个逃亡贵族现在在哪儿？

啊！最最仁慈的前侯爵老爷，那个逃亡贵族现在在哪儿？我连在梦中都在呼喊：他在哪儿？我祈求上天，难道他就不来搭救我了吗？没人回答我。前侯爵老爷，我把我可怜的呼声送过海峡，但愿通过巴黎人人都知道的台尔森大银行，能把我的呼声送进你的耳朵！

为了对上帝、对正义、对仁慈，以及对你那高贵姓氏的荣誉的热爱，我恳求你，前侯爵老爷，快来救我，把我救出监狱。我的过失是对你一贯忠心。啊，前侯爵老爷，我恳求你也仁厚待我吧！

关在这恐怖的监狱里，我每时每刻都在走近死亡。前侯爵老爷，我向你保证，我仍将为你效悲惨不幸之劳。

遭难人　加贝勒

于巴黎阿巴依监狱①

1792年6月21日

读完这封信，达尔奈心中隐藏着的不安情绪突然爆发出来。一个老仆人，又是一个好仆人，他唯一的罪行只是由于对他和他的家族忠心耿耿，如今他面临着生命危险，他心中感到深深的内疚。当他在圣堂区内来回走动，考虑该怎么办时，几乎不敢把脸对着过往行人。

他很清楚，虽然他深恶痛绝使那古老家族的劣迹恶名登峰造极的

① 仅次于巴士底狱的巴黎三大监狱之一。

罪行，虽然他憎恨而且信不过自己的叔父，虽然内心十分厌恶人们期望他来支撑那座正在崩溃的大厦，可是他所采取的行动却是很不彻底的。他很清楚，虽说他早就有意要放弃自己的社会地位，但是由于爱上露西，在这件事情上做得过于匆忙，不够周全。他知道，他本该按部就班地加以实施，而且还应该进行监督，他是打算这么做的，可是始终没有兑现。

他在英国有一个自己选择的美满家庭，他必须一直积极地工作。时局骤变，困难重重，种种变故接踵而来，而且来得那么迅速，上星期还未考虑成熟的计划，往往会被这星期的事态推翻，而下星期事态又会使一切从头做起。他很清楚，在这种种的环境压力下，他屈服了——心中并非没有不安，可是也没有持续不断、再接再厉地加以抵制。他一直在等待行动的时机，可是局势变幻莫测，时间都白白地过去了，而贵族们却成群结队地沿着大道小路逃离法国，他们的财产正遭到没收、毁坏，他们的名誉、地位正在被抹杀、取消。这些他都知道得一清二楚，关于法国任何一个可能为此指控他的新政权，他也知道得一清二楚。

不过，他没有压迫过任何人，也没有关押过任何人，他不但从来不曾横征暴敛，还自愿放弃了这些权益，投身于一个自己毫无特权可享的世界，赢得了一席栖身之地，挣得了一个温饱。加贝勒先生按照他的书面指示，经管着那业已败落、困难重重的庄园，体恤人民的困境，把那儿所能给的一点点东西都给了他们——冬天，给他们一点儿债主没有拿光的燃料；夏天，给他们一点儿也是从债主手中救下的出产——毫无疑问，为了自身的安全，加贝勒先生必定已经提出这些事实来为自己辩护，因而这些情况现在是不可能不清楚的。

这一切，促使查尔斯·达尔奈不计后果地下了决心——他得去巴黎。

是的，就像古老传说中那个航海者一样，狂风和急流把他驱进磁礁的吸力之内，它吸住了他，他非去不可。他脑子里浮现出的每一件事都催促着他，愈来愈快、愈来愈坚定地把他推向那可怕的吸力。他内心深感不安的是，在他那不幸的祖国，有人正在用种种罪恶的手段来达到罪恶的目的，而自知比他们略胜一筹的他却不在那儿，没能做些事情来制止流血，维护仁爱和人道的主张。他怀着这种半是不安半是自责的心情，拿自己和那位责任感如此强烈的勇敢的老先生做了比较，觉得自己差得太远了；继而是老爷们那些深深刺痛他的讥笑，还有斯特里弗那出于宿怨而发出的粗俗恶毒的嘲讽，此外还有加贝勒的来信——一个生命危在旦夕的无辜囚徒，向他的正义感、人格和名誉发出的呼吁。

他下定了决心，他必须去巴黎。

是的，那磁礁吸住了他，他必须向前驶去，直到触礁为止。他并不知道有什么礁石，他几乎看不到任何危险。虽说他以前做得不彻底，可是所做的那一切，已经足以证明他怀有良好的意愿，只要他亲自去法国加以表白，人们一定会以感激之情认可他的这种好意的。许多好心肠的人，往往会一厢情愿地过分夸大自己所做的好事，从而产生了过分乐观的幻想。达尔奈先生也是这样，他甚至幻想自己可以运用某种影响，去左右这场凶猛可怕、失去控制的大革命。

他怀着既定的决心来回踱着，觉得在出发之前绝不能让露西或者她父亲知道这件事。应该让露西免受离别的痛苦，而她的父亲，一向不愿回想那凶险的旧地，只能等采取了这一步骤后，再让他知道这件事了，免得他担心和忧虑。由于他一向竭力避免引起医生对于法国旧事的回忆，因而没有对他说过自己对产业处理不彻底的情况。而这，也影响了他现在打算采取的行动。

他来回踱着，思绪万千，一直到该回台尔森银行给洛里先生送行的时候。待他到了巴黎，他会马上去见这位老朋友，可是现在，他绝不能泄露自己的意图。

一辆套有几匹驿马的马车，已经停在银行的大门口，杰里也已换上靴子，整装待发了。

“我已经把那封信转交给他本人了，”查尔斯·达尔奈对洛里先生说，“我没有同意让你带书面答复去，不过也许你会答应捎一个口信去吧？”

“好的，我乐意，”洛里先生说，“只要没有危险。”

“绝对没有危险。不过口信是捎给阿巴依监狱里一个犯人的。”

“他叫什么？”洛里先生手里拿着打开的记事本问道。

“加贝勒。”

“加贝勒。要捎什么口信给这个不幸的犯人加贝勒呢？”

“很简单，就说，‘信已收到，马上来。’”

“要说时间吗？”

“他将在明天晚上起程。”

“要说姓名吗？”

“不用。”

他帮洛里先生穿上层层外衣和大衣，跟他一起从这家老银行的温暖房子里走进弗利特街的蒙蒙雾气中。“问露西好，问小露西好，”洛里先生在分手时说，“好好照顾她们，等我回来。”查尔斯·达尔奈摇了摇头，诡秘地笑了笑，马车就辚辚地驶去了。

那天夜里——八月十四日——他睡得很晚，写了两封感情炽烈的信：一封是给露西的，向她解释，由于义不容辞的责任，他必须去巴黎，并且详细地向她历数了种种理由，深信自己绝不会遇到什么危险；另一封是给医生的，托他照顾露西和他的爱女，并且极为自信地把上述的话又讲了一遍。他对他俩说，他一到巴黎，就会立即给他们写信，证明他安然无恙。

这是难熬的一天，因为他整天和他们待在一起，却第一次在他们的共同生活中有所保留。要把这桩出自善意的骗局安排得使他们深信不疑，是一件棘手的事。他满怀柔情看看妻子那无忧无虑、忙忙碌碌的样子，决心不把即将发生的事情告诉她（没有她那安详从容的帮助，他做起任何事情来都感到不自在，因而好几次他几乎想要向她和盘托出）。白天终于很快过去了。傍晚时分，他拥抱了她，也拥抱了和她同名而且同样可亲可爱的小宝贝，装作出去一会儿就回来的样子（假托有个约会需要外出一下，私下里准备好一手提箱衣物），走进了阴沉沉的街上阴沉沉的雾气中，而他的心情，则更加阴沉。

此时，那无形的力量正迅速地将他吸引过去，而且急流和狂风更是使劲地在一旁推波助澜。他把两封信交给一个可靠的差役，嘱咐他在午夜前半小时送到，不可提前。然后他雇了一匹去多佛尔的马，起程了。“为了对上帝、对正义、对仁慈，以及对你那高贵姓氏的荣誉的热爱！”这是那可怜的囚徒的呼声。当他抛下世上所爱的一切，朝着那磁礁漂去时，他用这一呼声坚定了自己那颗发沉的心。

第三部

暴风雨的踪迹

第一章

秘密监禁

公元一千七百九十二年的秋天，这位从伦敦去巴黎的旅客一路上走得非常缓慢。即使在那位已被推翻、倒霉透顶的法国国王的全盛时期，也会有许多糟糕的道路、破旧的车辆和劣等的马匹，使这位旅客在旅途中拖延受阻，更何况时局的剧变又增加了许许多多其他障碍。每一个城门口和村税所的门前都有一群爱国公民，手里拿着随时准备射击的国民军火枪，拦截住过往行人，盘查诘问，检查他们的证件，在他们备有的名单上查找旅客的名字，有的勒令返回，有的放行通过，有的就地扣押。总之，一切全凭他们那变幻无常的判断或毫无根据的想象，全凭是否最有利于这个“自由、平等、博爱，要不毋宁死的统一、不可分割的新生共和国”而定。

查尔斯·达尔奈在法国的土地上才走了几里格路就渐渐发觉，除非他在巴黎被宣布为好公民，否则休想沿这些乡间大道回来了。不论前面会遇到什么情况，他都只能一路走到底。他知道，他所通过的每一个小小的村庄，在他走过后重又放下的每一道普通的栏杆，都是隔在他和英国之间的另一道铁门。对他的监视严密到了极点，即使他落进罗网，或者给关进囚笼被押往目的地，他也不会感到比现在失去更多的自由。

这种无所不在的严密监视不仅使他在一站路内停上二十次，而且还会在一天之内耽搁上二十次。一会儿有人骑马追上前来带他回去，一会儿有人骑马在前面截住他，一会儿又有人骑马和他并辔而行，时刻看管着他。当他来到大路旁的一座小镇上，精疲力竭地倒在床上时，他已经独自在法国走了好多天，可是离巴黎还有很远的路程。

全靠出示了遭难的加贝勒从阿巴依监狱寄出的那封信，他才得以走这么远。他在这个小地方的关卡遇到了极大的麻烦，使他觉得这趟行程已经到了危急关头。因而，当他被扣押在一家小客店里，半夜被人叫醒时，他一点儿也不感到惊讶。

叫醒他的是一个战战兢兢的当地小官员，还有三个头戴粗布红帽、嘴里叼着烟斗的武装爱国者，他们全都在床上坐了下来。

“逃亡贵族，”那个小官员说道，“我打算派人护送你去巴黎。”

“公民，我急着要去巴黎，不过没人护送也行。”

“住口！”一个戴红帽子的粗声吼了起来，用枪托敲着被子，“安静点儿，贵族！”

“这位好心的爱国者说得对，”那个胆小怕事的小官员说道，“你是个贵族，一定得有人护送——还应该付钱。”

“我没有选择的余地吗？”查尔斯·达尔奈说。

“选择？听他说的！”还是那个满面怒容的戴红帽子的大声吼道，“保护你，不让你被吊在路灯柱上，这莫非不是对你的优待？”

“还是这位好心的爱国者说得对！”小官员说，“起来，穿好衣服，逃亡贵族。”

达尔奈一一照办了，于是他又被带回关卡，那儿另有一些戴着红帽子的爱国者围在火堆旁抽烟、喝酒、睡觉。他在这儿付了一大笔护送费后，凌晨三点，在护送人的伴随下走上了湿漉漉的大路。

护送他的是两个骑马的爱国者，戴着红帽子，上面有三色帽徽[①]，

---

① 法兰西共和国的标志。

佩着国民军的火枪和马刀。他俩一边一个，把达尔奈夹在中间。被护送的人可以自己驾驭马匹，可是有一条松松的绳子系在他的缰绳上，另一头牢牢地缠在一个爱国者的手腕上。就这样，他们冒着迎面扑来的急雨出发了，像龙骑兵般嗒嗒嗒地发出沉重的马蹄声，穿过小镇高低不平的石铺路面，走上镇外布满泥坑的大道。一路上，他们除了换换马匹和变变步速之外，就这样一成不变地走完了通向首都的泥泞不堪的路程。

他们只在夜间赶路，天亮后一两个小时就停下，一直歇息到黄昏时分。两个护送者衣衫褴褛不堪，只好用麦秸裹在赤裸的双腿上，盖在满是破洞的肩头，以避风雨。这样被人押着走，查尔斯·达尔奈的心里当然感到很不舒服，加上有一个爱国者经常喝醉酒，老是马马虎虎地提着那支火枪，得随时提防万一出现的危险，除此之外，他竭力不让横加在他身上的这种管押在自己心中引起任何严重的恐惧。他拼命安慰自己，这跟他个人案件的是非曲直毫不相干，因为还没有详述过案情，这跟自己的申辩也毫无关系，因为他还没有提出申辩，而他的申辩是完全可以由阿巴依监狱里的那个囚犯来证实的。

可是待他们到达小城博韦时——已是黄昏时分，街上挤满了人——他再也不能哄瞒自己了，事态确实让人非常担心。一群人气势汹汹地围了上来，看着他在驿站的院子那儿下马，只听得许多人大声高呼："打倒逃亡贵族！"

他正要翻身下马，又坐定了，觉得还是骑在马上最安全，他说："逃亡贵族?！我的朋友们！我是自愿回法国来的，你们没有看见吗?"

"你是个该死的逃亡分子！"一个钉马掌的铁匠喊着，手里握着铁锤，怒气冲冲地分开众人，朝他挤过来，"你是个该死的贵族！"

驿站长赶忙插身到此人和达尔奈的缰绳之间（此人显然想扑过来抓缰绳），一面劝说道："算了，算了！到了巴黎，他会受到审判的。"

“受审判!”钉马掌的摇晃着手中的锤子重复了一句,“哼!还要当卖国贼定罪哩!”周围的人群听了这话,吼声雷动,表示赞同。

驿站长正打算拉马调头进院子,达尔奈止住了他(那位醉醺醺的爱国者依旧泰然自若地坐在马背上看着,手腕上仍挽着那条绳子),等到人们能听见他讲话的声音时,赶忙说道:“朋友们,你们弄错了,要不就是受人骗了。我不是卖国贼。”

“他撒谎!”那铁匠喊道,“打从法令一颁布,他就是卖国贼了。他那条命已经罚给人民处置了。他那条该死的命已经不是他自己的了!”

就在这时,达尔奈看到群众的眼睛中冒出了一团怒火,转瞬之间,这怒火就会冲到他的身上。驿站长赶快把他的马拉进院子,两个护送的人紧跟在他的两侧,也骑马进来。接着,驿站长关上那两扇摇摇晃晃的大门,上了闩。钉马掌的又用他的锤子在门上砸了一下,人群又乱哄哄地吼叫了一阵,但也就到此为止了。

“那铁匠说的法令是怎么回事?”达尔奈在院子里谢过了驿站长,站在他的身边问道。

“确实有这么回事,是关于拍卖逃亡贵族财产的法令。”

“什么时候颁布的?”

“十四号。”

“正是我离开英国那天!”

“大家都说有好几条法令,这只是其中的一条,另外还要颁布一些——要是现在还没有颁布的话——禁止所有逃亡分子回国,凡跑回国来的一律处死。他说你的命已经不是你自己的,就是这个意思。”

“可是现在还没有颁布这样的法令吧?”

“我哪儿知道!”驿站长耸了耸肩膀说,“也许已经颁布了,也许将要颁布,反正都一样。你需要点儿什么?”

他们在厩楼的草堆上睡到半夜，趁着整个小镇还都沉在梦乡中，又上路了。一路上，看到许多熟悉的事物都发生了剧变，他觉得这趟不平凡的骑马旅行恍如在梦中。一个惊人的现象是，人们似乎很少睡觉。他们在沉闷的大道上孤孤单单地经过长时间的策马奔驰后，眼前出现了几间简陋的农舍，里面往往不是黑漆漆的一片，而是灯火闪亮，还能看到人们像鬼魂似的出现在深夜里，手拉着手围着一棵干枯的“自由之树”转圈子，或者聚在一起高唱“自由之歌”。幸亏这天晚上博韦镇的人都睡了，他们得以顺利脱身，重新走上凄凉寂寞的旅途。马铃叮当，他们穿行在提前来临的冷湿的空气中，沿途是当年颗粒无收的贫瘠之地，偶尔还点缀着一些房屋焚毁的焦黑遗迹。在路上四处检查的爱国者巡逻队有时会突然从暗处钻出，一把抓住马缰绳，拦住他们的去路。

天亮后，他们终于来到巴黎城下。他们策马上前，但是发现关卡的栅栏门紧闭，戒备森严。

“这个犯人的证件在哪儿？”一个看上去办事果断的负责人问道，他是被一个卫兵叫出来的。

这句令人反感的话自然刺伤了查尔斯·达尔奈，他请求说这话的人注意，他是个自由的旅行者，一个法国公民，是因为现在乡下的局势较乱才请人护送的，护送的人是他花钱雇的。

“这个犯人的证件在哪儿？”这位大人物对此根本不加理睬，又问了一遍。

那个喝得醉醺醺的爱国者一直把证件放在帽子里，这时拿了出来。那位大人物看了加贝勒的信，吃了一惊，显出不安的神色，把达尔奈仔细地打量了一番。

他一言不发地离开了护送的和被护送的人，回到警卫室去了。他们只好骑在马上，在城门外等着。在这前途未卜的时刻，达尔奈朝四周看了看，发现把守城门的卫队由士兵和爱国者混合组成，后者比前者的人数多。农民送货的大车，以及类似的车辆和商贩，进城都很容易，可是出城的，即使是最普通的老百姓也很困难。一大群形形色色的男男女女，还有各种牲畜车辆，全都挤在城门口等待放行。盘查得很严，一个个通过关卡非常慢，有些人看到要过很久才能轮到自己，干脆就在地上躺下来睡觉或者抽烟，还有一些人则聚在一起聊天或者走来走去。他们不分男女，一律戴着红帽子和三色徽。

达尔奈坐在马背上观看着这番情景，约莫过了半个小时，那位负责人又出现了，他命令打开栅栏门，然后给护送人员——一个喝醉，一个清醒——开了一张收条，表示送来的人已经收到，最后才叫被护送的人下马。查尔斯·达尔奈遵命照办。那两个爱国者牵起他那匹疲惫不堪的马，没有进城就掉转马头回去了。

他跟着那人走进了一间警卫室。屋子里散发着廉价烟酒的气味，里面挤了不少士兵和爱国者——有的睡着，有的醒着，有的喝醉，有的清醒，还有的半睡半醒、似醉非醉，他们到处站着、躺着。警卫室里的光线一半来自夜间的逐渐变暗的油灯，一半来自阴沉沉的天气，朦朦胧胧的。办公桌上摊着一些表册，一个举止粗鲁、面色黝黑的军官掌管着这些表册。

“德法尔热公民，”他一面拿起一张纸来书写，一面对带达尔奈进来的人问道，“这就是那个逃亡的埃弗瑞蒙德吗？”

“就是这个人。”

“几岁，埃弗瑞蒙德？”

“三十七。”

“结婚没有，埃弗瑞蒙德？”

“结婚了。”

“在哪儿结的婚？”

“在英国。”

“没错。你妻子在哪儿，埃弗瑞蒙德？”

“在英国。”

“没错。埃弗瑞蒙德，现在要送你进拉福斯监狱。”

“天哪！”达尔奈喊了起来，“这是根据什么法律，我犯了什么罪？”

军官从字条上抬起眼来看了看。

“打你离开以后，我们有了新的法律，定了新的罪名，埃弗瑞蒙德。”他冷笑着说，接着继续写他的字条。

“我恳请你注意，我是应一位同胞的书面请求，自愿回来的，这份请求书就放在你的面前。我只要求给我这种机会，让我尽快按他的请求去做。我没有这种权利吗？”

“逃亡分子没有任何权利，埃弗瑞蒙德。”回答冷淡生硬。军官写完字条，默读了一遍，撒上些沙子[①]，然后把它交给了德法尔热，说了声“秘密监禁”。

德法尔热举起字条对犯人晃了晃，示意跟他走。犯人服从了，后面还跟了两个做警卫的武装爱国者。

“娶马奈特医生女儿的就是你吗？”待他们走下警卫室的台阶，朝巴黎城里走去时，德法尔热低声说，“他以前在巴士底狱关过，那监狱现在已经不存在了。”

“是呀。”达尔奈惊讶地望着他，答道。

“我叫德法尔热，在圣安托万区开酒店，也许你听说过我。”

“我妻子就是到你家接她父亲的吧？这就对了。”

“妻子”一词似乎使德法尔热想起了什么沮丧不快的事，他突然不

① 当时多用沙子吸干墨迹。

耐烦地说:“以那位新出生的名叫吉萝亭[①]的厉害女人的名义，我问你，你为什么要回法国来?”

“刚才你不是听我说了?你不相信我说的是实情?”

“实情对你很不利哩!”德法尔热皱着眉头说，眼睛笔直地看着前面。

“我真的给搞糊涂了。这儿所有的一切全是史无前例的，全都变了，而且是这样的突如其来，毫无章法，把我完全弄糊涂了。你能不能给我帮个小忙。”

“不能。”德法尔热回答说，眼睛始终笔直地朝前看。

“你能回答我一个问题吗?”

“也许可以，这得看是什么问题了。你且说说是什么问题。”

“这样不公正地把我送进监狱，在里面，我有没有一点儿和外界通信的自由呢?”

“去了你就知道了。”

“不会不经审判就把我送进那儿，连申辩一下案情的机会也没有吧?”

“去了你就知道了。不过那又怎么样?从前也有人被这么关过，那时监狱里的条件更坏。”

“可那绝不是我干的，德法尔热公民。”

德法尔热没有答话，只是阴郁地朝他看了一眼，然后就一言不发，继续往前走去。他越是默不作声，使他软化的希望也就越少——也许达尔奈就是这么想的——于是，他赶紧说道:“我有一件至关重要的事情要做(你也许比我知道得还清楚，公民，这事有多重要)，就是我得把我被投进拉福斯监狱的事不加任何说明地通知给正在巴黎的一位英

① 指断头台，该词法文为阴性。

国绅士——台尔森银行的洛里先生。你能帮我做这件事吗？”

“我什么也不能帮你，”德法尔热固执地回答说，“我要对我的国家和人民负责，我誓死忠于祖国和人民，反对你们，我绝不能替你做任何事。”

查尔斯·达尔奈感到再求他也没有用，何况他的自尊心也不容许他再说下去了。他们默默无言地向前走着。他看得出，人们对于押着犯人过街的景象已经习以为常，连孩子们也很少注意他。只是偶尔有几个过路人扭过头来，有个别人朝他指指点点，大概是在说他是个贵族。而且，如今衣着考究的人去蹲监狱和一个穿工作服的工人去上工一样平常，没什么值得多注意的。当他们经过一条狭窄、阴暗、肮脏的街道时，有个慷慨激昂的演说人正站在一张凳子上，对一群慷慨激昂的听众发表演说，控诉国王和王室对人民犯下的罪行。查尔斯·达尔奈从这人的口中听到只言片语，才第一次知道国王已被关进狱中，而且各国外交使节已经全都离开巴黎。这一路上（除了在博韦），他一点儿消息也没有听到。护送人和那到处都有的监视使他完全与世隔绝了。

现在，他当然已经明白，眼前面临的危险要比他离开英国时大多了。他当然也明白，四周的危机正在迅速加剧，灭顶之灾正在步步逼近。他心里不得不承认，要是事先能预见到这几天的局势变化，他就不会做这番旅行了。然而，从后来实际发生的情况看，他这时的疑惧还远没有实际发生的那般严重哩。虽说前途令人担忧，但是凶吉未卜，所以他还模模糊糊地怀着某些希望。而时针再转上几圈之后就要发生的那场持续几天几夜的恐怖大屠杀，他是怎么也想象不到的，那仿佛是离他千百万年的事。这场大屠杀给快乐的收获季节抹上了一大片血迹。①现

① 即1792年9月2日—6日，人称“九月大屠杀”。

在，他对那位“新出生的名叫吉萝亭的厉害女人”还一无所知，一般的老百姓也还不知道这个名字。不久就要发生的那些可怕的事，恐怕就连那些以后参与其中的人，此时也未曾想到。在一个善良心灵的朦胧意识中，那样的事又怎能占有一席之地呢?

他预感到，在监禁中，有可能或者肯定会遭到不公正的待遇和磨难，会饱尝和娇妻爱女分离的痛苦。但除此之外，他并没有想到会有什么特别可怕的东西。他心里这么想着，来到了拉福斯监狱——怀着这样的心情，走进阴森可怖的监狱院子，已经够受的了。

一个面部浮肿的人打开了一扇结实的小门，德法尔热把“逃亡贵族埃弗瑞蒙德”交给了他。

“真见鬼！这号人还有多少呀！”面部浮肿的人大声嚷嚷道。

德法尔热没有在意他的叫嚷，拿了收条，就和跟他同来的两个爱国者走了。

“我还得说，真见鬼！”待身边只留下他的老婆时，典狱长又大声嚷了起来，“还有多少呀！”

典狱长的老婆对此没有作答，只是说了一句：“忍着点儿吧，亲爱的！”她打了打铃，三个看守应声而入，他们同声附和她的意见，有一个还加了一句：“为了对自由的爱嘛！”这种话在此时此地听起来，就像是一个很不恰当的结论。

拉福斯监狱是座阴森森的监狱，又暗又脏，散发出一股脏被窝的可怕臭气。很奇怪，所有这类管理不善的地方，总会迅速散发出这种难闻的牢房被窝臭！

“又是秘密监禁！”典狱长看着那张字条咕哝道，“就像我这儿还没胀破似的！”

他很不高兴地把字条朝卷宗上一扔。为了等他稍为高兴一点儿，查尔斯·达尔奈在一旁足足等了半个小时。他时而在这间坚固的拱顶屋子里来回踱步，时而在一张石头凳子上坐下来休息，无论踱步还是坐着，都是想要让那个典狱长和他的下属想起还有他这么个人在等着。

“来！”典狱长终于拿起一串钥匙说，“跟我来，逃亡贵族！”

于是，这个新来的囚犯就跟着他，在监狱里昏暗的光线下，穿过条条走廊，爬过座座楼梯，通过道道咣当作响、在他们过后立即锁上的铁门，最后进入一间又大又低的穹顶屋子，里面挤满了男女囚犯。女的围着一张长桌坐着，有的读书，有的写字，有的编织，有的缝纫，有的刺绣；男的大多站在她们的椅子背后，或者在屋子里来回踱步。

这个新来的人看见这些囚犯，马上本能地把他们和可耻的罪恶和丢脸联系在一起，觉得羞与为伍，不禁后退了一步。可是，那些人全都立即起身相迎，一个个都按照时尚彬彬有礼，温文儒雅，使他经过梦一般的长途跋涉后，现在更如堕入虚空的幻境之中。

监狱的阴森气氛奇异地衬托着这些优雅举止，在这极不相称的肮脏、悲惨的环境中，他们显得那么虚幻，使查尔斯·达尔奈觉得他似乎正置身于一群死人中间。四周全是幽灵！美丽的、庄重的、文雅的、高傲的、轻浮的、机智的、年轻的、老迈的，通通都是幽灵，全都在等待着把他们从凄凉的此岸打发走，全都用那种到了这儿就成死人的无神目光看着他。

这惊得他呆若木鸡。站在他旁边的典狱长、几个在附近走来走去的看守，就他们平日的身份来说，仪表算是过得去了。可是现在有这些忧伤的母亲和妙龄的少女在这儿——有卖弄风情的女子、年轻美貌的姑娘、娇生惯养的少妇——相形之下，他们就显得粗俗不堪了。这种鬼影幢幢的场面更使乾坤颠倒的幻觉达到了顶点。没错，这些全都是幽灵。毫无疑问，那如在梦中的长途跋涉，使他患了一场日益加重的病，现在竟把他带到这些影影绰绰的幽灵中来了！

“我代表全体难友，”一位彬彬有礼、气度不凡的绅士走上前来说道，“对你来到拉福斯监狱表示欢迎，对你蒙受灾难来到我们中间表示慰问。祝愿你早日逢凶化吉，得到解脱！如在别处，请教你的大名和案情当属冒昧，但在此地，则又当别论了，你说是吗？”

查尔斯·达尔奈打起精神，用他能想到的适当措辞做出了回答。

“我希望，”那位绅士目送着走到屋子另一头的典狱长说，“你不是秘密监禁吧？”

“我不懂这秘密监禁是什么意思，不过我听到他们是这样说的。”

“唉，真不幸！我们对这深表遗憾！不过你还是要振作精神，我们当中有几个人起初也是秘密监禁，不过没过多久就撤销了。”接着，他提高嗓门向大家报告说：“我很难过地告诉诸位——是秘密监禁。”

典狱长在屋子另一头的铁栅门旁等着查尔斯·达尔奈。当他穿过屋子朝那儿走去时，响起了一片同情的窃窃私语，还有许多声音——其中女人温柔同情的语声更为清晰——在祝福他、鼓励他。他走到铁栅门前，转过身来向他们竭诚道谢。典狱长随手关上了铁栅门，于是这些幽灵就在他眼前永远地消失了。

这扇小门通往一道向上的石砌台阶。他们往上爬了四十级（这位只当了半小时囚徒的人，已经数过了），典狱长打开了一扇低矮的黑门，他们进入了一间单人牢房。牢房里冷得刺骨，而且潮湿，但不太阴暗。

“你住的。”典狱长说。

“为什么要把我单独关在这里？”

“我怎么知道！”

“我能买点笔墨纸张吗？”

“这我管不着。会有人来看你，到时你可以提出来。眼下你只能买吃的，别的一律不准。”

牢房里有一把椅子，一张桌子，还有一条草垫子。典狱长在出去之前把这些东西和四面的墙大致查看了一遍。这时，倚在他对面墙上的囚徒，脑子里突然恍恍惚惚地产生了一种幻觉，只觉得那典狱长的面孔和整个身子都大大地肿胀起来，看上去就像一具淹死后被水泡涨了的浮尸。典狱长走了之后，他仍在恍恍惚惚地想着："现在，我像个死人一样给扔在这儿了。"他停下来，低头看了看那条草垫子，恶心得连忙扭过头去，心里想："死了以后，我的尸体首先就会落到这些到处爬的小虫子中间。"

"五步长，四步半宽。五步长，四步半宽。"犯人在牢房里来回走着，丈量着它的大小。城市的喧嚣声像闷鼓般传来，时而还夹杂着狂吼声。"他做鞋子，他做鞋子，他做鞋子……"犯人又开始丈量牢房的大小，他加快了脚步，竭力想摆脱眼前一再侵袭着他的念头，"小门关上后，那些幽灵就不见了。他们当中有一个人，看模样像是位夫人，穿着黑衣服，倚在窗洞旁，金色的头发闪着光亮，她看上去像……看在上帝的分儿上，让我们穿过那些人人醒着、灯火辉煌的村子，继续赶路吧！……他做鞋子，他做鞋子，他做鞋子……五步长，四步半宽。"这些凌乱的念头在他心中七上八下地翻滚，犯人越走越快，固执地数了又数。城市的喧嚣声也有了变化——依然像阵阵闷鼓般滚滚而来，可是盖过这些闷鼓声的，还越来越响地传来了他的亲人的阵阵号啕痛哭声。

第二章

磨刀砂轮

坐落在巴黎圣日耳曼区[①]的台尔森银行，设在一幢大楼的侧翼，前面有一个院子，有一堵高墙及一道坚固的大门和大街相隔。这幢大楼属于一位大贵族，他一直住在这里，直到在动乱中穿了厨子的衣服越过国境线逃亡国外。过去，为这位大人进食巧克力，除了前面提到的那个厨子外，还得有三个壮汉侍候，如今他虽然只是一只在猎人追逐下逃奔的野兽，但即使是死而复生，也依然是那同一个大人。

大人逃走了。那三位壮汉为了赎清曾从大人那儿领过高薪的罪过，一再表示愿意切断大人的喉管，把他献到这个“自由、平等、博爱，要不毋宁死的统一、不可分割的新生共和国”的祭坛上。大人的府邸开始被查封，继而被没收。因为一切事态都发展得如此之快，法令以猛烈的势头一道接一道飞速下达，到了秋季九月的第三天晚上，爱国的执法者就占据了大人的这座府邸，涂上了三色标志，在它的议事厅里喝起白兰地来。

要是台尔森银行在伦敦的营业处也跟巴黎的营业处一样，那想必早就乱作一团、登上《公报》[②]了。因为，那班责任心强、又要体面的庄重的英国人要是见到银行的院子里有栽在木箱里的橘树，柜台上方

① 法国大革命前巴黎上流社会人物聚居的一个区。

② 英国一份专门登载破产者名单的官方报纸。

还画有爱神丘比特像，他们会怎么说呢？可是这儿就有这些东西。台尔森银行为丘比特刷上了白粉，可是天花板上的那个还能看出来。他裹着一层凉爽的薄纱，从早到晚对着钱拉弓瞄准（像往常那样）。如果是在伦敦的伦巴第街[①]，这个少年异教徒、这小爱神背后那个挂着帷幔的壁龛，还有嵌在墙上的穿衣镜，还有那些年纪根本不算老、动不动就抛头露面去跳舞的职员，非叫台尔森银行破产关门不可。可是，在法国的台尔森银行，却能和这一切和睦共处，只要时局稳定，谁也不会对这一切大惊小怪，把款子从这儿提走。

今后，哪些款子会从台尔森银行提出去，哪些款子会搁在银行无人提取，哪些金银器皿和珠宝首饰会因它的主人病死狱中或遇难暴卒，从而在台尔森银行的库房里失去光泽，台尔森银行会有多少账目今生今世永远结算不清，只好留待来世，这一切谁也说不清。那天夜里，尽管贾维斯·洛里先生对此冥思苦想，但同样也说不清楚。他坐在刚刚生起火来的壁炉边（在这多灾歉收之年，天气冷得特别早），忠厚坦诚而又富有勇气的脸上有一层阴影，比吊灯所能投射的或屋子里任何东西歪歪扭扭地反射出的更深更暗——这是恐怖的阴影。

他对银行忠心耿耿，像一株扎下深根的常春藤，已成了银行的一个组成部分。由于这层关系，他在银行里拥有一套房间。主楼由爱国者占领，倒使银行有了一道保证安全的屏障，不过这位实心眼的先生丝毫没有想到这一层。他对这一切情况都毫不关心，只知道尽自己的责任。院子对面的一排廊檐下面是一片宽阔的停车场——没错，那儿还停着大人的几辆马车。在两根廊柱上缚着两个熊熊燃烧的大火炬，从火光中可以看到，露天里架着一座磨刀的大砂轮，这草草架起的东西显然是从邻近的铁匠铺或别的什么工场里搬来的。洛里先生站起身

① 英国金融中心所在地。

来，朝窗外看了看这件无害的物品，不禁打了个寒噤，又回到炉边的椅子上坐下。他原先不仅打开了玻璃窗，连外面的百叶窗也打开了，这时他又把它们全都关上，可是浑身上下还是直打哆嗦。

从高墙和坚固的门外的大街上传来了夜间城市里常有的嘈杂声，时而还夹杂着阵阵难以描述的、古怪的、非人间所有的声响，仿佛有一种极其可怕的怪声冲天而上。

“感谢上帝，”洛里先生紧握着双手说，“我所亲近的人今晚没有一个在这个可怕的城市里。愿上帝怜悯所有身处险境的人！”

不久，大门上的门铃响了。他想："他们回来了！"于是坐着谛听。可是，并不像他预料的那样，有一大群人吵吵嚷嚷地拥进院子，只听得大门又嘎吱响了一声，然后一切复归寂静。

洛里心里既紧张又恐惧，隐约地为银行担心起来，时代的剧变自然会使人产生这种想法。银行是警卫森严的，他站起身来，正想去找那些守卫银行的可靠的人，房门突然被推开了，两个人冲了进来，一见他们，他惊得往后直退。

是露西和她父亲！露西对他伸出双臂，眉宇间依然凝聚着往昔那种热情，深切而专注，仿佛是特地刻印在她的脸上，好让它在她一生的这一重要关头显示出力量和能耐来。

“这是怎么了？”洛里先生惊慌失措、气喘吁吁地喊了起来，“怎么回事？露西！马奈特！出什么事了？你们干吗来这儿？怎么了？”

她两眼定定地看着他，脸色苍白，神色张皇，扑进他的怀里喘息求告道："啊，我亲爱的朋友！我的丈夫……"

“你丈夫怎么了，露西？”

“查尔斯……”

“查尔斯怎么了？”

“他在这儿。”

“在这儿？在巴黎？”

“到这儿已有几天了——已有三四天——我说不清究竟有几天——我已经六神无主了。他出于一种侠义心肠，瞒着我们来到这儿。在关卡上被截住，送到监狱里去了。”

老人不禁发出一声叫喊，几乎与此同时，大门上的铃声又响了，接着，一阵杂沓的脚步声和嘈杂的人声涌进了院子。

“这是什么声音？”医生一面说，一面朝窗口张望。

“别看！”洛里先生叫了起来，“别朝外面看！马奈特，这和你性命攸关，千万别碰那百叶窗！”

医生转过脸来，手按在窗闩上，带着镇静大胆的微笑说：“我亲爱的朋友，我在这个城里是有护身符的。我当过巴士底狱的囚徒。巴黎的所有爱国者——岂止巴黎？全法国的爱国者——只要知道我当过巴士底狱的囚徒，就绝不会伤害我，他们只会热烈地拥抱我，或者兴高采烈地把我抬起来。我过去遭受的苦难给了我一种特权，使我们得以顺利地通过关卡，还在那儿打听到查尔斯的下落，并且来到你这儿。我知道事情会这样，我知道我能帮助查尔斯脱险，我对露西就是这样说的——这是什么声音？”他的手又伸到窗上。

“别看！”洛里先生拼命叫了起来，“别看，露西，亲爱的，你也别看！”他伸开胳臂紧紧搂着她，“别这么害怕，我的宝贝。我郑重对你起誓，我知道查尔斯没有遭到什么伤害。我一点儿也没有想到他会到这要命的地方来。他在哪个监狱？”

“拉福斯监狱！”

“拉福斯监狱！露西，我的孩子，既然你生来就那么勇敢、坚强——你一直如此——现在你就应该保持镇静，完全照我说的去做，这一点很要紧，这比你所想象的、我能表达的都要重要。今天晚上你做什么都无济于事，你也根本出不去。我这么说，是为了查尔斯，我要你去做的事，是极难做到的事。你应该立即听我的吩咐，镇静下来，不要作声。你得让我把你安置到这后面的一间房子里去。你得让你父亲单独和我在这儿待上两分钟，这是生死攸关的时刻，你不能迟疑。”

“我听你的。我从你的脸上看得出来，除此之外，我也做不了别的什么。我知道你是真心诚意的。”

老人吻了吻她，匆匆把她带进他的房间，锁上门，然后急忙回到医生这儿，打开玻璃窗，把百叶窗也打开一点儿，用手按着医生的胳臂，和他一起朝院子里探望。

只见院子里男男女女挤了一大堆人，还没有把整个院子挤满，充其量不过四五十人。是占有这幢房子的人放他们从大门进来的，他们都拥到那架磨刀砂轮旁磨起刀剑来，这里既方便又僻静，砂轮显然是为他们架的。

可是，这班人看上去非常可怕，他们干的活儿也让人毛骨悚然。

砂轮有一对手柄，两个男人正发疯似的摇着。随着砂轮的飞速转动，他们扬起了脸，长长的头发向后飘散，他们的脸比那些涂抹得最狰狞的野蛮人还要残忍可怕。他们贴着假眉毛和假胡子，狰狞的脸上满是血污和汗水。他们使劲号叫，脸扭曲着，由于兽性大发又缺少睡眠，双目圆睁，两眼怒视。这两个暴徒不住地摇着砂轮，他们那缠绕打结的一簇簇头发，一会儿垂在前面遮住眼睛，一会儿被甩到后面盖住脖子。几个女人把酒递到他们嘴边让他们喝，往下直滴的有血，有酒，还有从砂轮上迸溅出来的火花，一片血与火的邪恶气氛。在这群磨刀人中，找不出一个身上没沾血迹的人。他们你推我搡，争着要挤到砂轮跟前去。男人们有的赤着上身，四肢和身上都沾满血污，有的穿着各色各样的破衣烂衫，上面也满是血迹，有的还怪模怪样地穿戴着抢来的女用花边、丝织品和缎带，上面也无不沾有血污。他们带来要磨的斧头、大刀、刺刀和剑，全都被血染得猩红。有些砍缺了口的剑，用被单撕成的布条或者衣服扯开的布片拴在佩剑人的手腕上，尽管布条质地各式各样，但都浸透了同一种颜色。当这些武器的发狂的主人握着它们离开火花四溅的砂轮奔出大门时，他们那狂乱的眼睛也是血一般的通红——任何一个尚未失去人性的人看见了，都宁愿少活二十年，也要用一支瞄得很准的枪把它们通通制止。

这一切都是瞬间看到的，就像一个快要淹死的人或者处于生死关头的人所看到的世界，如果这个世界存在的话。洛里先生和医生也是在一瞬间看清了这番情景。他俩从窗口退了回来，医生带着询问的神情望着朋友那死灰色的脸。

“他们，”洛里先生小声说出这几个字，担心地回头看了看锁着的门，“正在屠杀囚犯。要是你对你刚才说的话有把握，要是你真的有你说的那种特权——我相信你是有的——你就出去见见这班恶魔，让他们把你带到拉福斯监狱去。也许已经来不及，我说不准，可是一分钟也不能再等下去了。”

马奈特医生握了握他的手，没戴帽子就匆匆走了出去，待洛里走回到窗口时，他已到了院子里。

他那随风飘散的白发，他那引人注目的面容，还有他那像划水般把刀斧枪剑推开的颇为坚定自信的风度，使他很快来到聚在砂轮旁那群人的中心。开始是一阵静默，然后是一阵窃窃私语，还有医生那听不清的声音。接着，洛里先生看到所有人都围着他，列成二十来人长的队伍，肩并肩，手拉手，匆匆地朝外走，口中高喊：“巴士底的囚犯万岁！快去拉福斯监狱救巴士底囚犯的亲人！给巴士底的囚犯让路！快去救拉福斯监狱里的囚犯埃弗瑞蒙德！”无数个喊声呼应着。

洛里先生忐忑不安地关上百叶窗，又关上玻璃窗，拉上窗帘，然后急忙赶去告诉露西，她父亲已经得到了人们的帮助，找她丈夫去了。他发现她的孩子和普罗斯小姐也和她在一起，可是过了许久，直到夜深人静，他坐在旁边守着她们时，他才对她们的突然出现感到惊诧万分。

这时，露西躺在脚边的地板上，昏昏沉沉的，可是还一直抓着他的手。普罗斯小姐已把孩子放在她的床上，她的头也渐渐地垂到她照看的可爱宝贝的枕头边。啊，这漫漫的长夜，可怜的妻子在呜咽！啊，这漫漫的长夜，父亲尚未归来，音讯全无！

黑暗中，大门上的铃又响了两次，每次都有一大群人拥了进来，于是那砂轮又呼呼飞转起来，火花毕剥迸溅。“这是什么声音？”露西惊恐地叫了起来。“嘘！是士兵们在这儿磨刀枪，”洛里先生说，“现在这地方已归国家所有，当了军械库了，亲爱的。”

总共又来了两次，最后一次他们已经没有什么劲儿了，磨磨停停。不久，天色渐亮，洛里先生把自己的手从露西紧抓住的手中轻轻抽出，小心翼翼地再次朝窗外张望。一个浑身是血的人，像个刚在战场上苏醒过来的重伤士兵，正从砂轮架旁的石板地上爬起来，茫然地朝四周打量着。这个精疲力竭的刽子手，借着朦胧的曙光，看到了大人留下的一辆马车，他踉踉跄跄地走到那辆豪华的车子跟前，爬进车子，关上门，倒在精致考究的坐垫上睡了起来。

待洛里先生再次朝窗外张望时，那个巨大的砂轮——地球，已经转过来了，院子里被阳光照得一片通红。那架显得小了的磨刀砂轮孤零零地伫立在清晨宁静的空气中，上面有一层猩红色，那绝不是阳光染的，也绝不是阳光所能消退的。

第三章

阴影

上班的时间一到，洛里先生那生意人的头脑里首先想到的是：他没有权利把一个关在牢里的逃亡分子的妻子收留在银行里，连累台尔森银行。为了露西和她的孩子，他可以置自己的身家性命于不顾，但是委托他管理的这家大银行并不属于他自己，在履行业务职责方面，他是个一丝不苟的生意人。

开始，他的脑子里有过一个念头，想起了德法尔热，打算再去找那家酒店，跟那位店主人商量商量，在这个处于混乱状态的城市里，为她们找一个最安全的住所。可是后来他又打消了这个念头，因为德法尔热住在暴乱最厉害的地区，他在那儿无疑还是个有影响的人物，在那些危险的事情里一定陷得很深。

到了中午，医生还没回来，而每拖延一分钟，都有累及台尔森银行的危险，于是洛里先生就去跟露西商量。她说她父亲曾经说过，要在银行附近一带暂时租个住处。这对银行的业务不会有什么妨碍。洛里先生估计，即使查尔斯安全无恙，获得释放，一时也难以离开巴黎。于是，他就外出寻找房子，最后在一个偏僻的小巷里找到了几间合适的楼房。四周一座座死气沉沉的高楼上，所有的百叶窗都紧紧关闭着，表明住户都逃走了。

他立即让露西母女和普罗斯小姐搬进新租的寓所，而且尽可能把她们安置得舒适一些，比他自己住的地方要好得多。他把杰里留给她们充当应门顶事的人，然后就回银行去干自己的事去了。他心绪不定、愁闷难当地工作着，这一天的日子过得特别慢，十分难挨。

一天终于打发过去了，银行关上了门，他也精疲力竭。正当他独自一人坐在前一晚坐的房间里，思量着下一步该怎么办时，忽然听到有上楼的脚步声。转眼之间，一个人来到他的跟前，用锐利的目光朝他仔细打量着，直呼起他的名字来。

“正是敝人，”洛里先生答应说，“你认识我吗？”

那人身体壮实，长着一头黑色鬈发，年纪在四十五到五十岁之间。他没有作答，用同样的话、同样的语调反问道：“你认识我吗？”

“我好像在哪儿见过你。”

“也许是在我的酒店里吧？”

洛里先生不安起来，非常关注地问道：“你从马奈特医生那儿来？”

“是的，我从马奈特医生那儿来。”

“他说了什么？给我送什么来了吗？”

德法尔热把一张摊开的便条递到他急切伸出的手中，便条上有医生亲笔写的几句话：

> 查尔斯安全无恙，但我尚无法安然离开此地。我已获得特许，请来人带一张查尔斯的便笺交给他妻子，请允许来人面见他的妻子。

便条上注明写自拉福斯监狱，时间是不到一小时之前。

“我们一起去他妻子住的地方，好吗？”洛里先生高声念完这张字条后，宽慰地松了一口气说。

“好的。”德法尔热回答。

这时，洛里先生几乎还没注意到，德法尔热说话时的态度出奇地拘谨呆板。他戴上帽子，然后下楼来到院子里。他发现这儿站着两个女人，一个正在编织。

“是德法尔热太太吧，没错!”洛里先生说道，大约在十七年前，他跟她分手时，她就是这个样子，一点儿没变。

“是她。”她丈夫回答说。

“太太也跟我们一起去吗?”洛里先生见她也跟着走，便问道。

“是的，她们去见一见，认识一下。这是为了她们的安全。”

洛里先生这时才发觉德法尔热的态度有异，他怀疑地看了看他，然后在前面带路。两个女人都跟着，另一个女人就是“复仇女”。

他们穿街过巷，尽量快走，最后登上了新住处的楼梯，杰里给他们开了门，进门就见露西正独自哭泣。洛里先生告诉她有关她丈夫的消息后，她欣喜若狂，紧紧握住了那只递过便条来的手——她绝没有想到，这只手头天夜里在离她丈夫不远的地方干了什么，要不是幸运，说不定她的丈夫也已落入他的手中。

最亲爱的：鼓起勇气来，我很好。你父亲对我周围的人很有影响。你不能回信。替我吻我们的孩子。

总共只写了这么几句话，可是对接到这一便条的人来说，简直是无价之宝，她从德法尔热转向他太太，吻了吻那只正在编织的手。这是女性的一种满怀深情、衷心感激的表示，可是那只手毫无反应——它冷冷地、不快地缩了回去，重又编织起来。

在接触到这只手时，有什么东西使露西愣了一下。她正想把那张便条揣进怀里，手刚抬到颈边，却又停住了，满怀恐惧地望着德法尔热太太。德法尔热太太则用无情的冷眼，迎视着她那上挑的眉毛和皱起的前额。

“亲爱的，”洛里先生插进来解释道，“街上常闹乱子，虽说他们不一定会来骚扰你，可是德法尔热太太还是想来见见在眼前这种情况下她有能力给予保护的人，也好认识认识——我想是为了认识一下。”洛里先生说这些宽心话时有点儿吞吞吐吐，他越来越觉出那三个人冷若冰霜的态度，“我说得对吧，德法尔热公民？”

德法尔热脸色阴沉地朝妻子看了看，只是粗声地哼了一下，算是表示默认。

“露西，”洛里先生竭力以和善的语气和态度劝说道，“你最好把你的宝贝孩子，还有我们那位善良的普罗斯小姐也领到这儿来。德法尔热，我们这位善良的普罗斯是位英国女士，不懂法语。”

我们说到的这位女士，深信自己强过随便哪个外国人，任何艰难险阻都动摇不了她。她抱着双臂出来了，先看到“复仇女”，就用英语对她说道：“哦，凶面孔！祝你好！”又用英国派头对德法尔热太太哼了一声。但是她们俩都对她不大搭理。

“这就是他的孩子？”德法尔热太太第一次停下手中的活儿说，还用织针朝小露西指了指，仿佛那是命运之神的手指。

“是的，太太，”洛里先生回答，“这就是我们那个可怜囚徒的宝贝女儿。他只有这么一个孩子。”

德法尔热太太和她同伴黑乎乎的影子吓人地落到了孩子的身上，母亲本能地跪倒在她身旁的地上，把她紧紧地搂在怀中。于是德法尔热太太和她同伴的浓重阴影，便可怕地落到母女俩的身上。

“够了，我的丈夫，”德法尔热太太说，“我已经看见她们了，我们可以走了。”

然而，在这含而不露的态度中，实际上暗藏着威吓——不是明显可见，而是模糊含蓄——这态度使露西心惊肉跳，她伸出哀求的手，抓住德法尔热太太的衣服，说："请善待我那可怜的丈夫吧。请不要伤害他。要是你能够就帮个忙，让我见见他吧。"

"我来这儿和你的丈夫没有关系，"德法尔热太太完全不为所动，低头看着她回答说，"我到这儿来，是因为你是你父亲的女儿。"

"那就看在我的分儿上，对我丈夫发发慈悲吧。也看在我孩子的分儿上！她会合起双手，恳求你开恩的。比起其他人，我们更怕你。"

德法尔热太太把这句话当作对她的恭维，朝自己的丈夫看了一眼。德法尔热一直咬着大拇指指甲，不安地望着她，这时赶忙正色敛容，摆出一副更严厉的样子。

"你丈夫在那封短信里说些什么来着？"德法尔热太太淡淡地露了露笑容，问道，"'影响'，他说起影响什么的？"

"那是说我父亲，"露西说着急忙把那张便条从怀里掏出来，但是惊恐的眼睛没有去看便条，而是看着发问的人，"他对周围的人有些影响。"

"凭这一点，会放了他！"德法尔热太太说，"随它去吧！"

"作为一个妻子和母亲，"露西急切地喊了起来，"我求你可怜可怜我，别以你的权力来反对我那无辜的丈夫，求你尽你的力量来帮助他。啊，我们都是女人，求你为我想一想，我是个妻子，也是个母亲！"

德法尔热太太像平时那样冷冷地看着乞求者，转身对"复仇女"说："打从我们像这孩子这般大，甚至还要小的时候起，我们天天看到那些做妻子做母亲的又得到什么照顾了呢？我们看到，她们的丈夫和父亲被关进监牢，闹得妻离子散，这还不够多吗？我们这一辈子，见过多少和我们一样的姐妹，还有她们的孩子，她们除了一世受苦受穷，没穿没着，没吃没喝，贫病交迫，受尽各种压迫和欺侮，还有什么呢？"

"别的，我们什么也没见到。""复仇女"答道。

"我们已经忍受得够久了，"德法尔热太太说着，又把眼光转向了露西，“你说说看！现在有一个做妻子做母亲的，她一个人有苦恼，这对我们来说又算得了什么呢？”

她重又编织起来，走了出去。“复仇女”跟在她后面。德法尔热走在最后，随手带上了门。

“鼓起勇气来，我亲爱的露西，”洛里先生扶起露西，说道，“要有勇气，勇气！到现在为止，我们一切都还算顺利——比起许多可怜的人最近的遭遇来，情况不知要好上多少倍哩。打起精神来，多多感谢上帝吧。”

“我想，我并不是不懂得感恩，可是那个可怕的女人好像投下了一道阴影，既罩住了我，也罩住了我的一切希望。”

“哎，哎！”洛里先生说道，“你那勇气十足的小胸膛怎么泄气了？这只是个阴影呀！里面又没什么实在的东西，露西。”

话虽这么说，德法尔热夫妇的态度也在洛里先生身上投下了一道阴影，这在他内心深处引起了极大的不安。

第四章

在风暴中镇定自若

马奈特医生直到第四天早上才回来。在这段恐怖时期内发生的许多事，凡是能不让露西知道的，他都尽量瞒着她，所以直到很久以后，在她远离法国时，她才知道，有一千一百个手无寸铁的男女老少囚犯，被那班民众杀害。这一惨无人道的暴行，一连持续了四天四夜，直弄得天昏地暗，连周围的空气都充满了血腥。可是当时她只知道，有些监狱遭到了袭击，所有政治犯都处于危险之中，有的竟被拖出去杀害了。

马奈特医生在要求洛里先生严加保密的条件下——其实这不用他多说——告诉他说，当时人群簇拥着他，穿过屠场般的街道，来到拉福斯监狱。在监狱里，他看到一个群众自发组织起来的法庭正在开庭，囚犯一个个被带进来受审，有的很快被判处死刑，立即被拉出去执行，有的被当场释放，也有少数的重又被带回牢房。给马奈特医生引路的人把他带到这个法庭上，他自报了姓名和职业，陈述了自己过去未经审判就被秘密监禁在巴士底狱十八年的情形。一个坐在审判席上的人站起来为他做证，这个人就是德法尔热。

于是，他翻阅了放在桌上的花名册，查明他的女婿还列在未遭杀害的囚犯名单中，就苦苦请求法庭免他一死，释放他——法庭上的那班审判人员，有的已睡去，有的还醒着，有的因参与屠杀，一身血迹，有的干干净净，有的醉了，有的没醉。起初，因为他是个在推翻了的旧制度下受过苦的知名人物，大家对他狂热欢迎，一致同意把查尔斯·达尔奈带到这个无法无天的法庭上来讯问。可是，就在他似乎立即就要获得释放时，不知什么缘故（医生也感到莫名其妙），有利的形势突然发生剧变，那班人又暗暗地交谈了几句。之后，那个坐在主审席上的人告诉马奈特医生，这个犯人还得继续监禁，不过看在他的分儿上，人身安全会得到保护，不会受到伤害。一个手势，犯人又即刻被押送回牢房。看到这样的情势，医生一再请求让他也留在监狱里，以防他的女婿因受人暗算或一时失误而被交到门外那班群众手中，这时他们正在那儿杀气腾腾地狂呼乱叫，声音常常盖过审讯中的话语声。他总算获得许可，留在那座“血腥的厅堂”里，直到危险过去。

他在那儿只敢草草吃点儿东西，偶尔打个盹，至于所见所闻，还是不说为好。人们有时候为一些囚犯得救而欣喜若狂，有时候又残暴地把囚犯劈成几块，这一切都使他惊得目瞪口呆。医生说，有一个囚犯已获得自由，刚走出监狱来到大街上，就被一个暴徒用长矛误戳了一下。他们恳求马奈特医生去给他包扎伤口。医生赶出门来，只见被刺的囚犯正被抱在一群撒玛利亚人[①]的怀中，他们自己则坐在被他们杀害的囚犯的尸体上。情景荒诞离奇，就像在这场可怕的噩梦中出现的任何怪事一样。他们协助医生，对这个受伤的人温柔体贴、关心备至，还特地给他做了一副担架，小心翼翼地护送他离开现场，接着便又拿起各自的武器，重新投入那可怕的屠杀之中，吓得医生用双手捂住眼睛，当场昏厥过去。

洛里先生倾听着医生这番私下里说的话，望着他六十二岁的朋友的那张脸，一种担心油然而生，害怕这种可怕的场面会使他旧病复

① 指乐善好施的人。出自《圣经》，有一撒玛利亚人途中见一路人被强盗打伤，动了慈心，为他包扎好伤口，送他到旅店，亲自照顾他，还出钱为他治伤。详见《圣经·新约·路加福音》第10章。

发。不过，他还从来没有见过他的朋友现在这种样子，他根本不知道他竟会有现在这种性格。现在，医生第一次感觉到，昔日的苦难给了他力量。他第一次感觉到，他已在苦难的烈火中逐渐锻炼成钢，能够砸开囚禁他女儿丈夫的牢狱之门，把他救出来。“事情都在向好的方面发展，我的朋友。我过去并不完全是浪费时间，白白受罪。我心爱的孩子帮助我恢复了健康，现在我也要帮助她，把她最心爱的人还给她。在上苍的帮助下，我一定能做到这一点！”这就是马奈特医生说的话。洛里先生看着他那炯炯发光的眼睛、坚毅不屈的面容、镇定有力的神色和举止，对他有了信心。他觉得这个人的生命就像钟表，停走了那么多年，其间积蓄了巨大的能量，如今正以旺盛的精力重又走动起来。

即使当时医生有更大的困难需要克服，有了这种不屈不挠的意志，也能无坚不摧。由于他保持着自己医生的身份，这一职业就使得他可以和形形色色的人往来，不论是在押的还是自由的，富有的还是贫穷的，坏人还是好人，他都聪明地运用了他个人的影响，于是他很快便成了三座监狱的巡回医生，其中包括拉福斯监狱。现在，他可以让露西放心，她丈夫已不再被单独监禁，而是和其他囚犯关在一起了；他每周都能见到她丈夫，还可以直接从他嘴里给她捎来温存的口信；有时她丈夫亲自写信给她（不过从不经过医生之手），但是不许她给他写信，因为监狱方面无端怀疑有人图谋不轨，种种怀疑中最无根据的是怀疑逃亡贵族，因为知道他们在国外有朋友，或者和国外经常有联系。

医生的这种新生活无疑是一种提心吊胆的生活，不过精明的洛里先生看得出，有一种新的自豪感在支撑着他。这种自豪感并没有什么不好，它非常自然，十分可贵，洛里先生把它看作一种珍品。医生知道，迄今为止，在他女儿和他的这位朋友心目中，总是把他的长期受监禁和他个人的苦难、丧失一切以及身体衰弱联系在一起。而现在，情况有了变化，他知道，昔日的苦难给了他力量，他的女儿和朋友都盼望仰仗他的力量来使查尔斯安然无恙，并且获得释放。这一变化使他兴奋异常，如今是他站在前面带领他们，给他们指引方向，要他们作为弱者，信赖他这个强者。他和露西之间的相互关系就这样调换了个位置，而这，完全是出于最诚挚的感激和慈爱，因为女儿给予他的是那么多，他要是不对她尽一些力，他就无以自豪。“这一切看起来非常奇怪，”和蔼、精明的洛里先生心里思忖道，“但都十分自然、合理。亲爱的朋友，那就由你来领头，继续操持下去吧，这是再好不过了。”

不过，虽然医生竭尽全力，而且始终不懈，想要使查尔斯·达尔奈获得自由，或者至少能使他获准开庭受审，可是当时的群众狂潮对他来说实在太强太迅猛了。新纪元①开始了。国王②受审，被判了死罪，砍了脑袋；那“自由、平等、博爱，要不毋宁死”的共和国宣布武装反抗旧世界，不成功即成仁。黑色的大旗③日夜飘扬在圣母院的高塔上；三十万人从法国各地应召奋起，反抗地球上的各国暴君，势头之猛，就像遍地播下的龙牙④，在山丘和平原，在岩石上、砂砾里、淤泥中，在南方的晴空和北方的阴云下，在沼泽和森林里，在葡萄园和橄榄林中，在刈过的草丛和庄稼茬儿之间，在宽阔的河流两岸丰腴的土地上，在大海边的沙滩中，到处都结出了果实。有什么个人私情能抵挡住这场“自由元年”的大洪水呢——这是一场自地下涌出，并非天上倾泻的洪水，天上的窗户都紧闭着，无一敞开⑤！

---

① 法国革命军击退了入侵的普奥联军后，于1792年9月21日在巴黎召开国民公会，22日宣布废除君主，成立法兰西共和国，并于1793年10月公布了新历法，以1792年9月22日为新纪元之始，即法国共和元年元旦。

② 指路易十六。

③ 表示国难当头。

④ 据希腊神话，腓尼基王阿格诺尔之子、勇士卡德摩斯外出寻找妹妹，路遇一恶龙，将它杀死后，遵照女神雅典娜指点，将龙牙播种于地，遂长出许多武士。这些武士互相厮杀，最后剩下五人，帮助卡德摩斯建成忒拜城。

⑤ 参见《圣经·旧约·创世记》第7章：“……过了那七天，洪水泛滥在地上，当挪亚六百岁，二月十七日那一天，大渊的泉源都裂开了，天上的窗户也敞开了。四十昼夜降大雨在地上。”

没有停歇，没有怜悯，没有和平，没有片刻松弛与休息，没有时间的划分。虽然昼夜仍如混沌初开时一样，有规律地循环不已，元年的第一日也照样有晨昏，可是别的计时方法却没有了。一个民族在狂热的时候，也像一个发高烧的病人一样，失去了时间观念。一会儿，刽子手打破了全城异常的沉寂，提起国王的头给民众看；又一会儿，几乎没过多久，又让民众看他那娇妻的头[①]。她在狱中度过了八个多月寡居的悲苦生涯，头发已经花白了。

遵照着在这一切事变中形成的令人不解的矛盾法则，时光虽在飞逝，却又显得漫长。巴黎成立了一个革命法庭，全国各地产生了四五万个革命委员会；颁布了一项惩处嫌疑犯的法令，把自由和生命的一切保障都扫荡无遗，可以随意把善良无辜的人交给邪恶有罪的人去处置，监狱吞吃了无数并未犯法但又申诉无门的人；这类行径全都变为成规定则，只过几个星期，似乎就成了古已有之的旧章古制了。更有甚者，一个令人毛骨悚然的丑恶形象，仿佛打从开天辟地以来就为大家所熟知常见，这就是那个叫吉萝亭的厉害女人。

它是人们日常谈笑的话题。它是治疗头疼的特效药，它对防止头发变白绝对有效，它能使面色特别白嫩，它是国家牌剃刀，能把一切剃得一干二净；所有和吉萝亭接吻的人，只消伸头朝那小窗口里看上一眼，就会咔嚓一声，掉进口袋[②]。它是人类再生的标志。它取代了十字架。人们摘去十字架，把它的模型戴在胸前，凡是十字架被摒弃的地方，它就受到人们的顶礼膜拜。

它砍下那么多的头颅，弄得自己浑身上下和那块被它大大玷污了的土地一片猩红。它像小妖魔玩的玩具拼板，可以拆成数片，需要时

① 国王路易十六于1793年1月21日被斩首，其妻玛丽·安托瓦内特王后亦于同年10月16日被送上断头台。

② 断头台形似一方形窗框，上框装有活动铡刀，下备口袋以装盛铡下的人头。

又能再拼装在一起。它能使雄辩滔滔的人缄口无言，把权威赫赫的人打倒在地，也能把美好善良的人斩尽杀绝。仅仅一个上午，在二十来分钟内，它就能切下二十二个深孚众望的朋友——二十一个活的，一个死的——的头颅。《圣经·旧约》中那位大力士的名字①，已经传给了它的主要操纵者②，不过他的武装如此精良，比他的同名人更加强而有力，也更加盲目无知，他每天都在拆除上帝的殿堂的大门。

马奈特医生就在这种恐怖的环境以及这个环境中的那帮人中间，沉着冷静地周旋着。他对自己的力量充满信心，谨慎小心地坚持着自己的目标，从不怀疑自己终将救出露西的丈夫。然而时势潮流发展得如此迅猛深入，它无情地把光阴席卷而去。尽管医生仍十分坚定自信，但查尔斯已经在狱中被关了一年零三个月。到了这年的十二月，革命变得更加邪恶、狂暴，甚至南方的河流都被夜间抛入的溺死的尸体堵塞了，囚犯们成行成列地被枪杀在南方的冬日阳光下。即便如此，医生仍沉着冷静地周旋在这些恐怖分子中间。在当时的巴黎，没有人比他更出名，也没有人比他的处境更奇特了。他是一个超然局外、沉默寡言、富有同情心的人，医院和监狱都少不了他。无论对杀人者还是牺牲品，他都一视同仁地施展他的医术。在他行医的过程中，由于他的外表和巴士底狱囚徒的经历，使得他和所有其他人的处境迥然不同。他没有遭到过怀疑，也没有受到过传讯，仿佛他真的是个十八年前复活的人，或者是一个活动于芸芸众生中的神灵。

---

① 指参孙，古犹太人领袖之一，以身强力大著称。详见《圣经·旧约·士师记》第13—16章。

② 法国大革命时，主要刽子手名叫三孙（Sanson），与参孙（Samson）名字相近。此人曾亲自行刑，处决法王路易十六和王后玛丽·安托瓦内特。

第五章

锯木工人

一年零三个月。在整个这段时间里，露西时时刻刻提心吊胆，唯恐吉萝亭会在明天砍下她丈夫的头。每天，总有满载死囚的囚车沉重地颠簸着，穿过铺石的大街。美丽可爱的姑娘、光艳照人的妇女，棕色头发、黑色头发、花白头发的，青年小伙、健壮男女和老人，出身高贵的和出身庄户的，全都成了供吉萝亭女士喝的红葡萄酒。人们每天把他们从令人恶心的黑暗牢房中提出来，带到光天化日之下，穿过大街，送给那不知餍足的吉萝亭去解渴。“自由、平等、博爱，要不毋宁死”——这末了一项来得最是轻而易举，啊，吉萝亭！

要是说突如其来的飞灾横祸和风驰电掣的时代巨轮把医生的女儿吓得不知所措，只能呆呆地在绝望中等待结果的话，那她的遭遇也不过是和别的许多人一样罢了。自从她在圣安托万区的阁楼上把那白发苍苍的头拥进她青春焕发的怀中，她就自始至终在恪尽她的天职。在这些经受严峻考验的日子里，她更是忠心耿耿，正如所有贤良淑静的人一样。

一待他们在新寓所里安顿下来，她父亲也开始了日常的行医工作，她就把这个小家庭布置起来，安排得像丈夫也在家一样。一切都有条不紊，井然有序。她像以前全家团聚在英国时那样，按时教小露西读书。她施用种种小伎俩哄骗自己，装出相信全家很快又能团聚——诸如为丈夫的很快归来做些小小的准备，在一旁放上他的椅子，摆好他的书，等等——每天晚上，她还要特地为那许多身陷囹圄、命在旦夕的不幸者中的一个亲爱的囚徒认真祈祷——几乎只有通过这些，才能稍稍宽解一下她那沉重郁闷的心情。

她的外貌并没有多大改变。她和孩子都穿着朴素的暗色衣服，近乎丧服，可是拾掇得像欢乐时日穿的鲜亮衣服一样整洁。她脸上的红晕已经消失，昔日那种凝重深沉的表情已经不是偶尔出现，而是常驻脸上了。但除此之外，她依然是那么漂亮。有时候，当她在晚上和父亲道晚安吻别时，她那整天压抑着的悲伤会突然爆发出来，常常说父亲是这个世界上她唯一的依靠了，而他总是斩钉截铁地回答说："他要是出事，我事先绝不会不了解，而且我知道，我一定能把他救出来，露西。"

这种改变后的生活过了几个月，一天傍晚，她父亲回到家后对她说："亲爱的，监狱里有一个高高的窗户，下午三点钟时，查尔斯有时候能靠近那儿，他要是能到达窗口旁边——这取决于许多未知的情况和偶然机会——他认为，你如果能站在街上我指点给你的某个地方，他或许能看见你。不过，我可怜的孩子，你是看不见他的，而且即使能看见，你要是露出一点儿认出他的样子来，那对你来说是非常不安全的。"

"啊，我的好父亲，快把那地点告诉我吧，我要每天上那儿去。"

从此以后，不管是什么天气，她都要在那儿等上两个小时。每当时钟敲响两点，她就已经站在那儿了，一直待到四点，她才无可奈何地离开。要是天气不太阴湿不太冷，能带上孩子，她就带孩子去；别的时候，她就一个人去，从来没有间断过一天。

那地方是在一条蜿蜒曲折的小巷的拐角处，又暗又脏。这角落里唯一的一所小屋，是个锯木柴的工人的棚屋，其他几面都是墙。她上那儿去的第三天，那个工人注意到了她。

“日安，女公民。”

“日安，公民。”

这种称呼方法当时已经成了法定之规。前不久，这还只不过是在那些更彻底的爱国者中间自发形成并流行开的，而现在，却已成了人人必须遵守的法律。

“又上这儿散步来了，女公民？”

“你不是看见了，公民！”

锯木工人是个说起话来手舞足蹈的小个子（他曾经当过修路工人），他朝监狱那边瞟了一眼，朝监狱指了指，把十个手指挡在脸前当作铁栅，滑稽地在“铁窗”后面探头探脑。

“不过这不关我的事。”他说完，便接着继续锯他的木头。

第二天，他等着她。她一露面，他就上前搭话。

“嗨！又上这儿散步来了，女公民？”

“是呀，公民。”

“哟！还有个孩子！小公民，她是你妈妈，是吗？”

“我该说是吗，妈妈？”小露西紧挨着母亲，悄声问道。

“是的，我的宝贝儿。”

“是的，公民。”

“啊！不过这不关我的事，我的事就是干我的活儿。瞧我的锯子！我管它叫小吉萝亭。咔、咔、咔！咔、咔、咔！瞧，他的头掉下来了！”

那段木柴应声掉了下来，他把它扔进一个筐子。

“我管自己叫参孙，掌管砍断木柴的吉萝亭。再瞧这儿！嚓、嚓、嚓！嚓、嚓、嚓！她的头也掉下来了！这儿还有个小孩。叽咕、叽咕！嘎吱、嘎吱！好，他的头也掉下来了。满门抄斩！”

他又把两块木柴扔进了筐子，露西浑身直打哆嗦。可是，锯木工人在那儿干活儿时，去那儿要想不让他看见是不可能的。所以，为了博得他的好感，她总是先跟他打招呼，还时常给他一点儿酒钱，他也就毫不客气地收下。

他是个好奇爱问的人，有时她只顾盯着监狱的屋顶和铁窗出神，一心想着自己的丈夫，把这个人完全给忘了，待到她猛醒过来时，发现他正盯着她看，一条腿跪在板凳上，锯子插在木头里。“不过这不关我的事！”遇到这种时候，他通常都这么说，接着便又轻快地锯了起来。

不论什么天气，露西每天总要在这儿度过两个小时，冒着隆冬的霜雪，迎着早春的寒风，顶着炎夏的骄阳，淋着晚秋的苦雨。每次离开这儿的时候，她都要吻一吻监狱的大墙。在五六天中，她的丈夫或许能看见她一次（这是她从父亲那儿知道的），可能接连两三天都看见她，也可能一个星期或者整整半个月看不见。只要有机会，他能够而且确实看见了她，这就足够了。为了有这种可能，她愿意从早到晚每星期在那儿等上七天。

就这样，她又熬到了第二年的十二月。她的父亲仍然沉着冷静地周旋于那些恐怖分子中间。一天下午，下着小雪，她又来到了那个常去的拐角处。这是个什么狂欢的日子，是个节日。她一路上看到家家户户的房子上都插着小长矛，矛尖上挑着小红帽，还饰有三色彩带，刷了规范化的标语（当时最爱用三色的字母）:“统一、不可分割的共和国。自由、平等、博爱，要不毋宁死！”

锯木工人这间寒酸的木柴铺实在太小了，它的整个墙面也没有那么大的地方能容纳下这句标语。不过他还是请了什么人，草草地涂上了这条标语，那个“死”字是好不容易才挤上去的。他按照一个好公民应该做的那样，在棚顶上插了小长矛和小红帽，还在一个窗口摆着他的锯子，上面标明这是他的“小圣吉萝亭”——当时，那个非常厉害的女人已经普遍被人尊为圣徒了。他的铺子关着门，他也没有在那儿，露西感到松了一口气，她可以安安静静独自待着了。

但是他并没有走远。不久，她就听到一阵骚动和叫喊声一路传来，使她胆战心惊。转眼间，一大群人拥到了监狱大墙旁的这个拐角，锯木工和“复仇女”手拉着手，走在人群中间。大约有五百来人，却像五千妖魔在狂舞。除了他们自己唱歌外，没有别的音乐伴奏。他们一边唱着流行革命歌曲，一边和着一种恶狠狠的节拍跳着舞，仿佛大家一齐在那儿咬牙切齿。男的和女的跳，女的和女的跳，男的和男的跳，碰上谁就跟谁跳。起初，他们还只是一股粗陋的红帽子和破旧粗毛衣的风暴，可是等大家把这地方挤满，在露西周围跳起舞来时，他们中间似乎便出现了狂舞乱叫、形象狰狞的妖魔。他们时而前进，时而后退，互相拍手，互相抱头，独自旋转，或者两人抱着成对旋转，一直转到许多人纷纷跌倒在地。一部分人跌倒后，其他人继续手拉手围成圆圈打转。后来圆圈散了，分成两人或四人的小圈再转，然后猛地停

住，接着重又开始，拍手、抱头、甩开，然后倒转，继而大家都朝另一个方向转。突然间，大家又都一齐停下，停顿了一会儿，重又打起拍子，排成巷道一般宽的队伍，垂着头，举起手，尖声狂叫着向前扑去。就连打架也没有这种舞蹈可怕，简直是种堕落的耍闹——本来是天真烂漫的，最后变成这么邪恶、残暴——本来是一种健康的娱乐，现在却成了使血液沸腾、神志混乱、心硬如铁的手段。其中虽然也有一些优美的动作，但反而使它变得更加丑恶。这说明一切原本善良美好的东西也会扭曲变质。少女竟在这大庭广众之下袒露胸脯，善良稚气的头脑变得如此癫狂错乱，纤巧美丽的小脚在血污泥泞中缓步轻移，这一切全是这个颠倒混乱时代的种种象征。

这就是卡曼纽拉舞[①]。这场狂舞过去后，露西惊慌失措地站在锯木工人的棚屋门前。羽毛般的雪花静悄悄地飘落下来，落在地上，那么洁白轻柔，无声无息。

"啊，我的父亲！"她抬起刚才用手捂住的眼睛，看到父亲就站在她的面前，"这场面太凶残、太难看了。"

"我知道，亲爱的，我知道。我见过好多次了，别害怕！他们谁也不会伤害你的。"

"我不是为自己害怕，父亲。我想到我的丈夫，要受这帮人的摆布——"

"我们很快就可以使他不受这帮人的摆布了。我离开那儿时，他正朝那个窗口爬去，我急忙跑来告诉你。现在这儿没人看见，你可以朝斜屋顶上那个窗户送一个飞吻。"

"我就这么做，父亲，我要把我的灵魂也一起送给他！"

"你看不见他吧，我可怜的宝贝？"

① 流行于法国大革命时期的一种在卡曼纽拉歌伴唱下的街头舞蹈。

“看不见，父亲，”露西满怀思念之情，哭泣着送去一个飞吻说，“看不见。”

雪地里传来脚步声。是德法尔热太太。“向你致敬，女公民。”医生说。“向你致敬，公民。”这只是顺口说出，仅此而已。德法尔热太太过去了，像道阴影掠过雪白的路面。

“让我挽着你的胳膊吧，亲爱的。为了他，你应该高高兴兴、勇气十足地从这儿走开。对，做得对！”他们离开了那个地方，“这不会白做的。明天就要传讯查尔斯了。”

“明天！”

“没有时间好耽误了，我已经做好准备，但是还要采取一些预防措施以防万一，这要等到他正式出庭受审时才能采取。现在他还没有接到通知，不过我已经知道他明天就要受审，马上要把他转移到候审监狱去。我及时得到了消息。你不害怕吧？”

她仅仅能回答出一句话：“我信赖你。”

“应该这样，要绝对信赖。你的苦日子快要熬出头了，我的宝贝儿。再过几个小时，他就要回到你身边了。我用了各种办法周密地保护着他。我得去见见洛里。”

他站住了。传来一阵沉重的车轮声。他们俩都十分清楚，这意味着什么。一、二、三，三辆囚车载着死囚从雪地上驶过，积雪使车轮声不那么响了。

“我得去见见洛里。”医生又说了一遍，带她拐向另一条路。

那位忠诚可靠的老先生，仍然坚守在自己的岗位上，一直没有离开。经常有人来找他，查询那些已被充公、收归国有的财产账目。凡是他能为业主保住的，他都保住了。要论兢兢业业掌管好台尔森银行经营的钱财，而且守口如瓶，那是谁也比不上他的。

天空中暗红和橙黄交错，蒙蒙雾气从塞纳河上升起，这说明黑夜快要降临了。等他们到达银行时，天已经差不多黑了。大人那座气派宏伟的府邸已经破败不堪，无人居住。院子里一堆脏土和灰烬上写着这样一些字句："国有财产。""统一、不可分割的共和国。自由、平等、博爱，要不毋宁死！"

和洛里先生在一起的会是谁呢——椅子上那件骑马服的主人是谁——这个不肯让人看见的人是谁呢？洛里先生是打哪一位新来者那儿出来，兴奋而又惊讶地把他的宝贝儿抱在怀里呢？他提高嗓门，转过头去对着他刚才出来的那扇门，把露西那结结巴巴说出的话又重复了一遍："转到候审监狱，明天审讯。"他这是在对谁说呢？

第六章

胜利

五名法官、一名检察官和一个立场坚定的陪审团，组成了一个令人毛骨悚然的法庭，每天都开庭审案。提审名单头天晚上先提出，然后由各个监狱的典狱长向犯人宣读。典狱长常爱说的一句笑话是："里面的人，快出来听晚报吧！"

"查尔斯·埃弗瑞蒙德，又姓达尔奈！"

拉福斯监狱的晚报，终于这样开场了。

凡是被叫到名字的人，就得站出来，走到专门指定给这些不幸榜上有名的人站的地方。查尔斯·埃弗瑞蒙德又姓达尔奈的，当然懂得这个规矩，他亲眼看见过几百人就是这样一去不复返的。

那个面部浮肿的典狱长，念名单时戴着眼镜，念完一个就朝囚犯看上一眼，看清念到的人已站到该站的地方，才接着往下念，每念一个名字就停顿一次。名单上共有二十三人，可是只有二十个人应声：原来其中一人已死在狱中，被人忘记了；另外还有两个，早已上了断头台，也被人忘记了。念名单的地方就是达尔奈刚来那天晚上看到有一群囚犯的那间拱顶屋子。所有那些人，全都已经死于那场大屠杀了；每一个他关心过、又告别了的人，都已一一死在断头台上。

大家匆匆说上几句道别的话及祝愿，就立刻上路了。这本是每天都有的事，只是那天晚上，拉福斯监狱里的犯人要举行一次罚物游戏和小型音乐会。他们聚在铁栅栏前流着泪，可是预定节目中的二十个缺额还是补上了。而且不管怎么说，时间已经不多，牢房马上要上锁，到时候公共活动室和走廊都要由那些守夜的猛犬来把守了。这些囚犯并不是麻木不仁或者没有人情，他们的这种态度是时势环境造成的。同样，尽管稍有不同，大家却知道，某种狂热和冲动无疑也会使一些人不顾一切地壮起胆子，毫无必要地去和吉萝亭对抗，结果死在她的手中。这不仅仅是由于负气，同时也是受了公众那种狂乱心理影响所产生的狂乱行为。在瘟疫流行时，我们中有些人就会暗暗被那种病吸引——有时会闪过一个想要死于那种病的可怕念头。我们每个人的心中都埋藏着类似的奇怪东西，只有在适当的环境中才会暴露出来。

通往候审监狱的路程又短又黑，而在那个跳蚤、虱子横行的牢房里度过的夜晚则又冷又长。第二天，在叫到查尔斯·达尔奈的名字之前，已有十五名囚犯受到审判。十五个人全都被判处死刑，而整个审判只用了一个半小时。

“查尔斯·埃弗瑞蒙德，又姓达尔奈”终于挨到传讯了。

审问他的法官坐在审判席上，头戴饰有羽毛的帽子，但是除了他们之外，其他人都戴着粗劣的红帽子和三色徽。看看陪审团和那些乱哄哄的旁听群众，他心里可能会想，这是是非颠倒，坏蛋审判起好人来了。城市里一些最下流、最残忍、最邪恶的居民一向下流、残忍、邪恶，今天却成了法庭上的主宰。他们闹嚷嚷地对审判结果评头品足，或高声喝彩，或表示反对，或胡乱推测，推波助澜，毫无顾忌。男人多数带着各色各样的武器，女人有的带着短刀，有的佩着匕首，有的一面看热闹一面吃喝，还有不少人在编织。编织的人当中，有一个女人在编织的同时，腋下还夹着一卷编织活儿。她坐在前排一个男人的身边，查尔斯·达尔奈自从在城门口的关卡见过这个男人以来，就再没有看到过他，不过他还是很快就认出这人是德法尔热。他注意到那女的在男的耳边咬了一两次耳朵，看样子像是他的妻子。但是这两人最引起他注意的是，虽然他们坐在离他极近的地方，却从不抬头朝他看上一眼。他们仿佛在死死地等待着什么，而且一直盯着陪审团，别的什么也不看。在首席法官下面，坐着马奈特医生，他照常穿着朴素的衣服。就犯人达尔奈所能看到的来说，只有医生和洛里先生和法庭没有关系，而且穿的是平常的衣服，没有穿那种粗劣的卡曼纽拉装[①]。

查尔斯·埃弗瑞蒙德又姓达尔奈的，被检察官指控为逃亡贵族。根据禁止逃亡贵族回国、违者处死的法令，他的生命应由共和国剥夺。虽然这项法令的颁布是在他回到法国以后，但这无关紧要。他到了这里，这里颁布了法令，他在法国境内被捕，就得要他的脑袋。

“砍掉他的脑袋！”听众喊着，“他是共和国的敌人！”

首席法官摇铃要大家肃静，接着问犯人是不是真的在英国住了多年。

当然是真的。

那他不是逃亡贵族了？那么他该把自己叫作什么呢？

他认为从该项法律的精神实质来看，他不是逃亡贵族。

为什么不是？首席法官急于要知道。

因为他已自愿放弃了他所厌恶的头衔，放弃了他所厌恶的地位，离开了自己的祖国——早在“逃亡贵族”这个词像现在这样被法庭应用之前，他就放弃了——在英国靠自己的辛勤工作谋生，而不是靠盘剥法国人民的辛勤劳动为生。

他有这方面的证据吗？

他提出了两个证人的名字：泰奥菲勒·加贝勒和亚历山大·马奈特。

他不是在英国结了婚吗？首席法官提醒他说。

是的，不过他娶的不是英国女子。

---

① 法国大革命时期革命者穿的衣服：大翻领、有金属扣的短夹克衫，配以红背心、红帽和黑裤。

是法国女公民吗?

是的，生来就是法国人。

她的姓名和家庭情况?

“露西·马奈特，在座的好医生马奈特的独生女儿。”

这一回答对听众产生了可喜的影响。向这位大家都熟悉的好医生欢呼的声音响彻了整个大厅。人们的情绪是如此变幻莫测，有几张刚才还对犯人怒目而视、好像恨不得立即把他拖到街上去杀掉的凶恶的脸，转瞬之间竟落下了滚滚热泪。

查尔斯·达尔奈在他艰险的历程上所走的这几步，完全是遵照马奈特医生的反复指导行事的。对他此后要走的每一步，马奈特医生也都做了谨慎的指点，而且还为他铺平了历程中的每一寸路。

首席法官问，为什么他这时才回法国，而不早点呢?

他回答说，他没有早点回来，是因为他在法国除了他已放弃的那些产业外，无以为生，而在英国，他可以靠教法语和法国文学来养家糊口。他现在回来是应一位法国公民的书面紧急请求，假如他不来，那位公民就将有生命危险。他不顾个人安危回来，完全是为了拯救一个人的生命，来说明事实，为他做证。这在共和国看来是犯罪吗?

旁听群众热烈高呼:“不!”首席法官摇铃要大家肃静。可是大家并没有肃静下来，继续高呼“不!”，直到喊够为止。

首席法官问那个公民叫什么名字。被告说，那个公民就是他的第一个证人。他还颇为自信地提到这个公民写给他的信，这封信已在城门口被收走了，不过他相信，在首席法官面前的那堆文件中，一定可以找到。

马奈特医生事先已经做了安排，信就在那儿——医生向他保证过，信一定会在那儿——审讯已进行到这一步，于是信被拿出来宣读。传加贝勒公民前来做证，他照实说了。加贝勒公民极其委婉礼貌地说，由于法庭得处置共和国的大批敌人，公务繁忙，难免对关在阿巴依监狱里的他稍有忽略——事实是，他早已被法庭的那些爱国者忘得一干二净了——直到三天前才受到提审。三天前，他们传讯了他，陪审团宣布，既然公民埃弗瑞蒙德又姓达尔奈的已经前来投案，他的案子也就可以了结，予以当庭释放。

接着传讯马奈特医生。他的个人名望极高，回答又干脆利落，给人印象很深。他接着说，被告是他长期监禁获释后的第一个朋友；被告一直居留在英国，对流亡中的他和他的女儿忠贞不渝；被告不仅没有受到英国贵族政府的宠爱，而且还被当作英国的敌人和美国的朋友受到审判，几乎被判处死刑——他极其谨慎地一一讲出这些情况，说得那样诚实恳切、直截了当、具有说服力，陪审团和旁听群众的意见完全一致了。最后，他又提到了在场的英国绅士洛里先生的名字，说他和自己一样，也是英国那场审判的证人，可以证实他说的是实情。然而陪审团宣称，没有必要再听证，如果首席法官同意的话，他们现在就可以投票表决。

每投一票（是口头投票，陪审员逐个大声说出自己的意见），旁听的群众就欢呼一阵，所有的声音都是支持犯人的，于是首席法官宣布他无罪释放。

接着，出现了一种异乎寻常的场面。这可能是群众有时为了满足自己反复无常的心理要求，或者是出于一种慷慨仁慈的良好冲动，要不也许是为了抵销一下他们的残暴行径欠下的累累血债。现在没人能说清，这种异乎寻常的场面究竟是出于哪一种动机，很可能三者兼而有之，而且第二种占比最大。法庭一宣布无罪释放，马上就有大量眼泪滚滚涌出，就像别的时候鲜血喷涌那样。男男女女都争先恐后地奔上前去友好地拥抱他，而他，由于受了有损身心健康的长期监禁，虚弱异常，此时真有晕倒的危险。尽管如此，他心里仍一清二楚，同是这一帮人，要是受另一种情绪的鼓动，也会同样狂热地朝他奔过来，把他撕得粉碎，让他暴尸街头。

幸亏需要他给别的待审犯人腾出地方，这才暂时把他从这种拥抱中解救出来。接下去有五个犯人作为共和国的敌人同时受审，罪名是他们没有用语言或行动来支持共和国。法庭很快就为自己和国家补上了在查尔斯身上失去的一次机会，还没等他离开这儿，那些犯人就都跟着下来了，全被判了死刑，二十四小时内执行。走在前头的犯人用狱中惯用代表死刑的手势——举起一根手指——告诉了他这个消息，大家还补上了一句："共和国万岁！"

真的，根本没有听众来拖延这五个人的审判过程，因为当查尔斯和马奈特医生走出大门时，门口已经聚了一大群人，他在法庭上见过的每一张面孔，似乎全都挤到这儿来了——只有两张面孔，他没有找着。他一出大门，人群立刻又朝他拥了上来，哭泣、拥抱、欢呼，或轮番进行，或一起发作，直到这疯狂场面像河中的潮水也像岸上的人一样，仿佛发疯似的奔腾起来才算罢休。

他们把查尔斯安置在一把大椅子里，这椅子不知是从法庭还是法庭的某个房间或过道里弄来的。他们还在椅子上铺了一面红旗，在椅背上缚了一支矛尖挑着顶红帽子的长矛。虽然医生一再恳求，仍然无法阻止大家把查尔斯放在这辆凯旋车上抬回家。他的前后左右是一片翻腾着的红帽子海洋，从狂暴的海洋深处，不时抛上人们支离破碎的面孔。这使他不止一次地怀疑，自己是否已经神经错乱，是不是正坐着囚车前往断头台。

在这场噩梦般的游行中，他们一路抬着他，遇上谁就和谁拥抱，还把他指给他们看。人流蜿蜒曲折地穿街过巷，用共和国流行的颜色染红了积雪的街道，就像他们曾用更深的颜色染红雪下的土地一样。他们一直把他送到露西住的那幢楼房的院子里。她父亲已经先赶回来，为了使她有个准备。待她丈夫的脚刚刚落地，她就倒在他的怀中，失去了知觉。

他把她抱在胸前，把她美丽的头转过来，脸对着他，背对着喧闹的人群，这样他的眼泪和她的嘴唇就可以融合在一起，不让别人看到了。这时有几个人跳起舞来，其他人立刻也加入了跳舞的行列，院子里到处在跳卡曼纽拉舞。接着，大家让人群中的一个年轻女子坐到空椅子里，把她当作自由女神抬着，拥出院子，来到邻近的街上，沿着河岸[①]，走过大桥。卡曼纽拉歌舞吸引了每一个人，使他们越旋越远了。

医生以胜利者的姿态得意扬扬地站在他的面前，查尔斯和他紧紧地握了握手，又和正从卡曼纽拉洪流中挣扎出来、上气不接下气的洛里先生握了手，他还亲了亲被举起来搂住他脖子的小露西，又拥抱了一下举着小露西的永远忠诚热心的普罗斯小姐。之后，他抱起自己的妻子，上楼来到他们自己的房间。

"露西！我亲爱的，我得救了。"

"啊，最亲爱的查尔斯，让我为这跪下来感谢上帝吧，我向上帝祈祷过。"

他们都虔诚地低头倾心祈祷，待她又回到他的怀抱时，他对她说："最亲爱的，快去谢谢你的父亲。全法国，再也没有第二个人能做他为我做的事情了。"

她把头靠在父亲的胸前，就像很久很久以前她把他那可怜的头抱在自己的胸前一样。能对女儿有所报答，医生觉得非常高兴，他的辛苦没有白费，他为自己的力量感到自豪。

"你不要这么脆弱，我的宝贝儿，"他劝慰道，"别这么发抖，我已经把他救出来了。"

---

① 指流经巴黎城的塞纳河。

第七章

有人敲门

“我已经把他救出来了。”这并不是往日屡屡梦见他回来的那些梦中的一个，他确确实实在这儿。可他的妻子还在发抖，一种模糊而沉重的恐惧依然压在她的心头。

周围的气氛是如此混浊阴暗，人们是如此热衷于报复，如此反复无常，无辜的人如此经常地屈死于无端猜疑和恶意中伤。许多像她丈夫一样清白、一样有亲人疼爱的人，每天都在遭受他遭受过的噩运。按说，她的心中本该感到如释重负，可是她怎么也不能忘却这一切。冬日的午后，天色开始渐渐暗下来了，甚至在这种时候，那些叫人胆战心惊的囚车，还在街上辚辚驶过。她的思绪紧随着它们，在死囚中寻觅他的踪迹。接着，她更紧地搂住她丈夫那真实的躯体，抖得更厉害了。

她的父亲一直在鼓励她。他对她这种女人的脆弱表现既抱有同情，又流露出一点儿优越感，看上去颇为有趣。如今，不再住阁楼，不再做鞋子，也不再有“北楼一百零五号”了！他已经完成了他所承担的任务，实现了自己的诺言，救出了查尔斯。让他们全都来依靠他吧！

他们的日子过得非常节俭，不仅因为这是一种可以少遭人忌恨的最安全的生活方式，也因为他们确实不富裕；查尔斯在整个监禁期间，得为他的粗劣食物付出昂贵的费用，要付钱给看守，还要资助那些更穷的难友。由于这一缘故，也由于怕家里混进奸细，他们一直都没有雇用人。在院子里看大门的那个男公民和女公民有时候来他们家帮点儿忙，杰里（洛里先生几乎把他整个儿交给他们差遣）则成了他们日常的听差，而且每晚都睡在他们那里。

这个“自由、平等、博爱，要不毋宁死的统一、不可分割的共和国”，有一条法令，责成每户居民必须按规定大小的字母，把本户居民的姓名书写在门上或门柱上适当高度的地方。因而，杰里·克伦彻先生的名字也被正式写在这家门柱的下方。在那个天色愈来愈暗的下午，叫这名字的人也在这儿。他负责监督马奈特医生雇来的一个油漆匠，在门上的名单上加上查尔斯·埃弗瑞蒙德又姓达尔奈的名字。

无处不在的恐怖和猜疑，给那个时代蒙上了一层阴影，所有往昔对别人并无害处的生活方式都发生了变化。医生的这个小家庭也像别的许多家庭一样，日常必需的消费品得在每天晚上到各家小店里去零星购买。大家都希望避免引起别人的注意，尽可能不让别人眼红或者背后说闲话。

几个月来，普罗斯小姐和克伦彻先生一直担负着采购的任务。前者管钱，后者提篮。每到傍晚上灯时分，他俩就外出执行任务，采购回日常必需的消费品。普罗斯小姐一直和这家法国人朝夕相处，要是她有心的话，满可以把法国话说得和她本国话一样流利，可是她无心于此，所以她对这种“胡话”（她喜欢这样来称呼法国话）懂得并不比克伦彻先生多。她买起东西来总是直截了当地对店主说个物品的名词，从不对货品的情况做任何说明，要是碰上说不出的物品名字，她就东张西望找到那东西，抓在手里，一直到讲好价钱。她总是把东西抓在手里讨价还价。不论店主讨价多少，她还起价来，总要比店主少伸一个指头，她认为这样价钱才公道。

“啊，克伦彻先生，”普罗斯小姐说，她的眼睛因为刚才流了不少快乐的眼泪而变得红红的，“要是你准备停当了，我也好了。”

杰里哑着嗓子说，他愿意听从普罗斯小姐的差遣。他浑身的铁锈味儿早已去净，可是那头铁蒺藜般竖起的头发却始终没法儿锉平。

“咱们得买不少东西哩，”普罗斯小姐说，“咱们的时间很宝贵。除了别的，还要买酒。不管咱们上哪儿买，总会遇上那些红帽子在干杯。”

“我倒觉得，小姐，”杰里大唱反调，“不管他们是为你的健康干杯，还是为那个老家伙干杯，在你看来，反正是一样的。”

“哪个老家伙？”普罗斯小姐问。

克伦彻先生吞吞吐吐地解释说：“是老尼克[①]呀。”

“哈！”普罗斯小姐说，“用不着翻译，我就懂得那班家伙说的是什么，他们全是一路货色，无非是夜半杀人，无恶不作。”

“嘘，亲爱的！求你了，千万小心点儿！”露西喊了起来。

“好的，好的，我会小心的，”普罗斯小姐回答，“不过我可以在自己人中间说说。我真希望街上别再到处有那洋葱味儿和臭烟味儿的拥抱了。好了，小鸟儿，坐在炉子边别动，等着我回来！照看好你那重新找回来的宝贝丈夫，让你那漂亮的小脑袋就这么搁着，别离开你丈夫的肩头，等着我回来！马奈特医生，我出门前可以问你一个问题吗？”

“我想你还是有这份自由的。”医生微笑着回答说。

“看在老天爷的分儿上，你还是别提什么自由了，咱们已经领教够了。”普罗斯小姐说。

“嘘，亲爱的！又来了！”露西劝阻道。

“得了，我的宝贝儿，”普罗斯小姐使劲点着头说，“不管怎么说，

---

① 指魔鬼。

我是至尊至贵的国王乔治三世陛下的子民，”普罗斯小姐在说到国王的名字时，恭恭敬敬地行了一个屈膝礼，“作为一个子民，我的信条是：挫败他们的阴谋，破坏他们的诡计，他是我们的希望，上帝保佑吾王[①]！”

克伦彻先生一时也忠心大发，像在教堂里做礼拜一样，跟着普罗斯小姐瓮声瓮气地念了一遍。

“看到你这么有英国人的气质，我很高兴。不过我希望你说话的声音绝不是因为得了感冒，”普罗斯小姐赞许地说，“还是听我提问题吧，马奈特医生。”——这位好心人总是爱把大家顾虑的事说得轻描淡写，像是偶然想起似的——“咱们有希望离开这儿吗？”

“眼下恐怕没有，那样做对查尔斯很危险。”

“唉——嗬——嗯！”普罗斯小姐一眼看见她的宝贝儿在火光映照下的金黄头发，就高兴地把一声叹息压了下去，“那咱们就得耐心等待了，只能这样。正像我兄弟所罗门常说的，咱们必须昂起头来，战斗到底。走吧，克伦彻先生！——小鸟儿，你别动呀！”

他俩走了，留下露西还有她的丈夫、父亲和孩子坐在熊熊的炉火旁。洛里先生马上就要从银行里回来。普罗斯小姐已点上灯，可是她把它放在一边的墙角，好让他们不受干扰地享受一番炉火的火光。小露西坐在外祖父旁边，双手抱着他的胳臂；他正用耳语般轻柔的声音，在给她讲一个神力无穷的小精灵的故事，这个小精灵打开了一座监狱的墙壁，把一个曾为他做过好事的囚犯救了出来。周围一片静谧，露西也比刚才宽心了一点。

“那是什么声音？”她突然喊了起来。

“我亲爱的！”她父亲停下了他的故事，伸出一只手按在她的手上

① 引自英国国歌歌词。

说，“要镇静。你太紧张了！一点点小事——什么事也没有——也会吓你一跳！你呀，还算是你父亲的女儿哩！”

“我觉得，父亲，”露西脸色惨白，声音颤抖着为自己辩解说，“我听到，有生人上楼的脚步声。”

“亲爱的，楼梯那儿死一样的静。”

话刚说完，只听得有人敲门。

“啊，父亲，父亲！这会是什么事！快把查尔斯藏起来！快救救他呀！”

“我的孩子，”医生站起身来，把一只手按在她的肩头说，“我已经把他救出来了。你怎么这样脆弱呀，我亲爱的！让我开门去。”

他拿起灯，穿过两间外屋，打开了门。只听得楼板上一阵杂沓的脚步声，四个头戴红帽，腰佩马刀、手枪的粗鲁汉子，走进了屋子。

“找埃弗瑞蒙德又姓达尔奈的公民。”为首的说。

“谁要找他？”达尔奈问。

“我要找他。我们要找他。我认得你，埃弗瑞蒙德，今天我在法庭上见过你。你又成了共和国的犯人了。”

四个汉子把他团团围住，他站在那儿，妻子、女儿紧紧地搂着他。

“告诉我，我怎么又成了犯人？为什么？”

“你直接回候审监狱就得了，别的你明天就会知道。明天传你受审。”

不速之客的到来，使马奈特医生变成了石头一般，他手里拿着灯站在那儿，好像一座持灯的雕像，直到听了他们的对话后才活动起来。他放下灯，走到说话人的跟前，并非不礼貌地拉了拉他那红色羊毛衫宽松的前襟，说道：“你说你认得他，你认得我吗？”

“是的，我认得你，医生公民。”

“我们都认得你，医生公民。”另外三个人也跟着说。

他茫然地从这个看向那个，停了停后低声问道："那你能给我回答他刚才提的问题吗？这是怎么回事？"

"医生公民，"为首的人勉强地说，"圣安托万区的人告了他。这位公民，"他指了指第二个进来的人，"就是圣安托万区的。"

被指的那个公民点了点头，补充说："是圣安托万区的人告了他。"

"告他什么？"医生问。

"医生公民，"为首的人和先前一样，勉强地说，"别再问了。如果共和国要求你做出牺牲，毫无疑问，你作为一个好的爱国者，是会乐于做出这种牺牲的。共和国高于一切。人民至高无上。埃弗瑞蒙德，我们得赶快了。"

"再问一句，"医生恳求说，"请告诉我，是谁告了他？"

"这是违反纪律的，"为首的回答，"不过你可以问问圣安托万区的这一位。"

医生的目光转向那个人。那人不安地挪动着脚，捋了捋小胡子，终于说道："好吧！这的确是违反纪律的。不过我可以告诉你，告他的是德法尔热公民夫妇——情节还挺严重哩——还有另外一个人。"

"另外那人是谁？"

"你问这个，医生公民？"

"是呀。"

"那么，"圣安托万区的人脸上露出一种古怪的表情，说，"你明天就会得到答复的。现在我不能说！"

第八章

斗牌

普罗斯小姐根本不知道家里新发生的这场灾祸，她兴冲冲地穿过狭窄的街道，从纳夫桥[①]上过河来到对岸，心中盘算着有多少非买不可的东西。克伦彻先生提着篮子走在她旁边。他们俩左顾右盼，打量着一路经过的许多店铺，提防着那些聚集在一起的人群。为了避开那些慷慨激昂、高谈阔论的人们，他们宁可绕道而行。这是个阴冷的夜晚，雾蒙蒙的河上闪着耀眼的灯光，传来刺耳的声音，这是驳船上的铁匠在替共和国军制造枪炮。让利用那支军队搞阴谋诡计或者不该在那支军队中得到提升的人遭殃得祸吧！最好使他的胡子不再长，让国家牌剃刀把他剃个精光！

他们买了些杂货，又买了点儿灯油，普罗斯小姐想到还得买点儿葡萄酒。她一路往好几家酒店里探头张望了一通，最后在一家挂着“古代杰出共和派人布鲁图[②]”招牌的酒店门前停了下来。这酒店离一度（或两度）是杜伊勒里宫的国家宫不远。普罗斯小姐觉得这儿的景象颇合她的心意，看上去比他们一路经过的其他酒店都安静，虽说店堂里爱国者的红帽子也不少，但不如别处那么一片通红。她问了问克伦彻先生，他的看法也和她一致。于是，她就在她的骑士的陪同下，跨进

① 位于巴黎塞纳河上，建于1578—1607年。

② 布鲁图（约前85—前42），古罗马大将、政治家，组织并参与了刺杀恺撒的行动。

了“古代杰出共和派人布鲁图”酒店。

他们朝里面匆匆扫了一眼，只见店堂灯火烟雾腾腾，一些人嘴里叼着烟斗，在玩被摸得发软的纸牌和发黄的骨牌；一个袒胸露臂、浑身烟灰的工人正在朗声读报，旁边围着一些人在听；他们还看见了人们佩在身上和放在一旁的武器，还有两三个人趴在那儿打瞌睡，他们穿着当时流行的高垫肩黑毛短大衣，那模样就像是在打盹的狗熊或者是大黑狗。他们这两位来自异邦的顾客走到柜台跟前，要了要买的东西。

就在给他们打酒时，角落里有一个人跟另一个人道了别，站起身来离店。出门时，正好和普罗斯小姐打了个照面。普罗斯小姐一看见他，就拍着双手尖声叫了起来。

一时间，店里的人全都站了起来。当时，常常发生观点不同的人互相残杀的事。大家朝四下里张望，想看看是谁倒下了，可是只见一个男的和一个女的面对面站着，都惊得目瞪口呆。那男的，看外表完全是个法国人，还是个彻头彻尾的共和派。那女的，显然是个英国人。

看到这种让人扫兴的场面，大家都没了劲儿，至于这些“古代杰出共和派人布鲁图”的信徒们究竟还说了些什么，普罗斯小姐和她的骑士即使侧耳倾听，也会像听希伯来语或闪族语[①]一样莫名其妙，无非是叽里呱啦响声一片罢了。何况当时他们已经惊得呆住，什么都顾不上听了。必须交代的一点是：不仅普罗斯小姐激动万分，不能自已，就连克伦彻先生也惊诧异常，尽管这似乎另有原因。

“怎么啦?”那个引起普罗斯小姐惊叫的男人用十分恼火的口吻粗鲁地问道（虽然声音很轻）。他说的是英语。

“啊，所罗门，亲爱的所罗门!”普罗斯小姐喊着，又拍起手来，

① 希伯来语为古代希伯来人语言，闪族语为古代巴比伦的迦勒底人语言，均以难懂著称。

"这么久没见到你，也听不到你的消息，想不到竟在这儿碰上你了！"

"别管我叫所罗门。你想要我死吗？"那人惊恐万状、鬼鬼祟祟地说。

"弟弟呀，弟弟！"普罗斯小姐喊着，泪水夺眶而出，"你怎么问出这样没良心的话来，难道我什么时候亏待你了吗？"

"那就快闭上你那多管闲事的臭嘴！"所罗门说，"要想跟我说话，到外面去。快把酒钱付了，上门外去。这人是谁？"

普罗斯小姐朝她那毫无感情可言的兄弟满怀亲情而又沮丧地摇了摇头，含着眼泪答道："是克伦彻先生。"

"让他也到外面去，"所罗门说，"他是不是把我看成鬼了？"

从克伦彻的表情看，他的确把所罗门看成鬼了。不过他什么也没说。普罗斯小姐泪眼模糊，好不容易才从手袋中掏出钱来付了账。所罗门转身对"古代杰出共和派人布鲁图"的信徒们用法语解释了几句，于是大家便又回到自己原来的位子，干自己原来的事去了。

"喂，"所罗门走到一个黑暗的街角站住了，"你有什么事？"

"太可怕了。我一直来都爱着你，你却对我这样无情无义！"普罗斯小姐嚷嚷说，"竟这样同我打招呼，一点儿感情都没有。"

"给。真见鬼！喏，"所罗门说着，用嘴唇在普罗斯小姐的唇上碰了一下，"现在该满意了吧？"

普罗斯小姐只是摇了摇头，默默地啜泣着。

"也许你以为我会大吃一惊，"她兄弟所罗门说，"我可一点儿也不吃惊。我早知道你在这儿。这儿的大多数人我都认识。要是你真的不想害我的话——我对你是半信半疑——那就赶快走你的路，让我走我的路。我很忙，我当官了。"

"我的英国弟弟所罗门啊，"普罗斯小姐抬起汪汪的泪眼，痛心地说，"他在自己的祖国本是个最能干、最了不起的人，现在却跑到外国人这里当起官来了，而且是这样的外国人！我真宁愿看到我亲爱的弟弟躺在他的——”

“我早就说了！”她兄弟打断她的话，大声嚷了起来，“我知道你会这样。你是要我死。我的亲姐姐害我成了嫌疑犯，而且正在我事业发达的时候！”

“慈悲的上帝可不容你这么说啊！”普罗斯小姐喊了起来，“亲爱的所罗门，那样的话我宁愿再也不见你了，虽说我一直真心爱着你，以后也永远爱你。只要你再跟我说句亲热的话，告诉我你并没有生气，我们姐弟间也没有什么过节，我就再也不会打扰你了。”

多善良的普罗斯小姐啊！仿佛他们姐弟之间的疏远全是她的过错似的，仿佛几年前洛里先生在索霍那个僻静的角落得知她这位宝贝兄弟花光了他姐姐的钱后不告而别的事，完全不是事实似的！

虽然他说了几句亲热话，可那副屈尊赏脸的样子，即使把他们的功过和地位颠倒过来，恐怕也不过如此（不过，世界上的事总是这么颠而倒之的）。这时，克伦彻先生突然碰了碰他的肩膀，用沙哑的嗓音出其不意地插嘴问了个奇怪的问题：“我说，能让我提个问题吗？你到底叫约翰·所罗门，还是所罗门·约翰？”

当官的朝他转过身来，突然显出戒备的神情。在这以前，这人还一直没开过口哩！

“说呀！”克伦彻先生催促道，“说出来吧，这事儿你自己清楚（顺便提一句，他本人也不清楚）。到底是约翰·所罗门，还是所罗门·约翰？她管你叫所罗门，她是你姐姐，她一定清楚。可我知道，你的名字叫约翰，这你知道。这两个词哪个在前呢？还有普罗斯这个姓，又是怎么个关系？你在英国可不叫这个名字。”

“你这是什么意思？”

“哦，我也不知道这是什么意思，我想不起你在英国叫什么名字了。”

“想不起了？”

“想不起了。不过我敢起誓你的姓是三个字的。”

“是吗？”

“是的，而名字是两个字的。我认识你。你就是那个给老贝利做证的密探。凭你的老祖宗‘谎言之父’[①]的名义，你说说，你那时姓什么？”

“巴萨德。”另一个声音突然插了进来。

“这名字值一千镑！”杰里喊了起来。

插进来说话的人是西德尼·卡顿。他站在克伦彻先生身旁，倒背的双手插在骑马服的下摆底下，那副随随便便的样子跟在老贝利的法庭上一模一样。

“别吃惊，亲爱的普罗斯小姐。昨天晚上我出其不意地到了洛里先生家。我们商定，不到万事大吉，我绝不到别的地方露面，除非有用得着我的地方。我在这儿露面，是想同你兄弟谈一谈。但愿你兄弟现在的职业要比巴萨德先生体面一点儿。我看在你的分儿上，但愿巴萨德先生还不是一只狱羊。”

“狱羊”是当时的一个隐语，专指在典狱长手下当密探的人。那密探的脸色本来就苍白，这时变得更苍白了，他责问西德尼怎么竟敢——

“我告诉你吧，”西德尼说，“一个多小时前，我在候审监狱的大墙外观望时，正好看到你从监狱里走出来。你这张脸很容易让人记住，而我，记别人的长相又特别在行。看到你和这儿的监狱有关系，我心里感到奇怪，自然而然地把你和我一个不幸朋友的种种厄运联系在一

① 即魔鬼撒旦。

起了。于是我就跟上了你。我紧跟你进了那家酒店，坐在离你不远的地方。凭着你那毫无顾忌的谈话以及给你捧场的那帮人公开散布的谣言，我毫不费力就推断出你干的是哪一行。这么一来，我无意中做的这些事，渐渐地好像使我形成了一个主意，巴萨德先生。”

“什么主意？”密探问道。

“在大街上讲这种事是会引起麻烦的，也太危险。是不是可以请你私下和我谈几分钟——比如说，到台尔森银行办事处？”

“强迫我去？”

“哟！我这么说过吗？”

“那我为什么要去那儿？”

“真是的，巴萨德先生，要是你不能去，我也就没法儿说了。”

“你是说你不想在这儿说，先生？”密探迟疑不决地问道。

“你很清楚我的意思，巴萨德先生，我是不想在这儿说。”

卡顿这副随随便便、满不在乎的样子，非常有助于他发挥自己的聪明才智，来对付眼前这个他不得不与之打交道的人，从而完成他心中暗暗策划的那桩事。他那老练的眼睛看出了这一点，也就尽可能利用这一点。

“瞧，我不是跟你说过了吗？”密探朝他姐姐投去责备的目光，说道，“要是出了什么麻烦，那就是你惹起的。”

“得了，得了，巴萨德先生！”西德尼提高了嗓音，“别不知好歹了。要不是因为我非常尊敬你姐姐，我也许还不会想出这么个希望你我双方都会满意的小小建议哩。你到底愿不愿意跟我去银行？”

“我愿意听听你打算说点儿什么。好吧，我跟你去。”

“我提议，我们还是先把你姐姐安全地送到她住的那条街的街口吧。让我搀着你，普罗斯小姐，在这种时候，要是没有人保护，你在这个城里走动是很不安全的。既然护送你的人认识巴萨德先生，我想请他也跟我们一起去洛里先生那儿。都准备好了吗？那就走吧！”

普罗斯小姐不久以后回想起——她至死也没有忘记——在她双手按着西德尼的胳臂，仰起头来望着他的脸，恳求他不要伤害所罗门时，她感到他的胳臂坚实有力，眼睛中闪烁着一种灵光，这不仅和他马马虎虎的外表完全相反，而且使他整个人发生了变化，使他变得高大起来。当时，她只顾着为简直不配得到她疼爱的弟弟担惊受怕，又只想着西德尼所做的友好的承诺，没有充分留意她所看到的一切。

他们把普罗斯小姐送到她住的那条街的街口，然后由卡顿领路前往洛里先生的住处。那不过是几分钟的路程。约翰·巴萨德或者说所罗门·普罗斯和他并肩走着。

洛里先生刚吃完晚饭，正坐在燃烧着一两根木柴的壁炉前——透过那欢快的火焰，也许看到了多年以前比现在更年轻的那位台尔森银行的老先生，坐在多佛尔的皇家乔治旅馆壁炉前望着炉火出神的情景。听到有人进来，他转过身，一见有个陌生人，不禁露出惊讶的神色。

“先生，这是普罗斯小姐的弟弟，”西德尼说，“巴萨德先生。”

“巴萨德？”老先生重复了一遍，“巴萨德？我好像听到过这个名字——也见过这张脸。”

“我说过你这张脸很容易记住嘛，巴萨德先生，”卡顿冷冷地说，“请坐吧。”

待他自己找了把椅子坐下后，又皱着眉头提醒洛里先生说：“就是那次审判的证人。”洛里先生马上想起来了，用一种毫不掩饰的厌恶表情打量着这个新来的客人。

“巴萨德先生让普罗斯小姐给认出来了，他就是你听说过的那位她钟爱的弟弟。”西德尼说，“他也承认了这层关系。告诉你一个坏消息，达尔奈又被抓走了。”

听到这个消息，老先生惊得目瞪口呆，接着大声叫了起来："你说什么？不到两个小时前我离开时，他还是好好的、自由的，我正打算再去看他哩！"

"可他的确又被抓走了。什么时候抓的，巴萨德先生？"

"假如已经抓走的话，那就是刚才。"

"在这件事上，巴萨德先生可能最有权威，先生。"西德尼说，"我是在巴萨德先生和他的一位'狱羊'哥们儿喝酒聊天时听说的，说是逮捕已经执行。他在大门口和那班被派去抓人的人分手时，亲眼看到门房放他们进去了。毫无疑问，达尔奈是又被抓起来了。"

洛里先生那老练的眼睛从说话人的脸上看出，再去讨论这个问题只是浪费时间。他虽然心乱如麻，但还是意识到，事情还是得依靠他清醒的头脑，于是便控制住自己，一声不吭地留心听着。

"嗯，我相信，"西德尼对他说，"凭着马奈特医生的名望和影响，明天也许仍能像今天一样使他处于有利地位——你说他明天又得出庭受审，是吗，巴萨德先生？"

"是的，我相信是这样。"

"——明天也许仍能像今天一样处于有利地位，不过也有可能做不到。说实话，洛里先生，我感到吃惊，马奈特医生怎么竟没能阻止这次重新逮捕呢？"

"他可能事先不知道这件事。"洛里先生说。

"那样的话更让人担心，你想想，马奈特医生跟他女婿的关系有多好。"

"是啊。"洛里先生承认，他用颤抖的手托着下巴，不安的眼睛望着卡顿。

"总而言之，"西德尼说，"这年头是个冒险玩命的时代，要下冒险玩命的赌注，才能赢得这种冒险玩命的赌博。让医生去打稳牌，我来打险牌吧。这儿谁的命都值不了什么。任何人都有可能今天被放回家，明天又会被处死。好吧，到了万不得已的时候，我就玩它一次命，把关在候审监狱里的朋友赢回来，而和我斗牌的对手，就是这位朋友——巴萨德先生。”

“你手里得有好牌才行，先生。”密探说。

“那我得把牌看一遍，看看手里有些什么牌——洛里先生，你知道我的劣根性，我希望你能给我一点儿白兰地。”

白兰地放到了他跟前，他喝了满满一杯——又喝下满满一杯——然后若有所思地把酒瓶推开。

“巴萨德先生，”他接着说，那口气真像在看一手牌，“狱羊，共和国委员会的密探，一会儿当狱吏，一会儿当囚犯，但始终是个奸细、密探。因为是英国人，他在这儿更值钱，因为一个英国人来做这种伪证可以比法国人少受怀疑，他在雇主面前用的又是一个假名。这张牌很妙。巴萨德先生，眼下受雇于法国共和政府，过去却为法国和自由的敌人——英国贵族政府效劳。真是一张绝妙的牌。在这个怀疑一切的国度里，人们可以明白无误地推断出，巴萨德先生眼下仍受雇于英国贵族政府，是皮特[1]的密探，是个打入共和国心脏的狡猾的敌人，是人们常说的那种坏事干尽却又难以捉拿的英国间谍和特务。这是一张绝对不会输的牌。你弄清我的牌了吗，巴萨德先生？”

“我不懂你的打法。”密探有些不安地回答。

“我会打出我的王牌，向最近的区委员会告发巴萨德先生，看看你手上的牌吧，巴萨德先生，看看你有些什么牌。别着急。”

他拿过酒瓶，又给自己倒了满满一杯，一饮而尽。他看出密探很怕他喝多了会马上去告发，便又倒了满满一杯，喝了下去。

---

① 皮特（1759—1806），英国政治家，曾两次担任英国首相。

“仔细看看你手上的牌，巴萨德先生。慢慢来。”

密探手上的牌比他预料的还要糟。巴萨德先生看到的是必输无疑的牌，对此，西德尼·卡顿是不知道的。由于多次做伪证失败，他丢掉了在英国那份体面的职业——倒不是那儿不需要他这号人了。英国人夸耀自己不为密探、特务所左右还是新近不久的事——于是他只好渡过海峡，到法国来当差。起初，他在自己旅法的英国同胞中间下钓饵，搞窃听，后来慢慢地在法国人中间也搞起这类勾当来。在被推翻的前政府时期，作为密探，他曾到圣安托万区和德法尔热的酒店刺探消息，还从主管的警察那儿知道了有关马奈特医生的经历，以及他坐牢、被释放的种种情况。他想用这些材料和德法尔热夫妇攀谈，结果在德法尔热太太那儿败下阵来。每当想起那个可怕的女人一面跟他说话，一面飞动着手指编织，眼冒凶光望着他的样子，他就不由自主地感到害怕，浑身颤抖起来。后来，他在圣安托万区一再看见她拿出她的编织记录，告发一些人，把他们送上了断头台。他知道，干他们这行的是没有安全可言的，想逃也逃不了，将始终被紧紧地捆在那利斧的阴影之下。虽说他已投靠了新主子，并竭尽讨好巴结之能事，给当今无处不在的恐怖火上浇油，可是只消一句话，利斧就会落到他的头上。要是有人拿他刚才想到的那些严重问题告发他，那可怕的女人一定会拿出她那份要命的记录来置他于死地。那个女人的冷酷无情，他早已见识过多次。除此之外，所有干这类见不得人的勾当的人都极易被吓倒，难怪巴萨德先生见了自己的一手臭牌，便不由得面如死灰了。

“你好像不大喜欢你那手牌，”西德尼悠然自得地说，“打吗？”

“我想，先生，”密探低声下气地转向洛里先生说，“我想请你这位德高望重的老先生劝劝这位比你年轻得多的先生，他是否一定要降低自己的身份，不顾一切地打出刚才说的那张王牌。我承认我是个密探，这是个不光彩的工作——虽说这事总得有人来干。可是这位先生并不是密探，那他又何必降低身份来干这一行呢？”

“巴萨德先生，”卡顿接过话头，看了看表说，“再过上几分钟，我就要不顾一切地打出我的王牌了。”

“两位先生，我希望你们，”密探千方百计想把洛里先生拖进这场谈判，“能尊重我的姐姐——”

“尊重你姐姐的最好方法，莫过于让她永远摆脱她的这个弟弟。”西德尼·卡顿说。

“你不会这么想吧，先生？”

“这事我已经拿定主意，决不动摇。”

密探的温和态度和他那身粗劣扎眼的衣服很不协调，和他平日的举止更是大相径庭。他在不可捉摸的卡顿面前大受挫折——即使比他聪明正派的人，也难以猜透卡顿——于是支支吾吾，无计可施。正当他不知所措时，卡顿又摆出刚才看牌时的悠然自得神态，说道：“噢，我又想起一件事。其实，我还有一张好牌没亮出来哩。那个和你一起当狱羊、自称在国家监狱里吃草的朋友是谁呀？”

“一个法国人，你不认识他。”密探回答得很快。

“法国人，嗯？”卡顿重复了一遍，接着便自顾自沉思起来，好像根本没有注意他，“哦，也许是个法国人。”

“没错，这我可以向你保证，”密探说，“虽说这无关紧要。”

“虽说这无关紧要，”卡顿同样机械地重复了一遍，“虽说这无关紧要——是的，这无关紧要。是的。不过我认得那张脸。”

“我想不可能，肯定不可能。不可能。”密探说。

“不——可——能？”西德尼·卡顿一边喃喃自语，一边竭力回忆着，然后又给自己倒了满满一杯酒（幸好那是个小杯子），“不可——能？法国话说得很好，可我总觉得他像个外国人。”

“是外省人。”密探说。

“不对，是外国人！”卡顿突然想起了什么，手掌用力地在桌子上拍了一下，喊了起来，“是克莱！虽然改了装，人却没变。我们在老贝利见过他。”

“这就是你轻率了，先生，”巴萨德说着，微微一笑，他的鹰钩鼻歪得更厉害了，“这一来，你让我占了上风了。我可以毫无保留地承认，克莱确实是我的同伙，可这是以前的事了，他已经死了好几年了。我在他病危时还照料过他。他被埋在伦敦圣潘克拉斯老教堂的墓地里。由于他生前和那帮无赖不和，搞得我没法给他送葬，不过我还是帮着把他放进了棺材。”

说到这儿，洛里先生从他坐的地方忽然发现，墙上出现了一个非常奇怪的影子，仔细一看，原来是克伦彻先生那头笔直竖着的硬发，现在显得更竖更硬了。

“让我们说话理智一些、公正一些吧，”密探说，“为了证明你的错误，说明你的推断纯粹是捕风捉影，我可以给你看看克莱的丧葬证明书，它正好夹在我的笔记本里。”他急忙掏了出来，把它摊开，“喏，在这儿，你看，你看看！你可以拿去仔细看看，这可不是假造的。”

这时，洛里先生发现墙上那影子伸长了，克伦彻先生起身走上前来。他的头发根根竖得笔直，即使杰克小屋里的那头牛用弯角给他梳过[①]，也不过如此。

密探没有发现，克伦彻先生已站在他的身旁，还像个招魂鬼似的，碰了碰他的肩膀。

“那个罗杰·克莱，先生，”克伦彻先生一本正经地板着脸说，“这么说是你把他装进棺材的？”

“是的。”

---

① 此典出自英国童谣《杰克与豆梗》。

“那么又是谁把他弄出来的呢？”

巴萨德朝椅背上一靠，结结巴巴地问道：“你这是什么意思？”

“我的意思是，”克伦彻先生回答说，“他压根儿不在棺材里。没有！绝对没有！要是他在里面，我愿意砍下我的脑袋。”

密探转头望着另外两位先生，他俩都无比惊讶地望着杰里。

“告诉你吧，”杰里说，“你在那棺材里装的尽是些铺路石子和泥土。别再跟我说什么你埋葬掉克莱啦。这是骗人的话。我和另外两个人都知道。”

“你是怎么知道的？”

“这关你什么事？啊！”克伦彻先生怒气冲冲地回答，“勾起我旧恨的是你，是你这不要脸的骗了买卖人！我真想掐住你的脖子，把你掐死为止！”

和洛里先生一样，西德尼·卡顿被这意外的转折弄糊涂了，他请克伦彻先生先压一压火气，解释一下事情的原委。

“以后再说吧，先生，”他躲躲闪闪地回答说，“眼下解释不合适。我要说的是，他很清楚，克莱压根儿就不在那口棺材里。要是他再敢说在里面，哪怕只说一个字，我就要掐住他的脖子，直到把他掐死为止。”接着，克伦彻先生又慷慨地添了一种方法，“要不我就去告发。”

“嗨，我明白了，”卡顿说，“我手上又多了一张牌，巴萨德先生。你和另一个同你一样是英国贵族政府密探的家伙狼狈为奸。那人心怀鬼胎，假装死去，却又活了过来！在这充满猜疑的疯狂的巴黎，你要想逃过告发，保住性命，是不可能的！外国人在监狱里搞阴谋，反对共和国。这可是张厉害的牌——是张真正能送你上吉萝亭的大牌！和我打吗？”

“不！”密探答道，“我认输了。我承认，我们在那些无法无大的暴民中很不得人心，我只好冒着淹死的危险逃离英国，克莱则被人四处搜寻，要不是那样装死，很难脱身。可这人怎么会知道他的死是假的呢，我觉得这真是太蹊跷了。”

“你别在这个人身上多费脑筋了，”好斗嘴的克伦彻先生反驳道，“好好听这位先生说的话就够你忙的了。听着！我再说一遍！”——克伦彻先生忍不住还要表现一下他的宽宏大量——“我真想掐住你的脖子，把你掐死为止。”

狱羊转过身去对着西德尼·卡顿，更坚定地说：“就到这儿吧，我马上要去当班，不能再在这儿耽搁时间。刚才你跟我说你有个主意。是什么主意？对我过分要求是行不通的。要我利用我的职务去为你做事，要我拿脑袋去冒天大的风险，那我还不如干脆拒绝，听天由命。总之，我得做出选择。你说到冒险玩命，我们都在这儿冒险玩命。别忘了！要是我觉得合算的话，我也会去告发你的。我可以靠做伪证逃出那石头墙，别人也会那样做的。好吧，你到底要我干什么？”

“事儿不多。你是候审监狱的看守吧？”

“我兜底告诉你吧，越狱是绝对不可能的。”密探坚决地说。

“我没问你的事，你干吗要告诉我呀？你是候审监狱的看守吗？”

“有时候是。”

“你想去当就可以当。”

“我可以随便进出。”

西德尼·卡顿又倒了一杯白兰地，慢慢地把它倒进壁炉里，看着它一滴滴落下。等到滴尽了，他才站起身来说道：“到现在为止，我们都是当着这两位先生的面谈的，因为这些牌的用处不能只限于你我知道。现在，到那间黑屋子里去吧，让我们俩单独谈一谈，把最后的话说完。”

第九章

定局

西德尼·卡顿和狱羊在隔壁的黑屋子里密谈，声音轻得外面什么也听不见。洛里先生在外屋用相当怀疑和不信任的眼光望着杰里。在他的注视下，这位本分生意人的神态，实在叫人不放心。他轮番用一条腿支撑着身子，不断变换姿势，仿佛他有五十条腿，正在全部一一加以试用。他专心致志地细看着自己的指甲，可是当洛里先生的目光和他的目光相遇时，他就用一只手虚掩着嘴，古怪地干咳一声。据说，心胸坦荡的人是很少有这种毛病的。

"杰里，"洛里先生说，"你过来。"

克伦彻先生一个肩膀在前，侧着身子走上前来。

"除了当听差，你还做些什么？"

克伦彻先生想了想，又仔细看了看他的主人，想出了一个堂而皇之的回答："干点儿农活。"

"我很担心，"洛里先生生气地对他晃着食指说，"你拿受人尊敬的台尔森银行当幌子，干着见不得人的非法勾当。如果真是那样，回英国后，你就别指望我认你做朋友。要是你真干了，也休想让我替你保守秘密。绝不能给台尔森银行抹黑。"

"先生，"窘迫不安的克伦彻先生恳求说，"我给你老先生干杂活干到现在，头发都干花白了，即使我真的干过那种事——我不是说真的干过，只是说即使我真的干过——也盼望你在做出对我不利的事之前，能再仔细替我想一想。再说，即使真的干过，也不能净说一面，事情都有两面的呀。就在这会儿，说不定有哪个医生挣进了不少钱，可一个本分的生意人却连几个子儿也没捞着——几个子儿也没捞着！不，连半个子儿也没捞着——半个子儿也没捞着！不，连四分之一个子儿也没捞着——那些医生一溜烟似的来台尔森银行存钱，还斜起眼睛朝本分的生意人偷偷瞟上一眼，他们坐着自己的马车进进出出——嘿！也像一溜烟。啊，这可也是在蒙骗台尔森银行。你总不能一样事情两样对待呀！再说，还有一位克伦彻太太，老是跪在地上祷告，咒他的生意，弄得他一败涂地——彻底完蛋！至少以前在英国时是这样，今后要是有事，还会这样。可是那些医生太太是不会跪下来祷告的——绝不会！就算她们跪下来祷告，也是祈求有更多的病人，你只说这个，不说那个，怎能算公道呢？再说，还有那些殡仪馆的人、教区的办事员、教堂的执事、私人雇的守夜人什么的（一个个都贪心得很，都要从这里捞一把），即使真有那么回事，一个人也落不下多少好处。凭他得到的那么一丁点儿钱，是永远发不了财的，洛里先生。他永远得不到多大好处的，要是有别的出路，他早就不干那种行当了——即使真有那么回事的话。"

"哼！"洛里先生喊了起来，不过已经比刚才温和了，"一看见你就让人厌恶。"

"哦，我要恭恭敬敬地向你献上一条建议，先生，"克伦彻先生继续说，"即使真有那么回事——不过我不是说那是真的——"

"别再支支吾吾、吞吞吐吐了。"洛里先生说。

"没有，我不会的，先生，"克伦彻先生回答说，那语气仿佛他绝没有这样想，也绝不会这样做，"我不说那是真的——我要恭恭敬敬向你献上的建议，先生，是这样的：在圣堂关旁的凳子上，坐着我的儿子，他已经长大成人了，只要你乐意，就让他给你跑腿，给你送信，给你干杂活儿，一直伺候到你老人家蹬腿的时候。即使真有那么回事，我还是不说那是真的（因为我不想对你支支吾吾、吞吞吐吐，先生）。让那孩子顶他爹的班，照料他妈吧。别去告发那孩子他爹——别那么干，先生——就让那个当爹的去做个正正当当的掘墓人吧，好让他弥补过去盗墓的罪孽——要是真有那么回事的话——他会诚心诚意地去埋人，保证从此不再去打扰他们的安宁。洛里先生，”克伦彻先生说着，用胳臂擦了擦脑门，像是宣告他的这通演说即将接近尾声，“这就是我要恭恭敬敬向你献上的建议，先生。一个人看到自己周围的这种吓人情景，到处都是没有脑袋的尸体，价钱跌得连搬运费都不值，是不能不对这些事情正经八百地琢磨琢磨的。我这会儿说的，就是我琢磨出来的。即使真有那么回事，我也求你了，求你能把我刚才说的话放在心上，我站出来揭发完全是出于好意，我本来是可以不说的。”

“这倒是真的，”洛里先生说，“现在别再说了。只要你知过能改——在行动上，而不是在口头上——我还可以做你的朋友。我不想听你多说了。”

克伦彻先生刚用手指节敲了敲自己的脑门，西德尼·卡顿和那密探就从那间黑屋子里出来了。“再见，巴萨德先生，”卡顿说，“我们就这么说定了，你用不着再怕我了。”

他在壁炉边洛里先生对面的一把椅子上坐了下来。待屋子里只剩下他们两人时，洛里先生问他说定了些什么。

“不多。要是那个被抓的人有什么不测，我可以进去见他一面。”

洛里先生的脸色沉了下来。

“我只能做到这点，”卡顿说，“要求过多，就会把他的头推到刑斧下面，就像他自己说的那样，即使被告发了，也不过如此。显然，这是形势不利的地方。这件事看来是没有办法了。”

“可要是在法庭上遭到不测，”洛里先生说，“进去见一面也救不了他。”

“我从没说过这能救他。”

洛里先生的目光慢慢地转向炉火，他为他亲密的朋友伤心，为他的再次被捕感到万分沮丧，他的眼睛渐渐模糊起来，这些天来的焦虑折磨了他，使他显得特别苍老，他落下了伤心之泪。

“你是个好人，是个真正的朋友，”卡顿说着声音都变了，“原谅我看到你这么伤心。我不能坐视我父亲哭泣而无动于衷。看到你这样悲伤，我像看到自己的父亲伤心一样，心里对你充满了崇敬。其实，这场灾难本和你毫不相干。”

虽然他说最后一句话时又表现出平日那种态度，可他的语气和神情中却流露出一种真挚的感情和敬意。洛里先生从未见过他这美好的一面，因而这完全出乎他的意料。他朝他伸过手去，卡顿轻柔地握住了它。

“再来说说可怜的达尔奈吧，”卡顿说，“别把我和巴萨德的这次谈话和安排告诉她，反正也不可能让她去见他，她也许会以为这是预做安排，我要在他判决前把自杀工具偷偷交给他哩。”

洛里先生根本没有想到这一层，听他这么一说，急忙看了卡顿一眼，看他是否真有这种打算。看来他的确是这么想的，卡顿也回看了洛里先生一眼，显然清楚洛里先生心里想的是什么。

“她也许会有许许多多想法，”卡顿说，“可是每一个想法都只会增加她的痛苦。别对她提起我。还像我刚来时说的那样，我最好不见她。这样我才能放开手脚，为她做一点儿我力所能及的、对她有益的工作。我想，你正打算上她那儿去吧？她今晚一定非常孤苦。”

“我现在马上就去。”

“这让我很高兴。她是那样依恋你、信赖你。她看上去怎么样？”

“又焦虑又痛苦，可是仍非常美。”

“啊！”

这声音悠长而悲哀，像一声叹息——几乎像一声呜咽。这声音引得洛里先生不由得转过头去看卡顿的脸，可是那张脸却已转向炉火。只见一道光或者是一道阴影（老先生说不清到底是哪一种），在那张脸上一闪而过，就像万里晴空之下一阵疾风突然掠过山坡。只见他伸出一只脚，把炉膛里滚下来的一小根燃着的木柴截住。他穿着当时流行的骑马服、高筒靴，火光映照着他这身浅色的装束，再加上他那未经梳理、披散的棕色长发，使他的脸色显得更加苍白。对于脚下的那团火，他似乎毫不在意，洛里先生不得不提醒他小心。那块烧着的木柴在他脚下断裂了，他的靴子还踩在那炽热的余烬上。

“我把它给忘了。”他说。

洛里先生的目光又被吸引到他的脸上。他发现一种颓废的神情掩盖住他那原本英俊的面容，使他蓦地联想起近来常见的那些囚犯脸上的表情。

“你在这儿的事都办好了吧，先生？”卡顿转过脸来问他。

“是的，昨晚露西不期而至时，我不是正在告诉你，我终于竭尽全力把我在这儿要办的事都办完了。我本来希望把他们夫妻俩在这儿安顿好，再离开巴黎。我已经领到通行证，随时都可以离开。”

他俩都陷入了沉默。

“你的一生是值得回忆的漫长的一生吧，先生？”卡顿若有所思地问道。

“我已经七十八岁了。”

“你这一生都过得很有意义，一直都在踏踏实实地努力工作，受人信任，受人尊敬，也受人仰慕，是吧？”

“我自从长大成人，就一直是个生意人。实际上，甚至可以说，我在少年时代就是一个生意人了。”

“瞧，你都七十八岁了，还这么受人器重。在你离开这个世界时，会有多少人怀念你啊。”

“我只不过是个单身孤老头罢了，”洛里先生摇着头说，“没人会为我哭泣的。”

“你怎么能这样说呢？难道她不会为你哭泣吗？难道她的孩子不会为你哭泣？”

“会的，会的，感谢上帝。我说的不完全是这个意思。”

“这就是一件值得感谢上帝的事，难道不是吗？”

“那当然，那当然。”

“如果你今晚真的对着你孤寂的心说：‘从来没有人爱过我，喜欢过我，感激过我，尊敬过我；我从来没有在任何人心中占过一席之地；我从没做过值得别人记住的好事。’那你这七十八年就是该诅咒的七十八年了，是不是？”

“你说得对，卡顿先生，我想是这样的。”

西德尼又转过头去望着炉火，沉默了一会儿后，又接着说道：“我想问问你——你是不是觉得你的童年好像已经很遥远了？你坐在母亲膝头的日子，是不是觉得好像是很久以前的事了？”

洛里先生也和他一样态度温和地回答说：“二十年前是这样，可是到了我现在这个年纪，却不然了。因为，我就像在兜一个圆圈，越是临近终点，就越是靠近起点了。这似乎是人生旅途上一种慰藉，使人在行将就木时心中有个准备的仁慈安排。现在，我的心又常为久已忘怀的许多往事而激动，我想到了我年轻漂亮的母亲（我自己都这么把年纪了！），也回忆起我涉世未深、我的毛病也还没有这般根深蒂固时的那些岁月。”

“我懂得这种感情！”卡顿突然容光焕发地喊了起来，“有了这种感情，你变得更加善良了，是吗？”

“我希望如此。”

卡顿起身帮助洛里先生穿上外衣，结束了这场谈话。“可你，”洛里先生又提起这个话题，“你还年轻。”

“是啊，”卡顿说，“我还没有老，可我这个年轻人绝不可能活到老。我已经活够了。”

“我也活够了，真的，”洛里先生说，“你打算出去吗？”

“我陪你一块儿到她家门口。你知道我东游西荡惯了，要是我在街上逛久了，你别不放心，明天早上我又会出现的。明天你去法庭吗？”

“是的，真不幸。”

“我也去，不过只是作为一个旁听的群众。我那位密探会给我找个地方。来，扶着我的胳臂吧，先生。”

洛里先生照办了，于是他俩下楼出门来到街上。几分钟工夫，他们就到了洛里先生的目的地，卡顿在那儿和他分了手，不过他在附近逗留了一会儿。待大门关上后，他又回到门口，轻轻抚摩着大门。他听说她每天都去监狱附近。“她从这儿出来，”说着他朝四下里打量了一下，“朝这边拐，一定老在这些石头上走来走去。让我也沿着她的足迹走一趟吧。”

待他走到拉福斯监狱跟前站住时，已经是夜里十点了，这是她已经站了几百次的地方。一个小个子锯木工关了店门后，正站在门口抽烟。

“晚安，公民。”卡顿走过时，发现这人好奇地盯着他看，就停下打了个招呼。

“晚安，公民。”

“共和国怎么样？”

“你是说吉萝亭吧。不坏。今天是六十三个。很快就要达到一百大关了。参孙和他的手下人有时抱怨说太累了。哈，哈，哈！那个参孙，真有趣。这么个剃头匠！”

“你常去看他——”

“看他剃头？常去。每天都去。了不起的剃头匠！你见过他干活吗？”

“没有。”

“等他活儿多时去看看吧。你算一算，公民，今天他不到两袋烟的工夫就剃了六十三个！还不到两袋烟的工夫！真的！”

咧着嘴笑的小个子伸出正抽着的烟斗，比画着向他解释怎样给那刽子手计算时间时，卡顿的心中突然产生一种冲动，真想一拳打他个灵魂出窍，因而他急忙转身走开。

“你不是英国人吧？”锯木工说，“尽管你一身英国人的穿着。”

“我是英国人。”卡顿收住脚步，扭头回答道。

“听你说话像个法国人。”

“我以前在这儿上过学。”

“啊哈，像个地道的法国人！晚安，英国人。”

“晚安，公民。”

“你可得去看看那个有趣的家伙啊，”那个小个子还在他身后一个劲儿地喊着，“带只烟斗去！”

西德尼走出没多远，就在街心一盏闪烁不定的路灯下停了下来，用铅笔在一张纸条上写了几个字，然后以一个熟悉路径的人的坚定步伐，穿过几条又黑又脏的街道——这些街道比平时脏得多，因为在那个恐怖的年月里，即使最好的主要大街，也无人打扫——来到一家药店门口。店主正在亲自关店门。这是一家又小又暗又不正派的店铺，开在一条弯弯曲曲的上坡路边，老板矮小、黝黑，一看便知不是个正派的人。

卡顿走到柜台前，向他道了晚安，把写的纸条放到他面前。“嘘！”老板看看纸条，轻轻吹起了口哨，“嘻！嘻！嘻！”

西德尼·卡顿没有理他，药店老板又问："是你用的吗，公民？"

"是我用的。"

"当心，要分开用，公民。你知道混在一起用的后果吗？"

"完全知道。"

店主给了他几个包好的小纸包，他把它们一一放进贴身上衣的口袋，数钱付了账，不慌不忙地离开了店铺。"明天早晨以前，没什么事要做了，"他抬头看了看月亮，说，"可我睡不着。"

他在飞驰的流云下大声说出这话时，丝毫没有满不在乎的样子，他脸上没有漫不经心的表情，而是有着一种挑战的神色。这是一个灰心丧气的人下定决心的样子。他徘徊过、挣扎过、迷途过，如今终于踏上了正路，并且看到了路的尽头。

很久以前，当他还是个前程远大的青年，在那些年轻伙伴中出类拔萃时，他随着父亲的灵柩来到墓前。母亲在那之前几年就去世了。此时此刻，当他在明月和飞驰的流云下，徘徊在黑影幢幢的阴暗街道上时，心里想起当时在父亲墓前念过的庄严经文："耶稣说：'复活在我，生命也在我；信我的人，虽然死了，也必复活；凡活着信我的人，必永远不死。'"①

在这座斧钺统治的城里，他深夜独自踯躅街头，哀伤之情不觉油然而生，他想到了白天被处死的六十三个人，想到了现在尚在牢中，明天、后天、大后天要被处死的那些牺牲者。这一串联想又使他想起了《圣经》中的这些语句，如同从大海深处捞出一只锈迹斑斑的旧铁锚，但他并没有去追溯往事，只是念叨着这些语句朝前走去。

他以一种庄严肃穆的心情望着那些亮着灯光的窗口，人们正准备就寝，在那几个小时的安睡中忘却周围的恐怖；他看到了教堂的钟楼，

---

① 见《圣经·新约·约翰福音》第11章。

已没有人再去那儿祈祷，教士们多年来的欺诈掠夺和荒淫无耻，激起了民众的极度愤恨，使教堂到了自我毁灭的地步；他看到了远处的墓园，正如园门上写的，那是专供“长眠”之地；他还看到了人满为患的监狱；看到了六十多人同赴刑场经过的街道，这种事已经习以为常、司空见惯，以至民众中没有流传任何死于吉萝亭手下的冤魂不散的悲惨故事。西德尼·卡顿以一种庄严肃穆的心情，想到夜晚在狂暴中暂时平息下来的这座城市中的生生死死。他又过了塞纳河，来到灯光明亮的街道上。

街上很少有马车驶过，因为坐马车容易受到怀疑，就连那些绅士们也都把头缩进红色睡帽，穿着笨重的鞋子，徒步而行。可戏院仍然场场客满，他路过时，人们正兴高采烈从里面拥出来，一路谈笑着回家。在一家戏院门前，一个小女孩正要跟母亲觅路穿过一片泥泞，走到马路对面去。他把这孩子抱过了街，在她怯生生的小胳臂还没有松开他的脖子之前，向她讨了一个吻。

“耶稣说：‘复活在我，生命也在我；信我的人，虽然死了，也必复活；凡活着信我的人，必永远不死。’”

此时街上寂静无声，夜色深沉，这些话音在他的脚步声中回响，在空中荡漾。他的心十分宁静、坚定，他一边走一边不时重复着这几句话，这些话始终在他耳边萦绕。

夜色即将散尽，他伫立桥头，倾听河水拍打着巴黎岛①的堤岸，岛上的房屋和教堂错落如画，在月光下闪着白光。白昼冷冷地来临了，天上犹如出现了一张死人的脸，接着，黑夜连同月亮和星星都变得苍白，死去了。一时间，仿佛天地万物都归死神统治了。

然而，灿烂的太阳升起来了，仿佛要用它那长长的霞光，把他彻

① 塞纳河中一座小岛。

夜一再背诵的经文射进他的心里，为他带来温暖。他虔诚地手搭凉棚，顺着霞光望去，只见他和太阳之间架着一道光桥，桥下的河水闪着银光。

在清晨的寂静中，强有力的潮水涌了上来，那么急切、深沉而又坚定，就像一个知心的朋友。他顺流走去，远离了那些房舍，后来躺在堤岸上，沐浴着温暖的阳光睡着了。醒来后，他站起身来，又在河岸边踯躅了一会儿，看着一个漩涡漫无目的地转了又转，直到最后被水流吞没，一起带向大海——“像我一样。”

这时，一只商船进入他的眼帘，船帆有着浅淡的枯叶色，它慢慢地从他身旁驶过，直到无影无踪。当默默无声的水纹在河中消失时，他在内心深处开始祷告，求主宽恕他所有的愚行和过错，祷词的结束语是：“复活在我，生命也在我。”

待他回去时，洛里先生已经外出，不难猜出，这位善良的老人上哪儿去了。西德尼·卡顿只喝了点儿咖啡，吃了点儿面包。饭后，他梳洗了一下，换上衣服，以振作起精神，然后就出发前往开庭审判的地方。

法院里人头攒动，人声鼎沸。那只狱羊——许多人见了他怕得连忙退避三舍——带他挤到人群中一个不显眼的角落里。洛里先生已在那儿，马奈特医生也在那儿。她也在那儿，坐在她父亲的身旁。

当她的丈夫被人带进来时，她望着他，眼神里流露出那么深情的鼓舞和支持，充满了爱怜和温情，也充满了勇气和信心，使他一见之下脸上马上恢复了健康的血色，目光变得炯炯有神，精神大为振奋。此时，如果有人留心注意一下就会发现，她的眼神对西德尼·卡顿也产生了同样的影响。

在这毫无公正可言的法庭上，很少或者根本没有任何法律程序，让被告能有合理的申诉机会。可要是当初不那么极度地滥用法律程序和形式，这场革命也就不会发生，也就不会用这种革命的自杀性报复行为，来把它们通通砸烂了。

大家的目光都转向陪审团。还是昨天和前天的那些坚定的爱国者和优秀公民，明天和后天无疑仍将是他们。其中有一个显得迫不及待、颇为引人注目的人，他一副渴望的神色，一只手不住地在嘴唇边摸着，他的出场使旁听者们大为满意。这个嗜杀成性、食人生番似的凶残的陪审员，就是圣安托万区的“雅克三号”。整个陪审团就像是一群挑选来审判小鹿的猛犬。

接着，大家的目光又转向那五位法官和检察官。今天，这班人丝毫没有偏袒徇情的模样，全是一副凶狠残暴、毫不留情、杀气腾腾、铁面无私的神情。随后大家的目光又在人群中寻觅自己的熟人，彼此使着会意的眼色，相互点头，然后才伸长脖子聚精会神地倾听着。

查尔斯·埃弗瑞蒙德又姓达尔奈的，昨日获释，当天再度被指控，再度被捕。起诉书已于昨晚交给他本人。该人涉嫌并被指控为共和国的敌人，系贵族分子，出身恶霸家庭，为应当诛灭家族的一员。此家族曾利用其现已废除的特权残酷欺压人民。据此，查尔斯·埃弗瑞蒙德又姓达尔奈的，必须依法被处死。

检察官用不多的几句话就这样起诉完毕。

首席法官问，被告是被公开告发，还是秘密告发？

“公开告发，首席法官。”

“由谁告发？”

“共有三人。圣安托万区酒店老板欧内斯特·德法尔热。”

“好。”

“他的妻子泰蕾兹·德法尔热。”

“好。”

“还有医生亚历山大·马奈特。”

法庭里顿时出现了一阵喧哗。只见马奈特医生在一片哄闹声中从自己的座位上站了起来，脸色苍白，浑身颤抖。

“首席法官，我向你提出严正抗议，这是伪造的，是一场骗局。你知道，被告是我女儿的丈夫。我女儿，还有她所爱的人，对我来说，远比我自己的生命还宝贵。是谁说我告发我孩子的丈夫的？这个搞阴谋撒谎的人是谁？他在哪里？”

“马奈特公民，安静！不服从法庭的权威就是犯法。至于说到比你的生命更宝贵的东西，对一个好公民来说，最宝贵的莫过于共和国了。”

这几句指责的话获得了震耳欲聋的喝彩声。首席法官摇了摇铃，激动地接着往下说：“即使共和国要求你牺牲自己的女儿，你也有义务那么做。往下听吧，听时要保持肃静！”

又是一阵疯狂的喝彩声。马奈特医生只得坐了下来，眼睛朝四下里张望着，嘴唇不住地颤抖。女儿朝他靠得更紧了。陪审团里那个面带渴望神色的人搓了搓双手，又习惯性地伸手摸起嘴唇来。

待法庭安静下来，能听到他说话声时，德法尔热开始在庭上做证。他很快讲述了医生被长期监禁，以及他在少年时代曾给医生当仆人的事，后来又讲到医生获释出狱后，人们把医生送到他那儿的情况。法庭的工作进行得很快，他一说完，马上对他做了一番简短的质询。

“在攻占巴士底狱时，你做出了卓越的贡献，是吗，公民？”

“我想是这样的。”

这时，一个非常激动的女人从人群中发出刺耳的尖叫声：“你是个最杰出的爱国者。为什么不这么说？那天你是炮手，也是第一批攻进那个该死的堡垒中的一个。爱国同胞们，我说的都是实话！”

这就是那个“复仇女”，她在听众的一片热烈赞扬声中，就这样为审判过程呐喊助阵。首席法官摇铃了，可是“复仇女”因为受到人们的鼓励，劲头更大了，她尖声大叫：“我才不怕你摇铃哩！”又招来了一阵喝彩声。

“告诉法庭，那天你在巴士底狱中做了些什么，公民。”

“我本来就知道，”德法尔热说着，低头看了看他的妻子，她正站在他上来那个台阶的最低一层，镇定地仰望着他，“我本来就知道，我要提到的这个犯人，曾被关在一间叫北楼一百零五号的牢房里。这是他自己告诉我的。当他在我的照料下只知埋头做鞋时，他只知道自己叫‘北楼一百零五号’。攻占巴士底狱那天，我是炮手，我决定在攻下这地方后去看看那间牢房。监狱攻下来了，我就在一个看守的带领下，去了那间牢房，同去的还有我的一个同伴，他现在是陪审团中的一员。我非常仔细地检查了那间牢房。烟囱上有个洞，有块石头被挖出来又安上了，我在石头后面的洞里找到了一份手写的材料。这就是那份手写的材料。我曾认真查看过马奈特医生的笔迹。这确实是马奈特医生写的东西。现在我把马奈特医生亲笔写的这份材料交给首席法官。”

“宣读这份材料。”

一片死寂，大家一动不动——受审的犯人爱恋地望着自己的妻子，妻子只看了他一眼便焦虑地望着自己的父亲。马奈特医生定定地望着宣读材料的人。德法尔热太太的眼睛始终没有离开犯人，德法尔热先生的目光则一直望着异常痛快的妻子。其余所有人的眼睛都聚精会神地盯着医生，而医生则谁也没有看见——那份材料宣读了，内容如下。

第十章

阴影的内容

我，不幸的医生亚历山大·马奈特，原籍博韦，后移居巴黎。在这一七六七年的最后一个月里，我在巴士底狱这间凄惨的牢房中，写下这份悲伤的材料。我是在极端困难的条件下，偷偷写成的。我计划把它藏在烟囱的内壁里，我费了许多时间和心血，已在那儿挖了一个藏匿的地方。在我和我的苦难都化为烟尘时，也许会有一只同情的手找到它。

在我被囚禁的第十个年头的最后一个月里，我用一枚锈铁钉，蘸着用鲜血调和的从烟囱里刮下的煤烟炭末，极其艰难地写下这些文字。我心中的希望早已破灭。从我身上一些可怕的征兆来看，我的理智能保持完好无损，已经不会太久了。不过我要郑重声明，此时此刻我的神志绝对正常——我的记忆精确详尽——我写的全是事实，不管以后是否有人看到，在末日审判席上，我也将为自己最后写下的这些文字负责到底。

一七五七年十二月的第三个星期（我想是那个月的二十二号），在一个月色朦胧的夜晚，我正在塞纳河码头旁一个僻静处散步，想呼吸一下寒冷的空气来提提神。那地方离我在医学院街的住处大约有一小时路程。一辆马车飞快地从背后驶来，我怕马车把我撞倒，急忙退到一旁让它过去。不料车窗里探出一个头来，我还听到了喝令车夫停车的声音。

车夫赶紧勒住马，车停下了，刚才的那个声音唤起我的名字来，我答应了一声。马车停在我前面很远的地方，没等我走到马车跟前，车上已下来两位先生。我发现他们俩都裹在斗篷里，像是有意把自己遮掩起来。他们并肩站在车门旁，看上去他们的年龄和我不相上下，或许还年轻一点，两人的身材、举止、声音和面貌（我能看到的部分）都十分相像。

“你是马奈特医生吗？”其中一个问道。

“是的。”

“马奈特医生，原籍博韦，”另一个说，“是位年轻的内科医生，原先是外科专家，这一两年来在巴黎的名气越来越大了，对吧？”

“先生们，”我回答说，“本人就是承蒙二位夸奖的马奈特医生。”

“我们去过你的住处，”第一个人说，“不巧没有在那儿找到你。听说你可能在这一带散步，我们就跟着来了，希望能赶上你。请你上车好吗？”

两人的态度都很专横，一边说着，一边就过来把我逼向车门。他们都带着武器，而我手无寸铁。

“先生们，”我说，“请原谅，不过，我通常都要问清是哪一位赏光请我去出诊，要我去看的病人病情又是怎么样的。”

答话的是第二个人。“医生，请你出诊的是有地位、有身份的人。至于病人的病情，我们相信你的医术，你做出的诊断一定会比我们的陈述准确。行了。请你上车好吗？”

我只好顺从，默默地上了车。他们俩也跟着上了车——最后一个是收起踏板后跳上车的。马车掉转头，又照原先的速度飞驶起来。

我如实记下了这番对话，无疑是逐字逐句，一字未漏。我竭力不让自己走神，使每件事情都被准确如实地记录下来。下面凡是标有中断符号的地方，皆因我不得不暂停记述，藏起文稿。

***

马车飞快驶过一条条大街，出了北门，驶上了乡间大道。出城后大约走了三分之二里格地——当时我并未计算距离，是后来再走时估算的——马车驶离大道，不久就在一座孤零零的宅院前停了下来。我们三人都下了车，沿着花园里一条又湿又软的小径，走过一座乏人管理、池水满溢的喷水池，来到一幢房子门前。按过门铃，由于门没有立即应声打开，带我来的两个人中的一个，就用他那厚重的骑马手套打了开门人一个耳光。

这一举动并没有引起我的特别关注，因为我知道，老百姓挨打比狗挨打还普通。这时，另外那个也一样发起火来，伸手同样打了开门人一个耳光。这兄弟俩的神情举止竟如此相像，这时我就开始意识到他们俩是一对孪生兄弟。

我们在宅院大门口一下车（大门是锁着的，两兄弟中一个打开锁让我们进去后，重又锁上了），便听到从楼上的一间屋子里传来阵阵叫喊声。兄弟俩径直带我朝那间屋子走去。随着我们一步步爬上楼梯，那叫喊声越来越响。最后我看到了一个躺在床上发高烧的病人。

病人是个非常漂亮的女人，年纪很轻，肯定才二十出头。她头发蓬乱，两只胳膊被腰带和手帕绑在身体两侧。我注意到，这些捆绑用的全是上等男人身上的东西。其中有一条是礼服上用的有流苏的绶带，我看到上面有个贵族的纹章和一个字母“E”[1]。

我一开始仔细观察病人，就看到了这一情况。因为在她焦躁不安的挣扎中，翻转身子，脸伏到了床沿上，把绶带的一头吸进了嘴里，此时正有窒息的危险。我第一个举动就是伸手从她嘴里拉出绶带。就在这时，我看到绣在角上的纹章。

我将她轻轻地翻过身来，双手按住她胸口，想让她平静下来，躺着不动，然后查看她的脸。她两眼圆睁，神色狂乱，不断发出刺耳的尖叫，反复叫着：“我的丈夫、我的父亲、我的兄弟啊！”然后从一数到十二，还发出一声“嘘！”。过后，她稍稍停顿了一下，像是侧耳静听，接着便又开始那刺耳的尖叫，又喊：“我的丈夫、我的父亲、我的兄弟啊！”然后又从一数到十二，再发出一声“嘘！”。如此周而复始，顺序不变，神态也不变。除了有规律地停顿那么一会儿外，她的这种喊叫声从未休止。

“她这样有多久了？”我问。

为了把这兄弟俩区别开来，我把他们叫作哥哥和弟弟。所谓哥哥，是指最有权威的那人。答话的是哥哥：“大约从昨晚这个时候开始。”

“她有丈夫、父亲和兄弟吗？”

“有个兄弟。”

“我不是在跟她兄弟谈话吧？”

他带着满脸鄙夷的神气，回答说：“不是。”

“她最近和十二这个数字有什么关系吗？”

弟弟不耐烦地插嘴说：“是和十二点钟有关吧！”

“瞧，先生们，”我的手仍按着那女人的胸口，“你们这样把

---

①“E”为埃弗瑞蒙德家族姓氏的首字母。

我带来，我什么也干不了！要是我事先知道来看什么病，我就可以有所准备。像现在这样，时间就得浪费了。在这么个偏僻的地方，到哪儿去弄药呀。”

哥哥朝弟弟看了看，弟弟傲慢地说：“这儿有一箱药。”说着从柜子里取出一只药箱，放到桌子上。

***

我打开几只瓶子，嗅了嗅，又把瓶塞放到嘴边尝了尝。如果我要用的不是有毒性的麻醉药，那箱子里的药是一样也用不上的。

“怎么，你信不过这些药？”弟弟问。

“你瞧，先生，我正准备用呢。”我回答了一句，就没有再说什么了。

我费了好大的劲，做了种种努力，才给病人灌进我要她服的剂量。我在她的床沿坐了下来，我想过会儿再给她服一次药，同时还需要观察一下服药后的效果。屋里原先有个战战兢兢的胆小女人（是楼下那开门人的妻子）在服侍，这时她已退缩到屋角。这房子潮湿破旧，草草地放着几件家具——显然是最近才住人，而且只是暂时用一用。为了掩住尖叫声，窗上钉了些厚厚的旧帷幔。叫喊声仍然有规律地继续着，先喊：“我的丈夫、我的父亲、我的兄弟啊！”接着从一数到十二，最后发出一声“嘘！”。她还是那么疯狂地挣扎着，所以我没敢给她的胳臂松绑，只是留心不勒痛她。唯一给人希望的是，我按在病人胸口的手起了很大的镇定作用，能使她的身子安静几分钟。可是这对抑制叫喊毫无作用，她的叫喊比钟摆还有规律。

由于我的手有这种镇定作用（我想是这样），我便在床边坐了半个多小时，那两兄弟一直在旁看着。后来那哥哥说："这儿还有一个病人。"

我吃了一惊，忙问："病情严重吗？"

"你最好去看一看。"他满不在乎地回答说，拿起了一盏灯。

***

另一个病人躺在二楼楼梯对面的一间后屋里，是马厩顶上的一间阁楼，屋子有个低矮的粉刷过的顶棚，其余部分都敞开，看得见瓦屋的屋脊和横梁。没有顶棚的地方堆放着干草、麦秸、柴火和一堆埋在沙子里的苹果。我必须经过这一部分，才能走到有顶棚的地方。我的记忆清晰详尽，明确无误。我在巴士底狱这间牢房里，被囚禁了快十年，现在回忆起这些细节来，依然历历在目，和那天晚上看到的一模一样。

在地上的一堆干草上，躺着一个英俊的农家少年，最多不过十七岁。他仰躺着，头下塞了一只坐垫，牙关紧闭，右手紧握着放在胸前。他那对怒火熠熠的眼睛直盯着上方。我单腿跪下俯身查看，看不出他的伤在哪里。不过我能看出，他是被利刃刺伤的，已经奄奄一息。

"我是医生，可怜的小伙子，"我说，"让我看看伤口。"

"我不想让人看，"他回答说，"随它去吧。"

伤口在他的手底下，我设法劝他让我挪开他的手。伤口是剑刺的，受伤时间约在二十至二十四小时之前。即使未加拖延当即治疗，也没法救活他了。他很快就要死了。我扭头看看那个哥哥，只见他正低头俯视着这个濒临死亡的英俊少年，那神情就像在看一只受伤的鸟或者是野兔、家兔，而不是他的同类。

“这是怎么回事，先生？”我问。

“一只下贱的小疯狗！一个农奴！逼得我弟弟拔剑刺他，结果倒在我弟弟的剑下——居然像个上等人似的[①]。”

这话没有一点儿怜悯和内疚，可以说毫无人性。说话的人似乎认为，让这个不属于同类的生物死在这儿极不合适，应该让他和那些贱类一样悄悄死去才好。他对这个少年的命运，根本不可能有任何同情。

在他说话时，少年的眼睛慢慢地转向他，然后又慢慢地转向我。

“医生，他们这班贵族骄傲得很，可我们这些贱民也有骄傲的时候。他们抢我们、欺我们、打我们、杀我们，可我们有时还是剩有一点儿傲气。她——你见到她了吗，医生？”

虽然因为离得远，声音轻了，可是在这儿依然可以听见她的尖叫和喊声。他这么一提，仿佛她就躺在我们的面前。

我说：“我见到她了。”

“她是我姐姐，医生。多少年来，这班贵族老爷对我们的姐妹们的贞操，都享有无耻的特权。可我们当中也有好样的姑娘。这我知道，我父亲也这样跟我说过。我姐姐就是一个好样的姑娘。她和一个也是好样的青年订了婚，他是那个人家的佃户。我们都是那个人家的佃户——我说的就是站在那儿的那个人。那另外的一个是他的弟弟，是个最坏的坏蛋。”

那少年是异常艰难地聚集起全身的力气才说出这些话的，可他的精神却使他说得格外有力。

---

① 按当时习俗，平民没有资格与贵族决斗，贵族与平民交锋即有辱身份。

“正像我们所有贱民都受那班高贵的人抢夺一样，我们受尽站在那儿的那个人的搜刮——他黑心地向我们收租抽税，强迫我们白白替他干活，硬要我们在他的磨坊里磨我们的粮食，逼着我们用那点儿可怜的粮食替他喂养大群大群的家禽，可是却禁止我们养任何家禽。他搜刮我们到这样的地步，连我们偶尔弄到一点儿肉吃的时候都提心吊胆，不得不关门闭户，生怕被他的人看到抢走。我说了，我们被抢得精光，刮得干干净净，穷得不能再穷，弄得我们的父亲告诉我们说，生个孩子到这个世界上来是桩可怕的事情，我们应该祈求上帝，别让我们的妇女生儿育女了，让我们这些可怜的人全都灭种吧！”

我以前从来没有想到受压迫的情感会像火一样爆发出来。我原先总以为它必定隐伏在人民心中，可是在这个垂死的少年身上，我看到了这种情感的爆发。

“不过，医生，我姐姐还是结了婚。当时我那可怜的姐夫正有病，可她还是嫁给了她心爱的人，这样她就可以在我们的草舍里——那个人大概把它叫作狗窝吧——照料他、安慰他了。可是结婚不久，我姐姐就被那个人的弟弟看上了，他要求那个人把她租来给他——因为我们这种人中的丈夫算得上什么！那个人当然很乐意，可我姐姐是好样的、贞洁的，她像我一样，恨死了那个人的弟弟。你知道那两个家伙用什么手段威逼她的丈夫，想要他叫她顺从的吗？”

那少年的眼睛本来一直盯着我，说到这儿，他慢慢地把目光转向那在一旁观看的人。我从他们两个的脸上看出，他说的全是真话。两种截然相反、互相对立的傲慢和自尊，即使在这巴士底狱的牢房里，依然历历在目。那老爷是一副满不在乎、漠然置之的态度，而农民则是满脸横遭蹂躏、愤而渴望复仇的神色。

“你知道，医生，这班贵族老爷有权把我们这些贱民套在车子上，赶我们拉车。他们就这样把我姐夫套在车子上，赶他，要他拉车。你知道他们有权要我们整夜守在他们的地里，不让青蛙叫，免得打扰他们尊贵的睡眠。晚上，他们就要我姐夫去有害的夜露里守夜；白天，又命他套上笼头拉车。但他还是没有屈服。没有！有一天中午，人们解下笼头，让他吃东西——要是他还能找到东西吃的话——他随着报时的钟声，钟敲一下他哽咽一下，哽咽了十二下后，就死在我姐姐的怀里了。”

要不是他决意倾吐冤情，任何人为的力量也维系不了这个少年的生命。他使劲握紧右拳不松开，掩住伤口，竭力驱开朝他围拢过来的死亡阴影。

“接着，在那个人的同意甚至帮助下，他弟弟把我姐姐抢走了。我知道，她一定把她的情形跟那人的弟弟说了——说的什么，医生，要是你现在还不知道，你很快就会发现的——可那人的弟弟还是把她抢走了，供他一时享乐解闷。我在路上看到她从我旁边过去。我把这个消息带回家后，我父亲伤心得死去了，满肚子的话，一句也没有说出来。我把我的小妹妹（我还有一个妹妹）送到这个人管不着的地方，使她至少不会做他的奴婢了。然后我就追踪那个弟弟来到这儿，昨天夜里爬了进来——我，一个贱民，可手里有剑——这阁楼的窗在哪儿？就在这旁边吧？”

在他眼里，这屋子越来越暗了，他周围的世界越缩越小。我朝四下里看了看，只见地上干草、麦秸被踩得一片狼藉，这儿像是有过一场格斗。

“我姐姐听到我的声音，跑了进来。我叫她别过来，别靠近我们，待我杀了那家伙再说。他进来了，先是给我扔了几个钱，后来又用鞭子抽我，我虽是个贱民，可我奋力回击，逼得他不得不拔出剑来。那柄沾上我这平民鲜血的剑，让他爱折成几段就折成几段吧。他只好拔出剑来自卫——为了保命，他使出浑身解数来刺我。”

就在刚才，我已看到地上的干草里有几截断剑。那是老爷们用的武器。另一个地方，躺着一柄旧剑，看样子是士兵用的。

“来，扶我起来，医生，扶我起来。他在哪儿?”

“他不在这儿。”我扶住他说，知道他指的是那个弟弟。

“哼，这班贵族尽管傲气十足，可是就怕来见我。在这屋子里的那个人在哪儿？把我的脸转过去对着他。”

我照办了，扶起他的头，让它靠在我的膝盖上。可是霎时间，他突然有了一股异常的力量，竟挺身完全站立起来，使得我也不得不跟着站起，要不就无法扶住他了。

“侯爵，”少年双目圆瞪，举起右手，对着他说，“等到算总账的日子，我要向你、向你那万恶家族中的每一个成员，讨还血债。我要用鲜血在你身上画下这个十字，作为我讨债时的标记。等到算总账的日子，我特别要向你的兄弟——你们那万恶家族中最坏的坏蛋，讨还血债。我要用鲜血在他身上画下这个十字，作为我讨债时的标记。”

他两次用手在胸部的伤口上蘸了蘸，然后用食指当空画了个十字。他就这样举着那手指站了一会儿，待它垂下时，人也随之倒下。我把他放倒，发现他已经死了。

***

我回到那年轻女人的床边，发现她还在按原先的顺序一再说着那几句胡话。我知道，这种情况还会持续一阵子，也许只有在死的寂静中才能结束。

我又给她吃了几次原先吃过的药，坐在她的床边，守到深夜。她的尖叫声始终那么刺耳，那几句话还是那么清楚，顺序也一直没有错乱，总是“我的丈夫、我的父亲、我的兄弟啊！一、二、三、四、五、六、七、八、九、十、十一、十二。嘘！”

从我见到她的时候起，这种情形持续了二十六个小时。待我两次来去，重又在她身旁坐下时，她的口齿开始含糊起来。我竭尽全力想挽救她，可她渐渐陷入昏睡状态，像死人一般躺着。

就像持续多时的可怕的暴风雨已过去，终于风停雨歇了。我松开她的双臂，叫那女仆帮我把她的身体放平，理好撕破的衣服。这时我才发现，她已经有了要做母亲的初步征兆；就在这时，我对她仅存的一线希望，也完全破灭了。

“她死了吗？”侯爵问，我以后还是称他为哥哥。他刚刚骑马回来，穿着靴子进了屋。

“没有死，”我说，“不过快要死了。”

“这些贱民的身体怎么这样结实！”他有些好奇地低头看着她说。

“伤心和绝望中有着无穷的力量。”我回答说。

他听了我的话，先是笑了笑，接着便皱起了眉头。他用脚把一把椅子踢到我的椅子旁边，命那女仆退下，然后压低声音对我说起话来。

“医生，我发现我兄弟和这两个农民有了麻烦，就提出请你来帮忙。你名气大，而且作为一个前途无量的年轻人，你大概会顾及你自己的利益。你在这儿看到的事情，是只能看，不能往外说的。”

我倾听着病人的呼吸，避而不答。

“你肯赏光听我说吗，医生？”

“先生，”我说，“做我们这一行的，对于病人的情况总是严守秘密的。”我小心谨慎地回答，心里对看到的和听到的感到很不安。

她的呼吸已微弱到几乎听不到了，因此我又仔细地测了测她的脉搏，听了听她的心跳。她还活着，但仅此而已。待我重又坐回到椅子上，朝旁边一看，发现兄弟俩都盯着我。

***

我写这篇东西时困难重重，严寒刺骨，又怕被人发觉，把我关进漆黑一团的地牢。因而往下我只能简要地叙述了。我的思维没有混乱，记忆力也没有丧失，我和那两兄弟的谈话，字字都能记起，句句都能详尽叙说。

她挨了一个星期。在她临终时，我把耳朵贴近她的嘴唇，才勉强可以听到她对我说的只言片语。她问我她在什么地方，我告诉了她；又问我是谁，我也告诉了她。我问她姓什么，她没有回答，只是在枕头上微微摇了摇头，也像那个少年一样，不肯吐露她的秘密。

我一直没有机会再问她什么问题，直到我告诉那兄弟俩她已处于弥留状态，活不到第二天了。在此之前，虽然进那屋子的只有我和那个女仆，没有旁人，可只要我在那儿，那兄弟俩中总有一个坐在床头的幔帐后面，小心提防着。到了这时，他们似乎不再怕我会跟她谈什么了，仿佛——我脑子里突然闪过这个念头——仿佛我也快要死了。

我一再看出，最使他们痛心疾首的是，那个弟弟（按我的叫法）竟和一个农民而且还是个少年农民比剑交锋，这伤害了他们的自尊心。他们脑子里唯一考虑的是，这件事大大地辱没了他们的家声，实在太荒唐可笑。每当我和那弟弟的目光相遇，我都从他的眼神中看出，他对我极其憎恨，因为我从少年口中知道了一切。虽说他对我比那哥哥随和客气，但我清楚地看出这一点。我也看出，在那哥哥的心目中，我也是个麻烦。

我的病人在午夜前两小时死去了——照我的表，正是我第一次看见她的同一时刻，几乎一分钟也不差。当时只有我一个人在她身边，她那年轻可怜的头无力地垂倒在一边，结束了她在这尘世上遭受的种种冤屈和苦难。

那两兄弟正在楼下的一间屋子里等着，很不耐烦地急着要骑马出门。在我单独守候在床边时，就听到他们用马鞭抽打着靴子，来来回回地走着。

“她总算死了？”我进去时那哥哥问道。

“她死了。”我说。

“祝贺你，弟弟。”他转过头去这么说。

在这以前他给过我钱，我一直迟迟没有接受。这时他又给了我一筒金币。我从他手中接过，放在桌子上。我已经考虑过这个问题，决定什么也不接受。

“请原谅，”我说，“在这种情况下，我不能接受。”

他们俩交换了一个眼色，在我向他们鞠躬时，也对我鞠了鞠躬，于是我们就分手了，双方都没有再说一句话。

***

我累极了，累极了，累极了——被苦难折磨垮了。我用这只瘦骨嶙峋的手写下的这些文字，连再读一遍的力气都没有了。

第二天清晨，我的门口放着一只小盒子，里面是那筒金币，盒子上写着我的名字。从一开始，我就焦急不安地考虑，这事该怎么办。那天，我决定私下给那位宫廷大臣写封信，向他陈述我被唤去诊治的两个病人的实情，以及我去过的那个地方。总之，把一切情况都告诉他。我知道宫廷的权势是怎么回事，也知道什么是贵族的豁免权；我也料到，这件事绝不会有人理睬，可是我希望解除我良心上的负担。这件事我一直严守秘密，就连对我的妻子也守口如瓶，关于这一点，我也在信中做了说明。我并不害怕自己会遭到什么真正的危险，但是我意识到，要是别人知道了我所知道的这些事，是会受到牵连、遭到危险的。

那天我很忙，晚上没能写好那封信。第二天早上，为了写完这封信，我起得比平时早得多。这天正好是一年的最后一天。我刚写完信，就听说有一位太太等着要见我。

***

我越来越感到难以胜任自己定下的这项任务。天气这么冷，光线这么暗，我的知觉这么麻木，心头的忧伤又这么难以忍受。

要见我的那位太太年轻、漂亮、优雅，但没有长寿之相。她神情非常激动，对我做了自我介绍，说自己是埃弗瑞蒙德侯爵的妻子。我把那农家少年对那个哥哥的称呼和绣在绶带上的那个字母联系起来，不难断定，她说的侯爵就是我最近见到的那个贵族。

我的记忆仍很确切，但是我无法把我们的谈话都一一写下来。我猜测，对我的监视更严密了，而且我根本不知道什么时候会受到监视。她部分是根据猜测，部分是根据发现的情况，总之她知道了这一残酷事件的主要事实，也知道了她丈夫在这一事件中应负的责任，以及曾请我去诊治的事，但她还不知道那个年轻女子已经死了。她非常痛苦地对我说，希望私底下对她表示一个女人的同情，希望不要因为这无数苦难者长期痛恨的家族而遭到上天的惩罚。

她说，她有理由相信那女子还有一个妹妹活着，而她最大的愿望就是帮助这个妹妹。我说我能告诉她的也只是她确实有一个妹妹，除此之外，我就一无所知了。她说，她私下来见我，是出于对我的信赖，希望我能告诉她那妹妹的姓名和住址。可是直到现在这悲惨的时刻，我对这两点还是一无所知啊。

***

我的纸不够用了。昨天被他们拿走一张，还受到了警告。我必须在今天完成我的记述。

她是位心地善良、富有同情心的太太，可她的婚姻并不幸福。她怎么能幸福呢！那弟弟不信任她，也不喜欢她，受他左右的人全都反对她。她既怕他，也怕她丈夫。我扶她下楼，送她到门口时，看到她的马车里坐着一个两三岁的漂亮男孩。

“为了他，医生，”她含泪指着孩子说，“我要尽我所能做一点儿补救。要不，日后他继承了这份产业也兴旺发达不了。我有一种不祥的预感，要是不为此做些好事来赎罪，有朝一日会报应到他头上的。如果能找到那个小妹妹，我要把我仅有的属于我的一点儿东西——不过是一些珠宝首饰——作为他生平应负的第一项经济义务，连同他母亲的同情和哀悼，一并给予那个受害的家庭。”

她吻了吻那男孩，抚摩着他说：“都是为了你这个宝贝儿。你愿意照我说的做吗，小查尔斯？”那孩子慨然回答：“愿意！”我吻了吻她的手，她把孩子搂在怀里抚摩着，坐车走了。从此我再也没有见过她。

她是以为我一定知道，才提到她丈夫的姓氏的，但我并没有在信中加上这个姓氏。我封好信，因为交给别人不放心，就亲自在当天送去了。

那天晚上是新年前夜，约莫在九点钟时，一个穿黑衣服的人来我家敲门，要求见我。他跟着我的年轻仆人欧内斯特·德法尔热，轻轻走上楼来。当我的仆人走进我的房间时，我正和我的妻子坐在一起——啊，我的妻子，我心爱的人！我年轻漂亮的英国妻子啊！——我们发现来人一声不响地站在德法尔热身后，本来还以为他待在门口哩。

他说，圣奥纳雷街有个人得了急病，请我去出诊，说是不会耽搁我很久的，楼下有辆马车等着。

结果马车把我载到了这儿，送进了这座坟墓。我一离开家，一条黑围巾就从身后紧紧勒住了我的嘴，我的双臂也被捆住了。那两兄弟从一个暗角里闪出，来到马路这边，打了个手势，表示是我没错。侯爵从自己的口袋里掏出我写的那封信，给我看了看，然后就着手里提的灯笼的烛火把它烧了，烧完还用脚踩灭了纸灰。一句话也没有说，我就被带到了这儿，送进这座把我活埋的坟墓。

在这么久的恐怖岁月里，如果这铁石心肠的两兄弟中，有一个想到要告诉我一点儿我亲爱的妻子的消息——哪怕用一句话让我知道她是死是活——我也会认为上帝还没有完全抛弃他们。不过现在我相信，那鲜血画下的十字是要置他们于死地的了，上帝绝不会宽恕他们。在这一七六七年的最后一夜，我，亚历山大·马奈特，一个不幸的囚徒，怀着难以忍受的极度痛苦，决心要在算总账的日子控告他们，控告他们的后代，直到他们这个家族的最后一个子孙。我要向上天和人世控告他们。

材料一读完，就掀起一片凶猛的声浪。这急切渴望的声音，明白无误地只要血，别的什么也不要。这番诉说激起了当时最强烈的复仇情绪，面对这种情绪，在这个国家里，没有人敢不低头。

在这样的法庭和听众面前，已经没有必要说明，为什么德法尔热夫妇没有把这份材料和在巴士底狱中缴获的其他东西一起公之于众，而是保存起来，等待时机。也没有必要说明，这让人诅咒的家族姓氏，早就受到圣安托万人的深恶痛绝，并把它编织进了那本索命簿。在当时当地，绝对没有人能凭他的德行和功绩抵挡住这样的控告。

对这个注定必死无疑的人来说，更糟糕的是，控告他的是一位声誉卓著的公民，是他的亲密朋友，又是他妻子的父亲。当时，人们的一个狂热愿望是，效仿古时的一个颇有问题的公德，要求把自己和自己的亲人作为牺牲奉献到人民的祭坛上。因此，当首席法官说（要不这么说，他自己的脑袋也就摇摇欲坠了），这位共和国的优秀医生，由于根除了一个万恶的贵族世家，更应受到共和国的尊敬，而且，由于使女儿成了寡妇，使外孙女成了孤儿，他无疑会感到一种神圣的光荣和喜悦时，法庭上下有的只是疯狂的激动，爱国的热情，没有丝毫人类的同情。

“那个医生不是很有影响力吗？”德法尔热太太微笑着低声对“复仇女”说，“现在去救他呀，我的医生，去救他呀！”

陪审员每投一票，就掀起一阵吼叫。投票一票又一票，吼叫一阵接一阵。

一致通过。从本质到血统都是贵族，共和国的敌人，臭名昭著的压迫人民分子。押回候审监狱，二十四小时内处决！

第十一章

暮色苍苍

无辜的人就这样被判处了死刑，他可怜的妻子听到这一判决，像受到致命的一击，瘫倒了。可是她一声没吭，她内心有一个强有力的声音在告诫她：在他蒙难之时，她应该第一个站出来支持他，而不是加剧他的痛苦。这声音是如此强而有力，竟使她在这样的打击下仍能很快站了起来。

由于法官要上街参加群众游行，法庭到此休庭。人们正熙熙攘攘地从各条通道朝外拥去，法庭里还充满嘈杂急切的人声，露西就站在那儿向她丈夫伸出双臂，脸上满是爱怜和抚慰的表情。

“但愿我能碰到他！要是我能拥抱他一次该有多好！啊，好心的公民们，你们要能给我们一些同情该多好啊！”

法庭上只留下一个看守，昨晚去抓他的四人中的两个，还有巴萨德。人们全都到街上看热闹去了。巴萨德向另外几个人提议：“那就让她拥抱他一下吧，只是一会儿的事。”那几个人默许了。他们把她举过一排排座位，举到一个高台上。在那儿，他只要俯身探出被告席的围栏，就可以把她搂在怀里。

“永别了，我亲爱的心上人。我要给我的爱人做诀别的祝福。我们会在困乏人得享安息[①]的地方重又相聚的！”

---

① 见《圣经·旧约·约伯记》第3章。

这是她丈夫把她搂在怀里时说的话。

“我经得住，亲爱的查尔斯。我有上天保佑，别为我担心。给我们的孩子做最后的祝福吧！”

“你代我向她祝福，代我吻她，代我向她道别。”

“我的丈夫！别忙，等一会儿！”这时他正要恋恋不舍地离开她的怀抱，“我们不会分开太久的。我知道这会让我渐渐心碎。但只要我活着，我一定会尽我的责任。等我离开她的时候，上帝会赐给她朋友的，就像他待我那样。”

她父亲已跟着她走了过来，当他正要向他俩跪下时，达尔奈伸手一把抓住了他，喊道：“不，别这样！你有什么过错，你有什么过错，为什么要向我们下跪！现在我们知道了，你为我们俩的事经历了多么激烈的思想斗争。现在我们知道，当你怀疑我的身世，直到弄清底细，你忍受了多大的痛苦。现在我们知道，为了你亲爱的女儿，你极力克服内心必然有的憎恶。我们衷心感谢你，以全部的爱心和孝心感谢你。愿上帝与你同在！”

她父亲没有答话，只是双手抓住满头白发，一边拧绞着，一边发出痛苦的呼号。

“这是没有办法的，”囚犯说，“事情全都凑在一起了，弄成了现在这个样子。我一直想完成我那可怜的母亲的嘱咐，可是始终没能如愿。就是为了要完成这件事，我才来到你们的身边，这是命中注定。我们家族有这么多罪孽，绝不会有好结果，不幸的开端自然不会有美满的结局，别难过了，原谅我吧，愿上帝保佑你！”

他被拖走时，他妻子放开他，站在那儿目送他离去，双手合十做祈祷状，脸上容光焕发，甚至带有令人宽慰的笑容。待他从囚犯进出的门走出后，她转过身来，深情地把头靠在父亲胸前，正想跟他说话，却倒在他脚下了。

西德尼·卡顿急忙从他一直坐着的那个不起眼的角落里奔出来，抱起她。这时在她身旁只有她父亲和洛里先生。当他抱起她，用胳臂托着她的头时，他的胳臂颤抖了。不过他脸上的神色，不全是怜悯——其中还闪着自豪。

“我可以把她抱到马车上去吗？我觉得她一点儿不重。”

他轻轻地抱着她出了门，小心翼翼地把她放进一辆马车。她父亲和他们家的老朋友也上了车。他则坐在车夫的身旁。

他们来到了大门口——几个小时前，黑暗中他曾在这儿徘徊，想象着她曾踩踏过哪些凹凸不平的街石——他又抱起她，上了楼，进了房间，把她放在一张长沙发上。她的孩子和普罗斯小姐都伏在她身上哭了起来。

“别把她弄醒，”他轻声对普罗斯小姐说，“这样反而好一些。她只是昏过去了，先别把她叫醒过来。”

“啊，卡顿，卡顿，亲爱的卡顿！”小露西喊着，激动地跳起来抱住他，伤心地说，“你来了，我知道你会想办法帮助妈妈、救我爸爸的！啊，看看我妈，亲爱的卡顿！你和大家一样爱她，能忍心看着她这样吗？”

他俯下身子，把她红红的小脸蛋贴到自己的脸上，然后又把她轻轻推开，望着她昏迷不醒的母亲。

“我走之前，”他说着，迟疑了一下——“可以吻她一下吗？”

后来人们回忆说，当他俯下身去，用嘴唇碰了碰她的脸时，低声说了一句话。那孩子离他最近，据她事后告诉大家说，她当时听见他说的是：“你所爱的人的生命。”在她成了一位慈祥端庄的老太太时，她也是这样告诉她的孙子孙女们的。

他走出屋子来到隔壁房间，突然转身对着跟出来的洛里先生和她的父亲，并对后者说：“就在昨天，你都还有很大的影响力，马奈特医生，不妨再试一试。那法官，还有那些当权的，全都对你很友好，也很赏识你的医术，不是吗？”

“有关查尔斯的事，他们一点儿都没有瞒我。原来我信心十足，认为一定能救他，而且也确实救出来了。”他痛苦不堪，非常缓慢地回答说。

“再试一试吧。从现在到明天下午，时间已经不多了，但不妨再试一试。”

“我是要试的，我一分钟也不会耽搁。”

“那就好，我知道，有你这样的干劲儿，以前是什么大事都能办成的——尽管，”他微笑着叹了口气，接着说，“尽管像这样的大事，恐怕还没人办过哩。不过还是试一试吧！年华如果虚度，生命就毫无价值，这件事是值得一搏的。要是这点都做不到，那就死不足惜了。”

“我这就去，”马奈特医生说，“直接去找检察官和首席法官，还要去找几个不便说出姓名的人。我还要写信，还要——不过等等！街上正在举行庆祝活动呀，天黑以前谁也找不到的。”

“这倒是真的。好吧！这最多也只是个渺茫的希望，拖到天黑，也不见得会更渺茫。我是想知道你活动的进度。不过请听我说！我并不抱什么希望！你大概在什么时候能见到那些可怕的当权者呢，马奈特医生？”

“我希望天一黑就能见到他们。离现在还有一两个小时。”

“四点多一点天就黑了。我们把时间放宽一两个小时。要是我九点去洛里先生那儿，大概可以从洛里先生或者你那儿得知你那里进行的情况了吧？”

“是的。”

“祝你成功！”

洛里先生跟着西德尼走到外间的门口，在西德尼刚要离去时，他拍了拍他的肩膀，使他转过身来。

“我不抱希望。”洛里先生悲伤地悄声说。

“我也一样。”

“即使那些人里面有人，或者所有人都想赦免他——这是个大胆的假设，因为他的生命，或者任何人的生命，在他们看来又算得了什么呢！——经过了法庭上的那种场面之后，只怕也不敢赦免他了。”

“我也这样想。在那片吼叫声中，我听到了刑斧下落的声音。”

洛里先生一只胳臂靠着门框，脸伏在上面。

“别泄气，”卡顿非常温和地说，“别伤心。我之所以鼓励马奈特医生再去试一下，是因为我觉得这样做在这一天之内对她也许是种安慰。要不，她会认为‘他的一条命就这样随随便便地白扔了’，这会让她很难过的。”

“对，对，对，”洛里先生擦干眼泪，回答说，“你做得对。可他还是会死的。实在是没有希望了。”

“是啊，他还是会死的，实在是没有希望了。”卡顿应声说着，迈着坚定的脚步，走下楼去。

第十二章

夜色茫茫

西德尼·卡顿停在街上，一时拿不定主意该到哪儿去。“九点才去台尔森银行，”他一脸若有所思的神情，自言自语地说，“在这段时间里，我最好是不是去亮亮相？我想应该来这么一下。最好让那些人知道有我这么个人在这儿。这是个重要的预防措施，说不定还是必不可少的准备工作哩。不过要小心，小心，再小心！让我再仔细想想！”

他已开始朝一个目的地走去，可突然又止住了脚步。在已经黑下来的街上来回走了一两趟，心中考虑着可能产生的种种后果。最后，他肯定了自己最初的想法，终于拿定了主意：“最好还是让那些人知道有我这么个人在这儿。”于是他转身径直朝圣安托万区走去。

那天，德法尔热曾说自己是圣安托万区一家酒店的老板。但凡熟悉这座城市的人，不需问路就能轻而易举地找到他的酒店。卡顿在确定了它的所在之后，就走出那些狭窄的街道，到一家小吃店里吃了晚饭，饭后还睡了一大觉。多年来，他第一次没喝烈性酒。打从昨天晚上起，他只喝过一点淡酒。昨天晚上，他像个决心戒酒的人那样，把那杯白兰地慢慢地倒进了洛里先生的壁炉。

待他一觉醒来，又来到街上时，已经是晚上七点钟了。他一路朝圣安托万区走去，半路上在一家店铺的橱窗前站住，对着里面的镜子，整了整松开的领结和衣领，理了理蓬乱的头发，然后径直朝德法尔热的酒店走去。

店里恰好没有什么顾客，只有那个手指老是动着、声音沙哑的“雅克三号”。此人是陪审团里的，他见过。他正站在那个小小的柜台旁喝酒，和德法尔热夫妇聊天。“复仇女”也在一旁搭腔，好像是这家店里的人员。卡顿走进酒店，找了个位置坐下，有意用十分蹩脚的法语要了一小杯葡萄酒。德法尔热太太先是漫不经心地瞥了他一眼，接着认真地朝他看了看，然后又将他仔仔细细地打量了一番，最后亲自走到他跟前，问他要的是什么。

他把刚才说的话又重说了一遍。

“是英国人?”德法尔热太太问道，探询地扬起她那两道黑眉毛。

卡顿看着他，仿佛就连这么一个简单的法国字，他也要老半天才听懂似的。过了一会儿，他才用刚才那种浓重的外国腔回答说:“是的，太太，是的，我是英国人!”

德法尔热太太回到柜台那儿去取酒。卡顿拿起一张雅各宾党的报纸，装成非常费劲的样子读着。这时他听到她在说:“我敢向你们起誓，他活像埃弗瑞蒙德!”

德法尔热给他送来了酒，并对他说了句“晚上好”。

“什么?”

“晚上好!”

“哦!晚上好，公民,”他给自己的酒杯倒满酒，“啊，好酒!为共和国干杯!”

德法尔热回到柜台旁，说:“的确有点儿像。”太太严厉地驳斥道:“我说是很像。”“雅克三号”劝解说:“因为你心里老想着他，是吧，太太。”和蔼可亲的“复仇女”笑着加了一句:“是呀，我相信是这么回事!你正满心欢喜地巴望着明天再见他一面哩!”

卡顿用食指慢慢点着报上的字，一字字、一行行地读着，脸上一副勤奋好学、全神贯注的样子。那几个人，胳臂支在柜台上，紧凑在一起悄声议论着。有一会儿他们都没说话，扭头朝他看着，没有去打扰他聚精会神地读那篇雅各宾报上的文章。接着，他们又继续谈了起来。

“太太说得对，”“雅克三号”说，“干吗停止？劲头正足哩。干吗要停止？”

“好，好，”德法尔热说出理由，“可凡事总得有个完嘛。一句话，到底要到什么时候才歇手呢？”

“直到斩尽杀绝。”太太说。

“好极了！”“雅克三号”声音嘶哑地叫了起来。“复仇女”也大为赞许。

“斩尽杀绝虽说是个好主意，我的太太，”德法尔热颇感为难地说，“总的说来我并不反对。可这个医生受苦太多。今天你们看见了，读那份材料时，你们注意到他的脸色了吧。”

“我注意到他的脸色了！”太太用轻蔑的口吻愤愤地说道，“是的，我注意到他的脸色了。我注意到那不是一个共和国真正朋友的脸色。让他小心他的脸色吧！”

“你也注意到他女儿悲痛的样子了吧，我的太太，”德法尔热的口气很像在求情，“这会使他更加痛苦万分啊！”

“我也注意到他女儿的样子了，”太太回答说，“是的，我也注意到他女儿的样子了，而且不止一次。我今天注意她了，以前也注意过她，我不仅在法庭上注意到她，还在监狱旁的街道上注意过她。只消让我举起一个手指——！”她大概举起了一个手指（那个听着他们谈话的人两眼一直盯着报纸），然后“咔”的一声像柄刑斧般落下，劈在她面前的柜台边上。

“我们这位女公民真是了不起！”那位陪审员声音嘶哑地喊了起来。

“真是位天使！”“复仇女”说着拥抱了她。

“至于你，”接着太太毫不留情地对丈夫说，“要是事情由你做主——幸亏不由你做主——哪怕到现在你也还想救他哩。”

“不！”德法尔热辩解说，“即使这事只需举手之劳，我也不会去救他！不过我会把事情做到这步就歇手的。我说，到此为止吧。”

“那就听好了，雅克，”德法尔热太太勃然大怒，说道，“还有你，也听好了，我的小复仇女。你们俩都注意了！听着！他们都是恶霸，压迫者，犯有种种罪行，我早就把这个家族的罪行记在我的账本上了，发誓要消灭他们，斩尽杀绝。问问我丈夫，是不是这样？”

“是这样。”没等他们问，德法尔热就肯定了。

“在这伟大的时代一开始，当巴士底狱被攻陷时，他找到今天读的这份材料，带回到家里。到了半夜，顾客散尽，关上店门，我们就在这儿，就着这灯光，看了这份材料。问问他，是不是这样？”

“是这样。”德法尔热肯定说。

“那天晚上，当我们看完材料，灯油点尽，晨光从那些百叶窗和铁窗栅中透进来时，我对他说，我有个秘密要告诉他。问问他，是不是这样？”

“是这样。”德法尔热又肯定地说。

“我把这个机密告诉了他。我双手捶胸，就像现在这样，对他说：‘德法尔热，我是在海边的渔民中长大的。医生在巴士底狱写的这份材料里说的，那个给埃弗瑞蒙德兄弟害得家破人亡的农民家庭，就是我家。德法尔热，那个受了致命伤躺在地上的少年的姐姐，也是我的姐姐，她的丈夫是我的姐夫，那个没出世的孩子是他俩的孩子，那兄弟是我的哥哥，那父亲是我的父亲，那些死去的全是我的亲人。现在，为这些向他们讨还血债的责任，落在我身上了！’问问他，是不是这样？”

“是这样。”德法尔热再一次肯定。

“那你就对狂风和野火说去，该到哪儿为止，”太太说，“别来跟我说！”

她这种怒不可遏、不共戴天的感情，让她的两个听众获得了一种可怕的快感——在一旁偷听的人用不着看就知道，她此刻的脸色一定铁青——他俩都把她的这种感情大大赞美了一番。德法尔热是个软弱的少数派，他插了几句，说别忘了侯爵那个富有同情心的妻子。可这只惹得他的妻子把刚才的话重说了一遍：“你对狂风和野火说去，该到哪儿为止，别来跟我说！”

这时，进来一些顾客，他们几个就散开了。卡顿付了账，搞不清似的数了一通找给他的钱，又像个初来乍到的人那样，打听了去国民宫的路。德法尔热太太带他到门口，在给他指路时，她的胳臂搁到了他的胳臂上，当时他真恨不得一把抓住那只胳臂，当胸狠狠地打她一拳。

可他还是走了，没过多久就被那监狱高墙的阴影所吞没。到了约定时间，他才走出阴影，重又来到洛里先生的房间。只见这位老先生正焦急不安地在那儿走来走去。老先生说，他一直和露西在一起，刚离开她回来赴约。她父亲将近四点时离开银行，可到现在还没回来。她还抱有一线希望，盼望他的斡旋能救出查尔斯，不过这种希望非常渺茫。他已去了五个多小时，上哪儿去了呢？

洛里先生一直等到十点，马奈特医生还是没有来。他不想离开露西太久，商量后决定先回去陪她，到午夜再回银行。在这段时间里，由卡顿独自在火炉边等候马奈特医生。

他等了又等，钟敲十二点了，马奈特医生还是没有来。洛里先生回来了，仍没有医生的音讯，也没有带来任何消息。他上哪儿去了呢？正当他们讨论着这个问题，并因医生迟迟未归几乎产生一线希望时，听到了他上楼梯的声音。他一进屋，屋里的人就明白：一切都完了。

他是否真的去找过人，还是一直在街上徘徊，谁也无法知道。当他站在那儿呆呆地望着他们时，他俩什么也没有问，他脸上的表情已告诉他们一切。

“我没找到它，”他说，“我一定得找到它，它在哪儿呢？”

他光着头，围巾也不见了，说着用孤立无助的眼神朝四周打量着，一边脱下外衣，任它掉落在地板上。

“我的小板凳呢？我到处找我的小板凳，就是找不到。他们把我的活儿弄到哪儿去了？时间紧迫，那些鞋子我得赶着做好呀！”

卡顿和洛里先生面面相觑，心如死灰。

“好了，好了！”他可怜巴巴地呜咽着，“让我干活吧！快把我的活儿还给我！”

见没有回答，他就揪扯头发，使劲跺脚，像个撒泼的孩子。

“别再折磨我这个孤苦的可怜人了，”他大声哭号着，苦苦哀求他们，“快把我的活儿还给我！今晚要是做不好那些鞋子，那可怎么得了呀！”

完了，彻底完了！

要想劝说他，或者使他恢复神志，显然毫无希望，于是他俩——不约而同地——都伸手按住他的肩头，哄他在火炉旁坐下，答应马上把他的活儿给他。他缩在椅子里，忧伤地对着余烬出神，默默地淌着眼泪。仿佛离开那间阁楼后发生的一切，全是瞬息即逝的幻觉，是一场梦。洛里先生眼看他又萎缩成德法尔热照料时的那种样子了。

这种惨绝人寰的景象使他俩感慨万千,五内俱焚，但眼下不是流露这种感情的时候，他那孤苦无依的女儿，已经失去最后的希望和依靠，迫切地在向他们求助。于是，他们又不约而同地互相看了对方一下，脸上的表情含着同一个意思。卡顿首先开口:“最后的一线生机已没有了，希望本来也就不大。是的，最好还是先把他送到她那儿去。不过，你走之前，是不是可以静听我说几句？别问我为什么我要做这些安排，而且还要得到你的承诺。我自有我的道理——有着充分的理由。”

“这我不怀疑，”洛里先生说，“你说吧。”

医生瘫坐在他们之间的椅子上，不住地摇晃着、呻吟着。他们交谈的声音很轻，就像夜间在病床边守护着病人时一样。

卡顿弯下身子，从地上拾起那件几乎缠住他脚的外衣。医生平日带着用来放工作日程表的小夹子，轻轻滑落到地板上。卡顿捡起一看，见里面有一张折着的纸。“得打开看看！”他说，洛里先生也点头同意。他打开一看，不由得喊了起来:“感谢上帝！”

“那是什么？”洛里先生急切地问。

“等一等！这事让我过一会儿再说。”他把手伸进自己外衣的口袋，掏出另一张纸来，“先看看，这是一张准许我出城的许可证。看看这，你看到了吧——西德尼·卡顿，英国人？”

洛里先生摊开纸，拿在手上，注视着他那张恳切的脸。

“代我把它保存到明天。你总还记得明天我要去看他。我还是别把它带进监狱为好。”

“为什么？”

“我也不知道。我不想带着它。好，现在你把马奈特医生身上的这一份也拿着。这也是一张许可证，准许他和他的女儿，还有她的孩子随时离城出境。你明白了吗？”

“明白了！”

“可能这是他为了防止不测昨天才弄到的。签发的日期是几号？不过没关系，用不着看了。把它和我的还有你自己的许可证一起小心收好。现在请注意！在这之前一两个小时，我从不怀疑他本该有或者可以有这样一份许可证。现在看来不行了。不过在被吊销之前，这份许可证还是有用的。只是很快就要被吊销了，我有理由相信，一定会被吊销的。”

“他们不会有危险吧？”

“他们的处境很危险，很可能受到德法尔热太太的告发。我是听她亲口说的。今天晚上我从旁听到了那女人说的一些话，使我清楚地看到他们处境的危险。我没有耽误时间，在那以后立即去见了那个密探。他证实了我的看法。他知道，监狱的大墙外住着一个锯木工，完全受德法尔热夫妇控制。德法尔热太太一再教他，要他告发说曾亲眼见她——卡顿从不提露西的名字——对犯人做手势、打暗号。不难预料，这会成为一个老一套的借口：阴谋越狱。这将危及她的生命——也许还有她的孩子、她的父亲的生命——因为有人见到他们俩都曾和她一起在那儿待过。别这么害怕，你会把他们全都救出去的。”

“但愿如此，卡顿！可我怎么做呢？”

“我这就告诉你。这事全靠你了，再没有更好的人可依靠了。新的控告肯定要到明天以后才会进行。很可能得过两三天，更可能是在一星期以后。你知道，凡是哀悼或者同情处死犯人的人，就是犯了死罪。她和她的父亲无疑都会犯这条罪。而那个女人（她的那种顽固的偏见简直无法描述）一定会等待时机，把这条新罪状加到他们头上，使自己的控告更有分量，更有把握。你听懂我的话了吗？”

“我正全神贯注地听着哩，对你的话深信不疑，一时间我甚至连眼前这件不幸的事都抛到一边了。”说着，他碰了碰医生的椅背。

“你有钱，可以弄到能以最快速度到达海岸的旅行工具。你不是几天前就已做好回英国的准备了吗？明天一早你就让人备好马，一到下午两点就可以动身。”

“一定办到！”

卡顿的态度那么热情洋溢、激动人心，洛里先生也受到感染，变得像年轻人一样活跃敏捷了。

“你是个心地高尚的人。我不是说过吗，没有比你更可靠的人了。今天晚上你就去把你知道的情况告诉她，说她处境很危险，还牵连到她的孩子和她的父亲。你一定得把这点给她说清楚，要不，她情愿让她美丽的头和她丈夫的滚落在一起的。”说到这里，他颤抖了一下，然后才接着说，“为了她的孩子和父亲，一定要劝她带着他们，到那时必须和你一起离开巴黎。对她说，这是她丈夫的最后安排。告诉她，为了要做出她不敢相信、不敢祈望的事，关键在此一举。即使处于眼前这种悲惨状况，她父亲也会听她的。你说是吗？”

“我相信是这样。”

“我也这样想。你悄悄地在院子里把一切都安排妥当，就连你自己也要坐在马车里等着。等我一到，就拉我上车，马上出发。”

“我想你是说，在任何情况下我都得等你来？”

“你知道，我的许可证和其他人的许可证全在你手里。给我留个座位。只等我的座位上有了人，就立即出发，去英国！”

“这么说，”洛里先生抓住他那急切但沉着坚定的手说，“这事不只靠我一个老头子了，我身边还有个热心的年轻人帮着哩。”

“靠老天爷保佑，你会有的！你要郑重地向我保证。不管发生什么事，都不能改变我们现在约定的行动部署。”

“我保证不改变，卡顿。”

“明天千万要记住我的这些话：改变行动部署，或者拖延——不管是出于什么原因——就救不了人的命，而且还会牺牲许多人的生命。”

“我一定记住。我会忠实地尽我这份责任。”

“我也会尽我这份责任的。好了，再见啦！”

尽管他带着诚恳庄重的笑容说了再见，甚至还吻了吻老人的手，但他并没有立即离开。他帮着老人扶起那坐在已经熄灭的炉火前摇来摆去的医生，替他穿上大衣，戴上帽子，哄他去找他一直念叨着要找回来的凳子和活计。他走在他的另一边，一直把他护送到他住的那幢房子的院子里。在那幢房子里，有一颗受尽磨难的心——当年那个难忘的时刻，他曾多么幸福地对它袒露过自己孤凄的心啊——止在这可怕的漫漫长夜里受着煎熬。他走进院子，独自在那儿逗留了一会儿，仰望着她房间窗口的灯光。他轻声对着窗口做了祝福，说了声“永别了”，便出门离去了。

第十三章

五十二个

在巴黎裁判所阴森森的附属监狱里，当天被判死刑的人在等待着末日的到来。他们的数目正好和一年的周数相等，五十二个。第二天下午，这五十二个人将乘着这座城市的生命洪流，涌向无边无际、亘古不变的大海。不等他们腾出牢房，新的房客已经选定；不等他们的鲜血汇入昨日的血流，明日将和他们的血流汇合的鲜血就已经准备在一旁了。

选定的五十二个人，从有钱不能买命的七十岁的税收承包人到贫贱难以赎命的二十岁的女裁缝，各种人都有。由于人的恶习和疏忽引起的生理上的疾病，会不分贫富贵贱地使所有人感染；而由难以名状的苦难、无法忍受的压迫和毫无心肝的冷漠产生的心理上的紊乱，同样也会不加区别地侵袭每一个人。

查尔斯·达尔奈从法庭上回到自己的单人牢房后，已经不抱任何聊以自慰的幻想了。在宣读那份材料时，他已听出，每一行都在判他有罪。他完全清楚，任何个人的威望都救不了他，实际上他已被广大群众判了刑，少数几个人要想救他也不可能了。

然而，爱妻的面庞一直浮现在他的眼前，要静下心来忍受必须忍受的一切，毕竟不是件容易的事。他紧紧抓住生命不放，要松开真是难上加难。经过一再努力，这边渐渐松开了一点儿，可那边却又攥得更紧了。待他竭尽全力松开了那只手时，这一只手又握拢了。他的思绪在疾速飞驰，心头百感翻腾，不甘心就这样放弃生命。只要他一想到准备听天由命，在他死后不得不继续活下去的妻子好像就会出来反对他，责备他这样做太自私。

不过，这些都是最初的情况。没过多久，他思忖自己这种无法避免的结局并没有什么可耻之处，许多人和他一样蒙受不白之冤，每天都有人坚定昂然地走上这条道路，这种想法使他打起了精神。接着他又想到，只有他表现得安详、刚毅，他的亲人日后才能有宁静的心情。这样一来，他的思想境界就提高了，心里得到了一些安慰，渐渐地进入了更为宁静的状态。

在他被判死刑的那天，天黑以前，他心里想的就是这些。得到狱方准许，他买了一盏灯和一些文具，便坐下来写信，一直写到狱方规定的熄灯时分。

他先给露西写了一封长信，向她说明他根本不知道她父亲入狱的事，直到她对他说了才知道。在宣读那份材料之前，他和她一样，对自己的父亲和叔父在这桩惨案中应负的责任一无所知。他已经向她解释过，他之所以对她隐瞒他那早已放弃的姓氏，是因为这是她父亲在他们订婚时提出的一个条件——其目的现在已很清楚——而且在他们结婚的那天早上，又再次要他做出保证。他恳求她，为了她的父亲，千万不要再去刨根问底，去弄清究竟他父亲是完全忘记了有这么一份材料，还是听了伦敦塔的故事曾使他一时想起过它，或者一直再没有忘记（在多年前的那个星期天，在那棵可爱的梧桐树下，曾说起过伦敦塔的故事）。假如他确实还记得这份材料，他也一定以为它已经和巴士底狱一起毁掉了，因为在监狱中找到的囚犯遗物，早已公之于世，从未提到其中有这么一份材料。他请求她——他又添上一句话，他知道这是不必多说的——安慰她的父亲，用她能想出的一切委婉方法好好安慰他，让他明白，他的确没有做任何需要自责的事；相反，为了他俩的结合，他一向是克己忘我的。他向她表达了最后的感激、爱恋和祝福，希望她节哀，抚养好他俩的爱女。最后，他又要她安慰她的父亲，说以后他们还会在天堂相聚的。

他又以同样的口气给她父亲写了一封信，但着重说的是他把自己的妻子和孩子托付给他的事。他对他说这事时，强烈希望他从对往事的沉湎中解脱出来，振作精神，他担心他会陷于那种沮丧、危险的境地。

在写给洛里先生的信中，他拜托他照顾他们全家，并向他交代了一些具体事务。

写完这些，他又加了许多表示感谢和友情的热情话语。要写的都写了。他根本没有想到卡顿。他脑子里想到的全是别的人，一次也没有想到卡顿。

熄灯之前，他写完了这些信。当他在草铺上躺下时，觉得自己和这个世界的缘分已经了结了。

不过，到了梦中，这个世界却又把他召了回来，让他看到了它种种光明灿烂的形象。他又自由自在、高高兴兴地回到了索霍的那幢老房子里（虽说它和现实中的那幢房子迥然不同），不知怎么的已经获得释放，又满心欢喜地和露西在一起了。她告诉他，这一切只不过是一场噩梦，他根本没有离开过家。混混沌沌了一会儿之后，他发现自己已被处死，又回到了她的身边，他死了，恬静安详，可他一点儿也没有感到有什么异样。又混混沌沌地过了一会儿，他在昏暗的晨曦中醒了过来，想不起自己身居何处，发生过一些什么事情。接着他猛然想起："今天是我死的日子啊！"

就这样，他挨过了几个小时，到了五十二颗人头就要落地的这一天。此时，虽说他已经平静多了，希望自己能怀着从容的英雄气概去迎接死亡，可是一种新的思绪又活跃了起来，非常难以控制。

他从未见过那即将结果他生命的杀人机器。它离地面到底有多高，有几级台阶，要他站在哪儿，人家会怎样来摆弄他，那摆弄他的手会不会鲜血淋淋，他的脸将朝着哪个方向，他会不会是第一个，或者是最后一个。诸如此类的种种问题，一点儿也不听从他意志的控制，无数次地反复冒出来。这些念头的出现和害怕无关，他一点儿也不觉得害怕。这完全是出于一种奇怪的无法摆脱的欲望，想知道到时候自己得做些什么。这种欲望竟如此强烈，和那件事所需要的那点儿时间相比，实在是太不相称了。这种好奇心仿佛不是出自他本人，而是他内心的别的什么精灵。

他来来回回地踱着，时光一小时一小时过去，时钟一次又一次敲响，这些钟声他以后再也听不到了。九点永远过去了，十点永远过去了，十一点永远过去了，十二点也快要到来，快要过去了。他和那使他困惑的古怪思绪做了一番艰苦斗争，终于占了上风。他踱来踱去，反反复复轻声念叨着亲人们的名字。最险恶的一场战斗已经过去，现在，他可以摆脱那些令他苦恼的胡思乱想，来来回回踱着，为自己祈祷，也为亲人们祈祷了。

十二点也永远过去了。

已经有人通知他，那最后的时刻是三点。他知道，他们会提前把他押走，因为笨重的囚车还要缓慢地在街上颠簸好一阵子。因此他决定以两点为界，在这之前自己先振作起精神，以便在这之后可以去鼓励别人。

他双臂交叉抱在胸前，有节奏地来回踱着，这时的他，和以前在拉福斯监狱里踱步的那个囚犯，已经判若两人。他听见一点钟敲响了，可心中并没有引起任何震惊。这个钟点也和其他钟点一般长短。他衷心感谢上帝使他恢复了自制。“现在只有一个钟头了。”他心里想，继续踱起步来。

门外石砌过道上传来脚步声，他站住了。

钥匙插进锁孔，转了一下。门还没有打开，或许是正在打开时，他听到有人用英语低声说着："他从没在这儿见到过我，我一直躲着他。你自己进去吧，我在这附近等着。要快，别耽误时间！"

门很快打开又关上了。面对面站在他跟前的是西德尼·卡顿，他脸上闪着微笑，一言不发地注视着他，一根手指放在嘴唇上，告诫他不要说话。

他的神情显得那么神采飞扬、引人注目，乍见之下，使达尔奈怀疑这是自己想象中出现的幻影。可是他说起话来了，这确实是他的声音。他握住囚犯的手，这真的是和他在握手。

"在世界上的所有人中，你最没有想到会看见我吧？"他说。

"我简直不能相信这会是你。到现在我还难以相信。你该不会——"他突然想到，"也是个犯人吧？"

"不是的。我碰巧有那么点儿权力，能够支配这儿的一个看守，所以我就进来看你了。我从她——从你妻子那儿来，亲爱的达尔奈。"

达尔奈紧紧地握住他的手。

"我给你带来了她的一个请求。"

"什么请求？"

"一个最诚恳、最紧急、最重要的请求，是你最亲切、最熟悉的声音以最感人的声调向你提出的。"

达尔奈把脸转向了一边。

"你已经没有时间问我为什么带来这个请求、这是怎么回事，我也没有时间来对你说明了。你必须按照她的要求做——脱下你的靴子，穿上我的这双。"

牢房的墙边有一把椅子，就在达尔奈的身后。卡顿向前逼近，以闪电般的速度把他推在椅子上，自己则已脱掉靴子，赤脚站在他面前。

“快穿上我的靴子！双手拿定，使劲儿穿。快！”

“卡顿，这地方是逃不出去的。绝对逃不出去。你这样只是来陪死。你简直是疯了。”

“我要是叫你逃跑，那也许是疯了。可我叫你逃跑了吗？假如我叫你逃出门去，你可以说我是疯了，你尽管留在这儿。解下你的领带，换上我这条，上衣也换一下。你快换，我来把你的束发带解掉，把你的头发弄得跟我的一样散乱！”

他以惊人的速度，用超乎自然的意志和行动，强行使达尔奈换了所有这些东西。达尔奈则像个小孩般听凭他的摆布。

“卡顿，亲爱的卡顿！你这是疯了。这不会成功，绝不会成功的。有人这么试过，可都失败了。我求你了，别以你的死来增加我的痛苦。”

“亲爱的达尔奈，我要你从这个门逃出去了吗？要是我要你那么做，你再拒绝吧。桌子上有笔墨纸张，你的手发不发抖，还能写字吗？”

“你进来时是好好的。”

“那你就再稳住手，把我口述的话写下来。快，朋友，快！”

达尔奈用手捂着不知所措的脑袋，在桌子前坐了下来。卡顿的右手插在怀里，紧挨他站着。

“完全照我说的写。”

“写给谁呢？”

“不写给谁。”卡顿的右手仍插在怀里。

“要写日期吗？”

“不用。”

每问一句，达尔奈都抬头看看卡顿。卡顿的右手插在怀里，站在他身旁，眼睛朝下看着。

“‘如果你还记得，’”卡顿口述道，“‘许久以前我们之间说过的话，那你看到这个马上就会理解的。我知道你一定还记得那些话。照你的性格，你是不会忘记的。’”

他正要从怀中抽出手来，恰逢达尔奈在匆忙书写中疑惑地抬起头来，他急忙停住手，手里紧捏着什么东西。

“你写完‘不会忘记的’这句了吗？”卡顿问。

“写完了。你手里拿的是武器？”

“不是，我没有武器。”

“你手里拿的是什么？”

“你马上就会知道的。写下去，只有不多几句话了。”他又继续口述道：“‘我感谢上帝给了我这样的机会，使我能证实自己说过的话。我这样做，不值得惋惜，也不值得悲痛。’”他一面口述着这几句话，眼睛盯着写字的人，一面轻缓地把手伸到了他的脸旁。

笔从达尔奈的手中掉落到桌子上，他茫然地看看周围。

“这是什么气味？”他问。

“气味？”

“有什么东西从我面前过去？”

“我没觉出有什么。这儿不可能有什么东西。快拿起笔来，写完它。快，快！”

好像记忆力已受到损害，神志也有些昏迷不清，达尔奈费了好大的劲儿才集中起注意力。他仰望着卡顿，眼前一片蒙眬，呼吸也和先前不一样了，卡顿——他的手又插进怀里——则目不转睛地看着他。

“快，快！”

达尔奈又俯身到纸上。

“‘如果不这样，’”卡顿的手又慢慢地悄悄往下伸出来了，“‘我就利用不上这个难得的机会了。如果不这样，’”他的手已伸到达尔奈的面前，“‘我就得承担更重更大的责任了。如果不这样——’”卡顿看到达尔奈手上的笔在胡乱地画出一些无法看懂的字迹。

卡顿的手不再伸回到怀里了。达尔奈面带责备的神情跳起身来，可是卡顿用右手紧紧地捂住他的鼻孔，左手抱住他的腰。达尔奈虚弱无力地和前来替死的人抗争了几秒钟，可是不到一分钟，他便失去知觉，躺倒在地上了。

卡顿用那双和他的心一样忠诚于他的计划的手，飞快地穿上达尔奈脱下的衣服，把头发捋到脑后，用达尔奈解下的束发带扎好头发，然后轻声叫道："进来，快进来！"那密探便闪了进来。

"你看见了吧？"卡顿单腿跪在不省人事的达尔奈身旁，把那张写好的纸放进他怀里，然后抬头看着密探说，"你要冒的风险很大吗？"

"卡顿先生，"密探说着，轻轻地弹了一个响指，"这儿的工作很混乱，只要你遵守你答应过的全部条件，我冒的风险倒也不算很大。"

"你别怕。我到死都会遵守的。"

"卡顿先生，要让五十二个一个不缺，你就只能这样了。只要你能穿上这身衣服去顶数，我也就不怕了。"

"不用怕！上帝保佑！我很快就不能加害于你了，别的人也很快就要远离这儿。好啦，快叫人来帮忙，把我抬上马车。"

"把你？"密探紧张不安地问道。

"把他，跟我换了个儿的这个'我'。你还是从带我进来的那个门出去吗？"

"那当然。"

"你带我进来时，我已经虚弱无力，昏昏沉沉，出去时就更加人事不省了。我受不了这最后的诀别。这是这儿常有的事，太常见了。现在，你的生命就掌握在你自己手里。快！快叫人来帮忙！"

"你发誓不会出卖我吗？"密探哆哆嗦嗦地问道，在最后关头他又迟疑起来。

“你呀，你！”卡顿跺着脚回答说，“我不是已经郑重发过誓，这件事我做定了，现在你倒浪费起宝贵的时间来了！你要亲自把他送到你知道的那个院子里，亲自把他放进马车，亲自把他交给洛里先生，亲自告诉他不要给他吃解药，只要有新鲜空气就行，要他记住昨天晚上我说的话，以及昨天晚上他做出的保证，然后立即动身！”

密探出去了，于是卡顿在桌前坐了下来，双手支着前额。不一会儿，密探就带了两个人进来。

“这是怎么啦？”两个中的一个看着倒在地上的人，说，“见自己的朋友中了圣吉萝亭彩票，就难过成这样了？”

“要是这个贵族没有中彩，一个真正爱国者的伤心程度，恐怕也不过如此吧。”另一个说。

他们抬起这个不省人事的人，把他放在门口他们带来的担架上，弯下身子准备把他抬走。

“时间快到了，埃弗瑞蒙德。”密探用警告的口吻说。

“我知道，”卡顿回答，“请你好好照料我的朋友。走吧。”

“好吧，伙计们，”巴萨德说，“把他抬起来，走！”

门关上了，留下卡顿一个人。他侧耳细听，想听听是否有怀疑或报警的声音。什么也没有。只听见转动钥匙、开关牢门以及远处过道上的脚步声，没有惊呼声，也没有异常的纷乱声。他的呼吸平静了一些，就在桌旁坐了下来，继续侧耳听着，直到时钟敲了两点。

这时，传来了响动声。他猜出这意味着什么，但一点儿也不害怕。几扇牢门接连打开了，最后轮到了他。一个看守手里拿着张名单，朝里张了张，只说了声：“跟我走，埃弗瑞蒙德！”于是他便跟着来到远处一间又暗又大的屋子里。这是个阴沉沉的冬日，屋子里漆黑一团，屋外也一片昏暗，他只能依稀分辨出那些给带到这儿来的绑着胳臂的人。他们有的站着，有的坐着。有的哭号不止，不停走动。但大多数人都一言不发，一动不动，两眼凝视着地面。

他站在一个昏暗的角落里，五十二个人中，还有人陆续被带了进来，其中一个人走过他面前时突然站住，拥抱了他，像是认识他的。这使他吓了一大跳，生怕被人识破，幸亏那人马上就走开了。过后不多一会儿，一个年轻女子从她坐着的地方站起，走过来和他说话。她身材瘦小，像个女孩，那张甜甜的瘦脸上没有一丝血色，一对善于忍受的大眼睛睁得大大的。

“埃弗瑞蒙德公民，”说着，她用冰冷的手碰了碰他，“我是个穷苦的小裁缝，和你一起蹲过拉福斯监狱。”

他含糊其词地回答说：“不错。可我忘了他们控告你什么了。”

“搞阴谋。不过公正的老天爷清楚，我什么罪也没有，怎么会呢？谁会来跟我这么个可怜的小人物一起搞阴谋呢？”

她说话时那种凄惨的笑容使他深为感动，泪水不禁夺眶而出。

“我并不怕死，埃弗瑞蒙德公民，不过我什么坏事也没有做。要是我死了，对这个要为我们穷人做好事的共和国有好处，那我心甘情愿。可我实在不明白，埃弗瑞蒙德公民，我死了对共和国会有什么好处呢？我不过是个穷苦可怜的小人物呀！”

如果说在这个世界上还有什么人他要最后关心和安慰的话，那就是这个可怜的姑娘了。

“我听说你被释放了，埃弗瑞蒙德公民。我原先希望那是真的。”

“是真的。不过，我又被抓了回来，还判了死刑。”

“要是我和你同坐一辆车的话，埃弗瑞蒙德公民，你能让我握着你的手吗？我并不害怕，不过我又小又弱，握着你的手能给我增添勇气。”

她抬起那双善于忍受的大眼睛，望着他的脸。他发现她的眼睛中突然出现疑惑的神情，接着是惊讶。他赶紧握住她那因劳累和饥饿而消瘦的年轻的手，放到自己的嘴唇上。

“你替他去死吗？”她轻声问道。

“也为了他的妻子和孩子。嘘！是的。”

“啊，能让我握着你勇敢的手吗，素不相识的人？”

“嘘！好的，我可怜的小妹妹，直到最后。”

朝着监狱落下来的阴影，在午后的同一时刻也在朝人群熙攘的城门口落下。一辆准备驶出巴黎城的马车来到了关卡前，停下来接受检查。

“来的是谁？车里是些什么人？证件！”

证件递了出来，检查人员查看着。

“亚历山大·马奈特。医生，法国人。是哪一个？”

这就是他。有人指了指这个神志不清、低声嘟囔着什么的不能自理的老人。

“这位医生公民看来是神经不正常了吧？是不是革命热潮太高他受不了啦？”

确实高得他受不了啦。

“哈！许多人都受不了啦。露西。他的女儿。法国人。是哪一个？”

这就是她。

“一看就知道是她。露西，是埃弗瑞蒙德的妻子，是吗？”

是的。

“哈！埃弗瑞蒙德另有任用了。小露西，她的女儿。英国人。这是她吧？”

正是她。

“吻我一下，埃弗瑞蒙德的孩子。好，你吻了一个忠诚的共和派啦，这对你们家族可是件新鲜事，千万别忘了！西德尼·卡顿。律师。英国人。是哪一个？”

他在这儿，躺在马车的角落里。有人朝他指了指。

“这个英国律师看样子是昏过去了？”

希望他吸了新鲜空气后就会醒过来。据说他本来身体就不太好，刚才和一个得罪了共和国的朋友诀别，伤心过度了。

“就为这个？嗨，这算得了什么！很多人因为得罪了共和国，不得不把头伸进吉萝亭那个小窗子。贾维斯·洛里。银行家，英国人。是哪一个？”

“我就是。我是最后一个了。”

刚才回答所有问题的就是这个贾维斯·洛里。检查时，他下了车，双手扶着马车门，站在那儿回答那一群当官的问话。他们优哉游哉地在马车旁踱着步子，又慢腾腾地爬上车厢，查看了车顶那不多的几件行李。一些乡下人围在四周，有的还挤到车门边，贪婪地朝里张望。有位母亲抱着个小孩，让他朝马车伸出小胳臂，想让他摸一摸这个已上吉萝亭那儿去的贵族的妻子。

“收好你们的证件，贾维斯·洛里，全都签过字了。”

“可以走了吗，公民？”

“可以走了。走吧，赶车的！一路顺风！”

“向你们致敬，公民们！——这第一道险关总算通过了。”

贾维斯·洛里说这几句话时，双手合掌，仰望着上天。马车里有恐惧，有哭泣，还有那失去知觉的人的沉重呼吸。

“我们是不是走得太慢了？能不能叫他们走快点儿？”露西紧挨着老人问道。

“那就像是逃跑了，亲爱的。我们不能催得太紧，那会让人起疑心的。”

“朝后面看看，朝后面看看，看看是不是有人追来了。”

“路上空荡荡的，我的宝贝。到现在为止，还没人追我们。”

三三两两的房舍从我们身边掠过，还有孤零零的农庄、倾塌的建筑物、染坊、硝皮作坊等，以及空旷的田野，一排排没有树叶的树木。我们下面是高低不平的坚实路面，两旁是深深的烂泥。有时，为了要避开会使车子剧烈颠簸的石块，不得不驶进路边的烂泥地。有时，我们又陷在车辙和烂泥中动弹不得。这时，我们就心急如焚，惊慌失措，一心只想跳出车去逃跑——躲藏起来——怎么样都可以，只要不停下来。

走过空旷的田野，又经过倾塌的建筑物、孤零零的农庄、染坊、硝皮作坊等，三三两两的农舍，没有树叶的一排排树木。是不是这些车夫在骗我们，从另一条路把我们往回送？这地方是不是已经第二次经过了？感谢上帝，不是的！到了一个村庄，回头看看，回头看看，是不是有人追上来了！嘘！驿站到了。

我们的四匹马被慢条斯理地解下来了，卸去马的马车优哉游哉地停在小街上，仿佛再也不走了。新换的马一匹匹地慢腾腾地走进我们的视线；新的车夫跟着款款而来，一边走一边还编着鞭梢。原先的那几个车夫磨磨蹭蹭地数着钱，自己算错了，还满心不高兴。整个这段时间，我们一颗颗提着的心都怦怦直跳，那速度，比最好的快马奔驰的速度还要快得多。

终于，新车夫坐上了驾驶座，马车上路了，把原先的车夫留在了后面。我们穿过村庄，上山又下山，来到了一片潮湿的低洼地带。突然，车夫们激动地打着手势争论着，马猛地被勒住了，几乎直立起来。是有人追上来了？

“喂！坐车的，你们说说！”

“什么事？”洛里先生朝着窗外问道。

“他们说是多少？”

“我不明白你的意思。”

“——刚才在驿站上，他们说今天有多少人上了吉萝亭？”

“五十二个。”

“我是这么说嘛！就有这么个数！我的这位伙计公民硬说是四十二个，还得加上十颗脑袋哩。吉萝亭干得真漂亮。我爱它。嘿，走！驾！”

黑夜降临了。他动得更加频繁。他开始苏醒，说的话也可以听懂了。他以为他还和卡顿在一起，他唤着他的名字，问他手里拿的是什么。哦，可怜可怜我们吧，仁慈的上天，救救我们！快看看外面，看看外面，是不是有人追上来了。

风在我们后面狂奔，云在我们后面飞腾，月亮在我们后面猛冲，整个狂野的黑夜在追赶我们。不过，除此之外，到现在为止，还没有别的什么追上来。

第十四章

编织到头

在那五十二个人等着大限临头的时候，德法尔热太太正和“复仇女”还有那位革命的陪审员“雅克三号”在开一个不祥的秘密会议。这次，德法尔热太太和两员大将商量问题的地点，不是在自己的酒店里，而是在当过修路工的锯木工的棚屋里。锯木工本人没有正式参加会议，他只是像颗卫星般待在一旁，问到他时，他才敢说话，征求他意见时，他才敢开口。

“不过我们的德法尔热，”“雅克三号”说，“没说的，该是个好样的共和派吧？嗯？”

“在法国没人比得上他。”爱说话的“复仇女”尖着嗓子嚷道。

“别嚷了，‘复仇女’，”德法尔热太太说着眉头微微一皱，用手捂住她副手的嘴，“听我说，我丈夫确实是个好样的共和派，非常勇敢，为共和国立过功，也得到它的信任。可是我丈夫也有他的弱点，软弱到竟去怜悯那个医生。”

“真可惜，”“雅克三号”嗓音沙哑地说，一面将信将疑地摇着头，凶残的手指摸着那张永远饥渴的嘴，“这可就不像个好样的公民了。这真是太可惜了。”

“要知道，”太太说，“我对这个医生可一点儿也不在乎。不管他长着脑袋还是掉了脑袋，都跟我没有关系，对我全一个样。只是埃弗瑞蒙德家的人必须斩尽杀绝。他的老婆、孩子都得跟他一样，不能放过。”

“她还特意长了颗漂亮的脑袋哩，”“雅克三号”声音沙哑地说，“我见过，那上面长着蓝眼睛和金色的头发。到时候参孙把她的脑袋提起来时，看上去一定是挺迷人的。”他是个吃人的魔王，说话时一副馋涎欲滴的样子。

德法尔热太太垂下了眼帘，沉思了一会儿。

“还有那孩子，”“雅克三号”嘴上说着，心里想得有滋有味，“也长着蓝眼睛、金色的头发。那儿很少有孩子。到时候一定很好看！”

“总之一句话，”德法尔热太太出了一会儿神后说道，“在这件事情上，我信不过我丈夫。从昨天晚上起，我觉得，不但不能把我的详细计划告诉他，而且要是我不尽快动手，他说不定还会去通风报信，让他们逃跑哩。”

“那可绝对不行，”“雅克三号”嗓音沙哑地嚷了起来，“一个也不许逃掉。就这样，我们都还没凑足一半数哩。每天总得有那么一百二十个才行。”

“总之一句话，”德法尔热太太继续说，“我丈夫没有我这样的深仇大恨，定要把这家人斩尽杀绝；我也不像他那样有旧情，对那个医生心慈手软。所以我一定得自己动手。过来，小公民。”

锯木工怕她怕得要死，一向对她恭恭敬敬、服服帖帖。他把手举到红帽子跟前，走上前来。

“关于她向犯人发信号的事，小公民，”德法尔热太太厉声说道，“你今天就能出庭做证吗？”

“哎，哎，怎么不能呢！”锯木工大声回答，“每天，不管刮风下雨，从两点到四点，她总在那儿发信号。有时带着那小东西，有时一个人。我全知道，没错。我亲眼看见的。”

他边说边做着各种手势，仿佛在模仿那些其实他从未见过的信号。

"明显是要谋反，""雅克三号"说，"这再清楚不过了！"

"陪审团方面不会有问题吧？"德法尔热太太问道，把眼睛转向他，阴沉沉地笑了笑。

"亲爱的女公民，相信爱国的陪审团吧，我可以替我的那些陪审团同事们打包票。"

"嗯，让我想想，"德法尔热太太说着又琢磨起来，"再想一想！为了我丈夫，我是不是可以饶了那个医生？我不知道该怎么办。要放过他吗？"

"他的头也可以凑个数，""雅克三号"低声提醒道，"我们的人头真还不够哩。放过他，我想怪可惜的。"

"我那次看见她时，他也跟她在一起发信号，"德法尔热太太肯定地说，"我不能说到一个不提另一个。再说我也不能不作声，把这个案子整个儿交给这个小公民。我也不是个没用的证人嘛！"

"复仇女"和"雅克三号"争先恐后地热烈表示，她是一位最值得敬佩、最了不起的证人。小公民也不甘落后，吹捧她是天仙似的证人。

"让他听天由命吧，"德法尔热太太说，"不，我可不能饶了他！你们俩三点钟有事，要去看今天处死的那批人——你呢？"

她问的是锯木工。他急忙做了肯定回答，并趁机表了忠心，说自己是个最热诚的共和派。他说要是有什么事妨碍了他，使他不能在午后边抽烟边欣赏国家剃头匠的表演，那他就成了个最寂寞的共和派了。在这一点上，他实在渲染得太过分了，未免让人怀疑（德法尔热太太那对轻蔑地盯着他的黑眼睛里，恐怕就有这个意思），他一天到晚无时无刻不在为自己的安危提心吊胆。

"我也要上那儿去，"太太说，"等完事以后——就定晚上八点吧——你们就上我那儿，来圣安托万，我们要在我这个区对这些人提出控告。"

锯木工说他能来侍候这位女公民，感到非常荣幸。女公民两眼盯着他，他大为惶恐，像条小狗似的急忙避开她的视线，缩回到自己的木柴堆中，拿起锯子来掩饰自己的局促不安。

德法尔热太太用手势招呼陪审员和“复仇女”走近门边，然后向他们进一步阐述了自己的看法：“她这时候一定在家里等她丈夫的处死时刻。她一定很伤心难过。照她现在的思想情绪，一定会指责共和国的审判不公正。她对共和国的敌人一定充满同情。我要上她那儿去一趟。”

“啊，你真是个了不起的女人，真让人敬佩！”“雅克三号”狂喜地喊了起来。“啊，我亲爱的！”“复仇女”叫着拥抱了她。

“把我的编织活儿带去，”德法尔热太太说着，把编织活儿交到她副手的手中，“在我平日坐的地方给我占个座位。把我常坐的椅子给我留着。现在就去吧，今天的人可能要比往常多。”

“乐意听从头儿的命令，”“复仇女”高兴地说着，在她的颊上吻了一下，“你不会迟到吧？”

“开场之前一定到。”

“还是在囚车到来之前到吧。你可一定要赶到啊，我的灵魂！”“复仇女”在她背后喊道，因为她已转身走到街上，“要在囚车到来前赶到啊！”

德法尔热太太轻轻摆了摆手，表示她听见了，一定会及时赶到。接着，她便踩着污泥，拐过监狱的墙角，走了。“复仇女”和“雅克三号”目送着她，对她那绰约的身姿、高尚的道德和超凡的天资赞叹不已。

当时，有不少女人由于受时代潮流的影响，可怕地变了样，可她们当中，没有一个比此时沿街走去的这个冷酷的女人更让人望而生畏了。她个性刚强，无所畏惧，机警敏锐，坚定果断，还有漂亮的容貌。

她的那种美貌不仅使她变得更加泼辣狠毒，而且还能让人不由自主地赏识她的这种性格。总之，动乱的时代特别容易使她这种人崭露头角。况且，打从幼年以来，她就受屈含冤，对敌对阶级怀有深仇大恨，时候一到，就逐渐变成了一只母老虎。她毫无恻隐之心。即使她原先有过这种美德，现在也已荡然无存了。

一个无辜的人得为他先辈的罪孽去死，这在她看来算不了什么。她看到的不是他，而是他的先辈。他的妻儿成为孤儿寡母，在她看来也算不了什么。她觉得这种惩罚还太轻，因为他们天生是她的仇敌，是她的猎物，根本没有生存的权利。向她恳求是毫无用处的，因为她没有任何恻隐之心，甚至对她自己也是如此。哪怕她在经历过的无数次战斗中横尸街头，她也不会怜悯自己；即便下令要她明天上断头台，她也不会有半点柔情，只会强烈地渴望和那个置她于死地的人换个位置。

德法尔热太太粗劣的长袍中裹着的，就是这么一副铁石心肠。那长袍可真合身，她随随便便披在身上，模样儿显得颇为古怪。粗布的红帽子下露出的黑发非常浓密。她怀里藏着一支实弹手枪，腰间插了一把锋利的匕首。她这样装备着，迈着合乎她性格的坚定自信的步伐，以一种从小惯于赤脚裸腿走在棕色沙滩上的轻盈自在，沿着大街快步走去。

此时此刻，洛里先生安排的马车正在等待它的最后一名乘客。昨天晚上，在安排这次旅行时，为了是否带普罗斯小姐同行的事，洛里先生着实费了一番心思。他考虑到不仅要避免马车超载，更重要的是要让检查马车和乘客的时间缩短到最低限度，因为他们是否能逃脱，可能就取决于这儿那儿省下来的几分几秒。洛里先生考虑再三，决定让随时都可以出城的普罗斯小姐和杰里在三点钟时乘坐当时最轻便的马车出城。因为没有行李拖累，他俩很快就能赶上他们这辆马车，而且还可以超过它，到前面的驿站预先雇好马匹，这样就可以在夜间宝贵的时间里大大方便马车的行程。在这种时候，耽搁时间是最可怕的事。

普罗斯小姐觉得，这样的安排有可能让她在这危急关头真正尽一份力，于是高兴得叫了起来。她和杰里目送那辆马车起程，而且知道所罗门送来的是谁。他们提心吊胆地熬过了十来分钟，现在正收拾停当准备随后追去。就在这时，德法尔热太太正穿街过巷，一路走来，离这座寓所越来越近。要不是他俩还在里边商议，这儿早就空无一人了。

“你有什么想法，克伦彻先生？”普罗斯小姐异常激动，几乎连话都说不出来了，她站也不是，坐也不是，简直不知道该怎么活了，“我们别从这个院子里出发，你看怎么样？今天已经从这个院子出去一辆车，再从这儿动身可能会让人起疑心的。”

“我的意见是，小姐，”克伦彻先生回答说，“你说得完全对。再说，不论你对不对，我都听你的。”

“我为我们那些亲爱的人担惊受怕，盼望他们平安无事，心里弄得乱糟糟的，”普罗斯小姐说着放声大哭起来，“简直一点儿主意都没有了。你能拿出点儿主意来吗，我亲爱的克伦彻先生？”

“要说往后的生活打算，小姐，”克伦彻先生答道，“我心里倒有了个谱。可眼下要我这颗上帝保佑的老脑瓜子动脑筋想办法，我看是不行。我倒想请你帮个忙，小姐，在这危急关头，你能不能听我说说我要许的两个誓愿？”

“啊，看在上帝的分儿上！”普罗斯小姐仍在大哭不止，“马上把它们说出来吧！然后把它们搁到一边，像个真正的男子汉那样。”

“第一，”克伦彻先生浑身打战，面如死灰，神情严肃地说，“只要那几个可怜人这次能逃脱，我就再也不干那种事了，再也不干了！”

“我完全相信，克伦彻先生，”普罗斯小姐说，“你再也不会干那种事了，不管那是什么事。而且我还求你，别一定要说明那是什么事。”

“是的，小姐，”杰里说，“我不会向你说明的。第二，只要那几个可怜人这次能逃脱，我就再也不反对克伦彻太太跪地了，再也不反对了！”

“不管是什么家务事，”普罗斯小姐边说边揩干眼泪，竭力使自己平静下来，“我相信最好还是完全让克伦彻太太自己去做主——啊，我可怜的亲人哪！”

“还有，我还有话要说，小姐，”克伦彻先生的那副神气，俨然是在讲经坛上滔滔不绝地布道，“记住我的话，并请你亲自转告克伦彻太太——我对她跪地的看法已经改变，我诚心诚意希望克伦彻太太这阵子正跪在地上为我们祈祷。”

“好啦，好啦，好啦！我也希望她这样，我亲爱的，”心乱如麻的普罗斯小姐大声说道，“还希望她的祈祷能够灵验。”

“千万不能让我以前说过的话、做过的事，来妨碍我现在诚心诚意为这些可怜的人祝愿！”克伦彻先生更加严肃、更加缓慢、更加坚定地说道，“绝不能不让我们一齐跪下来（如果方便的话）祝愿他们逃脱这场大难！绝不可以，小姐！我说了，绝不——可以！”克伦彻先生拖长话音，本想找出一个更合适的词儿来作结束语，却没能如愿，只好就此打住。

而此时此刻，德法尔热太太正穿街过巷，一路前来，离他们越来越近了。

“你说得这么感人，要是我们终于能回到家乡，”普罗斯小姐说，“你放心，你刚才说的话，凡是我记得和听懂的，我一定会告诉克伦彻太太。而且不管怎样，你都可以放心，我一定会证明你在这危急关头是表现得十分忠诚的。好啦，我尊敬的克伦彻先生，现在让我们来好好想一想，好好计划一下吧！”

德法尔热太太还在穿街过巷，一路前来，离他们更近了。

“要是你先走一步，”普罗斯小姐说，“拦住车子不让到这儿来，而在别的什么地方等我，这样是不是更好一些？”

克伦彻先生也认为这样更好。

“那你在哪儿等我呢？”普罗斯小姐问道。

克伦彻先生心乱如麻，只想得起圣堂关。天哪！圣堂关远在几百里之外，而德法尔热太太已经近在眼前了。

“就在大教堂门口吧，”普罗斯小姐说，“在大教堂两座塔楼之间的大门旁边，你在那儿接我上车，好不好？”

“好的，小姐。”克伦彻先生答道。

“好，那就拿出男子汉的样子来，”普罗斯小姐说，“马上去驿站，照这去改动路线。”

“可你知道，离开你，”克伦彻先生摇着头犹犹豫豫地说，“我放心不下。很难说会发生什么事啊！”

“是啊，天知道会发生什么事。”普罗斯小姐回答说，“不过不用为我担心。三点钟在大教堂门口，或者尽可能在那附近，接我上车。我敢说，这肯定要比从这儿出发好。我认为肯定是这样。好了！祝福你，克伦彻先生！你要想着的——不是我，而是那些也许得靠咱俩才能得救的人！”

这番话，加上普罗斯小姐紧攥他双手万分痛苦的恳求，使克伦彻先生下定了决心。他朝她点了一两下头，表示鼓励，然后转身出门，更改驿车的路线去了，按她说的留下她一人，随后再赶去和他会合。

想出了这么个以防万一的措施，而且正在付诸行动，普罗斯小姐大大舒了一口气。她感到有必要梳洗一下，整理一下外表，以免在街上引起旁人的注意。想到这里，她又舒了一口气。她看看表，已经两点二十分。不能再耽误时间了，必须立刻做好准备。

独自一人待在这空荡荡的屋子里，普罗斯小姐心乱如麻，非常害怕，总觉得有人在每扇敞开的门背后窥视她。她打来一盆冷水，开始洗起自己红肿的眼睛来。她胆战心惊，生怕顺着脸流下来的水迷糊了眼睛，不时停下来朝四下里张望，看看是不是有人在监视她。她又一次停下来张望时，突然吓得大叫一声，往后直退，她看到屋子里站着一个人。

脸盆掉在地上，摔破了，水流到了德法尔热太太的脚边。这双脚一路踩过摊摊血渍，跨着坚定的步伐，走到了这摊水的前面。

德法尔热太太冷冷地看着她，问道："埃弗瑞蒙德的妻子在哪儿？"

普罗斯小姐猛然想到，门全开着，逃走的事会被发现。她的第一个行动就是去关门。屋子里共有四扇门，她急忙一一都给关上，然后把守在露西房门前。

德法尔热太太的黑眼睛随着她快速的动作直转，待她做完这一切，又盯着她看。普罗斯小姐一点儿都不好看，岁月并没有使她粗野的外表变得驯顺，也没有使她凶悍的面貌变得温和。可见她也是个坚强的女人，只是方式不同而已。她上上下下仔细打量着德法尔热太太。

"瞧你这副模样，活像是魔鬼的老婆。"普罗斯小姐喘着气说，"不过，你也别想占我的上风。我是个英国女人。"

德法尔热太太轻蔑地看着她，但心里也和普罗斯小姐想的一样，她俩都是决一死战的架势。她看到面前是个精壮结实、身材挺拔的女人，仍像当年洛里先生看到的那个用壮实有力的手推他一掌的女人一样。她很清楚，普罗斯小姐是这家人的忠实朋友；普罗斯小姐也很清楚，德法尔热太太是这家人不共戴天的敌人。

"我正要去那儿，"德法尔热太太说着，朝着杀人的地方稍微摆了摆手，"她们已在那儿给我留了位子，我的编织活儿也带去放在那儿了。我是顺路来拜访她的，想见见她。”

“我知道你没安好心，”普罗斯小姐说，“你放心吧，我不会让你得逞的。”

她们俩说的全是自己的本国话，谁也听不懂对方说的是什么。两人都警觉地注视着对方，竭力想从对方的神情举止中揣摩出那些听不懂的话的意思。

“她在这种时候躲着不见我，这对她没有好处，”德法尔热太太说，“忠实的爱国者都知道，她这是什么意思。让我见她。去告诉她我要见她。你听到了没有？”

“即使你那双眼睛是吊床的吊车，”普罗斯小姐说，“我可是张英国式的四柱大床，你休想动我半分。你这歹毒的外国婆子，我对付得了你。”

德法尔热太太一点儿也听不懂她说的这些话的意思，不过，她明白自己受到了轻慢。

“笨女人，像头蠢猪！”德法尔热太太皱起眉头说，“用不着你来跟我啰嗦。我要见她。你要么去告诉她，我要见她，要么给我躲开，别挡住门口，让我进去见她！”说着，怒气冲冲地用右手比画了一下。

“我从来没想到要听懂你们那种乱七八糟的话，”普罗斯小姐说，“不过眼下我倒真愿意拿出我的所有东西——除了我身上的这身衣服外——来弄清你是不是猜到了实情，或者一部分实情。”

两人都目不转睛地盯着对方的眼睛。德法尔热太太一直站在普罗斯小姐最初看见她的地方没动，这时她向前跨了一步。

“我是个英国人，”普罗斯小姐说，“我和你拼了。我才不在乎自己哩。我知道，我把你拖在这儿越久，我那小宝贝逃脱的希望就越大。要是你敢用一根手指头碰我一下，我就把你那头黑头发拔得一根不剩！”

普罗斯小姐说得飞快，每说一句就摇一摇头、瞪一瞪眼，而且每句话都一口气说完。一辈子都没打过人的普罗斯小姐竟说出了这样的话。

可她尽管勇气百倍，却是个易于冲动的人，说着说着，眼泪禁不住涌了出来。这本是勇敢的表现，可是德法尔热太太不懂，误把这当成怯弱。“哈，哈！”她大笑起来，“可怜的东西！你算个什么！我自己来叫那个医生。”于是她提高嗓门，大声喊道：“医生公民！埃弗瑞蒙德的妻子！埃弗瑞蒙德的女儿！随便你们哪一个，快来和女公民德法尔热答话，只要不是这个可怜的笨蛋就行！”

也许是随后的一片死寂，也许是普罗斯小姐脸上的表情泄露了什么，也许是跟这两者都无关的突然产生的疑惑，使德法尔热太太意识到，人已经走了。她飞快地打开第三扇门，朝里面张望了一下。

“这几间屋子里都乱七八糟的，看来刚匆匆忙忙收拾过东西，零碎物品满地都是。你身后那间屋子里也不会有人吧！让我看看。”

“休想！”普罗斯小姐说，她完全知道对方想要干什么，就像德法尔热太太完全明白她的回答一样。

“如果他们不在那间屋里，那一定是跑了，现在还追得上，能把他们抓回来。”德法尔热太太自言自语地说。

“只要你搞不清他们是不是在这间屋子里，你就拿不定主意该怎么办，”普罗斯小姐也自言自语地说，“要是我不让你知道，你就别想知道。而且，不管你知道也罢，不知道也罢，我只要能拖住你，你就休想离开这儿。”

“我可是从小就在街面上混的，没有什么能治得住我。我要把你撕得粉碎，我要你离开那扇门！”德法尔热太太说。

“现在就咱们俩在这孤院里的高楼顶上，谁也听不见咱们。我要尽一切力气把你拖在这儿。你在这儿多待一分钟，对我那个宝贝来说，能值十万几尼金币哩！”普罗斯小姐说。

德法尔热太太朝门口过来了。说时迟那时快，普罗斯小姐猛地扑上去抱住她的腰，紧紧箍住不放。德法尔热太太拼命挣扎、踢打，依然无法脱身。普罗斯小姐怀着对医生一家无限的爱——爱总是要比恨有力得多——紧紧抱住了她。在争斗中，她甚至把德法尔热太太抱离了地面。德法尔热太太的两只手朝她脸上又抓又打，可是，普罗斯小姐低下头，死死箍住她的腰，比一个溺水快死的人箍得还紧。

没过多久，德法尔热太太的手就停止了抓打，朝被箍住的腰间摸着。“在我的胳臂底下压着呢，”普罗斯小姐用憋住的声音说，“你休想把它拔出去。我比你力气大，这得感谢老天爷。我要这样一直箍住你，直到咱们俩有人昏倒或者死去为止！”

德法尔热太太的手又往怀里伸去。普罗斯小姐抬头一看，看清了那是什么家伙，便一拳打去，打出了一道火光和一声巨响，接着便只剩下她一个人站在那儿——硝烟迷住了她的眼睛。

这只是一刹那的事。硝烟散尽，留下的是一片死寂。那个悍妇的灵魂，也像硝烟一样，在空中飘走了，她的躯体则躺在地上，没有一丝生气。

普罗斯小姐先是一阵惊慌，接着便尽量远离那个尸体，没命地跑到楼下呼救，但毫无反应。幸好她想起这样做后果不堪设想，及时控制住了自己，回到楼上。再走进那间屋子实在让人害怕，可她还是进去了，甚至走到尸体旁边，去拿了她非戴不可的帽子和一些别的东西。穿戴停当后，她走出屋子，关好门，上了锁，拔下钥匙。随后她又在楼梯上坐了几分钟，喘了喘气，哭了一会儿，然后站起身来，匆匆离去。

幸亏她帽子上有一块面纱，要不然，说不定在街上没走多远就会被人叫住的。加上她天生长相特别，即使鼻青眼肿，也不会像别的女人那样显眼。这两个有利条件对她来说十分重要，因为她的脸上已经抓痕累累，头发又被揪得蓬乱不堪，衣服（虽用颤抖的手匆匆整理过）也被拉扯得乱七八糟。

过桥的时候，她把房门的钥匙扔到了河里。她比她的保镖早几分钟到达教堂门前。在那儿等待时，她心里一直在想：万一那把钥匙碰巧被渔网捞起，万一人家查出那把钥匙是哪一家的，万一房门被打开，发现了尸体，万一她在城门口被扣住，被送进监狱，告她谋杀罪，那可怎么办呢！正当她这么胡思乱想时，保镖到了，把她接上马车，疾驰而去。

“街上声音嘈杂吗？”她问他。

“跟往常一样。”克伦彻先生回答说，对她的问题和她那副模样感到意外。

“我听不见，”普罗斯小姐说，“你在说什么呀？”

克伦彻先生又把话重复了一遍，可是没用，普罗斯小姐还是听不见。“那我就点点头，”克伦彻先生想着，心里感到奇怪，“不管怎么说，她总该看得见吧。”她确实看见了。

“现在街上声音嘈杂吗？”普罗斯小姐过了一会儿又问。

克伦彻先生又点点头。

“我可什么声音也没听见。”

“才一个钟头就变成聋子了？”克伦彻先生怎么也想不通，“她怎么啦？”

“我只觉得，”普罗斯小姐说，“火光一闪，轰的一声，在这以后我就什么也听不见了。”

“但愿她不会出什么事吧！”克伦彻先生说着，越来越感到不安，“莫非她为了壮胆喝了点儿什么？听！那些可怕的囚车隆隆地过来了！你能听见吗，小姐？”

“我什么也听不见，”普罗斯小姐看见他在对她说话，才说道，“啊，我的好人哟！先是轰的一声巨响，接着便一点儿声息也没有了，一直就那么静静的，什么声音都没有。看来我这辈子是再也听不到声音了。”

“要是她连这隆隆的囚车声都听不见——它们已经快要到了，”克伦彻先生说着，回头看了看，“我看她这辈子恐怕真的再也听不见什么了。”

她真的再也听不见了。

第十五章

足音永逝

囚车沿着巴黎的街道隆隆驶过，声音沉重凄厉。六辆囚车给吉萝亭女士送去这一天的美酒。古往今来，人类的想象力创造出无数贪得无厌、不知餍足的妖魔鬼怪，如今全都汇集于吉萝亭一身了。而在法兰西，由于土壤各异、气候万变，还没有一草一木、一根一叶、一枝一果，具备了比产生这种吉萝亭恐怖更为有利的生长和成熟条件。用相似的大锤再一次把人性击得走样，人性肯定扭曲成同样的畸形；再一次播下一样是掠夺和压迫的种子，结出的必然是相同品种的果实[①]。

六辆囚车沿着大街隆隆驶过。时间啊，你这法力无边的魔术师，把这些变回原状吧，那样人们就会看到，它们本是专制君王的御辇、封建贵族的车马、骄奢放荡的耶洗别[②]的梳妆台，已非我主圣殿，而是贼窝的教堂[③]，也是千百万忍饥挨饿农民的草舍！不，严格执行造物主指令的时间魔术师是绝不会逆转这一切变化的。在那充满睿智的阿拉伯民间故事中，先知对中魔变形的人说："如果你是按照上帝的旨意变成这样，那就得一直这样了！可是，如果你只是一时中魔变了形，那

① 作者认为，法国大革命和封建专制一样，对平民进行压迫，是对人性的又一次打击和摧残。

② 耶洗别，以色列王亚哈之妻，以骄奢、放荡闻名，参见《圣经·旧约·列王纪》。

③ 参见《圣经·新约·马太福音》第21章，耶稣说："经上记着说：'我的殿必称为祷告的殿，你们倒使他成为贼窝了。'"

你就恢复原形吧！”毫无变化，毫无希望，囚车依然一直朝前驶去。

六辆囚车灰暗的车轮隆隆滚过，仿佛在挤满街道的人群中犁出一长道弯弯曲曲的深沟。一排排的人脸，有的被翻到这边，有的被掀向那边，而犁铧则稳稳地不停向前。街道两旁屋子里的居民对这种场面已习以为常，许多窗口都不见有看热闹的人，有的窗口虽然有人在俯视囚车里的那些面孔，可手上的活儿并没有因此停下。偶尔有那么一两户，家里来了看热闹的客人，主人便像博物馆馆长或老资格的讲解员一样，得意扬扬地伸手朝囚车指指点点，像是在解说谁昨天坐过这辆，谁前天坐过那辆。

坐在囚车里的人，有的漠然地看着这一切，看着人生最后旅途的景象，有的则对生活和人世流露出恋恋不舍之情。有的垂头丧气地坐着，有的陷入沉默的绝望。还有的人十分注重自己的外表形象，他们用在戏院里和图画中见过的那种目光，朝周围的人群打量着。有几个人在闭目沉思，也许想集中起纷乱的思绪。只有一个人，可怜巴巴、疯疯癫癫的，吓得精神已经崩溃，像喝醉了酒，唱着歌，还想跳舞。所有囚犯中，没有一个想用表情或手势唤起民众的同情。

和囚车并行的是一队由各色各样骑马的人组成的卫队。一路上，不时有人仰起头向他们打听什么。看来问的都是同一个问题，因为人们问了以后总是朝第三辆囚车拥去。和那辆囚车并行的那几个骑马的人，时常用他们的剑指点着囚车里的一个人。人们主要打听的是哪一个是他。他低着头，站在囚车的后部，正和坐在车边拉着他手的一个姑娘交谈着。他对周围的情景毫不在意，也不关心，自顾自一直和那姑娘说着。长长的圣奥诺雷大街上，不时有人冲他高声叫骂。如果说这对他有所触动的话，他也只是淡淡地一笑，微微摇一摇头，让头发披散到脸上。他的双臂被绑着，手很难碰到脸。

那密探兼“狱羊”站在教堂的台阶上，等待囚车的到来。他看看第一辆囚车，没有。又看看第二辆囚车，还是没有。他不由得问自己："难道他出卖了我？"待他看到第三辆囚车时，他的脸色豁然开朗了。

"哪一个是埃弗瑞蒙德？"他身后有个人问道。

"就是那个，站在车子后部的。"

"那个和姑娘拉着手的？"

"没错。"

那人突然高声喊了起来："打倒埃弗瑞蒙德！把所有贵族送上吉萝亭！打倒埃弗瑞蒙德！"

"嘘，别喊了！"密探怯生生地求他。

"为什么，公民？"

"他马上就要被处决，再过五分钟就没命了，让他安静一会儿吧。"

可是那人还是继续喊着："打倒埃弗瑞蒙德！"埃弗瑞蒙德转脸朝他看了一眼，于是看到了密探。他经意地盯着他看了看，就过去了。

时钟敲了三点。人群中犁出的那道深沟拐了个弯，到了目的地——刑场。被掀翻到两边的一排排面孔，这时都聚拢过来，跟着最后一辆囚车，来到吉萝亭跟前。在吉萝亭的前面有一群妇女坐在椅子上，像在公园里看游艺节目似的，一个个都忙着在编织。"复仇女"正站在最前排的一把椅子上，朝四下张望着寻找她的朋友。

"泰蕾兹！"她尖声喊道，"有谁看见她了？泰蕾兹·德法尔热！"

"她以前总是到场的呀！"一个正在编织的姐妹说。

"是的，今天她一定会到场的。""复仇女"气呼呼地说，"泰蕾兹！"

"再大声点！"那女人提议说。

哎！再大声点儿，"复仇女"，不管你叫得多响，她都再也听不见了。"复仇女"又提高嗓门喊了一声，还加上一句粗话，可还是不见她的踪影。派几个女人四下去找她，看看她是不是在哪儿耽搁住了。不过，虽说这班女人都干过可怕的事，但是不是愿意跑那么远找她却是个问题。

“真倒霉!”“复仇女”叫着，急得在椅子上直跺脚，“囚车都到了!再过一会儿埃弗瑞蒙德就要上断头台，她却不在这儿！瞧，她的编织活儿还在我手里，给她留着的椅子也空着。我叫得心都烦了，真扫兴!”

“复仇女”从椅子上跳下来时，囚车上已经开始下人。圣吉萝亭的侍者们已经穿戴就绪，准备停当。咔嚓！——一颗人头被提了起来。刚才，当这颗人头还能思索、还能讲话时，这班埋头编织的妇女连眼皮都没朝它抬过一下。这时她们数了起来:“一。”

第二辆囚车也已下空，拉走，第三辆过来了。咔嚓！——埋头编织的妇女们依然无动于衷地忙着手中的活计，口中数道:“二。”

那个被当作埃弗瑞蒙德的人下了车，女裁缝接着也被抱了下来。下车时，他一直没有松开她那只“忍耐”的手，仍照他原先答应过的那样握着它。他体贴地有意让她背对着那架呼呼地不断起落的杀人机器。她望着他的脸，向他道谢。

“亲爱的陌生人，要是没有你，我一定不会这么镇静，因为我生来就是个可怜的小人物，胆小得很。要是没有你，我也就不可能提高我的思想，想到那位被人处死的主，使我们今天在这儿还能怀着希望，感到安慰。我觉得，你是上天赐给我的。”

“你也是上天赐给我的，”西德尼·卡顿说，“眼睛一直看着我，亲爱的孩子，别的什么都不要在意。”

“我一握住你的手，就什么都不在意了。要是他们动作快，我把手松开时，也会什么都不在意的。”

“他们的动作很快的。别怕!”

他俩站在迅速少下去的受难者中间，旁若无人地交谈着。眼对着眼，嘴对着嘴，手拉着手，心连着心。这对万物之母——大地——的儿女，原本天各一方，迥然有异，如今却在冥冥之路上相遇，同归故土，一起安息在大地母亲的怀抱中。

“勇敢高尚的朋友，能让我最后问你一个问题吗？我很无知，这件事总让我不安——只是有点儿不安。”

“告诉我，那是什么事？”

“我有个表妹，像我一样是个孤儿。她是我唯一的亲人，我非常爱她，她比我小五岁，住在南方农村的一个农民家里。贫穷使我们不得不分离，她对我的遭遇一点儿也不知道——因为我不会写信——再说，就是我会写信，我该怎么对她说啊！还是像现在这样的好。”

“是的，是的，还是像现在这样的好。”

“一路上，我一直在想，而且直到这时候，在我看着你那和善坚强、给了我这么多支持的面孔时，心里还是在想：要是共和国真的能为穷人办好事，让他们少挨饿，少受各种苦，那我表妹就会活得长一些，甚至还能活到老。”

“那又怎么样呢，我好心的妹妹？”

“要是这样，”她那毫无怨艾、富有忍耐精神的眼睛里噙满了泪水，嘴唇微启，颤抖着说，“你认为，在你我都会受到庇护的那片乐土上等她，我会觉得时间长得难挨吗？”

“不会的，我的孩子。那儿没有时间，也不会有烦恼。”

“这就让我放心了！我真无知，现在我可以吻你了吗？时间到了吗？”

“是的。”

她吻了他的嘴唇，他也吻了她。两人庄严地互相祝福。当他松开她的手时，她那消瘦的手并没有颤抖，她那富有忍耐精神的脸上，只有甜美而灿烂的坚贞。她先他一步而去——走了。编织的妇女们数道：“二十二。”

“耶稣说：‘复活在我，生命也在我；信我的人，虽然死了，也必复活；凡活着信我的人，必永远不死。’”

嗡嗡的人声，无数张仰望的脸，外围人群向前挤的脚步声一齐向前涌来，犹如卷来一股巨浪。刹那间，一切都逝去了。二十三。

***

那天晚上，全城到处都在谈论他，说他是所有上吉萝亭的人中脸色最为宁静安详的一个。许多人甚至认为他神态庄严得有如先知。

在这之前不久，有一位非常著名的受难者——是个女人[1]——也死在这同一柄刑斧之下。就在这同一断头台前，她曾要求允许她写下当时的感受。如果西德尼·卡顿也有机会发表他的感想，而且，能预卜未来，那么他的话大概会是这样的：

“我看到巴萨德、克莱、德法尔热、‘复仇女’、那个陪审员，还有那法官等一大批从旧压迫者的废墟上兴起的新压迫者，在这冤冤相报的机器被废除之前，被它一一消灭。我看到从这个深渊里升起一座美丽的城市，一个卓越的民族。经过未来的悠悠岁月，在他们争取真正自由的斗争中，在他们的胜利和失败里，我看到前一个时代的罪恶，以及由它产生的这一个时代的罪恶，都逐渐受到惩罚，消亡殆尽。

“我看到我为之献身的人们，在我再也见不到的英国，过着宁静有益、富裕幸福的生活。我看到她怀抱一个以我名字命名的孩子。我也看到了她的父亲。他老了，背驼了，但已恢复了健康；他无忧无虑，在自己的诊所里全心全意地为大家服务。我看到那位善良的老人，他们家多年来的老朋友，十年之后，他安然长逝，把所有遗产全给了他们。

① 罗兰夫人（1754—1793），法国大革命时吉伦特派领袖之一，后被捕入狱，1793年11月8日被处死。临上断头台前，她要求写下自己的感受，未获准许，于是她说出了一句名言：“自由啊，多少罪恶是假你的名义干出来的！”

“我看到，在他们心中，在他们世世代代的子孙心中，我始终占有神圣的一席之地。我看到她成了一位老太太，可每年的今天她依然要为我哭泣。我看到她和她丈夫走完了他们的人生旅程，并排躺在永久的安息之地。我知道，他俩彼此在对方的心中深受尊重，视为神圣，可我在他们心目中，更受尊重，更为神圣。

“我看到她怀中那个以我名字命名的孩子长大成人，沿着我曾经走过的生活道路奋力攀登，我看到他取得了成功。他的辉煌成就，使我的名字大增光彩。我看到我在自己名字上留下的污点都已消失。我看到他成了一位杰出公正的法官，备受人们尊敬。他带了一个和我同名、长着我所熟悉的前额和金发的男孩来到这儿——到那时，这儿的一切都变得非常美好，不再有今天诸多丑恶的丝毫痕迹——我听到他用温柔发颤的声音，给那男孩讲述有关我的故事。

“我现在做的，是我一生中做过的最好、最最好的事情；我即将得到的，是我一生中得到过的最安宁、最最安宁的休息。”

译后记

狄更斯是19世纪英国最伟大的作家，他在自己的作品中，以高超的艺术手法，描绘了包罗万象的社会图景，塑造出众多令人难忘的人物形象。他的三十多年的创作生涯，为英国文学和世界文学做出了卓越的贡献，他的代表作《双城记》，一百多年来在全世界盛行不衰，一直深受广大读者的欢迎。

查尔斯·狄更斯于1812年2月7日出生于朴次茅斯市郊的波特西地区，1823年全家迁居伦敦。狄更斯12岁便被迫辍学独立谋生，他只上过四年学，主要靠自学获得广博的知识和文学素养。1833年，21岁的狄更斯以“博兹”署名的随笔《明斯先生和他的表弟》发表。此后，他的作品不断刊出。1836年2月，他的两卷本的《博兹特写集》问世，其中有随笔、特写，也有短篇小说。同年3月，他的第一部长篇小说《匹克威克外传》开始在杂志上连载，这部小说使他一举成为最受大众欢迎的作家之一，从此走上文学创作的道路，直至登上英国文学以至世界文学的巅峰。他一生勤奋，除刻苦写作外，还编辑杂志、组织剧团演出、登台朗读自己的作品等。繁重的劳动，家庭和社会上的烦恼，以及对改革现实的失望，损害了他的身心健康。1870年6月9日，正在写作长篇小说《德鲁德之谜》的狄更斯，因脑出血猝然离世。6月14日，他被安葬于伦敦威斯敏斯特教堂的“诗人之角”。

狄更斯在自己的三十多年创作生涯中，写了15部长篇小说（其中《德鲁德之谜》未完成），许多中短篇小说，以及随笔、游记、时评、戏剧、诗歌等。他是一位以反映现实生活见长的作家，作品一贯表现出揭露和批判的锋芒，贯彻他惩恶扬善的人道主义精神，但从他的创作思想和艺术风格看，显然有一个变化发展、丰富完善的过程。

他的前期作品，如《匹克威克外传》《雾都孤儿》《尼古拉斯·尼克尔贝》《老古玩店》《巴纳比·拉奇》等，触及的社会问题都较肤浅，只是对贫富悬殊、道德堕落、摧残妇女儿童等社会不公和不良现象，进行温和的批判和善意的嘲讽，作品洋溢着充满幻想的乐观情绪，受苦的“小人物”最终往往赢得“仁爱”的有钱人的庇护，找到了幸福生活。而且均采用流浪汉小说的形式，结构显得松散冗长，有的完全是以主要人物串联起来的短篇故事。

狄更斯写于19世纪40年代的中期作品，和前期作品相比，创作思想显然有了变化，随着他对社会认识的加深，乐观的幻想已基本破除，“仁爱”的有钱人已不复多见，流浪汉小说的形式已被基本抛弃，这一时期的艺术特点是通过辛辣的讽刺和夸张手法，较深地揭示人物的本质和时代的特色。作品有《马丁·朱述尔维特》《董贝父子》以及《圣诞颂歌》等。

五六十年代是狄更斯创作的后期，在这个时期内，特别是50年代前后和60年代上半期，他的创作成就达到了顶峰，他的思想上最深刻、艺术上最完整的作品，都是在这十多年中完成的。他先后写了《大卫·科波菲尔》《荒凉山庄》《艰难时世》《小杜丽》《双城记》《远大前程》《我们共同的朋友》等著名长篇和未及完成的《德鲁德之谜》。狄更斯后期作品的题材范围达到了前所未有的广度和深度，全面地揭示了英国的社会面貌：议会政治的黑暗、统治机构的昏聩、金钱社会的罪恶、人民大众的贫穷。作品中的乐观主义精神已被严肃、沉重、苦闷的心情和强烈的愤懑所代替，幽默和讽刺逐渐减少，感伤和象征相应增加，结构更加紧凑，戏剧性有所加强。总之，这一时期的创作使狄更斯成为世界文坛最伟大的作家之一，使他的作品在世界各地得以长盛不衰。

《双城记》是狄更斯最重要的代表作之一，在他的全部创作中占据着特殊的地位。它自问世以来就深受读者的欢迎，能与《大卫·科波菲尔》相媲美。

可是，《双城记》在评论界也是一部争议颇多的作品。有人说它歪曲了历史，丑化了封建贵族，也有人说它丑化了革命人民。有关这些争论，让我们先对《双城记》的创作动机、创作目的和创作经过做一番考察，也许不无好处。

据作者在本书的序言中所说，作者是在和他的孩子、朋友们一起演出柯林斯的剧本《冰海深处》时，开始有这个故事的主要构想的。《冰海深处》的主人公是一个被所爱的姑娘抛弃后，在北极探险时为拯救情敌而牺牲自己的青年。这种高尚的品德完全符合狄更斯用来评价一个人的最高标准，是舍己为人的典范和楷模。因而按作者原来的计划，他这部未来的小说的主人公，也是一个牺牲自己生命去拯救情敌的青年。所以，作者在1859年动笔前的两三年，就开始构思卡顿的形象，这是最初的打算。可是，也就在这一时期，作者进一步看到当时的英国社会矛盾日趋尖锐，克里米亚战争之后的经济萧条、寡头政治的腐败无能、三起三落的宪章运动以及欧洲大陆各国的革命运动，这种一触即发的形势使他忧心忡忡，觉得这和法国大革命前夜的形势颇为相似，担心法国大革命会在英国重演。有感于此，他决心在自己的作品中提出警告。于是这也就同时成了《双城记》的一个主题。他想通过这部小说来宣扬自己的人道主义理想，对当权者和广大公众提出双重警告，用一个故事来对自己同时代的当权者和公众呼吁：暴政会引起暴力，危机近在旦夕，人人都应慈悲为怀，流血只能造成更多的流血，仇仇相报无有已时，只有仁爱之心才能挽救浩劫。

至于有人说，狄更斯在本书中歪曲了历史、丑化了封建贵族，事实并不尽然。许多情节，如使马奈特医生含冤入狱的空白逮捕令、法国人民的悲惨生活、攻占巴士底狱等，均有史料记载，绝非杜撰。雅各宾专政时期的一些过火行动，也都确有其事。如果说本书中对暴政和暴力的描写均有失实之处，那恐怕是为了双重警告而作的艺术夸张吧。

狄更斯的小说，特别是前期作品，一般都比较松散冗长，《双城记》在结构上可说是最严密完整的一部，没有多少与主题无关的繁枝杂叶。从情节看，虽然错综复杂，富有戏剧性，表现了冤狱、爱情和复仇的主题，但基本上是在法国大革命的背景下，围绕着马奈特医生一家和以德法尔热夫妇为首的圣安托万区展开的。前者主要表现爱与行善，后者反映了恨与复仇。通过爱恨交锋，善恶搏斗，最后如作者所说，“爱总能战胜恨”，“恶往往都是昙花一现，都要和作恶者一同灭亡，而善则永世长存”，达到作者一贯主张的惩恶扬善的创作意图。

从艺术技巧看，狄更斯在本书中全面地运用了象征、寓意、嘲讽、夸张、对比、重复等手法。书中用了较多悬念和伏笔，既是故事发展的需要，也是为了使情节更加曲折离奇，增加读者的阅读兴趣。

狄更斯是一位语言大师，他的语言丰富多彩，明晰生动，无论写人写景写事，都运用得恰到好处，本书中精彩的地方比比皆是。

《双城记》发表至今已有一百三十多年，尽管由于价值标准和审美情趣的不同，在评论界有所争议，但它仍被公认是狄更斯的一部代表作，深受全世界广大读者的欢迎。这一切都说明，《双城记》的价值是不能否定的。

宋兆霖
1992年冬于浙江大学求是村

经典译林

Yilin Classics

书名	单价	ISBN 号
爱的教育	32.00 元	9787544768580
艾青诗集	35.00 元	9787544773584
安娜·卡列尼娜	49.00 元	9787544740883
安徒生童话选集	42.00 元	9787544775731
傲慢与偏见	36.00 元	9787544774697
八十天环游地球	32.00 元	9787544775861
巴黎圣母院	42.00 元	9787544775748
白洋淀纪事	32.00 元	9787544772617
百万英镑	35.00 元	9787544777360
包法利夫人	38.00 元	9787544777353
悲惨世界(上、下)	98.00 元	9787544777346
背影	28.00 元	9787544777483
被侮辱与被损害的人	39.00 元	9787544777261
边城	25.00 元	9787544757416
变色龙：契诃夫中短篇小说集	39.00 元	9787544777421
变形记 城堡	38.00 元	9787544777292
茶馆	32.00 元	9787544773539
茶花女	35.00 元	9787544777384
查拉图斯特拉如是说	38.00 元	9787544759793
朝花夕拾	22.00 元	9787544768535
沉思录	22.00 元	9787544759649
城南旧事	23.00 元	9787544768801
大卫·科波菲尔(上、下)	65.00 元	9787544769068
地心游记	32.00 元	9787544775847
飞鸟集	25.00 元	9787544761031
飞向太空港	39.00 元	9787544781763

福尔摩斯探案集	58.00 元	9787544775373
复活	42.00 元	9787544777308
傅雷家书	49.00 元	9787544771627
富兰克林自传	36.00 元	9787544750691
钢铁是怎样炼成的	39.00 元	9787544774635
高老头	29.80 元	9787544768856
格列佛游记	35.00 元	9787544774642
格林童话全集	49.00 元	9787544777285
给青年的十二封信	29.00 元	9787544774321
古希腊悲剧喜剧集(上、下)	69.80 元	9787544711708
海底两万里	38.00 元	9787544775717
红楼梦	55.00 元	9787544774604
红与黑	49.00 元	9787544777315
呼兰河传	35.00 元	9787544783620
呼啸山庄	39.00 元	9787544775779
基督山伯爵(上、下)	108.00 元	9787544777490
纪伯伦散文诗经典	42.00 元	9787544777438
寂静的春天	35.00 元	9787544773430
假如给我三天光明	25.00 元	9787544768511
简·爱	39.00 元	9787544774666
金银岛	35.00 元	9787544780100
荆棘鸟	45.00 元	9787544768818
静静的顿河	128.00 元	9787544777513
镜花缘	39.00 元	9787544771603
局外人·鼠疫	38.00 元	9787544781756
菊与刀	35.00 元	9787544750707
宽容	32.00 元	9787544760492
昆虫记	39.00 元	9787544775830
老人与海	32.00 元	9787544774789
理想国	45.00 元	9787544785204
聊斋志异	55.00 元	9787544779791
猎人笔记	38.00 元	9787544775809

林肯传	28.00 元	9787544759960
鲁滨逊漂流记	39.00 元	9787544783392
绿山墙的安妮	36.00 元	9787544775755
罗马神话	16.80 元	9787544711722
罗生门	39.00 元	9787544777193
骆驼祥子	32.00 元	9787544775724
麦田里的守望者	38.00 元	9787544775106
美丽新世界	35.00 元	9787544777254
名人传	39.00 元	9787544774673
拿破仑传	38.00 元	9787544759809
呐喊	23.00 元	9787544768528
牛虻	38.00 元	9787544777339
欧·亨利短篇小说选	36.00 元	9787544775823
欧也妮·葛朗台	32.00 元	9787544775854
培根随笔全集	28.00 元	9787544768788
飘(上、下)	88.00 元	9787544777407
热爱生命·海狼	38.00 元	9787544777469
人类群星闪耀时	29.80 元	9787544766906
人性的弱点	28.00 元	9787544759977
儒林外史	42.00 元	9787544781084
三个火枪手	59.00 元	9787544777278
三国演义	45.00 元	9787544774598
沙乡年鉴	42.00 元	9787544775441
莎士比亚喜剧悲剧集	49.00 元	9787544777322
少年维特的烦恼	18.00 元	9787544762502
神秘岛	48.00 元	9787544772884
神曲(共三册)	128.00 元	9787544777414
圣经故事	35.00 元	9787544768825
十日谈	38.00 元	9787544714280
双城记	45.00 元	9787544781879
水浒传	55.00 元	9787544774581
苔丝	39.00 元	9787544777179

谈美	26.00 元	9787544772013
谈美书简	28.00 元	9787544772006
汤姆·索亚历险记	32.00 元	9787544774659
堂吉诃德	62.00 元	9787544714877
汤姆叔叔的小屋	45.00 元	9787544775793
唐诗三百首	39.00 元	9787544781916
天方夜谭	42.00 元	9787544775816
童年	38.00 元	9787544762168
童年·在人间·我的大学	49.00 元	9787544775786
瓦尔登湖	28.00 元	9787544768764
我是猫	39.00 元	9787544777186
物种起源	42.00 元	9787544765022
雾都孤儿	35.00 元	9787544768696
西游记	48.00 元	9787544774611
希腊古典神话	49.00 元	9787544777391
乡土中国	29.00 元	9787544781886
小妇人	45.00 元	9787544766784
小王子	29.00 元	9787544774628
星星离我们有多远	35.00 元	9787544782043
羊脂球	38.00 元	9787544775878
一九八四	36.00 元	9787544777216
伊索寓言全集	35.00 元	9787544775762
尤利西斯	58.00 元	9787544712736
约翰·克利斯朵夫(上、下)	98.00 元	9787544777476
月亮和六便士	45.00 元	9787544773805
战争与和平(上、下)	108.00 元	9787544777445
中国哲学简史	48.00 元	9787544771580
子夜	49.00 元	9787544784221
最后一课	36.00 元	9787544777377